타오르는 강

완결판

# 타오르는 강 1

—

초판 1쇄 발행_ 2012년 2월 25일
초판 2쇄 발행_ 2014년 3월 25일
초판 3쇄 발행_ 2023년 12월 5일

—

지은이_ 문순태
펴낸이_ 박성모
펴낸곳_ 소명출판
출판등록_ 제1998-000017호
주소_ 서울시 서초구 사임당로14길 15 서광빌딩 2층
전화_ 02-585-7840
팩스_ 02-585-7848
전자우편_ somyungbooks@daum.net
홈페이지_ www.somyong.co.kr

—

값 22,000원
ⓒ 2012, 문순태
ISBN 978-89-5626-665-7 04810
ISBN 978-89-5626-664-0 (전9권)

문·순·태·장·편·소·설
완결판

# 타오르는 강

## 1

작가의 말

# 30년 만에 완간된 恨의 민중사

    강은 저절로 길을 찾아 흐른다. 높은 곳에서 세상의 가장 낮은 곳으로, 인간의 삶과 역사와 함께 흐른다. 사람의 간섭을 거부하며 저절로 흐르는 강은 건강하게 살아있다. 생명과 역사와 문화가 공존하는 강의 세상. 강은 물속과 물 밖의 존재들과 조화롭게 어울리며 흐른다. 강과 사람, 강과 땅, 강과 생명 있는 존재들과 끊임없이 교섭하고 어울리면서 건강한 공생관계를 유지한다. 강은 본디 모습 그대로 인간이 살아가는 터전이 되고 또 다른 생명과 교섭하면서 힘의 원천이 된다.

    전라도 사람들 마음속에는 영산강이 흐른다. 전라도 사람들의 핏줄과도 같은 영산강은 한과 희망을 안고 흐른다. 슬픔과 기쁨, 절망과 희망, 빛과 그림자를 안고 흘렀고 지금도 그렇게 흐른다. 그래서 영산강은 꺾일 줄 모르는 전라도의 힘이 되었다. 영산강과 함께 흘러온 전라도 사람들의 한은 좌절과 체념의 한숨이나 패자의 넋두리가 아닌, 삶의 의지력이고 생명력이며 빛나는 희망인 것이다.

    영산강은 이 강을 끼고 살아온 사람들에게 소중한 삶의 터전이 되었다. 그러나 영산강을 삶의 터전으로 가꾸고 지켜온 사람들은 오랫동안 지배세력의 핍탈에 시달려왔다. 특히 일제 강점기에 영산강은 개화의 통로이자 수탈의 통로가 되었다. 1897년 목포 개항 이후 모든 개화문물이 영산강을 통해 들어왔다. 그런가 하면 일제는 호남평야에서 생산된 쌀, 면화 등 농산물을 영산강을 통해 대량으로 본토로 실어갔다. 이 과정에서 목포항에서는 부두근로자들의 쟁의가 그치지 않았다. 뿐만 아니라 일제는 영산강 유역의 기름진 농토를 무제한으로 차지하였고 농민들은 일본인들의 소작인으로 전락하였다. 일제 강점기에 일어난 궁삼면(宮三面) 농민운동 사건은 소작인으로 전락한 농민들이 자기 땅을 찾기 위해 투쟁한 대표적인 농민운동이다.

1886년부터 3년 동안에 걸친 큰 가뭄에 폐농을 한 3개면 농민들은 굶어죽지 않으려고 대처로 흘러 다니며 유랑걸식을 했다. 고향에 돌아와 보니 3년치 세금을 내지 않았다는 이유로 그들의 농토가 모두 엄상궁의 궁토가 되어버린 사실을 알게 되었다.

1886년 노비세습제가 폐지되자 종문서를 받아들고 형식상 자유의 몸이 된 수많은 노비들은 살 길이 막막했다. 이들은 홍수 때문에 버려진 땅을 찾아 영산강으로 몰려들었다. 그들은 영산강변에 집단으로 모여 살면서 물과 싸우며 삶의 터전을 일구려고 했다. 그러나 그들은 생활의 바탕이 마련되지 않은 데다가, 지방 관속들과 힘 있는 양반들의 핍탈이 그치지 않아, 실질적으로 노비의 상태는 계속된 것이나 마찬가지였다. 이들이 수마와 싸우며 일군 강변의 토지는 과거 상전들한테 다시 빼앗기거나 일제에 의해 수탈당하고 말았다.

굶주리면서도 제방을 쌓고 홍수로 버려진 땅을 일구어 비로소 삶의 터전을 만들었으나 이 땅이 궁토에서 다시 동양척식회사 소유가 되자, 이들은 일제에 항거하여 투쟁을 계속했다.

　피와 땀과 눈물로 일구어, 난생 처음 가져 본 생명과도 같은 땅을 지키기 위해 죽음을 두려워하지 않고 싸웠다. 이들은 하나하나 떼어놓으면 무지렁이 종들에 지나지 않지만, 여럿이 모여 한덩어리가 되면 큰 힘을 발휘했다. 민중의 한은 역사를 바꾸었다. 영산강 유역의 농민들이 식민지 수탈에 항거해온 민족정신은 의병전쟁과 광주학생독립운동의 씨앗이 되었다.

　나는 이 소설에서 강의 흐름을 통해 한의 민중사를 추적해보고 싶었다. 노비출신인 이들은 하나하나 떼어놓으면 무력한 무지렁이에 지나지 않지만 하나로 뭉뚱그려질 때 큰 힘을 발휘했다. 이 소설은 노비세습제가 풀린 1886년부터 동학농민전쟁, 개항, 1905년 을사늑약, 1910년 치욕적인 강제 한일병합조약, 3.1만세운동을 거쳐 1929년 광주학생독립운동까지의 우리민족의 수난사를 중심으로 펼쳐지고 있다. 그러면서도 역사 속에 드러난 인물을 주인공으로 내세우지 않았다. 모든 민초가 주인공인 셈이다. 또한 나는 이 소설에서 사장되어버린 순수 우리말을 최대한으로 살려보려고 했다. 작가는 언어의 채굴자이고 특히 죽어있는 언어의 활용도를 높여 다시 살려내는 작업을 해야 한다고 생각한다. 특히 전라도 토박이말을 원형대로 살려보려고 노력했다. 그리고 가급적 당시 서민들의 삶의 풍속을 그대로 되살리려고 했다. 영산강변을 터전으로 살아온 민초들의 본디 생활사를 민속적 관점에서 보여주고 싶었다.

『타오르는 강』은 1981년『월간중앙』에 연재를 시작하였고 1987년 '창작과비평사'에서 7권으로 발간되었었다. 7권까지는 노비세습제가 풀린 1886년부터 1911년까지의 이야기이다. 나는 당초에 1929년에 일어난 광주학생독립운동까지를 포함하여 10권 분량으로 완간하려고 했었다. 그러나 그때까지만 해도 광주학생운동의 객관적 서술이 자유롭지가 못했다. 장재성 등 광주학생독립운동 주동자가 사회주의자라는 이유로 6.25 직전에 처형되어, 오랜 세월 역사의 그늘 속에 가려져 있었다. 일제 강점기 독립운동을 주도했던 대부분 사람들이 그랬던 것처럼, 광주학생독립운동 중심인물 역시 민족주의·사회주의 노선이었다. 다행히 참여정부로부터 이들의 역사적 공적을 인정받게 되어 활발한 연구가 이루어지기 시작했으며 객관적 서술이 가능해졌다.

　87년 '창작과비평사'에서 7권이 발간된 지 25년, 1981년『월간중앙』에 연재를 시작한 후 31년 만에,『타오르는 강』이 비로소 광주학생독립운동을 포함하여 9권으로 다시 묶어져 나오게 되었다. 내 오랜 문학적 숙원이었던『타오르는 강』이 9권으로 완간을 한 것이다. 나는 2권으로 추가된 8, 9권에서 광주학생독립운동은 한일 간 학생들 사이에 우발적으로 일어난 단순사건이 아니라는 것을 밝히고자 했다. 1920년대 초 동경유학생들에 의해 광주지역에 사회주의가 유입되면서, '광주 흥학관'의 광주청년학원과 광주고보를 비롯한 학생들이 '성진회', '독서회' 등을 조직하여 사회과학교육을 통해 오랫동안 치밀하고 조직적으로 준비해온 사건임을 밝히고 싶었다.

이번 완간하는 과정에서, 1권에서 7권까지의 소설적 흐름은 손을 대지 않았으나 잘못 표현된 부분이나 역사적 오류나 모순된 내용을 부분적으로 바로잡았다. 시대적 사건을 자연스럽게 연결시켰고 개정된 우리말 바로쓰기에 맞췄으며 새로 찾아낸 전라도 토박이말들을 추가했다. 특히 광주학생독립운동 부분에서는 자료조사에서 밝혀낸 실명을 그대로 사용했다.

30년 만에 완간이 되고 보니 참으로 오랫동안 버겁게 지고 있던 큰 짐을 땅에 내려놓은 것처럼 홀가분한 심정이다. 돌이켜보니 나는 1974년 작가가 된 후 지금까지 40년 가까이 오로지 『타오르는 강』을 붙들고 씨름하듯 끙끙대온 것 같은 기분이다. 『타오르는 강』의 완간을 계기로 영산강을 중심으로 살아왔던 우리나라 노비들의 삶에 대해 관심을 가져주었으면 싶다. 그리고 일제강점기 빼앗긴 땅을 되찾기 위해 얼마나 많은 민초들이 죽어갔는가를 상기해주었으면 한다. 역사 속에서 영산강이 되살아나기를 바란다. 진정으로 강의 세상이 오기를 기다린다. 강은 자생력이 있기 때문에 내버려두어도 스스로 살아나지만, 강과 함께 만든 삶의 역사는 누구인가 붙잡아 건져주지 않으면 그대로 흘러가버린다.

이 책을 내주신 소명출판 박성모 사장님과 책이 나올 수 있도록 애써주신 국민대 정선태 교수께 가슴 깊이 고마움을 간직한다.

2012년 정초에
문순태

타오르는 강 1

# 대지의 꿈

# 1

바람이 요동을 치는 길고 긴 겨울밤, 영산강(榮山江)이 밤새도록 흐느적거리며 울어대더니, 다음날 아침 해가 떠오르기도 전에 노루목 마을 앞 늙은 팽나무 아랫가지에서 까마귀가 거칠게 울어댔다.

노루목 마을사람들은 영산강이 밤새도록 우는 소리에, 여름에 큰비가 내릴 것을 미리 알고 그 걱정 때문에 깊은 잠을 이루지 못했는데, 아침에 다시 강굴랑궁 강굴랑궁 하고 까마귀가 마을 쪽을 향해 목청껏 우짖자, 죽음을 보는 듯한 슬픈 얼굴로 하늘을 올려다보았다.

노루목 사람들은 아침 해가 상투머리 위에 불을 놓듯 눈부시게 떠오른 뒤에야, 양 진사 집 종놈 웅보(熊甫)가 새벽에 도망을 치다가 붙잡힌 것을 알고, 아침부터 까마귀가 늙은 팽나무 가지에서 어지럽게 울어쌓는 까닭을 어림하였다.

"어머니도 어젯밤에 영산강이 우는 소리를 들었남요?"

"아이고, 이 자석아, 시방 그 걱정 하게 생겼냐."

"꼭 죽은 할아부지 육자배기 소리같이 울데요."

"내 귀에는 다보사(多寶寺) 절 저녁 종소리 맹키 들리더라."

"어저께 밤에는 영산강이 울어대더니, 시방은 또 까마귀꺼정……."

"어따, 저 눔에 저승사자는 날아가지도 않고."

"쫓지 마요. 까마귀는 쫓으면 더 슬피 운당께요. 어머니 힘으로 어뜨케 저승사자를 쫓겠어요."

"저 눔에 까마귀가 내 골통에 불침을 놓는 것만 같어야."

"잊으시랑께요. 나는 까마귀 우는 소리가 담배씨만치도 무섭지 않어요. 암 것도 두렵지 않다니께요."

"아이고 이 농판 같은 자석아. 종놈의 새끼가 도망을 간다고 종놈 신세를 면할 성부르냐."

웅보 어머니는 마을 앞 큰 팽나무에 움쭉달싹 못하게 묶여 있는 아들을 붙들고 끄륵끄르륵 가래 끓는 목소리로 울부짖었다.

"도망을 치려거든 네놈 혼자나 도망칠 것이지, 쌀분이까지 꿰매차고 가다 붙잡혀났으니 장차 쌀분이 일을 어쩔 것이냐."

웅보 어머니는 부모 형제를 버리고 도망을 치다가, 성깔이 왈살스럽기로 나주(羅州) 안동에서는 소문난 호랑이 주인 나리한테 붙잡히게 된 아들이 원망스럽기도 하고, 걱정이 피를 쥐어짜는 것만 같아 매지매지 오장육부가 녹아내렸다.

"쌀분이는 어찌되었는가요?"

웅보는 목을 빳빳하게 세워, 앙상한 팽나무 가지들 사이로 헌 누더기처럼 구저분하게 열린 하늘을 보며 희미한 목소리로 물었다.

"머리 검은 짐생은 은혜를 모른담서, 다리 모갱이를 작신 분질러버리겠다고 마님 성화가 이만저만이 아니시다."

"하긴, 우리는 짐생이지요. 머리 검은 짐생이 맞아요."

웅보는 한숨처럼 말하며 잠시 눈을 감아버렸다.

"어쩌끄나, 나리께서 네들 둘 마빡에 불도장을 찍어서 평생을 도망 못가게 하겠다는디……."

"어머니, 걱정 말아요. 옛날에 할아버지도 이마에 불도장을 찍고 살았잖아요."

"불도장이 무슨 벼슬이냐."

"나야 불도장을 찍건 코뚜레를 뚫건 괜찮으나, 쌀분이가 걱정입니다요."

"왜 도망은 쳐."

"어머니는 내 맘을 몰라요. 아무도 내 맘속을 몰라요."

"맘속에 부처님이 들어 있으면 뭘 하고, 금강산이 들어 있으면 뭘 헐끄냐. 평생을 매인 몸인디."

"내 아들과 손자들, 손자들의 손자들도 이렇게 살란 말인가요?"

"이렇게라도 사는 것이 죽는 것보담 열 배 백 배나 더 낫다. 하라는 대로만 하고 죽은드끼 살면 되는 겨. 우리가 나리 집에서 풀려난다 해도 뭘 묵고 살끄시냐. 흙을 묵고 살자니 땅 한 뙈기가 있냐, 땡전 한 닢이 있냐."

"어머니 생각은 아버지하고 똑같구만요. 두 분 생각이 한 치도 안 틀려요."

"너도 네 아부지 같이만 살거라. 상전 눈밖에 안 나게 꾸벅꾸벅 일

잘하고, 처자식 아껴주고…… 종의 몸으로 뭣을 더 바라겠냐."

"내 아들과 손자들도 아버지처럼 살기를 바라시는구만요."

웅보는 괴로운 듯 얼굴을 찡그리며 어깻죽지를 움직였다. 팔을 뒤로 젖혀, 두 아름도 더 되는 늙은 팽나무에 손목을 밧줄로 빠듯하게 묶어놓았기 때문에 어깨가 떨어지는 것 같았고 가슴이 뻐개지는 듯 아팠다. 한나절을 그렇게 묶여 있었기 때문에 무쇠같이 단단한 그의 두 다리도 저릿저릿 저려오고, 더수구니가 피가 몽친 듯 뻑적지근해졌다.

웅보는 다시 버릇처럼 왼쪽 눈을 게슴츠레 치뜨고 하늘을 가린 팽나무 가지들을 올려다보았다. 새잎이 돋아나려면 아직도 영산강 칼바람에 한 달은 더 시달려야 할 앙상한 팽나무 가지들이 마치 이마에 불도장이 찍힌 채 죽어간 수많은 종들의 뼈다귀처럼 보였다. 그 나뭇가지들 사이에서 휘휘휘 이상한 바람소리가 들려왔다. 웅보는 문득 그 소리가, 죽은 종들의 영혼이 울부짖고 있는 것인지도 모른다고 생각했다.

굵다랗게 외로 꼰 금줄을 세 겹으로 느슨하게 두른 늙은 팽나무에서 해마다 정월 대보름날이면 당산제를 지냈다. 마을에서 징을 제일 잘 치는 웅보는 당산제를 지낼 때마다, 경중경중 징채를 휘두르며, 마음속 깊숙이 한울님을 외쳐 부르듯이 그의 간절한 소망을 말하곤 하였다.

웅보의 소망은 종에서 풀려나는 것이었다. 단 하루라도 자기 뜻대로 살고 싶었다. 하늘을 나는 새처럼 하늘만큼 넓은 세상을 훌훌 돌아다니며, 그가 땀을 쏟을 땅을 찾고 싶었다. 그 땅에 웅보의 집을 짓고, 웅보의 씨앗을 뿌리고, 웅보의 나무를 심고, 상전에 얽매이지 않은 웅보의 자식들을 낳고 싶었다. 그는 지금껏 아무도 모르게 그런 그의 생각을 소중히 실꾸리 감듯 키워왔다.

그런 그의 비밀스러운 생각을 얼추 알고 있는 것은 이 세상에서 오직 쌀분이뿐이었다. 부모한테도 그의 생각을 말하지 않았다. 말했다가는 되레 코청을 떼이기 십상이라는 것을 알고 있었기 때문이다. 동생 대불(大弗)이한테도 말해주지 않았다. 대불이의 생각은 어떻게 해서든지 상전의 눈에 들어 소작들 감농(監農)하는 일을 맡을 수 있을까 하는 욕심뿐이었다.

웅보가 쌀분이한테만 속마음을 넌지시 털어놓은 것은 쌀분이가 없으면 그의 비밀스러운 꿈이 단 한 가닥도 이루어질 수가 없다고 믿었기 때문이었다. 처음 웅보가 그의 마음을 귀띔해주었을 때, 그녀는 마치 죽었다 깨어난 사람을 보기라도 하듯 무섭게 질린 얼굴로 웅보의 얼굴을 찍어보며 "미쳤어? 도깨비 염불하는 소리 하지도 말어. 도망을 왜 가? 마님이 곧 우리 둘을 짝지어주실 건디" 하면서 펄쩍 뛰었다. 쌀분이는 웅보의 마음속 깊은 뜻을 이해하지 못했다.

쌀분이는 오 년 전에 영산강을 건너고 산을 하나 넘는 마을에서 마님이 시집올 때 부모들과 갈라져 몸종으로 따라왔고, 어렸을 때부터 한집에서 자란 탓으로 마님한테 신임을 받고 있는 터라 웅보의 말을 듣고 선뜻 따라나설 것 같지가 않았다.

웅보는 그런 그녀를 설득하여 함께 도망을 치기가 어렵다는 것을 알았다. 아예 도망치는 것을 포기해버리려고까지 했었다. 웅보의 땅, 웅보의 나무, 웅보의 아들딸에 대한 꿈을 버리려고 생각하니 천 길 만길 높은 벼랑에서 떨어져 몸도 마음도 가루가 되어버린 듯싶었다. 일을 하자니 괜히 뿌질뿌질 울화가 치밀어 만만한 동생 대불이한테 찍자를 부리기가 일쑤였고, 상전들 몰래 슬금슬금 밤도둑처럼 다니던 서당에도 가기 싫어졌다.

그러던 얼마 후에 그녀의 마음을 돌릴 수 있는 기회가 왔다. 주인 나리의 여동생이 일 년 전에 강을 따라 해가 지는 쪽으로 끝없이 내려가 바다에 이르는 어촌 마을로 시집갈 때, 몸종으로 따라갔던 웅보의 누이동생 두례가 염병으로 죽게 되어, 두례 대신에 쌀분이를 보내기로 한 거였다.

그 말을 들은 쌀분이는 걱정이 되어 얼굴이 개똥참외처럼 노랗게 변했다. 쌀분이는 죽은 두례 대신 가고 싶지가 않았다. 한 번 가면 다시는 돌아오지 못하게 될 것만 같았다. 어쩌면 자신도 두례처럼 염병을 앓아 죽어버릴지도 모른다고 생각했다.

쌀분이는 무엇보다 웅보와 떨어지기가 싫었다. 그리고 웅보네 가족들과도 헤어지고 싶지가 않았다. 그녀는 두례 대신 멀리 어촌으로 한 번 떠나면 다시는 노루목에 돌아올 수 없다는 것을 알고 있었다. 두례 대신 어촌으로 가기보다는 차라리 웅보와 함께 도망치는 편이 낫다는 생각이 들었다.

성안에서 고싸움놀이를 하던 정월 대보름날 밤에 쌀분이는 은밀하게 웅보를 만났다. 노루목 마을사람들은 해마다 정월 대보름날밤이 되면 윗노루목, 아랫노루목으로 갈라 고싸움놀이를 하였다.

마을 사람들은 정월 초하룻날부터 며칠을 두고 짚으로 용 모양의 고를 만들었다. 서로 고를 크게 만들기 위해 염탐꾼들을 보내기도 하였다. 윗노루목 고는 수룡이라 불렀고 아래뜸 고를 암룡이라고들 하였는데, 암룡이 이겨야 그해에 풍년이 든다고 하였다. 그렇다고 수룡이 암룡한테 일부러 져 주는 일은 없었다. 지고이기는 것은 하늘의 뜻인 만큼 마을사람들은 사력을 다해 싸워야 했다. 승부는 하룻밤 단판에 결판이 나는 것이 아니고 닷새나 열흘, 심지어는 보름 동안 계속되기도 하였다.

고싸움이 시작되는 날 밤에는 남녀노소 할 것 없이 집을 비우고 모두 싸움터로 몰려나왔다. 싸움터는 노루목 마을 앞, 늙은 팽나무가 서 있는 당산에서 얼마 떨어지지 않은 영산강 변이었다.

위아래 노루목 마을사람들은 마을에서 가장 힘이 세고 지혜가 있는 남자를 줄패장으로 뽑고, 젊은 남자들은 고멜꾼이 되었다.

싸움터에 나온 윗마을 사람들이 두 고를 비교하면서 "이번에도 아랫마을 고가 더 큰가벼" 하면, 아랫마을 사람들은 "암컷이 크야 물도 많고 새끼도 많아서 풍년이 들제. 여자도 웅덩판이 푸짐해야 새끼도 많이 낳는 뱁여" 하고 자기네들 고가 큰 것을 자랑했다.

고싸움은 요란한 농악 소리와 함께 시작되었다. 암수 두 고는 농악 소리에 맞춰 독사처럼 곳대가리를 꼿꼿하게 쳐들고 서서히 접근하기 시작했다. 두 고는 서로 맞붙을 듯하다가는 물러서고 물러섰다간 다시 앞으로 우르르 전진하여, 맞붙지 않고 깡충깡충 뛰기만 하였다.

구경 나온 노루목 마을사람들은 모두 고의 꼬리잡이가 되어, 고가 뒤로 꽁무니를 뺄 때, 재치 있게 꼬리를 돌려 물러서곤 했으며, 다시 전진할 때는 와아 와아 함성을 지르며 승천하는 용처럼 고의 대가리를 치켜들고 내달았다.

이렇게 우르르 달려들었다간 떨어지고 떨어졌다간 다시 맞붙을 듯하기를 몇 차롄가 계속하다가, 곳대가리 위에 올라탄 줄패장의 밀어라 하는 명령과 함께, 고멜꾼들은 다시 우르르 가랫장을 두 손으로 잔뜩 뻗쳐든 채 전진하여 상대방 고의 정면에 딱 소리가 나게 부딪쳤다. 정면으로 맞부딪친 고는 고멜꾼들의 미는 힘 때문에 위로 치솟아 오르고, 첫 번째 가랫장과 두 번째 가랫장은 어느덧 멜꾼들의 손에서 빠져나가 허공에 떠올랐다.

"밀어라, 밀어라!"

고의 대가리 위에 떠억 버텨선 줄패장은 고함을 지르다가는 순식간에 상대방 고의 줄패장을 꽉 부둥켜안고 고 밑으로 떨어뜨리려고 끙끙 힘을 썼다.

농악대는 가락도 없이 징징 까강깡 짖어댔고, 횃불잡이들과 소사각영기(小四角令旗)와 대사각영기(大四角令旗), 덕석기를 든 깃대잡이들도 발을 동동 구르며 고래고래 소리치고 횃불과 기를 마구 흔들었다.

"빼라! 냉큼 빼라!"

고멜꾼들의 힘이 빠진 듯하자 줄패장이 목이 터져라고 외쳤다.

"웃마을 줄패장을 거꾸러뜨려라. 곳대가리를 누르고 작살을 내라!"

아랫마을 꼬리잡이들이 소리소리 질렀다.

암수 고멜꾼들도 꼬리잡이들도 농악대들까지도, 힘이 빠져 지치자 논바닥에 털썩 주저앉았다. 모두들 흠씬 땀벌창이 되어 잠시 쉬었다.

"끝나고 돌아갈 때 나 좀 만나드라고."

고멜꾼들이 잠시 쉬는 사이, 꼬리잡이로 달라붙어 있던 쌀분이가 웅보 옆으로 와서 옆에 사람 눈치 못 채게 옆구리를 찌르며 속삭이듯 말하고는 아낙네들 쪽으로 뛰어갔다.

잠시 후에 고싸움은 다시 시작되었다. 깃대잡이들이 기를 흔들고 농악대가 울리기 시작하자, 고멜꾼들은 손바닥에 침을 뱉으며 일어섰다.

사아—어 뒤—허 어뒤—허
임이 홀로 누웠더냐
어느 부자가 품었던가
사아—어 뒤—허 어뒤—허
임에게는 사생판단을 하는구나
사아—어 뒤—허 어뒤—허

고가 느릿느릿 움직이기 시작하자 줄패장의 선소리에 따라 고멜꾼들이 구성진 목소리로 함께 받아넘겼다. 횃불잡이들도 다시 꽃나비들처럼 덩실덩실 춤을 추며 횃불을 흔들었다. 보름달 달빛과 함께 싸리나무로 만든 횃불들이 활활 타오르자 싸움터 강변은 대낮처럼 밝았다.

까강까강 농악이 자진모리 가락으로 거칠게 울어대고 함성이 터지면서 고가 하늘로 치솟아 오르자, 꼬리잡이가 못 된 노인들과 어린이들까지도 뭐라고 소리소리 지르며 상대편의 고멜군들에게 달라붙어서는, 고꾼들의 허리춤이며 바짓가랑이를 끙끙거리며 잡아끄는가 하면, 꼬리잡이 아낙들의 머리채까지 휘어잡고 버둥거리는 것이었다.

재치 있는 고꾼들은 미리 머릿수건에 바늘을 꽂아두었기 때문에, 그런 그들의 머리끄덩이를 잡아당기던 꼬리잡이들은 아이쿠 아이쿠 비명을 지르며 길길이 뛰었다. 상대편 고멜꾼들에게 달려든 꼬리잡이와 구경꾼들은 끝판에는 실팍한 작대기로 내려치기도 하고 개처럼 으르렁거리며 달라붙어 끙끙 물어뜯기까지 하였다.

농악대들도 징채며 장구채, 소고채들을 모두 집어던지고 돌을 들어 마구 던졌다. 이때쯤 아랫마을 사람들은 "워매 워매, 웃마을 놈들이 아랫마을 고꾼들을 징 치듯 두들켜 패네!" 하고 소리소리 지르고 윗마을 사람들은 윗마을 사람들대로 "아랫마을 놈들이 웃마을 사람들을 개 패듯 하네!" 하고 비명을 질렀다.

고싸움놀이는 밤늦도록까지 계속되었다. 빨리 끝날 것 같지가 않자, 두 번째 주저앉아 땀을 식히고 있는데 어느 틈에 쌀분이가 웅보에게로 쪼르르 달려와서는 나루터 미루나무 밑에서 만나자고 하였다.

웅보는 그 길로 나루터 쪽으로 향했다. 쌀분이도 곧 뒤따라왔다. 강변 모래사장에서는 다시 와아 와아 함성이 밤하늘을 찢었다. 웅보와 쌀분이는 나란히 영산강을 따라 걸었다. 쌩쌩 차가운 칼바람이 불어왔으나 추위를 잊었다. 그들은 한집에서 같은 솥 밥을 먹고 살면서도, 상전들 눈치 보랴, 어른들 조심하랴 얼굴 맞대고 속말 할 기회가 거의 없었다.

상전들이 자기를 두례 대신 해가 뚝 떨어지는 먼 바닷가로 보낸다는 말을 들은 그녀는 서둘러 웅보를 만나고 싶었으나 그럴 기회가 없었는데, 마침 고싸움놀이가 열리게 된 거였다.

"웅보 너 참말로 나를 좋아하쟈."

그들이 나루터 가까이에 왔을 때 쌀분이가 뚜벅 물었다.

"무슨 소려?"

"참말로 나를 좋아하냐니께."

"달라졌어."

웅보의 말투는 무뚝뚝했다.

"달라지다니, 나 없인 아무데도 안 간다고 해 노코서는……."

쌀분이는 아직 웅보의 기분이 풀리지 않았다는 것을 느껴 알고 있었기 때문에 그런 웅보의 말에 마음이 상하지 않았다.

"그건 그때 이야기여."

웅보는 말을 하면서 걸음을 멈추고 희끄무레한 달빛을 뚫고 쌀분이의 옆얼굴을 찬찬히 들여다보았다. 차가운 강바람에 땀이 식어 선뜩거리는지, 그는 이마에 질끈 동여맨 수건을 끌러 목덜미 속 깊숙이 땀을 닦아냈다.

"나하고 같이 도망가."

쌀분이는 웅보를 똑바로 쳐다보며 말했다. 처음에 웅보는 쌀분이의 말을 믿지 않았다.

"두레 대신 가느니 차라리 도망을 치는 게 낫겠어. 죽어도 두레 대신 가기는 싫어."

그제야 웅보는 쌀분이의 말이 결코 헛소리가 아니라는 것을 알았다. 그도 쌀분이가 두례 대신 영산강 끝 먼 바다로 간다는 이야기를 대충 들어, 여태껏 기분이 찜찜하게 흐려져 있었던 거였다.

"너 지금 한 말 참말이냐?"

웅보는 다짐을 받기라도 하려는 듯 다그쳐 물었다.

"내 말 못 믿겄어?"

"글씨?"

"시방이라도 당장 도망을 가자니께."

웅보는 쌀분이의 말을 믿었다. 그는 죽은 두례한테 감사했다. 동생의 죽음이 쌀분이와 함께 도망칠 기회를 주었다는 것을 생각하자 죽은 두례가 고맙기만 하였다. 웅보는 순간 죽은 두례를 안아주는 기분으로 와락 쌀분이를 끌어안았다. 그녀는 웅보가 끌어안은 대로 상반신을 웅보한테 기댄 채 가만히 있었다. 가슴이 쿵쾅거렸다.

그날 밤 둘이는 노루목에서 도망칠 결심을 하였으며, 머슴날인 이월 초하루 새벽에 강을 건너기로 약조했다.

첫닭이 홰를 치자 서둘러 옷 보퉁이 하나만을 챙겨 마을 앞 팽나무 밑으로 나온 웅보는, 미리 나와서 기다리고 있던 쌀분이를 데리고 재너머 송월촌(松月村) 홍 거사(洪居士)한테 하직 인사를 하러 갔다. 유현 거사(遺賢居士) 홍백(洪伯) 선생은 삼 년 전부터 웅보가 남몰래 찾아다니며 글을 익히는 스승이었다.

삼 년 전 웅보가 벼슬길에 나가지 않고 조용히 살고 있는 홍 거사를 찾아갔을 때 그는 "에끼놈, 양반도 글을 배워서 제대로 써 먹을 수가 없는 세상에 종놈이 글을 배워 어쩌자는 게냐!" 하며 그냥 돌아가라고 하였다. 그러나 웅보는 댓돌 아래에 머리를 조아리며 돌아서지 않았다.

"써묵자고 글을 배우자는 것이 아닙니다요."

웅보는 빳빳하게 고개를 들고 우렁우렁 울림이 좋은 목소리로 말했다. 그러자 홍 거사는 웅보를 내려다보며 "써 먹자는 것이 아니라면?" 하고 물었다.

"답답해서요. 하도 답답해서 글이라도 좀 배우면 답답한 마음이 바늘귀만큼이라도 뚫릴까 해서요."

"허, 이놈 봐라."

홍 거사는 웅보를 종놈치고는 어딘지 웅숭깊은 데가 있다고 생각했는지 그날부터 밤을 이용하여 글을 가르쳐주겠다고 하였다. 비록 늦게 배우는 글이긴 했지만 또박또박 극성스럽게 익힌 보람으로 해가 지나자 제법 눈이 열리고 귀가 트여 하는 말마다 홍 거사를 깜짝깜짝 놀라게 하였다. 홍 거사는 그런 웅보를 마음속으로 은근히 미더워하였다.

홍 거사는 늘 "언제고 반상(班常)의 구별이 없어질 때가 올 것이다. 그때가 되면 너도 네 뜻을 펼 수가 있으리라. 매사를 다급하게 생각지 말고 우선 도량을 넓혀야 하느니라. 지금같이 어지러운 세상에 나간다는 것은 화약을 지고 불 속으로 뛰어드는 것이나 진배가 없느니라" 하고 말해주었다. 그때마다 웅보는 "스승님, 저는 반상의 구별이 없어지는 때가 온다고 해도 세상에 나가고 싶은 욕심은 없습니다요. 저는 그저 맘 편히 땅이나 파고 살 생각입니다요. 소원이 있다면 제 땅을 갖고 제 뜻대로 사는 것뿐입니다요" 할 뿐이었다.

그는 스승 홍 거사를 통해서 조금씩 세상을 알게 되었으며, 세상과 하늘의 이치를 봉사 문고리 짐작으로 어림하면서부터 자신의 마음도 조금씩 열려가고 있음을 알 수 있었다. 허나, 그가 자신의 마음이 조금씩 트이어 옴을 알면서부터는 건딜 수 없는 고뇌도 있었다. 그는 가끔 삼라만상의 큰 이치를 얼추 어림하는 기쁨보다는, 슬픔이 더 컸다. 실은 웅보가 노루목에서 도망쳐 자기 땅을 갖고 자기 뜻대로 살고 싶은 생각을 하게 된 것은 스승인 홍 거사의 영향 때문이었다. 그렇기에 그는 새로운 세상을 찾아가는 것을 홍 거사한테만은 알려주고 싶었던 거였다.

"웅보 너는 기량과 지혜가 있으니 잘 살 수 있을 게다. 서두르지 말고 선하게 살면 하늘이 도와줄 것이니라."

홍 거사는 쌀분이와 함께 옷 보퉁이 하나만을 들고 추운 날씨에 새 터전을 찾아 주인 몰래 집을 나섰다는 웅보의 말을 듣고 걱정이 되는지 긴 한숨을 토해냈다. 그러면서 홍 거사는 부인을 시켜 헌 이불이며 돌솥, 며칠 동안 끓여 먹을 곡식 자루를 내주었다. 웅보는 눈물로 고마움을 표시하고 서둘러 광나루로 향했다. 날이 밝기 전에 영산강을 건너자면 서둘러야만 했다.

그들이 광나루 나루터에 도착했을 때는 어느덧 희번하게 동이 터오고 있었다. 나루터에 도착한 그들은 사공이 나올 때까지 떨고 기다렸다. 그들은 차가운 영산강물을 훑고 올라온 칼바람보다는 잡히면 어떡할까 하는 두려움에 더 떨었다.

나루터 언덕 소나무 가지에 걸려 있던 마지막 어둠의 그림자가 거뭇거뭇 벗겨지고, 동쪽 하늘이 희붉그레 밝아오기 시작해서야, 늙수그레한 사공이 큼큼 헛기침을 토해 미명을 쫓으며 나타나자, 그들은 얼어붙었던 몸과 마음이 확 풀려버린 듯싶었다. 광나루 사공은 그들을 알아보지 못했다. 눈을 피하기 위해 노루목에서 강을 건너지 않고, 산을 하나 넘어 나루까지 오기를 잘했다고 생각했다.

늙은 사공은 웅보한테 노상 하는 대로 두어 마디 말을 붙이고는 노를 젓기 시작했다. 사공은 노를 젓다 말고 버릇처럼 손바닥으로 푸석푸석한 얼굴을 힘주어 문지르곤 하였다.

그런데 나룻배가 점점 강심으로 접근하려고 할 때 나루터 쪽에서 웬 사내가 목청이 찢어지는 듯한 목소리로 사공을 불렀다. 나루터에는 두 남자가 서 있었는데, 하나는 갓을 쓰고 도포를 입은 양반 행색이었고, 목청껏 사공을 부르며 손짓을 하고 있는 젊은이는 도폿자락을 날리며 뒷짐 지고 점잖게 서 있는 양반의 하인인 듯싶었다.

늙은 사공은 광나루를 향해 뱃길을 돌렸다. 웅보가 자기들 먼저 강을 건네주고 가면 될 것이 아니냐며 그냥 갈 것을 종용해보았으나 듣지를 않았다. 사공은 웅보 따위보다 나루에 떠억 버티고 서 있는 도폿자락이 무서운 것이었다.

배를 나루턱에 댄 늙은 사공은 도폿자락을 향해 허리가 휘도록 굽실거리더니 웅보와 쌀분이를 당장 내리라고 하였다. 양반을 먼저 건네주고 나서 태우겠다는 거였다.

"고물 귀퉁이에 붙어 죽은드끼 앉아 있을 테니 양반네와 함께 좀 건네주시구려."

웅보가 늙은 사공한테 부탁을 해보았으나 들어주지 않았다. 웅보가 지싯지싯 나룻배에서 내리려고 하지 않자, 늙은 사공은 그들을 강물 속에 밀어 넣을 기세로 달려들어 어깨를 떠밀었다.

웅보와 쌀분이는 하는 수 없이 내려서, 양반을 싣고 간 나룻배가 다시 돌아오기만을 기다렸다. 강을 건너지 않고 그냥 강을 따라 한없이 내려가 볼까 싶은 생각도 해보았지만, 강을 건너지 않고서는 도망친 것 같지가 않을 듯싶어 그냥 나룻배가 다시 돌아오기만을 기다렸다.

나룻배가 돌아오기를 기다리는 사이 금세 해가 떠올랐고, 나루터에는 이미 웅보를 알아보는 사람들도 나타나기 시작했으며, 잠시 후에 노루목 양 진사를 상전으로 모시고 사는 같은 집 하인들한테 붙들리고 말았다.

"어머니, 강바람이 찬데 어서 들어가셔요."

팽나무에 묶인 웅보는 아들의 두 다리를 쓸어안고 엎드려서 끄륵끄륵 가래 끓는 목소리로 슬픔을 쥐어짜고 있는 어머니에게 말했다. 그러나 웅보 어머니는 잠시도 아들 곁을 떠나지 않았다.

늙은 팽나무 가지 끝에서 까마귀가 울었다. 까마귀 울음소리에 언뜻 불길한 생각이 드는지, 웅보 어머니가 쓸어안은 아들의 두 다리를 풀고 고개를 들어 까마귀가 우는 팽나무 가지 끝을 노려보더니 실팍한 돌멩이를 집어 까마귀를 향해 힘껏 던지고 비척비척하다가는 퍽 쓰러졌다.

"워이, 까마귀야, 워이, 까마귀야."

웅보 어머니는 쓰러진 채 손을 휘저으며 까마귀를 쫓았다.


## 2


웅보 동생 대불이는 형이 쌀분이와 함께 도망을 치다가 붙잡혔다는 것도 모르고, 아침 일찍 박골로 봇수세(洑水稅)를 받으러 갔다.

"지길헐!"

청올치 미투리로 죄 없는 땅을 툭툭 차며 봇수세를 받으러 가는 대불이는 잔뜩 심통이 나 있었다.

다른 종들은 머슴날이라고 하여 뼈가 무르도록 느슨하게 늦잠을 퍼 자고, 상전이 내린 술과 떡을 배불리 먹고, 꽁그락꽁 꽁그락꽁 농악을 치며 노래와 춤으로 하루를 오달지게 즐길 판에, 봇수세를 받아오라니 심통이 머리끝까지 치밀어오를 밖에 없었다.

그는 헌칠하게 키가 큰 형에 비해 작달막하긴 해도 두 어깨가 떡 벌어져 힘깨나 써 보였다.

대불이는 쌩쌩 불어오는 영산강 칼바람을 맞바라기로 받으며, 고드름이 된 손을 입에 대고 입김을 불어 녹이며 논을 가로질러 뛰었다. 드센 바람에 헉헉 숨이 막혀 뒷걸음질로 뛰기도 하였다. 금성산(錦城山)에 쌓인 눈을 와르르 허물어버릴 것처럼 강바람이 거칠게 휘몰아쳤다.

그는 벌써 여러 차례 박골로 봇수세를 받으러 개발에 땀 괴게 뛰어다녔으나, 갈 때마다 허탕을 치고 돌아오곤 하였다. 당장 봇수세를 내

놓지 않으면 그의 주인 양 진사한테 일러바쳐 치도곤을 먹이겠다고 땅땅 으르며 큰소리를 치는 것이었으나, 그때마다 박골 사람들은 "종이 종을 부리면 식칼로 형문을 친다더니 요런 불상놈 보게나. 우리가 언제 봇물로 농사를 지었는데 물세를 내란 말여!" 하면서 되레 대불이를 쥐어박듯 나무랐다.

대불이의 상전 양 진사는 벼슬아치에 빌붙어 박골 보를 점유, 인근 농민들로부터 매년 물세를 받아냈다. 작년 심한 가뭄으로 농사를 망친 농민들이 봇수세를 내지 못하여 지금껏 밀쳐왔다. 양 진사의 성화가 불붙듯 하였으나 대불이는 차마 박골 사람들이 물세를 내지 못하겠다고 하더라는 말을 상전한테 전하지 못했다.

박골에 당도한 대불이는 징검다리를 건너, 나이가 어금지금한 아이들이 추위도 모르고 연날리기를 하고 있는 것을 보고 그들 곁으로 가까이 갔다.

그는 쌕쌕 가쁜 숨을 몰아쉬며, 박골 아이들이 옹기종기 모여 얼레를 돌려가며 자위질을 하고 있는, 앙상한 찔레나무들이 거미줄처럼 덩굴져 뒤엉킨 조그만 둔덕으로 올라갔다. 다른 때 같으면 돌멩이에 실을 매달아 하늘 높이 던져서, 엉킨 연줄을 당겨 연을 빼앗는 뺑줄치기를 하지 않고서는 마음이 근질근질한 심술을 참지 못하는 그였지만, 그날은 바람이 너무 차가와 마음도 몸도 꽁꽁 얼어붙은지라, 조용히 구경만 했다.

"불알 큰 놈 왔구나."

가래연줄을 추적거리던 그들 또래 중에서 제일 나이가 많아 보이는 한 아이가 대불이를 향해 눈을 히뜩거리며 비아냥거렸다. 그 아이는 대불이가 또 박골에 봇수세를 받으러 온 것을 알고 심히 못마땅하여 한마디 쥐어박은 거였다.

"이 자식아, 불알 큰 것도 시비냐?"

대불이라고 가만히 듣고만 있지 않았다.

그의 아버지 장쇠는 큰아들은 얼굴이 빡빡 얽었다고 하여 웅보라고 하고, 둘째는 불알이 유난히 크다고 대불이라는 이름을 붙였는데, 걸핏하면 마을 아이들이 불알 큰 놈, 불알 큰 놈 하고 놀려대어, 성질만 왁살스러워졌다.

"뭣 묵고 그렇게 불알만 키웠지?"

"뭣 묵고 키워! 애잔한 박골 사람들 봇수세 바더묵고 키왔재."

"얼마나 큰가 한 번 보자."

"칼자루만큼 크냐, 도끼자루만큼 크냐."

박골 아이들은 시새워가며 대불이를 놀려댔다.

"네미럴 놈들아. 느그 엄씨들을 데려와 봐라. 그라믄 내 불알을 홀딱 까 보여줄끼다."

대불이도 지지 않고 열일곱 살답지 않게 상스러운 말로 대꾸를 했다.

박골 아이들 중에서 가장 나이가 들고 체격이 단단한 아이가 얼레를 옆의 놈한테 맡기고 나서 대불이에게 달려들 기세로 씩씩 코를 불었다. 대불이는 아이들의 기세에 눌려 주춤 뒷걸음질을 쳤다.

"야, 불알 큰 놈아, 왜 도망을 쳐."

대불이는 그의 뒤통수를 치는 듯한, 그를 놀려대는 소리에는 아랑

곳하지 않고 박골 마을로 뛰어 들어가 버렸다. 그의 와살스러운 뚝심에 같은 또래들 두서넛 쯤이야 단숨에 해치울 수 있었지만 마을 아이들이 떼거리로 달려드는 데는 겁을 먹지 않을 수가 없었다.

대불이는 박골 어른들보다 아이들이 더 무서웠다. 지난해 봄, 그는 봇수세를 받으러 왔다가 박골 마을사람들이 봇수세를 낼 수 없다고 하기에 치도곤을 먹이겠다고 큰소리치다가, 마을 아이들이 돌멩이며 작대기들을 들고 떼거리로 덤벼드는 바람에 혼겁하여 도망친 일이 있었다. 어른들은 그가 큰소리를 치면 기가 꺾여 말미를 더 달라고 비는 것이었으나, 아이들은 그를 무서워하지 않았다.

연날리기를 하던 박골 아이들은 마을 어귀 정자나무까지 돌멩이를 던지며 따라왔다. 숨이 턱 끝까지 차오르도록 헐근벌근 마을로 뛰어 들어온 대불이는 재빨리 몸을 돌려 그 자리에 버티고 서서는 왕방울 눈에 심지를 돋우며 날카로운 눈초리로 아이들을 쏘아보았다. 그러나 그들은 쉽게 돌아서지 않았다. 대불이는 돌멩이를 집으려고 주위를 둘러보다가, 느티나무 밑동에 있는 큰 들돌을 발견하고, 배에 힘주어 머리 위로 치켜 올렸다.

"가까이 오기만 하면 박살을 낼 거여."

대불이는 들돌을 들고 큰 소리로 말했다. 그제야 박골 아이들은 휘둥그렇게 눈알을 굴리며 주춤 물러섰다. 대불이가 들어 올린 들돌은 박골에서 웬만큼 힘이 센 어른들도 끙끙대며 겨우 가슴 위에 올려놓을 만큼 무거운 돌이었다.

"아니 너, 양 진사 댁 종놈이 아니냐."

때마침 박골 송풍헌(宋風憲)이 마을로 들어오다 이 광경을 보고 놀랐다. 대불이는 송풍헌을 보자 쿵하고 들돌을 내려놓았다.

송풍헌은 방금 화처(花妻)를 죽인 대장장이 칠덕이를 관가에 끌어다 주고 돌아오는 길이었다. 대장장이 칠덕이는 간밤에 그의 화처가 건넛마을 남자와 배가 맞았다 하여 벌건 시우쇠를 사타구니에 쑤셔 넣어 죽인 것이었다.

"네 이놈, 또 박골 사람들을 들볶으려고 온 게로구나."

송풍헌은 대불이를 보고 못마땅한 표정을 지어보였다.

"풍헌님께서도 원, 무슨 말씀을 그렇게 하시우."

"봇수세를 받으러 온 게 아니란 말이냐?"

"맞았어요. 진사 어른께서 풍헌님을 만나보라고 하시데요."

대불이의 말에 송풍헌은 얼굴을 찡그렸다. 그는 심사가 좋지 못한 얼굴이었다.

원래 풍헌이란, 관속들이 점고(點考)를 핑계 삼아 불시에 마을을 덮쳐 농민들의 재산이나 물건을 약탈해가는 일이 잦아, 이 폐단을 없애기 위해 만든 향소직(鄕所職)인데, 일이 생겨 관아에 불려갈 때마다, 마을에서 재물이나 거두어 바치지 않나 하고 관속들한테 괜한 시달림이나 눈총을 받게 마련인 자리였다.

그의 할 일이란 불효한 자, 정처(正妻)를 구박한 자, 지친(至親)끼리 소송한 자, 이웃마을끼리 불목한 자, 남녀 간 음란행위를 한 자, 어른에게 불경한 자, 상전을 능멸한 자, 고독한 사람을 업신여긴 자, 환난을 구하지 않는 자, 농사를 게을리 한 자, 술 마시고 싸우는 자 등을 다

스리는 것이었으나, 양반들이 권세를 믿고 가난하고 약한 농민들의 재물을 약탈해가는 것이나, 토호들이 농민들을 업신여겨 함부로 하는 것은 말도 못하고 구경만 할 따름이었다.

해마다 박골 사람들한테 엄청난 봇수세를 강제로 받아가는 양 진사의 행패만 해도 그렇다. 지난 무자년(戊子年) 봄 식년소과(式年小科) 회시(會試) 때 생원, 진사를 일천여 명씩이나 합격시켰는데, 양 진사도 그때 엽전 일만 꿰미를 바치고 산 것이었으며, 돈을 주고 산 진사 행세하여 강제로 봇수세를 거두어들였으나, 불쌍한 농민들은 관돌 배앓기로 어디 가서 하소연 한마디 못하였다.

오래전에 점유한 박골 보는 허물어진 둑을 다시 쌓을 생각도 않고, 건보가 되도록 내버려두어, 농부들은 수근(水根)이 없이 해마다 한재를 입고 초근목피로 겨우 목줄을 지탱하며 살아가고 있는데도, 양 진사는 또박또박 봇수세를 받아갔다.

나라에서는 한때 허물어진 보의 둑을 다시 쌓게 하고 수령을 권농관에 겸직시켜 제방을 수축하며 감독케 하였으나, 보가 이권으로 화하여 세력가들이 이를 점령, 수세를 받아먹는 뒤부터는 관개는 말뿐이고 보라는 이름만 남게 되었다.

수령들은 자기 경내의 제방을 간심(看審)하여 허물어진 곳이 있으면 개축하여 한재를 면하도록 해야 하는데도 농민을 보호할 생각은 않고 되레 온갖 방법으로 수탈만 일삼을 뿐이었다. 더러는 보를 점유한 양반들이 언제(堰堤)를 잘 쌓고 충분히 저수를 하여 관개에 이용할 수 있게 했으나, 수세가 태과(太過)하여 농민들이 아예 봇물을 쓰지 않고 그대로 두어 논이 황폐하도록 만들기도 했다. 엄청난 봇수세에 농토를 헐값에 넘겨버리고 소작인이 되는 경우도 많았다.

"이봐요 풍헌님, 박골 수세는 풍헌님께서 걷기로 햇담서요."

대불이는 성큼성큼 두껍다리를 건너 그의 집 안으로 들어서는 송풍헌을 따라가며 불퉁스럽게 말을 뱉었다.

"누가 그러더냐?"

"우리 진사 나리께서 그러시데요."

"그건 네 집 나리 생각이시다."

"그건 또 무슨 말이지요?"

"나도 모르겠다."

"오늘도 그냥 돌아가면 불똥이 떨어진다니께요."

"그래서 어쩌란 말이냐."

"봇수세를 받아가야지요."

"허허!"

송풍헌은 하늘을 쳐다보며 웃었다.

"웃을 경황인가요?"

"너 이놈, 이리 들어오너라."

송풍헌은 대불이를 그의 마당 안으로 불러들인 다음, 화난 얼굴로 방에 들어가더니 웬 뚝배기를 들고 나왔다. 그때 방안에서 송풍헌의 고만고만한 아이들이 숟갈을 들고 줄레줄레 아버지를 따라 나왔다. 아이들은 점심을 먹고 있는 중이었다.

"너 이것이 무엇인 줄 아느냐."

송풍헌이 뚝배기를 대불이의 코앞에 바짝 들이대며 꾸짖는 목소리로 물었다. 그것은 홀렁한 보리싹 죽이었다. 미강(米糠)과 된장을 풀어 구리텁텁한 냄새가 났다.

"이것이 무엇이냐?"

송풍헌이 다그치듯 다시 물었다.

"글쎄요. 보릿국 아닌가요?"

"보릿국이 아니고 보리싹 죽이다. 너 이런 것 묵어봤냐?"

대불이는 아직 보리싹 죽을 먹어보지는 않았다.

"네놈은 상전 덕택으로 호강하는 줄 알아라. 네 상전 개밥도 이보다는 나을 것이다. 우리는 이것도 못 묵어 부황이 날 정도다. 그런데도……."

송풍헌은 말끝을 흐리며 보리싹 죽 뚝배기를 아이들한테 넘겨주었다.

"가서 진사 나리한테 본 대로 말하거라."

송풍헌은 한마디 퉁겨내고는 방으로 들어가 문을 쾅 닫아버렸다.

대불이는 그날도 봇수세를 받지 못해 맥 빠진 걸음으로 휘적휘적 노루목으로 돌아왔다. 마을에 돌아와서야 팽나무에 묶여 있는 웅보를 발견하고, 새벽에 쌀분이와 함께 도망을 가다가 붙잡혔다는 것을 알았다.

"바보같이, 도망을 가지 말든지, 잡히지를 말든지!"

대불이는 팽나무에 묶인 형을 보자 부끄러움과 울화가 울컥 치밀어 올랐다. 그는 한사코 양 진사 댁에서 뛰쳐나가려고 하는 형의 마음을 이해하지 못했다. 자유의 몸이 된들, 굶어죽으면 무엇하랴 싶었다. 그는 오늘도 박골에 가서, 박골 사람들이 보리싹 죽을 먹는 것을 보지 않았던가. 굶주리는 박골 사람들에 비하면, 굶지 않고 배불리 먹고 사는 자신들이 얼마나 다행한 일인가 싶었다.

"바보같이 도망은 왜 가!"

대불이는 괴로운 얼굴을 하고 있는 형을 보며 불만 섞인 목소리로 말하고 "꼭 도망을 가야거써?" 하고 큰 소리로 물었다. 웅보는 절망적인 얼굴로 대불이를 보고만 있었다.

"도망치고 싶으면 오늘 밤에 다시 도망을 쳐뿌러."

대불이가 신경질적으로 쏘아붙이자 웅보는 그냥 씁쓸하게 웃었다. 대불이는 한동안 팽나무 주위를 서성거리더니, 저녁에 몰래 밧줄을 풀어주겠다고 하면서 집으로 가버렸다.

웅보는 고개에 힘을 주어 휘휘휘 이상한 바람 소리를 내고 있는 팽나무 가지들을 올려다보았다. 죽은 할아버지의 할아버지들 뼈다귀와도 같이 느껴지는 늙은 팽나무와 말을 하고 싶었다.

목신(木神)님이시여, 나는 생각할 수 있는 머리를 가졌으나 왜 생각대로 할 수가 없으며, 걸어 다닐 수 있는 튼튼한 두 다리를 가졌으나 자유로이 갈 수가 없고, 부지런한 두 손을 가졌으나 아무것도 가질 수가 없는 것이옵니까? 목신님이시여, 할아버지의 할아버지들을 지켜주신 목신님이시여, 제 뜻대로 살 수 있고 갈 수 있는 곳에 가게 해주시고, 갖고 싶은 것을 갖게 해주시옵소서. 목신님이시여, 제게 할아버지의 힘을 주시옵소서.

웅보는 마음속 깊숙이 울부짖듯 팽나무 가지들을 쳐다보며 빌었다. 팽나무는 바람에 흔들림으로 대답을 해주고 있는 듯싶었다. 어쩌면 오백 년도 더 넘도록 살아 있는 팽나무가 웅보의 소원을 들어줄 것도 같은 한 가닥 희망이 있었다.

팽나무 가지 끝에서 다시 거칠게 까마귀가 울었다. 까마귀가 불길하게 울어쌓는 가지 끝에 거뭇거뭇 어둠이 매달리기 시작했다. 마을 뒤 금성산의 큰 산 그림자가 우줄우줄 마을로 기어 내려오고 있었다. 어둠이 내려 덮이자, 강바람이 한결 드세어졌다.

"아가, 이것 좀 묵자 와."

잠시 마을로 들어간 어머니가 뜨거운 물과 찐 고구마를 가지고 와서 먹어보라고 하였다. 어머니는 낮에도 상전들 몰래 물과 찐 고구마를 가지고 와서 웅보에게 먹여주었다.

"아무도 없을 때 후딱 묵어라."

어머니는 아이들 주먹만 한 고구마를 껍질도 벗기지 않은 채 웅보의 입속에 처넣어주었다.

"탈기하면 죽어. 죽을 때 죽더라도 힘을 잃어서는 안 된다."

웅보는 목구멍이 칵 메어 고구마를 먹기조차 힘들었다. 그는 어머니에 대한 고마움으로 자꾸만 눈물이 나오려고 하였다.

웅보 아버지는 해가 기울도록 아들이 붙잡혀 묶여 있는 마을 앞 당산에 얼굴을 내밀지 않았다. 웅보 아버지 장쇠는 아들이 큰 죄를 지어 상전들에 심려를 끼친 것이 죄스러울 뿐이었다.

"네 아부지를 원망하지 말아라. 부모 자식 정은 다 마찬가지란다.

네 아부지가 여기 안 오시는 거는 진사 나리 눈치를 보기 때문인 거여. 네 아부지도 마음속으로 울고 있을 거여."

어머니는 웅보가 고구마 두 개를 대강대강 씹어 삼키자, 물을 먹여 주며 말했다.

"아버지를 원망하지 않아요. 저는 아무도 원망하지 않아요. 진사 나리도 마님도 원망하지 않아요."

웅보의 그 말은 거짓이 아니었다. 그는 진정 아무도 원망하지 않았다. 큰 흉년에 양반집 담을 넘어 곡식을 훔치다 붙잡혀 종이 되었다는 할아버지의 할아버지도, 집이 너무 가난하여 당나귀 한 마리 값에 팔려왔다는 할머니의 할머니까지도 원망하지 않았다.

"네 아부지는 죽어서 귀신이라도 나리 댁을 떠나지 못 헌다고 하시지 않던."

"그 말은 저도 들었어요."

아버지는 늘 그렇게 말했었다. 웅보까지 5대째나 양 진사 댁에서 종살이를 해오고 있는 터라, 그의 조상들 넋이 모두 양 진사 댁에 빌붙어 있다는 것이었다. 그런데 어떻게 조상들의 혼을 버리고 이 집에서 나갈 수가 있느냐는 것이었다. 그때문에 웅보의 아버지 장쇠는 주인이 종문서를 내주겠다는 것을 마다지 않았던가.

3년 전, 양 진사의 생모인 노마님은 임종을 하기 전, 가족들 외에 장쇠 내외도 함께 불렀다.

장쇠는 양 진사 집에서 대대로 살아왔고, 그의 처 웅보 어머니는 그녀의 할아버지 때부터 노마님네의 친정에서 종살이를 해왔다. 노마님이 노루목으로 시집을 오자 하님으로 따라온 웅보 어머니는 장쇠와 혼인을 하였다. 웅보 어머니는 남편을 맞긴 했어도 남편 공대는 생각할 겨를도 없이 노마님 모시는 데만 얽매여 살았다. 언제나 노마님의 곁에 쫄쫄 붙어 다니며 손발 노릇을 해왔다. 노마님이 나이가 많아져 노환으로 눕게 되자, 몸종인 웅보 어머니가 대소변을 다 받아냈다.

임종을 하는 자리에서 아들 며느리와 같이 장쇠 내외를 불러들인 노마님은, 특별히 웅보 어머니를 가까이 앉게 하고 평생을 몸종으로 시중을 들어주어 고맙다고 말하면서, 죽기 전에 그에 대한 보답을 해주고 싶다고 하였다. 노마님은 웅보 어머니한테 "종문서를 내주랴. 땅을 좀 떼어주랴?" 하고 물었다. 그 말을 들은 웅보 어머니는 가슴이 벌렁거려 아무 말도 할 수가 없었다.

"어서 말하거라. 땅을 주랴, 문서를 주랴."

노마님의 재촉에 웅보 어머니는 감지덕지하고 황송한 마음에 눈물이 쏟아져 차마 입을 열지 못하였다. 옆에 있던 양 진사 내외가 어서 대답을 하라고 재촉을 하기에 "문서를……" 하고 잦아들어가는 목소리로 말했다.

"종문서를 주라고? 알았다. 허면 웅보 애비 생각은 어떠냐. 웅보 애비도 종문서를 바라느냐?"

노마님이 장쇠의 의견을 묻자, 장쇠는 대뜸 "노마님, 섭한 말씀은 그만 허세요. 즈이가 어찌 이댁에서 떠날 수가 있나요. 쇤네로 말헐 것 같으면 즈이 증조할아버지 때부터 이 댁에서 은혜를 입고 살아 왔는디, 어찌 이 댁에서 떠날 수가 있겠어요."

장쇠는 그러면서 "종문서를 주시라고 허다니 천부당만부당합니다요. 저 여편네가 쥐 창자만도 못한 좁은 소가지로 헛말을 한 겁니다요" 하면서 못마땅한 눈으로 아내를 흘겨보기까지 하였다.

"아니여. 장쇠 너는 종문서와 땅문서 둘 중에서 확실하게 하나를 택하래두 그러네. 장쇠네는 웅보까지 우리 집에서 오 대째 살아왔고, 웅보 에미네는 우리 친정에서 삼 대째를 살아왔어. 내가 죽는 마당에 네들한테 보답을 하고 싶은 게야."

노마님의 말에 장쇠는 고개만 조아렸다. 옆에 있던 양 진사가 장쇠한테 큰 소리로, 땅이면 땅, 종문서면 종문서, 둘 중에 하나를 확연하게 말하라고 다그치듯 쏘아붙였다. 그제야 장쇠는 얼굴을 방바닥에 꿍겨박듯하고 "정 그러시다면 쇤네는 땅을……" 하고 겨우 입을 뗴었다.

"웅보 에미는 종문서를 원하는데, 장쇠는 땅을 달라고 허니……."

노마님은 난처한 얼굴로 장쇠와 웅보 어머니를 번갈아 보았다.

"나는 종문서를 내주어 네들이 자유롭게 살기를 바랬다만…… 허나 하는 수 없지. 여필종부라, 웅보 에미한테는 안 됐다만 장쇠 소원대로 땅을 떼어주겠다."

장쇠 내외는 노마님의 말을 듣고 물러나왔다. 그날 그들 내외는 노마님의 방에서 나와 한바탕 티격태격 입싸움질을 하였다.

"왜 땅문서를 달라고 했어요."

웅보 어머니가 먼저 남편을 공박하자 "이 멍텅구리, 그까짓 종문서 갖고 어쩔라고 그랬어?" 하고 장쇠가 그의 아내를 쥐어박을 듯 윽박질렀다.

"웅보가 알았다가는 가만 안 있을 거여요. 웅보가 을매나 종문서 노래를 불렀다고."

웅보 어머니는 남편의 결정이 안타까운지, 찜찜하게 굳은 얼굴을 펴지 않았다.

"그까짓 종문서만 달랑 갖고 나가서 뭘 묵고 살자는 게여."

"그래도 웅보 놈 말이, 흙을 묵고 살더라도 몸이 매이지 안 허야 헌다고 안 헙뎌."

"칫, 지까짓게 뭘 안다고. 땅문서를 달라고 허길 천 번 만 번 잘헌 일이니께, 쥐소리도 말고 나 허는 대로만 보란 말여."

"모르겠어요. 옴니암니 생각해봐도 땅문서보다는 종문서를 받아야……."

"이런 또 쥐둥아릴!"

결국 웅보 어머니는 남편의 오금에 더 큰 불만은 꽁꽁 삼켜버리고 말았지만, 그날 밤 웅보가 그 사실을 알고는 아버지 앞에서 한바탕 소란을 피웠다.

"세상에 아버지도 원, 얽매인 몸으로 땅을 가져서 뭘 헙니까. 얽매인 몸으로 땅문서를 가지면 어디 그것이 온전하게 아버지 땅이 되는 겁니까. 우리 식구가 모두 나리한테 얽매인 몸인데 땅이 있으면 뭘 해요. 누가 농사를 짓는단 말이요. 내 원 참, 어이구 답답해. 솜으로 가슴을 찧고 죽을 일이구만."

그날 밤 웅보는 처음으로 아버지한테 마구 대들었다. 종문서만 갖게 되면 도망을 치지 않아도 되려니와, 그가 늘 마음속에 공그렸던 대로, 하늘처럼 넓디넓은 이 세상 어딘가에 웅보의 땅, 웅보의 집을 마련할 수도 있지 않겠는가 싶었다. 딴은, 웅보의 말을 듣고 보니 장쇠 자신도 아뿔싸 후회하는 마음도 없진 않았다. 아들의 말마따나 주인 나리한테 얽매인 몸으로 땅이 있다손 치더라도 누가 어떻게 농사를 지으랴 생각하니 눈앞이 아찔하였다.

웅보는 아버지한테 당장 안방으로 들어가서 땅문서 대신 종문서로 바꿔 달라고 말하라고 하였으나, 장쇠는 그런 아들의 말에 "나는 죽어서 귀신이 되어서도 이 댁에서 한 발짝도 나갈 수가 없다. 어차피 이 댁에서 안 나갈 바에야 그 따위 종문서는 받아서 어디에 쓴단 말이냐" 하고 아들의 말과 생각을 막아버렸다.

"아버지 어머니는 이 댁에서 귀신이 된다고 치더라도, 후담에 나와 우리 자식들도 이 댁에서 나가지 말라는 겁니까?"

웅보는 큰 소리로 아버지한테 따지며 대들었다.

"그러다마다. 웅보 네놈뿐만 아니라, 내 손자들의 손자들까지도 이 댁 귀신이 되사제."

장쇠는 한 치도 양보하지 않고 고집을 부렸다. 웅보는 그런 아버지가 원망스럽기보다는 불쌍하게 생각되었다. 단 한 뼘의 자기 인생도 갖기를 원하지 않으며, 자신의 세상은 오직 주인 나리의 넓고 넓은 하늘 아래에서만 있을 수 있는 손바닥만 한 그늘로 만족해하는 한갓 미물의 삶과도 같은 아버지가 불쌍할 뿐이었다.

노마님은 가족들이 모인 임종의 자리에서, 웅보 네에게 그들이 원하는 땅을 떼어주라는 유언을 남기고 눈을 감았다. 그러나 양 진사는 노마님이 눈을 감은 지 일 년이 되도록 땅을 떼어주지 않았다.

"땅 떼어준다는 말이 왜 꿩 궈 먹는 소식이람."

씨나락을 담그고 못자리에 물을 안길 무렵, 장쇠는 발싸심을 하며 식구들 듣는 데서 툴툴거렸다. 그때마다 웅보 어머니는 "아따 이 양반아, 노마님 탈상이나 지나야지요" 하고 속없는 남편을 나무람 하였다.

"딴은 그렇구만. 내 평생에 첨으로 내 땅을 갖는다는 생각에 그만 정신이 몽땅 삐어뿌렀나벼."

웅보 아버지 장쇠는 되레 마누라한테 미안해하는 얼굴까지 지어 보이며 자신의 욕심 많음을 스스로 꾸짖기까지 하였다. 그러나 양 진사는 노마님의 탈상이 지나도 땅을 떼어줄 생각을 안했다. 그래서 지난봄에는 두 내외가 용기를 내어 양 진사가 혼자 기거하는 사랑채 댓돌에 꿇어앉아 노마님의 유언을 상기시켜 보았었다.

"무슨 말인지 알겠다."

양 진사는 장지문을 빠끔히 열어 댓돌 아래를 굽어보며 장쇠 내외의 말을 가로막았다.

"지금 땅을 떼어주라는 게냐?"

"네, 네, 노마님의 유언이 계셔서……."

장쇠는 코가 땅에 닿게 고개를 주억거리고 무슨 죽을죄를 지은 사람처럼 발발 떨며 가까스로 목소리를 쥐어짰다.

"그래, 땅문서는 갖다 어디에 쓸 게냐?"

"네?"

"땅문서를 어디에 쓸 거냐고 물었다."

"어디에 쓰다니요. 쇤네는 무슨 말씀이시온지……."

"그래, 땅문서를 주면 당장 네 것들이 농사를 짓겠다는 게냐."

"네, 네, 그렇습죠. 나리."

"농사를 짓겠다고 했겠다."

"그렇습죠. 나리."

"에끼! 우리 집에 매인 종놈이 어떻게 농사를 짓겠다는 게야!"

"네?"

웅보가 말한 그대로였다. 결국 양 진사는 땅은 가져다가 누가 농사를 짓겠느냐면서 끝내 땅문서를 내주지 않았다.

"네 것들이 누구 덕에 안 굶어죽고 사는데 딴 욕심이여!"

양 진사는 장쇠한테 땅을 떼어주기는커녕 되레 호통을 치는 게 아닌가. 워낙 성질이 꼬장꼬장하고 오소리같이 욕심이 많은 양 진사는 어머니의 유언을 받기는 했으나, 장쇠한테 땅을 뚝 떼어주기가 싫은 것이었다. 더욱이 혼인한 지 오 년이 넘도록 슬하에 혈육 한 점 없어, 씨받이 여자를 번갈아 들이는 형편이나 여태껏 딸 아이 하나도 얻지를 못하여 심사만 더욱 사나와진 터였다. 이런 판국이라, 양 진사의 눈 밖에 났다가는 땅문서는 고사하고 치도곤을 당할지 모를 일이어서 장쇠 내외는 찍소리 못하고 슬금슬금 뒷걸음질 쳐 사랑채에서 물러나오고 말았다.

"지길헐! 죽든지 살든지 한 번 따져봐야겠어."

장쇠는 잠을 자다가도 두 주먹을 불끈 쥐고 일어나서는 넋 나간 사람 모양 뒷마당을 서성이곤 하였다.

웅보는 그런 아버지한테, 지금이라도 땅문서 대신에 종문서를 달라고 여쭈어보라고 하였으나, 장쇠는 끝내 아들의 말을 받아들이지 않았다. 장쇠는 요즈막 죽으나 사나 주인 나리의 처분만을 바라고 있는 터였다.

징징징 강변에서 징소리가 어둠을 찢었다. 함성도 와글버글 울려왔다. 다시 고싸움놀이가 이틀째 시작된 거였다.

"어머니, 그냥 들어가셔요. 이러다가 몸져눕게 생겼네요."

팽나무에 묶인 웅보는 잠시도 아들의 곁을 떠나려고 하지 않는 어머니를 내려다보며 목멘 소리로 말했다.

양 진사는 밤이 되어도 웅보를 풀어주지 않았다. 풀어주기는커녕 어머니의 말대로라면 이마에 '노(奴)'자 불도장을 찍을 것이라고 하였다.

"대불이는 고싸움 하는 데 갔나요?"

웅보가 물었다.

"대불이뿐 아니라 모두들 다 나가고 집안이 텅 비었어."

"어머니, 그만 들어가시라니깐요. 바람 끝이 너무 차서 고뿔드시겠어요."

"아가, 춥쟈. 내 불 피워주랴?"

웅보가 한사코 그만두라고 했지만, 그의 어머니는 당산에서 가까운 점백이네 집에 가서 불씨를 얻어와, 팽나무 밑동에 불을 피웠다. 웅보 어머니는 삭정이를 한 다발 가져와서 불길이 날리지 않도록 드센 강바람을 막고 앉아 모닥불을 피웠다. 웅보는 바람 때문에 훅훅 뜨거운 불길이 덮쳐 숨이 막혔으나 그대로 참고 견디었다.

"어머니, 불 *끄고* 그만 들어가셔요."

밤이 깊어져 고싸움놀이가 끝날 무렵 웅보는 모닥불을 피우며 꾸벅꾸벅 졸고 앉아 있는 어머니에게 말했다. 그때마다 웅보 어머니는 "나 들어가고 불 꺼지면 내 새끼 얼어 죽는다. 나는 살 만큼 살았으니께 얼어 죽건 데어 죽건 괜찮다만, 너는 아직 청춘이 구만리 같은 디……" 하며 삭정이를 뚝뚝 꺾어 불더미 위에 놓았다.

고싸움은 둘째 날 밤에도 승부가 나지 않았는지 승전가가 들려오지 않았다. 위 아랫마을 중에서 어느 한 마을이 이겼다면,

이겼네 이겼네 웃마을이 이겼네
졌네 졌네 아랫마을이 졌네

하고 고꾼들과 농악대가 한 덩어리가 되어, 금성산 너덜경이 쩡쩡 울리도록 승전가를 불러댔을 것이다.

"웅보야, 대불이 놈 말대로 내가 풀어줄게 도망을 칠래? 네 마빡에 불도장 찍는 꼴을 어뜨케 볼 것이냐 잉."

쪼그리고 앉은 채 잠이 든 줄 알았던 어머니가 죽어가는 목소리로 말했다.

"내가 도망치면 내 대신 어머니를 묶고, 어머니 얼굴에 불도장을 찍을 거로구만요."

"너는 불도장이 무섭지도 않냐?"

웅보는 대답 대신 눈을 들어 별이 촘촘히 박혀 반짝이는 하늘을 보았다. 그는 까마귀 소리며 영산강 우는 소리가 무섭지 않은 것처럼 이

마에 찍히게 될지도 모르는 불도장이 조금도 두렵지가 않았다.


## 3


달빛마저 삼켜버린 밤, 흰 치자꽃 색깔의 어둠이 걷히고, 강 건너
동편 하늘이 희번하게 밝아오기 시작하자, 늙은 팽나무에선 다시 까
마귀들이 꽹과리를 치듯 거칠게 울어댔다. 까마귀들은 낚싯바늘처럼
휘움한 부리로 잠이 덜 깬 마을사람들의 뇌수를 쪼아대듯, 회색빛 고
통을 주며 울었다.

아침 일찍이 박골에서 송풍헌이 양 진사를 찾아왔다. 필시 박골 농
민들의 봇수세를 탕감해달라고 찾아왔음이 분명했다. 청지기가 사랑
채 양 진사가 거처하는 방 앞에 허리를 꺾고 아뢰었으나 방 안에서는
연신 큰기침만 토해냈다.

양 진사는 출타 준비를 서두르고 있는 참이었다. 오래전에 양전(兩
殿)의 총애를 한 몸에 받고 있던 무당 진령군(眞靈君)의 아들 김창렬(金
昌烈)를 통해 현감 자리라도 하나 사볼까 하고 자그마치 오천 냥을 넣
었는데 여태껏 소식이 없다가, 얼마 전에 천 냥을 더 올려 보내면 한
달 안으로 관직을 제수 받게 하여준다는 연락을 받고, 부랴부랴 채비
를 서두르고 있는 중이었다.

그가 엽관(獵官) 운동에 줄을 대고 있는 진령군의 아들 김창렬은 붉
은 옷에 옥관자를 달고 당상관(堂上官)의 관복을 입고 다녔는데, 그가

마음을 먹고 서둘기만 해준다면 수령 방백 자리쯤이야 거뜬하게 딸수가 있다고 믿었다. 본시 양 진사는 돈 일만 꿰미를 주고 진사를 산뒤로 기회만 있으면 벼슬자리에 앉으려고 탐탐해온 인물로, 자주 한양에를 오르내렸으며, 지난해에 요행히도 진령군과 의형제지간이 되는 정태호(鄭泰好)라는 사람과 만나 김창렬과 연줄을 댈 수가 있었던 것이었다.

양 진사는 엽관 운동이 아니라도 집을 비우는 일이 많았다. 후사가 없는 때문인지 계절이 바뀔 무렵이면 여기저기 홀홀 돌아다니기를 좋아했다.

"나으리, 박골 송풍헌이 건너왔습니다요."

청지기가 다시 한 번 목소리를 가다듬어 아뢰었다.

"박골 송풍헌 문안 여쭙니다."

이번에는 송풍헌이 양 진사 들을 수 있게 큰 목소리로 직접 문안인사를 하였다. 한참 후에야 진사립 갓에 도포를 입고 마루에 나온 양진사는 "이른 아침부터 웬일인가" 하고 턱 끝을 올리며 입을 열었다.

"네, 실은 박골 봇수세 때문에……."

"그렇지 않아도 내 송풍헌을 한 번 만나고 싶었네. 대관절 박골놈들은 봇수세를 아주 떼어먹을 셈인가!"

양 진사는 큰 소리로 내질렀다.

"언감생심, 떼어먹다니요."

"그렇다면 작년 봇수세를 여태 안 내는 이유가 무엇인고."

"네, 네, 나리께서 아시다시피 지지난해에는 큰 홍수로 폐농을 했사옵고, 거년에는 또 가뭄 때문에……."

"그래서 어쨌다는 겐가. 못 내겠다는 겐가?"

"아, 아니올씁니다요."

"그렇다면 오늘 중으로 모두 봇수세를 내도록 허게. 그렇지 않아도 급작히 큰돈이 필요하게 되었네."

양 진사의 목소리가 약간 누그러진 듯싶었다. 그는 서른다섯의 깐깐한 체격에 미어지게 뒤룩거리는 토실토실한 목덜미를 버릇처럼 오른손으로 쓱쓱 문지르며 도깨비바늘 같은 눈으로 송풍헌을 짯짯이 내려다보았다.

"허지만 나리, 당장 끓일 것도 없는 처지에 무엇으로……."

애원을 하는 송풍헌의 다글다글 가래 끓는 듯한 말 속에는 보이지 않는 가시가 들어 있는 듯싶었다.

"그래서? 못 내겠다는 겐가?"

양 진사가 다시 버럭 큰 소리를 쳤다. 어찌나 그 목소리가 찌렁찌렁 사랑채를 흔들었던지 송풍헌 뒤에 허리를 꺾고 서 있던 청지기가 흠칫 놀랐다.

"올 농사를 지어서 가을에 낼 수 있도록 선처해 주십사 허고……."

"이런 고이연!"

양 진사는 잔뜩 얼굴을 일그러뜨렸다.

"제발 나리, 그렇게 선처를 해주십쇼. 곡식이라야 씨나락밖에 없는데, 그것마저 봇수세로 내어버리면 올 농사는 어쩝니까요."

"고이연! 당장 오늘 안으로 밀린 봇수세를 내도록 하게!"

양 진사는 도끼질하듯 퉁명스럽게 한마디 뱉고는 안채로 휑 들어가 버렸다.

이른 아침, 국문 『심청전』을 읽고 있던 유 씨 부인은 남편 양 진사가 들어오자 읽던 책을 문갑 서랍에 넣고 일어섰다. 유 씨 부인은 철이른 초록 공단 당의를 입고 머리에는 모란잠을 꽂고 있었다. 서른네 살의 나이에 비해 여태껏 한 번도 생산을 하지 않은 탓인지 알토란같은 얼굴에 찔레꽃같이 맑은 태깔이 새색시처럼 고왔다.

한 지붕 아래서 한솥밥을 먹고 산다고는 하지만, 유 씨 부인은 열흘에 한 번씩도 남편 얼굴 보기가 어려웠다. 걸핏하면 훌쩍 집을 떠났다가, 짧아야 열흘, 길면 한 달 만에야 봄바람처럼 소리도 없이 슬며시 돌아오는 남편이었다. 집에 있을 때도 안방과는 담을 쌓다시피 하고, 사랑방에서 침식을 해온 터라, 좀처럼 남편 얼굴을 대하기가 어려웠다.

유 씨 부인은 자식 못 낳은 아녀자 칠거지악(七去之惡)을 면할 수 없는 죄스러움 때문에 적자 서얼 가리기에 앞서, 우선 대를 이을 후사를 봐야 하지 않겠느냐는 생각에서 씨받이여자(種女)까지 들여 보았지만 씨받이한테서조차 자식이 생기지 않자, 모든 잘못이 남편에게 있다는 것을 알고부터는 죄스러운 마음 대신에 되레 남편이 측은하게만 여겨졌다. 필시 남편은 자식을 못 낳는 원인이 자기한테 있다는 것을 알고 그 자책감에서 안방 출입을 자제하고 있을 것이라고 생각했다. 얼마 전까지만 해도 남편은 행여나 하는 마음으로, 씨받이로 들어온 막음례 방엘 슬금슬금 안방 눈치 보아가며 들락거리곤 했었는데, 근자에 들어서는 아예 발걸음을 뚝 끊고 혼자 사랑방 거처를 해오고 있었다.

유 씨 부인은 생과부 신세나 진배없었다. 이른 봄엔 모란잠, 늦봄과 한여름엔 매죽이며 옥모란잠, 가을에는 용잠을 철 따라 비녀 바꿔 꽂고 몸단장을 한들 무슨 소용이냐 싶어 날이 갈수록 한숨만 명주실처럼 길어갔다.

"며칠간 집을 비워야겠소."

양 진사는 새벽같이 새 옷을 내다 입고 안방에 들어와 한동안 우두커니 유 씨 부인을 바라보고만 서 있더니 뚜벅 입을 열었다.

"오래 걸리나요?"

십오 년을 같이 살아온 부부 사이였으나 아직도 유 씨 부인은 남편의 얼굴을 마주보지를 못하였다.

"한 보름은 걸릴 것 같구려."

"어디를 가시기에……."

"전주 좀 댕겨 와야겠소. 일천 냥을 더 보내야 제수가 된다니 어찌하겠소."

양 진사는 전주에 오영석(吳榮錫)의 어음을 구하러 가는 길이었다. 그 무렵 서울의 이덕유(李德裕), 배동익(裵東益)의 어음과, 전라도 오영석의 어음이 가장 믿을 만하였다.

특히 서울의 배동익은 돈 거래가 정확하여 고종(高宗)도 어음이 들어오면 반드시 이것이 배동익의 어음이냐고 물을 정도였으니, 벼슬 사려는 사람들은 누구나 그의 어음을 구하려고 하였다. 전주 사는 오영석도 고종 임금이 알고 있는 만 석이 넘는 전라도 부자로, 일찍이 민영환(閔泳煥)이 그를 자기 밑으로 끌어들였으며, 음사(蔭仕)로 여러 고을의 원을 지내기까지 하였다.

오영석이 그만큼 이름난 부자였으므로 벼슬을 사려는 전라도 사람들은 우선 그의 어음을 바치지 않으면 안 되었다. 양 진사도 진사를 샀을 때나 전번에 오천 냥을 바쳤을 때도 모두 오영석의 어음을 구해 올렸었다.

"그럼 갔다 오리다."

양 진사는 앉아보지도 않고 뒷짐을 진 채 잠시 서 있다가 그냥 안방에서 나갔다. 유 씨 부인이 배웅 차 섬돌에 내려서자 "나올 것 없소. 그냥 들어가시오." 하고, 양 진사가 메마른 말투로 만류했다.

"참, 웅보와 쌀분이는 어쩌실 건가요."

유 씨 부인이 남편의 등에 대고 물었다. 그녀의 생각은 두 사람한테 큰 벌을 주고 싶지가 않았다.

"부인 생각은 어떻소?"

양 진사가 잠시 몸을 돌려 부인을 보았다. 유 씨 부인이 대답을 못하고 서 있는데 "부인이 알아서 하시오" 하며 돌아서버렸다. 유 씨 부인이 쓰렁한 기분으로 남편을 배웅하고 잠시 접시감나무 가지 사이로 먼 하늘을 바라보고 있는 사이, 삼 년 전에 씨받이로 들어온 막음례가 뒤꼍에서 나오다가 유 씨 부인을 발견하고 지싯지싯 걸음을 멈추어 섰다. 별당에 혼자 거처하고 있는 막음례는 마님을 대하기가 부끄럽고 죄스러운 마음에 쥐구멍이라도 찾고 싶었다.

막음례는 시집간 지 사 년 만에 끌방망이 같은 형제를 남겨둔 채 영산강 물난리에 휩쓸려 가버린 남편을 못 잊어 눈물로 세월을 보듬고 버둥거리다가, 의지가지 없는 신세가 되어 두 아들을 굶어죽게 할 수 없는 노릇이라, 아들을 낳아주면 논 한 섬지기, 딸을 낳아주면 반 섬지기를 받기로 하고 양 진사 집에 들어왔었다.

한사코 어미와 떨어지지 않으려는 두 새끼들을 이모한테 맡겨둔 채, 눈 딱 감고 아들 하나만 낳아주면 세 식구 한평생 마음 편하게 먹고 살 수 있다 싶어, 선뜻 씨받이로 들어온 것이 어언 삼 년이 지났다.

골반이 넓고 목이 걀쭉하여 남자의 살만 맞대어도 아기가 들어설 것이라고들 했었는데, 삼 년이 되도록 종무소식이니 이제는 마음이 답답하다 못해, 울컥 설움이 복받쳐왔다. 지난 삼 년 동안 헛되이 몸만 망친 것 같아 발등을 찧고 싶을 뿐이었다.

허나, 기왕지사 창에 찔리고 갈기갈기 찢기듯 망친 몸 땡전 한 닢 안 받고 알거지 몸으로 되돌아설 수는 없는 노릇이었다. 자기 한 몸이라면 죽건 살건 걱정이 없겠으나, 가난한 이모 치마폭에 가려 눈칫밥 먹고 살아가는 두 아들 때문에 이러지도 저러지도 못하고 매여 있는 것이 아닌가.

"마님 나오셨나요."

막음례는 죄스러운 마음, 복받치는 설움을 가까스로 짓누르며 유 씨 부인한테 다소곳이 인사를 올렸다.

"한집에 살면서도 자네 얼굴 보기가 힘이 드는구먼."

유 씨 부인은 이제 막음례도 내보내야 되겠다는 생각을 하며 그렇게 말했다.

"자네 별당에 들어온 지가 얼마나 되었는가."

"삼 년째가 되옵니다."

"벌써 그렇게 되었나."

그 말에, 막음례는 머리에 들돌이라도 이듯 고개를 깊숙이 떨어뜨렸다. 그 삼 년 동안에 아이 하나 못 낳고 무엇을 했느냐고 나무람을 하고 있는 것만 같았기 때문이다.

"나리께선 요즘도 별당 출입을 하시는가?"

유 씨 부인은 남편이 오래전부터 별당 출입을 않고 있음을 알면서도 이렇게 넌지시 물었다.

"일 년째나 출입을 안 하십니다요."

"일 년 동안이나……."

"쇤네가 미거한 탓이옵니다."

"어찌 자네 탓인가."

"하오나 삼 년이 되도록……."

막음례는 죄스러운 마음에 고개를 바로 들지 못했다.

"자네가 우리 집에 들어와서 자식을 낳아주면 땅을 떼어줄 것으로 되, 그렇지 못하면 그냥 맨몸으로 나가야 한다는 것을 알고 있겠지?"

"네."

막음례는 거우 잦아들어가는 목소리로 대답했다.

"어떻게 해서든지 우리 집에 있는 동안 자식을 낳고 싶겠지?"

"여부가 있습니까요."

"그렇다면 내 말대로 하게."

유 씨 부인은 오래전부터 생각한 바가 있었다. 자식을 갖지 못하는 원인이 정말 남편 때문인가 확실하게 알고 싶었다. 방사(房事)에는 아무 이상이 없는 남편인데, 그 사이 여러 여자들을 씨받이로 맞아들여 보았지만 아이를 갖지 못하는 것은 무엇 때문인지 알고 싶었다.

"자네와 나만 알기로 하고 하는 말이네만, 우리 진사 어른이 아니고 다른 남자 아이라도 낳아줄 수가 있겠는가."

그러나 막음례는 유 씨 부인이 무슨 뜻으로 그런 말을 하는지 알 수가 없어 망연한 눈으로 쳐다볼 뿐이었다.

"내 말은, 땅만 약속대로 떼어준다면 꼭 우리 집 나리 자식이 아니라도 다른 남자의 아이를 낳아줄 수가 있겠느냐 그 말일세."

"다른 남자라니요?"

막음례는 펄쩍 놀라는 기색이었다.

"그래, 어차피 땅은 떼어줄 거니께."

"하오나……."

"자네야 상관이 없지 않겠는가."

"다른 남자라면?"

"글쎄, 아직은 나도 생각을 안 해봤네만."

유 씨 부인은 더 긴 말을 않고 안방으로 들어가 버렸다.

어차피 땅을 얻기 위해 더럽힌 몸인데, 마님의 말대로 처음 약속만 지켜준다면 양 진사가 아니고 다른 남자면 어떠랴 싶은 게 막음례의 생각이었다. 이모한테 맡긴 두 새끼들이 철들기 전에 땅을 얻어, 늙마에 편히 살면 그뿐이겠다 싶었다.

그나저나 마님이 말한 다른 남자란 누구일까. 이 집에 남자들이라면 양 진사 말고는 하인들과 천한 종들뿐인데, 도대체 어느 남자의 자식을 가지란 말인가.

막음례는 떨떠름한 마음으로 휘적휘적 별당에 돌아와 힘없이 댓돌에 무릎을 세우고 앉았다. 마님의 말대로라면 땅을 얻기 위해서는 또 한 번 다른 남자에게 몸을 더럽혀야 하는 기구한 신세가 너무나도 가련하여 한숨만 푹푹 나왔다.

영산강 황톳물에 나무토막처럼 허무하게 떠내려가 버린 남편이 원망스러울 뿐이었다. 두 새끼들만 아니라면 이렇게까지 아등바등 구차하게 살고 싶지 않았다. 그래도 남편이 살았을 때는 서 발 막대 휘둘러도 거칠 것 없이 가난한 살림이었지만 죽식간에 웃음이 그치지 않았는데, 하늘같이 믿고 산 남편 하나 죽어 없어지니 온 세상이 적막강산이었다.

손바닥 만한 땅뙈기라도 있다면 두더지처럼 땅을 파먹고 살아갈 수가 있으련만, 남은 것이라고는 영산강 큰물이 휩쓸어 가버린 횅한 집터뿐인 것이었다. 처음엔 남은 세 식구 함께 남편을 따라 영산강에 빠져죽을까도 하였으나, 철없이 밥을 달라고 칭얼대는 새끼들이 불쌍하여 차마 발길이 강 쪽으로 돌아서지를 않던 것이었다.

별당 앞 죽담 쪽 양지바른 곳에 매화꽃이 방시레 꽃망울을 터뜨리기 시작했다. 댓돌에 앉아 하염없는 눈으로 꽃망울을 바라보는 막음례는 울컥 두 새끼들이 보고 싶어졌다. 땅이고 하늘이고 다 팽개치고 새끼들 옆으로 달려가고 싶었다.

요즈음 막음례의 하루하루는 바늘방석에 앉은 것 같은 좌불안석이었다. 그래도 이 집에 들어온 첫해에는 종들이며 마님까지도 그런 대로 우대를 해주었는데 요즘에 와서는 개밥에 도토리처럼 내돌림을 당하는 신세가 되어버렸다.

막음례는 다른 남자의 아이를 낳으라는 마님의 말에, 오장육부를 갈퀴질해놓은 듯 심정이 뒤숭숭해졌다. 그녀는 마음이 울적할 때마다 처녀 때 강강술래를 하면서 불렀던 노래를 흥얼거리곤 했다.

새벽 서리 찬바람에
울고 가는 저 기러기
울었으면 너 울었재
잠든 나를 깨고 가냐
편지 상통 기러기면
편지 한 장 전해주라
문을 열고 나와 보니
기러기는 간곳없고
억만 장의 구름 속에
달과 별이 열렸더니
검은 글씨 흰 종이로
우리 낭군 보련마는
요내 나는 언제 살아
우리 낭군 만나볼까

# 4

어둑어둑 하늘이 큰 박쥐의 날개처럼 땅을 서서히 덮기 시작하자 유 씨 부인은 팽나무에 묶인 웅보를 풀어주게 하고, 헛간에 가두었던 쌀분이도 내주었다.

유 씨 부인은 웅보와 쌀분이를 불러 따끔하게 닦달을 하려다가 그냥 뒤로 미루었다. 유 씨 부인이 생각하기에 웅보는 여느 종들과는 다른 데가 있었다. 심지도 굳은 것 같고, 생각도 웅숭깊어 종의 신분만 아니라면 어디에 내놓아도 축에 빠지는 남자가 아닐 듯싶었다. 일을 하는 데도 그랬다. 다른 종들은 느물느물 구렁이처럼 상전 눈치를 보면서 일을 했지만, 웅보는 상전이 시키거나 시키지 않거나 해야 할 일을 스스로 찾아서 매조짐을 잘하였다.

날이 어두워지자 사흘째 시작되는 고싸움놀이에 모두들 나가고 크나큰 집이 텅 비었다. 집안에는 유 씨 부인과, 밤새도록 아들 옆에서 모닥불을 피워주며 날을 새운 탓으로 몸살이 났는지 몸져눕고만 웅보 어머니, 꼬박 이틀 낮 하룻밤을 팽나무에 묶여 있다가 풀린 웅보, 쌀분이, 막음례 이렇게 다섯 사람뿐이었다.

유 씨 부인은 밤이 이슥해지자 쌀분이를 시켜 웅보를 안방으로 불렀다. 아닌 밤중에 마님의 부름을 받은 웅보는 무슨 일일까 궁금해 하였다.

"무턱대고 잘못했다고 빌어라. 다시는 도망을 안 하겠으니 이번 한 번만 용서를 해달라고 빌어야 한다. 귀신도 빌면 돌아선다고 안 하더냐."

자리에 누워 끙끙 앓고 있던 웅보 어머니가 걱정을 했다.

웅보는 얼굴과 손발을 칼칼히 씻은 다음 옷을 갈아입고 쌀분이를 따라나섰다.

"삭신이 쇠토막 모양 뻣뻣헐 텐데, 기동할 수 있겠어?"

쌀분이가 웅보를 부축해주며 촉촉하게 젖은 목소리로 물었다.

"나는 괜찮어. 나 때문에 괜시리 쌀분이까지 고생을 시켜 미안혀."

"고생은 무슨…… 나는 헛간에서 실컷 잠만 잤구먼."

"춥지 않던?"

"누렁이를 꼭 보듬고 잤더니 쬠도 안 추웠어."

"그래서 아까부터 쌀분이한테서 개 냄새가 나는구먼."

웅보는 이제 농담까지 할 수 있는 여유가 생겼다. 그는 마님이 무엇 때문에 밤중에 자기를 부르는지 낌새를 못 챘느냐고 쌀분이한테 채근을 해보았으나, 그녀도 전혀 아는 바가 없다고 하였다.

쌀분이가 웅보를 데려왔다고 조용한 목소리로 안방에 대고 아뢴 후 한참이나 있다가 드르륵 안방 장지문이 열리면서, 앉은 채 유 씨 부인이 고개만 밖으로 내밀었다. 유 씨 부인은 잠시 어둠이 가득 괸 안마당 여기저기를 조심스럽게 휘휘 둘러 살피는 것 같더니 "쌀분이는 물러가고 웅보만 어서 들어오너라" 하고 분부하였다.

웅보가 성큼 마루로 올라서지 못하고 멈칫거리자 "어서 들어오지 않고 뭐하는 게냐" 하면서 유 씨 부인이 언성을 높였다. 그제야 웅보는 마치 도살장에 끌려가는 소처럼 두 어깻죽지를 휘주근하게 늘어뜨리고 어슬렁어슬렁 마루로 올라갔다. 마루에서 방문턱을 넘어서기가 마치 노루목 뒤 금성산을 넘는 것만큼이나 힘겨웠다.

방에 들어선 웅보는 고개를 깊숙이 꺾은 채 윗목 벽에 바짝 뒤꿈치를 붙이고 섰다. 그는 이 집에서 나고 자랐지만, 안방마님의 방에 들어와 보기는 처음이었다. 얼핏 보니 방 윗목에는 윤기가 번질번질한 귀목 삼층장이 놓여 있고, 뒷문 쪽으로 문갑 한 쌍과 화장대, 연상(硯床)이 눈에 들어왔다.

유 씨 부인은 사자향로의 불을 부젓가락으로 토닥거리고 있었는데 백통 와룡(臥龍)촛대에 꽂힌 붉은 꽃초의 불빛 때문인지 방 안이 마치 꿈속처럼 아뜩하게 느껴졌다.

"거기 앉거라."

유 씨 부인은 부젓가락을 놓고 부드러운 눈으로 웅보를 말끄러미 쳐다보았다. 그러나 웅보는 앉지를 못하고 허리를 구부정하게 앞으로 꺾은 채 서 있기만 하였다.

"웅보 너 속신(贖身)하기가 그렇게도 소원이냐."

유 씨 부인이 나지막한 목소리로 물었다.

강변 쪽에서는 농악 소리와 함성이 자진모리 가락으로 뒤범벅이되어 밤을 쒜혼들어댔다. 징소리가 오래도록 가슴에 남아 똬리를 풀며 꿈틀거렸다.

"속신하기가 그렇게 소원이라면 왜 나한테 미리 말을 하지 않았느냐. 나는 그동안 너의 사람됨이 눈에 들어, 너를 다른 종들과는 달리 생각하고 있었다. 쌀분이와 도망을 가기 전에 나한테라도 미리 귀띔을 해주었더라면 도움이 되어줄 수도 있었을 것을."

유 씨 부인의 목소리는 흰콩제비꽃을 흔드는 봄바람처럼 부드러웠다.

"쉰네가 죽을죄를 졌습니다요."

웅보는 윗목에 선 채 북풍받이 허수아비처럼 연신 허리만 꺾었다.

"내 너를 벌주거나 꾸짖자고 부른 것이 아니다."

웅보는 마님이 갑자기 왜 자기한테 부드럽게 대해주는 것인지 알 수가 없어 더욱 불안하고 죄스럽기만 하였다. 차라리 이럴 때는 곤장이라도 맞아버리면 마음이 편할 것만 같았다.

"너 종문서를 원하느냐."

웅보는 대답을 못했다.

"네가 원한다면 내 진사 어른한테 말씀드려서 네 집 식구들 종문서를 내어줄 수도 있다."

그제야 웅보는 방앗공이처럼 고개를 바짝 쳐들고 마님을 마주 보았다.

"그렇게 해주랴?"

웅보는 마님이 도대체 무슨 마음을 먹고 쉽게 그런 말을 하는 것인지 도무지 어림할 수가 없어 답답하기도 하고 한편으로는 겁이 나기도 하였다.

"네가 종문서를 원하면 내어줄 것이로되 그 대신 너도 내 청을 하나 들어주어야겠다."

웅보는 자기한테 부탁하고 싶은 것이 무엇이냐고 자신 있게 큰 소리로 묻고 싶었지만 입을 열지 않았다.

"머리가 트이면 종노릇하기가 힘드는 법이다. 너도 몰래 서당에서 동냥글을 읽었으니 어찌 종노릇을 할 수가 있겠느냐. 네 애비 에미야 머릿속에는 똥밖에는 아무것도 든 것이 없으니 종노릇이 아니면 아무 짓도 못할 땅투성이들이지만……."

웅보는 마님의 말이 옳을지도 모른다고 생각했다. 마님이 그의 속마음을 만분의 일이라도 알아주니 담배씨만큼 가슴이 트였다. 기실 그가 서당에서 글공부를 하기 전에는 평생을 종으로 늙어 죽을 것으로만 알았었다. 글을 읽은 뒤부터 생각이 달라졌다.

"마님께서 그렇게만 해주신다면 쇤네는 목숨이라도 걸겠습니다요."

웅보는 목울대를 세워 용기를 내 또박또박 떨지 않고 말했다. 그 말은 진심이었다. 종문서만 손에 넣을 수 있다면야, 목숨까지도 바칠 각오가 되어 있었다. 죽어서라도 종문서를 찾고 싶었다.

"네 말에 거짓이 없는 줄 안다. 하나, 나는 네 목숨까지 원한 것이 아니라……."

"분부만 하시지요."

"내 너한테 부끄러움을 무릅쓰고 말을 해야겠구나."

유 씨 부인은 잠시 알밤껍질처럼 미끄럽고 단단한 얼굴로 웅보를 쳐다보고 나서 말을 계속했다.

"네가 알다시피 우리 집에는 대를 이을 손이 없어 이렇게 집안이 편하지가 않다. 별별 공을 다 들여 보았지만 내 정성이 아직도 미흡한 탓인지…… 내가 너한테까지 이런 말을 하는 것은 부끄럽기 짝이 없다만, 가문에서는 이 댁 후사가 없는 탓을 내게 돌리려 하는구나. 그래서 씨받이까지 몇 사람 들여 봤지만 아무 소용이 없어서…….”

웅보는 마님의 이야기를 듣는 순간 몸 둘 바를 모르고 고개를 숙이고만 있었다. 오죽 걱정이 되었으면 이런 집안 사정을 미천한 자기에게까지 저저이 털어놓을까 생각하니, 마님의 부탁이 무엇인지는 몰라도, 웅보 힘으로 될 수 있는 일이라면 목숨을 걸고라도 도와주고 싶었다.

“나는 우리 집에 자식이 없는 것이 내 잘못인가, 아니면 진사 어른 탓인가 알고 싶단다.”

웅보는 마님의 말뜻을 잘 알아들을 수가 없었다. 그렇다고 되짚어 물어볼 수도 없는 일이어서 그냥 삼 월 두꺼비처럼 두 눈만 끔벅거렸다.

“웅보 네가 진사 어른 대신에 말이다…….”

마님은 다시 말을 끊고, 부끄러움과 한숨이 뒤엉킨 착잡한 눈으로 웅보의 얼굴을 찬찬히 살펴보았다.

“막음례 방에 네가 들어가서, 네 자식을 한 번 낳아봐라. 그렇게만 되면…….”

웅보는 마님의 말에 가슴이 절구공이질 하듯 쿵덕쿵덕 걷잡을 수 없이 마구 뛰었다. 하마터면 큰 소리를 내지르고 마님의 방에서 뛰쳐나가버릴 뻔하였다. 그는 자신의 귀를 의심하려고 하였다.

“내 말을 알아 들것지야.”

그러나 웅보는 대답을 할 수가 없었다.

“차라리 쇤네를 죽여주셔요.”

웅보는 떨리는 가슴으로 겨우 입을 열어 그 말밖에 할 수가 없었다.

"제 목숨하고 종문서하고 바꾸는 일이라면 주저 없이 목숨을 내놓겠습니다만, 그 일만은 못하겠구만요."

웅보는 용기를 내어 완강하게 거절을 하였다.

"네가 그렇게만 해준다면 여러 사람이 다 좋게 된다. 우선 네가 속신할 수가 있어 좋고, 막음례도 어차피 뉘 자식이든 자식을 낳아줘야 땅을 떼어 나갈 수 있고…… 또 그렇게만 된다면 쌀분이도 두레 대신 해가 떨어지는 갯가로 보내지 않고 너하고 짝을 지어서 내보낼 생각도 있다."

웅보는 어찌해야 좋을지 몰랐다. 진사 어른 대신 막음례 방에 들어가서 합방을 한다는 것은 백 번 천 번 생각을 굴려 봐도 상상도 못할 일이 아닌가.

"내 청을 들어주지 않으면 나도 앞으로 네 일에 대해서는 상관을 않겠다. 진사 어른 말대로 평생 종살이 못 면하게, 죽은 네 할애비 모양으로 이마에 불도장을 찍게 하고, 네가 좋아하는 쌀분이도 멀리 보내겠다. 자, 어떨 테냐."

웅보는 답답한 마음에 엉엉 소리 내어 울고 싶어졌다.

"두 번 생각할 것 없다. 자, 냉큼 나를 따라 나서거라."

마님은 눈에 심지까지 돋우며 웅보를 쏘아보았다. 이제는 통사정이 아니고 사뭇 위압적이었다. 마님이 치맛자락에 찬바람을 일으키며 먼저 방에서 나간 뒤에야, 웅보도 엉거주춤 마루를 밟았다.

"주저 말고 따라오너라. 다 좋자는 일이니께 마음 언짢아할 것 없다.”

칼바람 같은 목소리의 다그침에, 웅보는 감히 마님의 분부를 거역하고 되돌아설 용기가 없었다. 그는 죽으러 가는 사람처럼 납덩이보다 더 무거워진 몸을 겨우 가누고, 끌려가듯 마님을 따라 후원으로 갔다.

오경이 가까운 한밤중 후원 별당은 바람 한 점 없이 고요했다. 별당 막음례 방에는 여태껏 희불그레 불이 켜져 있었다.

마님은 별당 앞에 이르자, 큼큼 조용히 헛기침을 토해냈다. 별당 문이 열리고 막음례가 얼굴을 내밀었다. 막음례는 마님과 웅보를 발견하고는 망연자실, 흐트러진 눈길을 가누지 못하였다. 마님이 말한 다른 남자가 바로 웅보란 말인가.

“어서 들어가거라.”

마님이 웅보를 방안으로 떠밀어 넣기라도 할 듯 칼칼한 목소리로 말했으나, 그는 옴쭉 딸싹 못하고 비 맞은 쇠말뚝처럼 그 자리에 뻣뻣하게 서 있었다. 웅보는 달아나고 싶은 생각뿐이었다. 그가 온갖 굴욕을 다 당하며 살아온 스무 해 동안 이렇게 당황해본 적이 없었던 것 같았다. 마님한테, 이건 도저히 안 되겠다고 마지막으로 애원을 해보고도 싶었지만 어찌된 일인지 말이 혀끝에서 굳어져버렸다.

“뭣하고 있느냐. 냉큼 들어가라는데.”

마님의 쨍그랑한 쇳소리가 웅보의 등짝을 채찍질했다.

순간 웅보는 작년 봄 아버지와 함께 송월촌 윤 초시네 수퇘지를 몰고 와서 양 진사네 암퇘지와 흘레를 붙이던 기억이 퍼뜩 살아났다. 그때 웅보는 나긋나긋한 실버드나무 회초리로, 한사코 다른 길로 빠지려는 윤 초시네 수퇘지의 맷돌처럼 탄탄한 엉덩판을 딱딱 소리가 나게 후려치며 집에까지 몰고 왔었다. 웅보는 흘레를 구경하는 것보다는 회초리로 돼지를 후려치며 몰고 오는 게 더 재미가 있었다. 엉뚱한 길로 빠지려고 할 때마다 사정없이 회초리로 후려치면 돼지는 꿀꿀꿀 소리를 내며 죽을 둥 살 둥 내닫곤 했었다.

이제 생각을 해보니 웅보 자신은 마치 그때의 윤 초시네 수퇘지 같기만 하였다. 그런 그 자신이 조금도 사람답지가 않게 여겨졌다.

"웅보, 냉큼 안 들어갈래?"

마님의 화난 목소리에 웅보는 마치 회초리에 맞은 윤 초시네 수퇘지처럼 마음속으로 꿀꿀 울며 엉겁결에 막음례 방으로 들어서고 말았다.

마님은 방문을 닫아주고 돌아섰다. 웅보는 조금 전 마님 방에서와 같이 방 윗목에 고개를 꺾은 채 죄지은 사람처럼 서 있었다. 그는 고개를 들 수가 없었다. 웅보보다는 나이가 두 살 위인 막음례도 웅보 쪽으로 등을 돌린 채 말없이 앉아 있기만 했다.

영산강물보다 더 깊은 침묵이 흘렀다. 두 사람은 마치 영산강을 사이에 두고 강둑에 마주앉아 있는 것처럼 아득하게 느껴졌다. 강변에서는 고싸움놀이가 한창 어우러졌는지 농악 소리가 한결 거칠게 울려왔다. 웅보는 뛰어나가고 싶었다. 강변의 농악대가 그를 소리쳐 부르고 있는 것만 같았다.

막음례는 얼마 후에 불현듯 웅보를 향해 돌아앉으며 고개를 들었다. 삼 년 가까이 한솥밥을 먹고 살아왔으나, 밤중에 별당 깊숙한 방에서 얼굴을 대하고 보니 전혀 낯선 사람처럼 느껴졌다.

"술상이 있응께, 생각이 있으면 한 사발 마셔."

막음례는 초저녁에 쌀분이가 들여놓고 간 다담상 술상을 웅보 쪽으로 밀쳐주었다. 그러나 웅보는 까딱도 않고 그대로 서 있기만 하였다.

"나도 땅뙈기나 떼어갈까 하고 죽지 못해 이 지랄이여. 나를 나쁜 년이라고 생각허지 말어. 내 팔자 기왕지사 이렇게 된 것 어쩔 거여. 두 새끼들 땜시 이제 빼도 박도 못하게 생겼어."

막음례는 갑자기 추적추적 울음 섞인 목소리로 푸념을 털어놓았다. 그제야 웅보는 막음례의 모습을 바로 보았다. 몸 전체로 훌쩍거리며 우는 막음례를 쳐다보는 순간, 불잉걸 같은 것이 목울대에 훗훗하게 차올랐다. 그것은 명주실보다 더 질긴 슬픔이며 분노였다.

"내 혼자 몸만 같음사, 이르케 수모 받고 살지 않고 풍덩 영산강에 빠져 죽어버릴 것인디……."

막음례는 차마 말을 잇지 못하고 복받치는 설움을 억제하지 못해 호랑나비가 날개를 떨듯 거세게 온몸을 들먹거렸다. 웅보는 목울대가 훗훗하게 꽉 차오르면서 창자까지 뜨거워졌다. 무슨 말인가 해야겠다고 생각을 하면서도 입이 열리지 않았다.

"웬수놈의 목구멍이 뭣인지…… 땅이 뭣인지……."

막음례의 눈에서는 소리도 없이 눈물이 뚝뚝 떨어졌다. 막음례의 눈물을 보는 순간 웅보는 온몸의 피가 바짝 말라붙어버린 것만 같았다.

"울지 말아유."

웅보가 그녀에게 해줄 수 있는 말은 그것뿐이었다.

"울지 말라니께요. 언제 우리가 사람대접 받으면서 살았간디요.

가난이 죄고, 천한 몸으로 생겨난 것이 죄라면 죄것지요.”

그 말에, 막음례는 펑 젖은 눈으로 웅보를 쳐다보았다.

마님의 성화에 못 이겨 별당 막음례의 방에 들어서는 순간까지만 해도, 어떻게 해서든지 기회를 엿보아 그녀의 방에서 뛰쳐나가야겠다고 마음 공그르고 있었는데, 이쯤 되고 보니 진퇴양난이 되고 만 거였다. 그것은 순전히 막음례의 눈물 나도록 딱한 사정을 듣고, 어떻게 해서든지 그녀를 도와주고 싶은 생각이 마음속 깊숙한 곳에서부터 분노처럼 꿈틀거렸기 때문이었다.

“죽는 것보담 낫거지요.”

웅보는 이렇게 혼잣말처럼 중얼거리며 윗목의 술상을 거칠게 끌어당겨 사발이 철철 넘치도록 술을 따라 숨 돌이킬 겨를도 없이 쿨럭쿨럭 단숨에 좌악 비워버렸다. 그는 화가 난 사람처럼 연거푸 잔을 거듭거듭 비웠다.

이것을 본 막음례는 눈물을 거두고 약간 겁에 질린 얼굴로 웅보를 찬찬히 살펴보았다.

“웬 술을 그렇게……..”

“독약을 마시는 심정이거만요. 차라리 이것이 독약이라면 좋겠어요.”

“어따, 그만 마셔.”

“같이 드십시다요. 어차피 우리가 제정신 말똥말똥해갖고는 암것도 안되게 생겼어요. 상전들이 제정신이 아닌데 어찌 우리들이라고 제정신으로 살기를 바라것써요.”

그러면서 웅보는 콸콸콸 잔을 가득 채웠다. 막음례는 술잔을 받지 않았다. 거푸 술잔을 비우고 이상한 소리를 해쌓는 웅보가 괜히 겁났다.

"놀랄 것 없어유. 걱정할 것도 없구먼유."

웅보는 마지막 잔을 단숨에 비웠다. 이내 별당 막음례의 방에 불이 꺼졌다.

안채 은행나무 아래서 별당을 지켜보고 서 있던 유 씨 부인은 그제야 몸을 돌렸는데, 유 씨 부인이 서너 발짝 걸음을 옮겼을 때, 어디선가 바람소리처럼 짧게 느껴 우는 여자의 흐느낌이 스쳐 지나갔다. 쌀분이였다.

그녀는 웅보가 마님을 따라 별당으로 들어갈 때부터 후원 돌담에 몸을 숨기고 지켜보고 있었다. 그리고 그녀는 마님이 웅보한테 한 말을 모두 들었다.

쌀분이는 그래도 웅보가 차마 막음례의 방에서 잠을 자지야 않겠지 하고 생각했었다. 아무리 마님의 성화가 지악스럽다고 해도, 일생을 약속한 자기를 버리고 어떻게 딴 여자와 잠자리를 함께 할 수 있겠는가 싶었다.

별당에 불이 꺼지고 조용해지자, 쌀분이는 여태껏 믿고 의지하며 살아왔던 높고 단단한 담벼락이 순간에 와르르 허물어져버린 것 같은 허망함에 몸과 마음을 가늠할 수가 없게 되었다.

쌀분이는 담 밑에 털부덕 주저앉아서 두 손바닥으로 얼굴을 감싸 안은 채 소리 안 나게 창자를 쥐어짜며 울었다. 발가락에서부터 머리 끝까지 원망과 분함이 꿈틀꿈틀 훑어 올라가는 것만 같았다. 그러면서도 그녀는 그제라도 행여나 웅보가 막음례의 방에서 뛰쳐나와 버리기를 마음속으로 간절하게 기대하면서, 이따금씩 얼굴을 가린 손바닥을 거두고, 어둠이 두껍게 깔린 별당 쪽을 눈이 빠지게 찔러보는 것이었으나, 후후후 마른 나뭇가지들만이 바람에 흔들릴 뿐, 막음례의 방은 굳게 닫힌 채 열리지 않았다.

그 순간 쌀분이는 내일이라도 당장 두레 대신 먼 곳으로 가버리고 싶기도 하였다.


이른 새벽, 잠과 술이 한꺼번에 깨어 눈을 뜬 웅보는 희번하게 밝아오는 장지문을 바라보다 말고, 화들짝 놀라 일어나 앉았다. 옆에는 막음례가 세상 모르고 잠들어 있었다. 방 윗목에 밀쳐 있는 술상에는 목이 길고 주둥이가 뾰족한 백자 술병이 아무렇게나 뒹굴고 있었다.

그제야 웅보는 간밤에 마님을 따라 별당에 들어왔던 일이며 막음례의 우는 소리에, 슬픔과 분노가 한꺼번에 끓어올라, 거푸 술잔을 비우고, 가슴이 뻐개질 것 같은 답답한 마음에 불을 끄고 막음례를 껴안았던 일이, 농악대의 깃발처럼 거칠게 머릿속에서 펄럭였다.

웅보는 말끄러미 막음례를 내려다보았다. 여름에 피는 노란 달맞이꽃잎보다 더 부드럽고 미끄러운 막음례의 아랫도리 속살이 환히 드러나 보였다. 그녀의 옷은 어지럽게 풀어헤쳐져 있었다. 말기끈이 풀린 속치마며 풀어헤쳐진 흰 속저고리를 보는 순간, 그녀가 갑자기 어머니처럼 가깝게 느껴졌다. 그는 마치 자신의 살점 한 부분이 그녀의 몸 깊숙이 달라붙어 있는 것 같은 느낌이 들었다.

웅보가 혼자 일어나 앉아서 이런저런 생각들을 굴리고 있을 때, 막음례가 잠버릇처럼 손을 내젓다가 웅보의 어깨를 꽉 움켜잡았다.

"아직은 새벽이여, 더 누워 있어."

막음례가 잠에 취한 목소리로 말했다. 그러면서 그녀는 웅보의 어깨를 찍어 잡은 손에 힘을 주면서 잡아당겼다. 웅보는 기우뚱 막음례 쪽으로 쓰러지고 말았다.

"웅보같이 튼튼한 놈이 생길 거여."

막음례는 부끄러움을 잊고 와락 웅보를 끌어안아 이불속으로 들어가며 말했다.

"나같이 곰보딱지 종놈을 낳으면 어쩔라요."

"곰보 종놈이면 어때, 고추만 달고 나오면 됐재."

그러면서 막음례는 간밤에 웅보한테 토로했던 한스러운 눈물은 다 어디에 감춰버렸는지 부끄러움과 슬픔을 잊은 채 자꾸만 웅보의 가슴속으로 빗물 괸 땅에 호미질 하듯 깊숙이 파고들었다. 이빨로 자근자근 그의 어깨를 물었다.

웅보는 자신도 모르게 막음례를 떠밀었다. 그는 허리띠를 매고 일어서서 밖으로 나왔다. 그때 막음례의 방 토방에는 쌀분이가 웅크리고 앉아 있다가 웅보가 뛰어나오는 것을 보자 도둑고양이처럼 눈을 치뜨고 질겁하며 달아났다.

웅보는 가슴에 디딜방아의 확만큼 한 큰 구멍이 뚫린 듯한 기분이었다. 지난밤의 일을 쌀분이가 죄 알고 있다고 생각하자 고개를 들어 검은 하늘조차 쳐다볼 수가 없었다. 어쩌면 쌀분이는 간밤 막음례의 방 토방에 쪼그리고 앉아 밤을 새웠을지도 모른다는 생각이 들었다.

웅보는 안채 봉당을 가로질러 사랑채로 가서는 대문 빗장을 따고 밖으로 나갔다. 새벽바람이 으스스하게 몸을 죄었다. 그는 날이 훤하게 밝아올수록 부끄러움이 커지면서 심장이 오그라들었다. 집에 다시 들어설 수가 없을 것만 같았다. 어디론가 정처 없이 가고 싶었다.

남문을 지나 흥룡샘 앞으로 해서 광나루까지 왔을 땐 대지와 하늘이 환하게 트였다. 웅보는 한동안 광나루 나루턱에 하염없이 찬 강바람을 쏘이며 앉아 있었다.

날이 밝자 강 건너 영산포(榮山浦) 선창에서 와자하게 떠드는 소리가 들렸다.

영산포 선창은 언제나 북적거렸다. 여름에는 고깃배가 끊이지 않았고, 추수가 끝나면 곡식을 실어 나르는 큰 배들이 온통 강을 덮곤 하였다. 기름진 나주평야에서 소출된 곡식이 모두 영산포에 결집되는 것 같았으며, 산더미처럼 쌓인 곡식들은 강이 단단하게 얼어붙을 때까지 계속해서 어디론지 실려 갔다.

웅보는 언젠가 마님의 심부름으로 영산포에 새우젓을 사러 갔다가 산더미같이 쌓인 곡식가마니를 보고 입이 다물어지지 않을 정도로 놀란 일이 있었다. 큰물이 영산강 주변을 갈퀴질하듯 샅샅이 할퀴고, 가뭄으로 논바닥이 거북이 등처럼 쩍쩍 금이 가, 사네 죽네 하고들 야단들인 흉년에도, 영산포에만 가보면 곡식가마니들이 즐비하였다.

웅보는 천천히 일어서서 강을 따라 걸었다. 영산강 칠백리 길 어디라도 바람처럼 홀홀 떠나가고 싶었다.

완연히 날이 밝자 강 위에는 돛을 달고 뱃길을 재촉하는 범선들이 여러 척 나타났다. 웅보는 걸음을 빨리하여 구진포(九津浦)까지 내려 갔다가, 다시 그곳에서 한참 동안이나 쉰 후에 회진(會津) 나루에 당도 했다. 큰비가 퍼붓는 여름에는 강물이 그렇게도 무섭던 것이, 물이 쫄 쫄 빠진 초겨울부터 늦은 봄까지는 수면이 그렇게 잔조로울 수가 없 었다. 달걀껍질처럼 티 하나 없이 깨끗한 쌀분이의 얼굴과도 같이 잔 조로운 강 위에는 돛단배가 한가롭게 오르내릴 뿐이었다.

웅보는 한낮이 지나서야 다시 강을 거슬러 올라갔다. 생각 같아서 는 강물이 끝나는 곳까지 따라서 내려가고 싶었지만, 어디론지 떠나 더라도 종문서만은 받아가겠다는 생각이 부질없이 고개를 들었다.

점심때가 훨씬 지나서야 송월촌 서당으로 왔다. 그는 서당에서 밤 이 오기를 기다렸다. 환한 대낮에는 집에 들어가기가 싫었다.

웅보는 『명심보감(明心寶鑑)』 계선편(繼善篇)을 펼쳤다.

"나에게 착하게 하는 자에게도 내 또한 착하게 하고 나에게 악하 게 하는 자에게도 내 또한 착하게 할 것이다. 내가 이미 남에게 아니 하였으면 남도 나에게 악하게 할 수 없을 것이다"라는 대목을 몇 번 이고 되풀이해서 읽었으나, 머리에 들어오지는 않았다.

아침과 점심을 굶은 웅보는 두껍고 칙칙한 어둠의 날개가 서서히 하늘에서 땅으로 내려덮일 무렵 서당에서 나왔다.

송월촌에서 어둠이 깔려오는 논둑을 밟고 노루목으로 돌아오면 서, 웅보는 건듯건듯 걸음을 멈추어, 큰 검독수리가 날개를 펴고 웅크 린 듯한 금성산 골짜기의 어둠을 바라보곤 하였다.

강바람이 어머니의 쿠리한 입김처럼 포근해지면 노란 세 잎 양지 꽃이며 엷은 황록색의 애기나리꽃이 맨 먼저 피는 금성산 깊은 골짜 기 양지쪽 등성이에 할아버지가 십 년 가까이 잠들어 있었다.

할아버지를 금성산 골짜기 땅속 깊이 묻던 날은 하늘이 술술 무너 져 내리기라도 하는 듯 종일토록 눈이 쏟아졌다. 아버지 장쇠는 할아 버지의 시신을 헌 가마니를 뜯어 일곱 토막으로 묶은 다음, 대발을 엮 어 뚤뚤 말아 지게에 지고 눈발이 앞을 가리는 금성산 골짜기로 올라 가면서 한 번도 쉬지 않았다.

웅보와 그의 동생 대불이가 삽과 괭이를 들고 아버지의 뒤를 따랐었다.

슬픈 마음이 없었다. 아버지도 어머니도 울지 않았다. 물꼬를 보러 가는 기분으로 삽을 오른쪽 어깨에 들쳐 메고 아버지 뒤를 따라가던 웅보는, 아마 상엿소리가 없기 때문에 슬프지 않은 것인지도 모른다 고 생각하면서, 상여도 없이 눈물 한 방울 흘리지 않고, 마치 나무토 막을 지고 가듯 할아버지를 대발에 뚤뚤 말아 지게에 얹고 눈보라 속 에서 눈물 대신 땀을 흘리면서 가파른 산길을 추어 올라가는 아버지 가 원망스럽기까지 했었다.

"할아부지가 왜 죽으면 땅에 묻지 말고 영산강에 떠내려 보내라고 해쓰까?"

웅보는 아버지가 지게를 받쳐 세우고 손등으로 이마의 땀을 쓱쓱 문지르며, 할아버지를 묻을 만한 곳을 찾느라 아기다박솔 수펑과 앙 당그러진 떡갈나무들이 촘촘히 들어앉은 등성이 여기저기를 유심히 살피고 있을 때, 발부리 아래로 멀리 내려다보이는 영산강을 굽어보며 물었다.

"할아부지는 죽어서 낚시질만 허고 싶은가 보재."

대불이가 뚱딴지같은 소리를 하자 "네 할아부지는 저승에서나마 멀리 가시고 싶으신 거란다" 하고 아버지 장쇠가 낮은 목소리로 말했다.

웅보는 그러면 아버지는 왜 할아버지가 마지막 시키시는 대로 강에 떠내려 보내지 않고 땅에 묻어주는 거냐고 물어보려다가, 아버지의 얼굴이 갑자기 슬프게 보였기 때문에 입을 다물어버렸다.

삼부자는 떡갈나무 뿌리를 캔 뒤 언 땅을 깊게 파서 할아버지를 묻고 눈을 맞으며 마을로 내려왔다. 마을로 내려오면서 그들은 아무 말도 하지 않았다. 앞서 내려오던 웅보가 가끔 뒤따라오는 아버지를 돌아볼 때마다, 아버지는 빈 지게를 지고 내려오면서도 자꾸만 손등으로 얼굴을 쓱쓱 문지르곤 하였는데, 처음엔 추워 죽겠는데 아버지는 왜 저리 땀을 흘리실까 하고 이상하게 생각했으나, 한참 뒤에 그건 땀이 아니고 눈물이라는 것을 알고서야 갑자기 목구멍에 후끈 불길이 치솟는 듯하였다.

숨을 거두기 전날 밤, 할아버지는 아버지한테 방에 관솔불을 더 밝게 피우게 한 뒤, 웅보를 불러 머리맡에 앉게 하고는 몇 번이고 있는 힘을 다해 손자의 손을 꼭 쥐어주었다. 그리고 나서 할아버지는 아버지한테 이마의 불도장을 없애달라고 애원을 하는 것이었다.

"장쇠야, 부탁이다. 저승에까지 가서 종노릇을 하도 싶지가 않아서 그러니, 지발 애비 이마빡에 찍힌 불도장을 지워줘라."

숨이 턱 끝까지 차오른 할아버지는 그렇게 말하면서, 몸에 남아있는 마지막 물기를 쥐어짜듯 눈물을 흘렸다. 그러나 할아버지의 말을 들은 식구들은 할아버지가 죽을 때가 되니까 망령이 든 것으로만 생각했다.

"죽는 애비의 마지막 소원을 안 들어줄 거냐? 이마빡에 불도장을 찍은 몸으로 어뜨케 저승 문턱을 넘으란 말이냐. 애비 말 듣고 효도 한 번 하그라 와."

할아버지는 마지막 힘을 다해 삭정이처럼 앙상한 손을 휘저으며 거듭 다그쳤다.

"아부님도 원, 어뜨케 불도장을 없애라는 것입니까요."

웅보 아버지가 답답한 듯 그렇게 묻자 할아버지는 "인두를 가져오거라. 인두를 관솔불에 달궈서 내 이마빡의 불도장을 지지거라" 하고 한껏 목소리를 돋우어 말하는 것이었다.

아버지가 소스라치듯 놀랐다. 식구들 모두 얼굴을 찡그렸다.

"아부님, 못합니다."

웅보 아버지가 머리까지 거칠게 흔들며 거절을 하였다.

"이런 불효자식 같으니라고."

할아버지는 있는 힘을 다해 소리치고 무서운 눈으로 아버지를 쏘아보았다.

"할아부지, 내가 해드릴께요."

웅보는 고스러져가는 오동나무 잎처럼 거무죽죽하게 야윈 할아버지의 뺨을 적시는 눈물을 들여다보며 그렇게 말하고 말았다. 그러자 할아버지는 웅보의 손을 쥔 팔에 힘을 쏟으며 가까스로 웃음을 보여주었다.

"우리 웅보가 네 애비보다 낫구나."

할아버지는 웅보를 향해 되도록 웃음을 오래 보여주려고 시들어가는 육신의 고통을 이겨내는 듯싶었다.

웅보가 어머니의 바늘상자에서 인두를 꺼내 쟁기의 보습처럼 끝이 날카로운 인두를 관솔불에 넣자, 아버지가 달려들어 빼앗아버렸다. 아버지가 웅보에게서 인두를 빼앗자 할아버지는 다시 손을 휘젓고 상반신을 추석거리면서 욕을 퍼부어댔다.

"저런, 저런…… 불효막심한 놈…… 네놈은 이 애비가…… 죽어서도 종노릇 허기를 바라는구나, 이노옴…… 그 인두 당장 웅보한티…… 못 주것냐……."

할아버지는 몸에 남아 있는 마지막 기력을 혀끝에 모아 그렇게 울부짖듯 아버지를 나무랐다.

한참 뒤, 아버지는 인두를 손에 쥔 채 식구들을 모두 방에서 내쫓았다. 방에서 쫓겨나온 식구들은 방문 밖 토마루에 앉아 있었다. 방안에서는 할아버지의 가래 끓는 듯한 울음소리가 거칠게 흘러나왔다.

잠시 후에 맷돌질을 하는 듯한 이빨 가는 소리와, 혀로 땅을 파는 것 같은 외마디 비명이 식구들의 심장을 쥐어뜯었다. 그리고 어둠처럼 조용해졌다.

식구들이 방문을 열고 뛰어 들어갔을 때, 할아버지 머리맡에 꿇어앉은 채 아버지가 오른손에 들고 있는 인두에서는 기름 타는 연기가 가느다랗게 관솔불 연기처럼 피어올랐다. 불도장이 찍혀있는 할아버지 이마에서도 연기가 맴돌았다. 방안에 창자를 훑는 듯한 기름 타는 냄새가 가득했다. 웅보가 아버지 옆에 꿇어앉으며 불에 타서 뭉크러진 할아버지의 이마를 들여다보았을 때 할아버지는 이미 숨이 끊어진 뒤였다. 할아버지는 그렇게 해서 이마의 불도장을 없애고 저세상으로 갔다.

어둠을 털고 송월촌에서 노루목으로 휘적휘적 돌아오면서 웅보는 금성산 골짜기에 묻힌 할아버지 생각만을 떠올렸다. 할아버지는 할아버지의 소원대로 이마의 불도장을 없앴으니 저세상에서는 종살이를 하지 않게 되어 행복할 것이라고 생각했다.

그날 밤도 웅보는 마님의 부름을 받고 또 막음례의 방에 들어가야만 했다.


## 5


우수가 지나자 무등산에 눈이 녹으면서 영산강물이 풀리기 시작했다. 밀물 때면 제법 눅눅한 바닷바람이 뱃길을 타고 강 위로 드밀고 올라와 코끝을 간질였다. 눅눅한 바람이 오래 머물러 있는 강변의 버들개지에 물이 오르고, 얼음이 풀린 강물이 한결 맑아지는가 싶으면 산과 들과 강의 수면은 어느덧 촉촉한 안개에 젖었다.

전라도 땅에서 맨 처음 봄이 오는 곳은 영산강이다. 칠백 리 길고 긴 강을 따라 바람에 겨울이 백암산(白巖山) 쪽으로 밀려가면 이내 봄이 찾아오곤 한다. 우수가 지나면 영산강물도 그들먹하게 불어나 강변의 미루나무 밑동을 홍건하게 적신다. 여덟 골 얼음이 한꺼번에 녹아내리기 때문이다.

담양(潭陽)의 용추산(龍湫山), 창평(昌平)의 서봉학(西峰壑), 장성(長城)의 백암산, 나주(羅州) 작천(鵲川)의 물과 장성천(長城川)이 합류, 목포(木浦)에 이른 길고 긴 영산강 칠백리 길.

담양 용추산에서 비롯한 율원천(栗原川)은 담양읍을 지나 죽록천(竹綠川)을 이룬 후에 신천(新川), 대교천(大橋川)과 만나 창강(滄江)이 되고, 다시 세 갈래의 삼지천(三支川), 평퍼짐한 건천(巾川)과 합류하여 벽진(碧津)을 이루고, 장성 삼성포(三聖浦)로부터 흐르는 구등천(九登川)과 합세, 극락강(極樂江)이 되며, 서남으로 흘러 백암산으로부터 흘러오는 황룡강(黃龍江)과 만난다.

또한 여첨산(呂尖山)에서 비롯한 지석강(砥石江)에 이르면서 강폭이 한결 넓어지면서 광탄(廣灘)을 이루어, 영산포에 이른 다음 꿈틀거리는 뱀처럼 큰 굽이로 도는 회포(回浦)가 되고, 다시 송지천(松趾川)과 합하여 고막원 부근에 이르러 작천, 함평천(咸平川)과 만나 사호강(沙湖江)이 되어 몇 굽이 휘어 돌다가, 임진란 때 전함의 계류장(繫留場)이었던 이천포(利川浦)에서 잠시 숨을 돌이킨 후 몽탄(夢灘)으로 흘러 영암(靈巖), 덕진(德津), 서호(西湖)를 적시고, 큰 용이 산다는 주룡포(駐龍浦)에 이르며 다시 도선국사(道詵國師)의 탄생지인 구림(鳩林)을 경유하여, 마침내 목포 근해에 이르러 삼각주로 나뉘면서 바다에 이른다.

칠백리 길 강변에는 기름진 들이 골골이 펼쳐져 있지만 조그마한 비에도 강물이 범람하여, 땀 흘려 가꾼 곡식들을 옴씰하게 할퀴어 가 버리곤 하였다.

땅이 기름진 것처럼 사는 사람들 또한 모래알처럼 정이 많았으나 해마다 어김없이 덮쳐오는 큰물과 싸우느라 성질만 모질어지고, 풍년이 들 때면 세도가와 수령들한테 시달림을 당하기 일쑤여서 할미꽃처럼 평생 고개 한 번 쳐들지 못한 채 늙어갔다. 영산강은 설움 받은 농민들이 죽을 때까지 흘리는 한의 눈물이기도 하였다.

웅보는 하루에 한 번씩 강가에 나갔다. 강에 나가면 바람의 냄새가 참 좋았다. 그는 강물을 훑고 불어온 바람의 냄새만 맡아도 봄이 어디쯤에 오고 있는가를 알 수가 있었다. 강에 나가서 바람의 냄새를 맡고 있으면 답답한 마음이 조금씩 트이는 것 같기도 하였다. 그는 밤에도 강가에 나가서 우두커니 강물을 보고 서 있다가 돌아오곤 하였다.

고싸움놀이가 끝나자, 강변의 밤은 바람소리만이 가득했다.

웅보가 강바람을 쏘이고 돌아오는데 사랑채에서 양 진사가 찾는다고 하였다. 웅보만 찾는 것이 아니고 장쇠, 웅보, 대불이 삼부자를 한꺼번에 찾는다고 하였다. 웅보 아버지 장쇠는 양 진사가 그들을 찾는 것은 분명히 노마님의 유언대로 땅을 떼어주려는 것이라고 미리부터 들떠 있었다.

"장쇠 올해 몇 살인가?"

삼부자가 사랑채 마루 위에 올라가 무릎을 꿇고 앉자, 양 진사가 담배통을 문 채 방문을 열며 물었다.

"글씨유, 쇤네같이 천한 몸이 몇 살인지 어뜨케……."

자신의 나이를 모르는 장쇠는 고개를 주억거리며 어물어물했다.

"쇤네 아비는 올해 마흔아홉이옵고, 어미는 쉰둘이옵니다."

옆에 있던 웅보가 대신 말해주었다.

"벌써 그렇게 되었구만. 장쇠가 우리 집에서 마흔아홉 해를 살았구먼."

"쇤네 할아버지의 할아버지 때부터 이 댁에서 살았다 하옵니다요."

"그렇던가."

양 진사의 목소리는 부드러웠다.

벼슬을 사기 위해 돈을 더 바쳤는데도 소용이 없어 날마다 성깔만 사납게 부려쌓던 그가 갑자기 부드러운 태도로 삼부자를 대하자, 웅보는 약간 겁이 나기도 하였다. 종들이란 상전한테 꾸중을 들을 때가 차라리 마음이 편했다. 갑작스럽게 회유를 한다든가 부드럽게 대해 줄 때가 더 무섭게 느껴지는 것이었다.

"미거한 쇤네의 여러 식솔들이 탈 없이 잘 사는 것이 다 어르신네 덕택입니다요."

장쇠는 자꾸만 머리를 조아렸다.

"웅보는 몇이냐?"

"쇤네는 설을 쇠었으니 스물이옵고 대불이놈은 열일곱이옵니다."

웅보는 또렷또렷하게 대답을 하면서 흠칫 양 진사의 얼굴을 훔쳐보았다. 도대체 이 양반이 무엇 때문에 그들 삼부자를 모아놓고 미주알고주알 캐어묻고 있는 것인지 어림조차 할 수가 없었다.

양 진사는 한양에 갔다 온 뒤, 웅보가 쌀분이와 도망치려다 붙들린 일에 대해서는 한마디도 거론을 하지 않았었다. 웅보는 그게 마님의 입김 때문이라는 것을 알고 있었다.

"내가 너희들을 한자리에 부른 것은 다름이 아니라……."

양 진사는 삼부자의 얼굴을 얼추 살피는 것 같으면서 천천히 말했다.

"작고하신 가모의 유언대로 땅을 떼어주고 싶지만……."

양 진사는 잠시 말을 멎고 다시 그들의 표정을 쓸어보았다.

"궁리를 해본 끝에, 역시 땅보다야 종문서를 내어주는 것이 도리일 것 같아서……."

그들은 잠자코 양 진사의 말을 듣고만 있었다. 장쇠는, 마음 같아서는 당장 종문서 따윈 필요 없으니 땅을 떼어달라고 생떼라도 쓰고 싶었지만, 침 먹은 지네모양 입을 다문 채였다.

"내가 땅이 아까워서 이러는 것이 아니고, 어디까지나 웅보나 대불이의 장래를 위해서 종문서를 내주기로 한 것이니 장쇠는 추호도 나를 섭섭하다 생각 말게나."

양 진사는 조용조용 낮은 목소리로 타이르듯 말했다.

"자 이것이 종문서다. 이것만 가져가면 너희들은 이제부터 종이 아닌 게야."

양 진사는 문갑의 서랍을 열고 색깔이 누리팅팅하게 바래고 모서리가 너털너털 볼썽사납게 찢겨지고 닳은 문서뭉치를 꺼내 장쇠 앞에 내밀었다.

"가져가거라. 그리고 오늘부텀 우리 집 종이 아니니께 어디든 마음대로 가서 살거라."

아무도 종문서를 집어 들지 않았다. 웅보가 냉큼 집어 들려고도 생각해보았지만 일단은 아버지한테 맡기기로 하였다. 장쇠는 말끄러미 마룻장 위의 종문서를 뚫어져라 내려다본 채 말이 없었다. 대불이는 아버지와 형의 눈치만 살폈다.

웅보는 마룻장 위의 종문서를 내려다보며 착잡한 생각에 젖어 있었다. 마룻장 위의 희치희치 닳은 종문서가 한갓 종이로 된 문서가 아니라, 살아 있는 생명체같이 느껴졌다. 그들 네 식구, 죽은 조상들의 영혼까지도 그 속에 감춰져 있는 것 같았다. 보잘것없는 저 종이뭉치가 쇠사슬보다 더 단단하게 그들의 육체와 마음을 얽어매고 옭죄어왔다는 생각을 하자 종문서가 무섭게 느껴지기까지 하였다.

"왜들 그러느냐?"

양 진사가 물었다.

"어뜨케 이 댁에서 떠날 수가 있었습니까요. 쇤네 할아버지의 할아버지 적부터 많은 쇤네의 일족들이 목숨을 부지허고 살아왔는디, 어디로 가겠어요. 어르신께서 쫓아내신다면 우리는 죄 죽고 말겠구만요. 제발 이 댁에서 계속 살게 해주세요."

장쇠는 울먹이듯 말했다.

"허허, 이 사람. 쫓아내는 것이 아니래도."

양 진사는 답답한 얼굴로 장쇠를 보았다.

"쫓아내지만 말어주세요."

웅보 아버지 장쇠는 양 진사가 종문서를 내어주며 집을 나가라는 말에, 눈앞이 캄캄했다. 땅 한 뙈기 없이 이 집에서 쫓겨난다면 네 식구 영락없이 입에 거미줄 치게 될 것으로 생각했다. 땅 대신 종문서를 내어주는 양 진사가 원망스러웠다.

"웅보가 문서 집어 들어라."

양 진사가 웅보를 보며 말하자, 웅보는 아버지의 눈치를 살필 겨를도 없이 종문서를 집어 품에 넣었다.

"이놈아, 어쩔라고 그려! 네놈들이 뜬골로 세상에 나가서 단 하루인들 살 성부르냐."

장쇠가 웅보를 향해 나무랐다. 웅보는 빨리 양 진사 앞에서 물러나고 싶을 뿐이었다.

"참 웅보야."

양 진사가 턱 끝을 웅보 쪽으로 내밀었다. 웅보는 고개를 들었다.

"쌀분이도 데리고 나가거라."

"쌀분이는 왜요?"

장쇠가 웅보 대신 물었다.

"쌀분이를 웅보와 짝을 맞춰 주게. 자, 그만들 가봐라. 이제 언제고 이 집에서 나가도 좋다."

양 진사는 장지문을 닫아버렸다. 장쇠는 양 진사가 문을 닫아버린 뒤로도 잠시 멀뚱히 앉아 있었다.

"한 번만 더 굽어 살펴주셔요."

장쇠는 목이 메는 것 같았다.

"그만 물러가라는데 그러느냐. 왜 땅을 안 떼어주어서 그러는 게냐?"

양 진사의 목소리가 날카롭게 울렸다.

"아, 아닙니다요."

웅보는 얼른 양 진사의 말을 받고 나서 아버지를 부축해 사랑채 마루를 내려섰다.

맥이 풀려 행랑으로 돌아온 장쇠는 사뭇 끙끙 앓았다.

"세상에 이럴 수가 있단 말이냐."

그는 양 진사를 원망했다. 땅을 떼어주기 전에는 죽어도 진사 댁에서 나가지 않겠다고 하였다.

"이제 우리는 종이 아니끼게 이 집에서 나가자니께요. 네 식구 어디 간들 설마 굶어 죽겠어요."

웅보는 부모를 설득하느라 진땀을 뺐다. 처음엔 대불이도 진사 댁에서 나가기가 싫은지 뚱해 있더니, 이내 웅보 편을 들어주었다.

"웅보 형 말대로 해요. 이제 우리들 가고 싶은 대로 아무데나 훨훨 날아갈 수가 있다잖어요. 우리들 하고 싶은 대로 뭐든지 해도 된답니다요. 이제는 우리들한테 아무도 이것 해라 저것 해라 하고 일을 시킬 사람도 없답니다요. 굶어죽든지 살든지 우리들 맘대로 한 번 살아봐요."

대불이는 우선 이제 이 세상에서 아무도 그들 하는 일에 간섭을 할 수가 없다는 것이며, 그들이 하고 싶은 대로 할 수 있고 가고 싶은 대로 어디든지 갈 수 있다는 것이 좋았다. 이제는 봇수세를 받으러 다니지 않아도 됐고, 봇수세를 받지 못했다고 양 진사한테 꾸중을 듣지 않아도 된다는 생각에 날아갈 듯 몸과 마음이 가벼워졌다.

"낼 아침부텀 아침 해가 내 엉덩이에 붙을 때까지 늦잠이나 푹 자야겠구만."

대불이는 그러면서 푸실푸실 웃었다.

"나가고 싶거든 네놈들이나 나가그라. 나허고 네 에미는 땅을 떼어주기 전에는 한 발짝도 물러서지 않겠다."

장쇠의 태도는 완강했다. 그러면서 그는 웅보한테 종문서를 다시 되돌려주고 오라고까지 했다.

"아무데나 강변 어디에 가서 묵정밭에 터를 잡고 살자니께요. 뼛속에 땀방울이 괴이도록 땅을 파서 우리 논밭을 만들고 말겠어요."

그것은 웅보가 오래전부터 생각해오던 거였다. 영산강변 어디에라도 터를 잡고 버려진 땅을 일구어 전답을 만들 꿈을 갖고 있었다. 울타리는 막지 않을 생각이었다. 그의 집에 오고 싶은 사람이면 아무나 환영할 생각이었다. 도둑이라도 반갑게 맞아 주리라 싶었다.

"나는 안 갈란다."

아버지가 끝까지 양 진사 댁에서 한 발짝도 나가지 않겠다고 고집을 부리자, 결국 형제만 먼저 떠나기로 하였다. 웅보는 자리가 잡히는 대로 부모를 모셔갈 생각이었다. 부모와 함께 갔다간 고생만 시켜드릴 것 같아 어쩌면 잘된 일일지도 모른다고 생각했다. 대불이도 반대하지 않고 수걱수걱 형을 따라나서겠다고 하였다.

"느그들만 가지 말고 기왕지사 말이 났응께, 쌀분이도 데리고 가그라."

아버지는 그러면서 양 진사의 말을 상기시키며, 찬물 한 그릇이라도 떠놓고 예를 지내자고까지 하였다.

그날 밤 웅보와 대불이는 종문서를 가지고 영산강으로 나갔다. 종문서를 불태운 재를 강물 위에 띄워버렸다. 그러나 종문서를 불태워 속량을 했다고는 하지만 도무지 실감이 나지 않았다.

웅보와 대불이는 어두운 강물을 내려다보고 서 있었다. 모든 생각들이 정지하고 머릿속이 백지장처럼 텅 비어버린 느낌이었다. 종의 굴레를 벗기만 하면 날개가 없어도 창공을 마음대로 날아갈 수 있을 것만 같았는데, 막상 속량이 되고 보니 얼떨떨한 기분이었다. 그들은 아무것도 달라진 것이 없었다.

"이제 우리는 분명히 종놈이 아니란 말이재?"

대불이 역시 실감이 안 나는 듯 이렇게 물었다.

"그래, 우리는 제비나 황새처럼 자유의 몸이 됐다. 이제 우리한테 이래라 저래라 간섭할 사람도 없다."

"해가 중천에 떠오를 때까지 드르렁드르렁 낮잠을 퍼 자도 괜찮겠재?"

"낮잠뿐이냐? 새처럼 아무데나 갈 수가 있다. 강을 건너서 땅 끝까지도 갈 수가 있고, 가기 싫은 곳은 안 가도 누가 나무람 하지 않는다."

웅보는 그의 동생한테 이렇게 말하고는 있지만, 정말 그들이 종의 굴레를 벗은 것인지, 아니면 꿈을 꾸고 있는 것인지, 확연하게 실감할 수가 없었다. 그는, 이제 종이 아니라는 것을 실감하기 위해서라도 한시바삐 양 진사 댁에서 떠나야겠다고 마음을 다졌다.

"나는 종이 아니다아—."

웅보는 밤하늘을 향해 큰 목소리로 고함을 질러보았다.


## 6


종문서를 받은 다음날, 뱀딸기처럼 붉은 해가 강 건너 널따란 쇠들 위에 떠오르기가 바쁘게, 웅보와 쌀분이는 서둘러 혼례를 올렸다. 혼의(婚儀)며 납채(納采), 납폐(納幣), 친영(親迎)의 절차를 밟아, 사모관대에 족두리 원삼을 입고 청실홍실 드리운 합환주(合歡酒) 교환하는 격식 대신에, 찬물 한 그릇 떠놓고 신랑 신부 맞절하는 것으로 끝낸 혼례였다.

"아가, 잘 살어라 와."

새 며느리를 맞은 시어머니는 혼방조차 차려주지 못해 마냥 아픈 마음을 달래며, 앙상한 손으로 쌀분이의 등을 쓸어주었다.

혼례가 끝나자 웅보는 떠날 길을 재촉하였다.

"워디로 갈래?"

웅보 어머니는 헌 장롱에서 이것저것 두 아들의 누더기 헌옷가지들을 꺼내며 시름이 가득한 얼굴로 아들을 보았다.

"작정한 곳은 없어요."

"멀리 가지는 말어라."

"자리가 잽히는 대로 아버님 어머님 모시러 올 거로구만요."

"늙은이들 걱정할 것 없다."

삐억삐억 담배통만 빨며 찜찜한 얼굴로 앉아 있던 웅보 아버지 장쇠가 뚜벅 볼멘소리로 내질렀다.

"식구가 흩어지면 힘이 빠져서 안 되는디."

어머니를 도와 헌 버들고리짝에 옷가지들을 챙겨 넣고 있던 대불이도 마음이 언짢은지 침침한 목소리로 말했다.

"네 아부지 말대로 늙은이들 걱정은 말고 몸 성히 잘 살어."

그렇게 말하는 웅보 어머니의 짓무른 두 눈에 눈물이 그렁그렁 괴었다.

"떠날려거든 냉큼 떠나지 않고 뭘 꾸물거리느냐!"

웅보 아버지가 두 아들을 질러보며 다시 큰 소리로 내지르자 "저 놈에 영감탱이는 으찌 그리도 인정머리가 없는고 잉. 시방 헤어지면 은제 또 만날지도 모르는디⋯⋯" 하고 어머니가 쏘았다.

웅보와 대불이는 밖으로 나왔다. 대불이가 누덕누덕 기운 헌 이불과 고리짝을 짊어졌고, 웅보는 마님이 특별히 내려준 쌀 두 말과 씨나락 한 말, 세 식구가 밥을 지어 먹을 솥이며 밥그릇을 발채에 담아 지었다. 신부 쌀분이는 조그마한 옷 보퉁이를 옆구리에 꼭 끼었다. 그 옷 보퉁이 안에는 새벽에 막음례가 몰래 갖다 준 명주 한 필도 들어 있었다.

두 아들과 며느리가 떠날 채비를 끝내자 웅보 어머니는 콧물까지 훌쩍거리며 다시는 그들을 못 볼 것처럼 서러워하였다.

"아가, 잘 살아야 한다. 죽는 한이 있어도 다시 돌아와서는 안 된다."

웅보 어머니는 노마님이 숨을 거둘 때 주었던 머리와 끝에 칠보 초화문을 올린 파란 상하초롱잠과, 웅보 어머니가 시집와서 시어머니한테 받은 두툼한 구리반지를 빼서 며느리의 손에 꼭 쥐어주었다.

쌀분이는, 노마님이 주었다는 파란 상하초롱잠보다는 언젠가 웅보 어머니한테서 그 내력을 들어 알고 있는, 반들반들 닳아진 구리반지를 더 소중한 마음으로 받아 손가락에 끼었다. 두툼하고 반질반질한 그 구리반지는 웅보의 증조모 것이었는데, 대대로 며느리들에게 전해 내려오고 있다고 하였다.

두 아들과 새 며느리가 아버지 어머니한테 마지막 하직인사를 올리자, 장쇠가 "땅 한 뼘도 없이 뜬골로 나가서 안 굶어죽고 살 것 같으냐" 하고 비아냥대는 소리로 내질렀다.

"기어코 우리 땅을 장만하겠어요."

웅보는 자신 있게 말하고 지게를 지고 일어섰다. 장쇠는 대문 밖에 나와 보지도 않았다.

"저 인정머리 없는 작자, 자식들이 가는디 뻐끔도 안 헌 것 봐라."

어머니는 남문 밖까지 따라 나오며 차마 아들, 며느리와 헤어지기가 마음 아픈지, 훌쩍훌쩍 눈물바람을 하였다.

"들어가세요. 내년 봄에 꼭 모시러 오겠어요."

웅보가 지게를 지고 어머니를 향해 돌아서며 물 머금은 목소리로 말했다.

"어서 가자. 나룻배 타는 것만 보고 돌아갈란다."

어머니는 훌쩍거리며 앞장서서 쪼작쪼작 걸었다. 웅보는 지게를 지고 선 채 한 발짝도 움직이지 않았다.

"어머니가 돌아가지 않으면, 이대로 서 있을 랍니다."

그제야 어머니는 꾀죄죄 땟국이 흐르는 소맷자락으로 눈언저리를 꼭꼭 눌러 찍어내며 웅보 뒤로 물러섰다.

"그나저나 어디로 갈꺼?"

대불이는 뒤를 돌아보지 않으려고 목에 힘을 주고 걸으며 큰 소리로 물었다.

"우리 땅을 찾아서 가는 거다."

"거기가 워딘디?"

대불이는 낯선 땅으로 떠나는 것이 불안하기도 하였다. 지금까지는 그래도 비록 종의 굴레를 쓰긴 했지만 상전에 빌붙어, 죽네 사네 하는 흉년에도 배곯지 않고 살아오지 않았는가.

"사람 살 곳은 골골이 다 있는 법이니 걱정 말어라."

"그래도 갈 곳은 정해놓고 떠나야재, 어뜨께 무턱대고 갈 거여."

"영산강을 따라 내려가 보는거."

"강을 따라가면 해가 떨어진다는 바다밖에 더 나오겄어?"

"강변에는 물난리 땜시 농사를 못 짓고 버려진 진전이 많을 거니께."

"농사를 지을 만한 땅은 양반덜이 다 차지해뿌렀을 것인디……."

"그러니 아무도 손을 못 댄 땅을 찾아야재."

"버려둔 땅이 있을라고?"

"그래도 우리가 찾아야 헐 건 땅밖에는 없다. 우리가 믿을 건 땅뿐이여. 단 한 뼘이라도 우리 땅을 찾아야 한다. 땅을 못 찾으면 우리가 죽는 거. 그러니 우리가 살기 위해서는 죽기를 무서워 말고 우리 땅을 찾어야 한다."

웅보는 힘주어 말하고, 참나무며 똘밤나무들이 촘촘하게 들어선 산모퉁이를 돌아서며 뒤를 돌아보았다. 어머니의 모습은 보이지 않았다.

웅보네 세 식구가 나루터로 나가자 그곳에는 많은 사람들이 나룻배를 기다리며 웅성거리고 있었다. 웬 사람들이 나루터에 그렇게 많이 몰려 있을까 하고 가까이 가 보았더니 얼추 눈에 익은 이웃마을 사람들도 눈에 보였다.

이웃마을 구슬에 사는 판쇠와, 기름바위 막둥이, 돌뫼 덕칠이, 그 외에도 낯모를 몇몇 사람들이 있었다. 그들도 웅보네처럼 가족들과 함께 이불이며 솥, 옷 보퉁이들을 지고 있었다. 아이들도 여럿 눈에 띄었다. 마치 한 마을사람들이 떼를 지어 이사를 가는 것만 같았다. 지난여름 큰비에 돌뫼가 옴씰하게 물에 잠겼을 때, 돌뫼 사람들이 남부여대하여 물 피난을 다니던 것과 비슷했다.

"웅보도 나왔네?"

나루터에 당도하자 그를 아는 여러 사람들이 알은체를 해왔다.

"판쇠, 막둥이, 덕칠이 자네들은 어쩐 일인가? 이 많은 사람들이 다 어디를 가는가?"

웅보는 나루터에 모인, 아이들까지 합하여 얼추 쉰 명은 되어 보이는 사람들을 불안한 얼굴로 휘휘 둘러보며 물었다.

"다 마찬가지 아녀."

구슬 사는 판쇠가 지나가는 말투로 이야기해주었다. 그는 웅보와 같은 또래인데도 혼인을 빨리 하여 주렁주렁 딸만 셋이나 되었다. 얼굴이 양푼처럼 너부데데한 판쇠 아내는 머리에 큰 옷보퉁이를 이고 등에는 갓난아기를 업고 있었으며, 고만고만한 두 아이가 치맛자락을 꼭 붙잡고 달붙었다.

"마찬가지라니, 자네들도 풀려났다는 말인가?"

웅보가 묻자 "그러면 웅보 자네만 풀려난 줄 아는가?" 하고 기름바위 사는 막둥이가 핀잔을 주듯 말했다.

"다 풀려났단 말여? 한꺼번에 무슨 일이재?"

웅보는 이웃마을의 종들까지도 한꺼번에 풀려난 이유를 알 수가 없었다.

"아직 풀려나지 않은 종들도 있는디 머지않아서 다 풀려날 거라는구먼."

돌뫼 덕칠이였다.

"세상이 뒤집히기라도 했남? 양반들이 어쩔라고 종들을 한꺼번에 풀어줬으까?"

"양반들이 풀어준 것이 아니고 나라에서 풀어주라고 한 것이라네."

판쇠가 아는 체하였다. 그는 말을 할 때마다 버릇처럼 콧구멍을 벌름거렸다.

"나라에서?"

웅보는 처음 듣는 이야기였다.

"방방곡곡의 종은 다 풀어주라는 어명이 내렸다는구만."

그해(1886년) 정월에 노비의 세습제도가 폐지되었다. 나라에서는 종들을 속량(贖良)시키라는 명을 내렸다. 그러나 많은 양반들은 종을 풀어주려고 하지를 않았다. 또 대부분의 종들은 앞으로 살아갈 길이 막연한지라 스스로 풀려나기를 원하지도 않았다.

"어뜨케 돌아가는 판속인지 모르겠구만."

웅보는 씁쓸하게 웃으며 길게 뻗어 누운 강을 내려다보았다. 그러고 보니 양 진사가 갑작스럽게 그들에게 종문서를 내어준 속마음을 알 수 있을 것만 같았다. 그는 노비 세습제가 폐지된 것을 미리 알고, 큰 생색이라도 내는 것처럼 그들의 장래를 생각해서 땅 대신 종문서를 내어주는 것이라고 듣기 좋게 말했던 것이 아닌가. 웅보는 크게 속은 것 같았지만 그렇다고 그런 양 진사를 욕하고 싶지는 않았다. 양반들이란 언제나 그랬다.

아무튼 나라에서 노비의 세습 제도를 폐지하였다니 반가울 수밖에 없었다. 한때 나라에서는 노비를 안검(按檢)하여 속량시킨 적도 있었지만, 능상을 한다는 이유로 오랫동안 면천(免賤)을 시켜주지 않았지 않은가.

웅보가 알고 있기에, 노비는 사람이라기보다는 마소와 같은 취급을 받아오지 않았던가. 그의 할아버지 시절만 해도 종 세 사람을 말 한 필과 바꾸었다니 되레 마소보다 못한 편이었다. 시달림에 견디다 못해 세 번 도망을 친 종은 얼굴에 불도장을 찍어 글자를 새기기까지 하였다.

천자수모법(賤子隨母法)이라 하여 종이 양민과 혼인하여 아이를 낳는다 해도 그 아이까지 종이 되어야 했다. 또한 기상(寄上)이라 하여 바치는 노비, 살아갈 수가 없어 스스로 들어오는 투속(投屬) 노비, 임금이 하사한 사여(賜與) 노비, 무역하는 노비 등 그 종류도 갖가지였다. 흉년 때는 특히 굶어죽지 않으려고 양반집에 스스로 종이 되어 들어가는 투속 노비들이 늘어나곤 하였다.

일시에 풀려난 종들은 강을 건너 살 만한 곳을 찾아가기 위해 나루터에 몰려들긴 하였으나, 웅보 네와 마찬가지로 어디에 터전을 잡아야 할 것인지 막연하였다. 그들은 일단 강을 건너가려고만 했던 것이다.

워낙 사람들이 많았기 때문에 나룻배가 여러 차례 나누어 강을 건네주었다. 웅보 네가 강을 건넜을 때는 해가 머리 위에 덩실 올라와 있었다. 햇살은 비단처럼 부드러웠고 바람은 알맞게 시원했다.

영산포 선창에 내린 웅보 네는 새끼내를 물어가며 강을 따라 내려갔다. 둑도 없이 질펀하게 퍼진 강변에는 군데군데 미루나무와 팽나무들이 듬성듬성 서 있을 뿐 끝없는 갈대밭이 계속됐다. 바람이 불 때마다 갈대 움직이는 소리가 가야금산조처럼 휘휘휘 들렸다.

영산포 선창에는 고깃배들이 많았고, 사람들도 벅신거렸다.

"당장은 선창에서 일을 거들어주더라도 입에 풀칠이야 못하겠냐."

웅보는 쌀분이와 대불이가 걱정할까 싶어 그렇게 말했다. 그러자 대불이도 "강가에서 낚시질을 헌들 굶어죽기야 할라고?" 하면서 씩 웃어 보이기까지 하였다. 웅보는 그런 대불이가 믿음직스러웠다.

선창에는 한꺼번에 풀려나온 종들이 가족들을 이끌고 군데군데 불을 피우고 모여앉아 있었다. 남자들이 선창으로 일자리를 구하러 간 사이 노인들이며 아낙네, 어린아이들이 가장을 기다리고 있는 거였다.

웅보는 고기 비린내가 훅훅 코를 덮치는 영산포 선창에서, 그보다 먼저 강을 건넌 판쇠와 덕칠이를 만났다. 일자리를 구하지 못한 그들은 맥이 탁 풀려 입을 열 기력조차 없어 보였다.

남자들이 하나 둘 객주거리 들머리 마방의 바람벽 아래 모여 우두커니 얼굴을 맞대고 섰다. 그들은 식솔들을 이끌고 어디로 가야 할 것인지 막연하였다.

"차라리, 우리 쥔 나리가 말한 대로 산지기 노릇이나 헐 걸 그랬나 보구만."

돌뫼 덕칠이가 부시를 쳐서 곰방대에 불을 붙여 물며 푸념처럼 말했다.

"네미럴, 산지기 노릇 할려면 엠병헌다고 종문서를 받어!"

기름바위 막동이가 덕칠이를 쥐어박듯 내쏘자, 잠자코 강물을 바라보고 있던 판쇠가 "이 기회에 도방살림이나 허고 싶구만" 하고 싱글싱글 웃으며 말했다.

"도방살림이라니?"

웅보가 물었다. 그러자 판쇠는 갑자기 목을 **빳빳**하게 세우며 변강쇠타령 한 대목을 뽑았다.

"연놈이 손목 잡고 도방 각처 댕길 적에 일 원산, 이 강경, 삼 포주, 사 법성 곳곳이 찾아댕겨 계집년은 들병장사, 막장사며 낮부림, 넉장질에 돈냥 돈관 모아놓으면, 강쇠 놈이 허망허여 댓냥내기 방때리기, 두냥패에 가보하기, 갑자꼬리 여수하기, 미골회패 퇴기질, 호호호백 쌍륙치기, 장군 멍군 장기두기, 맞혀먹기 돈치기와 불러먹기 주먹질,

걸개두기 윷놀이와 한 집 두 집 고누두기, 의복 전당 술 먹기와 남의 싸움 가로막기, 그 중에 무슨 비위 강새암, 계집치기라.”

“제길, 종놈 주제에 소리 재주는 타고나서!”

덕칠이가 밉지 않게 코를 불었다.

“내사 박수무당이 되든가, 광대 노릇을 하든가 어디 간들 굶어죽지는 않을 텐께 걱정이 없네!”

판쇠는 그러면서, 자기는 사람들이 많은 영산포에 비비적거리고 눌러 있다가, 법성포(法聖蒲)로 해서 강경(江景)쪽으로 되짚어 올라가 볼 요량이라고 하였다. 일거리가 없으면 소리꾼이라도 되겠다는 것이었다. 덕칠이와 막동이도 당분간 영산포에 머물러 있겠다고 하였다. 그들은 판쇠 말대로 도방살이를 하면서 닥치는 대로 일거리를 찾아보겠다고 하였다.

웅보가 그들에게 일자리가 나올 때까지 막연하게 기다릴 것이 아니라, 씨앗을 묻을 만한 땅을 찾아나서는 게 좋지 않겠느냐고 해보았으나, 그들은 땅을 파먹고 사는 데는 이제 신물이 난다면서 날이 풀리면 고깃배가 더 밀려와 일자리가 생길 것이니, 영산포 선창에 그냥 눌러 있겠다는 것이었다.

판쇠와 덕칠이의 이야기를 들은 대불이도 은근히 사람들이 벅신거리는 선창에 머물고 싶은 눈치였다.

“선창에 잠시만 있다가 배를 타고 멀리 가보면 어떨까.”

대불이는 그렇게 말하며 웅보의 눈치를 살피는 것이었다.

“배를 타고 싶으냐?”

웅보가 물었다.

"넓은 바다에 한 번 나가보고 싶어."

"땅 파 묵는 두더지가 바다에 가서 어뜨케 살겄냐."

그러면서 웅보는 갈 길을 재촉하였다. 그들은 다시 강을 따라 내려갔다. 그러나 논을 일굴 만한 땅은 발견하지 못했다. 질펀한 모래사장이 아니면 강물이 질척질척 괴어있는 갈대밭뿐이었다.

이러구러 셋은 긴 통나무를 얽어 지른 다리를 건너, 큰 오동나무가 서 있는 밋밋한 산비탈 돈단에 이르렀다. 그곳에서 월출산(月出山)을 마주보고 산을 넘어 반나절쯤 가면 영암에 이르게 되고 하루거리에 강진(康津)이 있었다.

돈단 위에는 먹고 버린 고막껍질 같은 초가 한 채가 삐딱하게 바람에 맞아 웅크리고 있었는데, 술주자를 쓴 용수를 긴 장대에 매달아 놓았다. 주막이었다.

웅보는 돈단 주막 아래 짐을 받쳐두고 굴참나무며 소나무가 듬성하게 들어찬 산비탈로 뛰어올라갔다. 산비탈에서 발부리 아래를 유심히 둘러보았다. 영산강 지류인 그곳도 갈대밭이 온통 질펀하게 펼쳐져 있었다. 큰 강줄기에서 가깝지 않은 그곳은 그대로 버려진 땅이었다. 얼핏 보기에 강물만 범람하지 않는다면 물에 잠기지 않을 듯싶었다. 그리고 별로 넓지 않은 지류에 약간만 둑을 쌓으면 논으로 일굴수도 있을 것 같았다.

웅보는 산에서 내려와 주막으로 들어갔다.

"누구 없소?"

기척을 하자 찌그러진 방문이 삐그덕 열리면서 주모인 듯한 젊은 여자가 손으로 푸스스한 머리를 쓰다듬으며 나왔다. 고생으로 찌들어진 얼굴이긴 해도 콧날이며 눈매가 뚜렷했다.

"말 좀 물읍시다. 여기가 새끼내라는 곳이 틀림없는가요?"

젊은 여자는 웅보의 휘주근한 모습을 눈으로 두어 번 들었다 놓았다 하더니 "그렇소만" 하고 술손님 같지 않은 행색에 달갑잖은 목소리로 대답을 했다.

웅보는 순간 그곳에 오기를 잘했다고 생각했다. 언젠가 송월촌 그의 스승이 새끼내에 가면 논으로 일굴 땅이 버려져 있을 거라는 말을 한 것을 귀담아 듣고, 자나 깨나 꿈에 그려왔었다.

"저 다리 밑으로 흐르는 내가 새끼낸가요?"

웅보가 다시 묻자 주모는 고개를 끄덕이며 "저 안마을이 개태라우" 하고 말했다.

"그렇다면 저 산이 개산이겠구만요."

"다 아시누먼. 근데 어디서 오셨수?"

"강 건너서 왔구만요."

"새끼내는 뭣 땜시 물으시우?"

주모는 술청 밖 돈단 아래 서 있는 대불이와 쌀분이, 그리고 큰 오동나무 밑에 받쳐둔 웅보의 바지게를 번갈아 보며 물었다.

"그냥 한 번 와봤어요. 꿈속에서 여러 번 와본 곳이라서……."

"꿈속에서요?"

"예, 주욱 새끼내 꿈만 꾸었지요."

웅보의 말에 주모는 뜨악한 표정을 지으며 웅보를 뚫어지게 바라보았다.

어느덧 개산의 칙칙한 산 그림자가 갈대밭을 소리 없이 살금살금 내려덮고 있었다. 멀리 떨어진 개태에서 밥 짓는 저녁연기가 안개처럼 포실하게 피어올랐다. 새끼내 물이 강으로 흘러들어가는 수구막 개펄에도 어둠이 깔리기 시작했다.

"여기서 진포리(津浦里)는 멀어요?"

웅보가 주모에게 물었다. 그의 어머니가 노마님을 따라 나주로 오기 전에 살던 곳이었다. 그곳이 웅보의 외가였지만 아직 한 번도 가보지 못했다.

"저 개산 너메라우."

"한참 걸리겠네요."

"진포리까지 가시려우?"

"아닙니다. 우리는 새끼내까지 왔구만요."

"새끼내에 뭐하시려구?"

주모는 의아해하는 얼굴로 물었다. 새끼내라야 마을이 있는 것도 아니고, 널따란 들판에 갈대밭만이 가득 들어찬 그곳까지 찾아왔다니 도무지 알 수 없다는 표정이었다.

"새끼내에는 우리 집뿐인디……"

"사람을 찾아온 것이 아니고 땅을 찾아왔구만요."

"땅을 찾아서?"

"여기가 그렇게 물난리가 심하다면서요?"

두 사람은 서로 마주보며 동시에 각각 다른 내용을 물었다.

"질목굽이 큰애기가 오줌만 한 번 싸질러대도 새끼내가 온통 물바다가 된다우."

주모가 푸실푸실 웃으며 대답했다.

"폐가 안 된다면 하룻밤 신세 좀 졌으면 합니다만."

웅보는 주모가 그의 청을 거절하지 않으리라고 생각하며 입을 열었다.

"모두 한식구들이우?"

주모는 돈단 아래를 내려다보며 물었다.

"동생하고 내 색시라우."

"날이 저물었는디 안 된다고 해서야 사람 인심이 아니지요. 빈방이 하나 있으니 그렇게 하시구려."

그러면서 주모는 웅보를 부엌 쪽으로 데리고 가서 방문을 열어주었다.

"뒤껼에 솔가지가 있으니 군불을 지피시우. 워낙 오래 비워놔서 얼음장 같을 거요."

웅보는 주모에게 연신 고맙다는 말을 되풀이하며, 돈단 아래로 내려가 쌀분이와 대불이를 불렀다.

찬바람이 횡 도는 빈방에는 씨앗이며 산나물 망태기가 주렁주렁 걸려 있었다. 주모가 방으로 들어와 망태기를 치우겠다는 것을 웅보가 말렸다. 웅보가 바지게를 헛간에 들여놓고, 이불 짐을 옮기는 사이, 쌀분이는 저녁 준비를 하였다.

"밥을 하시려고? 오늘 저녁은 관둬요. 죽을 끓였으니께 물만 한 바가지 더 부어 같이 먹읍시다."

쌀분이가 저녁 준비를 하는 것을 보고 주모가 말했다. 대불이는 군불을 지폈다.

어느덧 어둠이 하늘과 들, 강가지도 한입에 삼켜버렸다. 어둠이 대지와 하늘을 덮어버리자 바람에 강물 흔들리는 소리만이 들려왔다. 주위가 완전히 어두워지자, 예닐곱 살쯤 되어 보이는 사내아이가 후두둑 뛰어 들어오며 밥을 달라고 소리쳤다.

"아들인가요?"

웅보가 주모에게 묻자 "저것 하나 믿고 산다우" 하고 한숨 섞인 소리로 말했다. 대장장이를 하던 남편은 삼 년 전에 큰물이 새끼내를 휩쓸었을 때, 강물에 떠내려 오는 돼지새끼를 건지러 들어갔다가 물귀신이 되었다고 하였다.

"남편 잃고 죽지 않으려고 술장사를 시작했다우."

푸념 속에 응어리진 한이 맺혀 있었다.

"저것이 대장간이지요. 남편이 죽자 그냥 문을 닫았어요."

주모는 턱 끝으로 주막에서 조금 떨어진 흙집을 가리켰다. 주모의 말에, 생솔가지를 분질러 군불을 지피며 연기 때문에 억지 눈물을 질금거리던 대불이가 벌떡 일어섰다.

"대장간 구경 좀 할까요."

대불이가 큰 소리로 물으며 군불을 지피다 말고 대장간 쪽으로 뛰어갔다.

"풀무도 그대로 있고, 화덕도 말끔헌데요!"

대불이가 대장간에서 밖에 대고 말했다.

"이대로 놔두기가 아까워요."

대불이는 신이 난 듯싶었다.

웅보네 세 식구는 허출한 김에 홀렁한 서속 죽을 한 사발씩 둘러마셔 시장기를 메웠다. 저녁을 물리자 주모는 텁텁한 밑술을 두 사발이나 떠 들여넣어주었다. 저녁을 얻어먹기도 미안한 판에 술까지 내놓자 몸 둘 바를 몰라 하였다.

"그까짓 홀렁한 죽 한 그릇으로는 시장기도 못 면했겠네요. 텁텁한 모주라도 한 사발씩 드시어요."

주모는 펄럭이는 종이심지 불빛에 희붐하게 밝은 방안을 둘러보더니, 두렁치마를 추슬러 올리며 방으로 들어와서, 아직 썰렁한 방바닥을 손바닥으로 짚어보았다.

"농사는 안 허시나요?"

단숨에 모주 잔을 쫙 비운 대불이가 손등으로 입언저리를 훔치며 물었다.

"아이고, 이 양반아, 새끼내서 농사를 짓기란 칼 물고 뜀뛰기여."

"칼 물고 뜀뛰기라니요?"

"농사를 지어봤자 큰물이 옴씰하게 쓸어 가버리는디 어뜨케……."

주모는 말끝을 흐리고 대불이를 한동안 마주보는 것 같더니, 삼 년 전 큰물에 떠내려간 그녀의 남편 이야기며, 여자 혼자 외딴 주막에서 살자니 건달패들이 집적거려 술장사도 못해먹겠다며 푸념을 늘어놓다가,

큰방에서 그녀의 아들이 불러대는 소리에 부리나케 방에서 나갔다.

"얼굴도 이쁘고 맘씨도 곱구만."

주모가 나가자 대불이가 쌀분이의 눈치를 살피며 입을 열었다.

대불이는 웅보한테 대장간을 그대로 버려두기가 아깝다고 하였다. 웅보는 대불이의 그런 소견을 대견스럽게 생각하면서도, 풀무질이라면 또 몰라도 깎낫, 돌쩌귀 하나도 못 만드는 주제에 대장장이가 되고 싶다니, 웃음이 나왔다.

"나 차라리 이 주막에서 술심부름이나 해줄까? 보아허니 손대기도 없이 주모 혼자 여간 힘들어 보이지가 않는디."

대불이는 은근히 주막에서 머무르고 싶은 것 같았다.

"안 그래도 새끼내에 자리를 잡기로 했다."

웅보의 말에 대불이는 철없는 아이처럼 벙싯거리며 좋아했다.

"형이 땅을 치는 새에 나는 술심부름이나 해주고 입벌이라도 해야 겠구만."

대불이의 말에 웅보는 그냥 희미하게 웃고만 있었다.

하기야, 양 진사 집에서 준 쌀 가지고는 죽을 끓여 먹어도 세 식구 한 달 먹음새에도 모자랄 판이니, 식구들 중에서 누구든지 입벌이라도 할 수 있는 자리가 있다면 빌붙지 않으면 안 될 형편이었다. 그러나 웅보는 걱정하지 않고 앞으로 살아갈 방도를 차근차근 생각하기로 하였다. 우선 등을 붙일 만한 움막이라도 친 다음에 영산강에서 고기를 잡아 팔든가, 아니면 가까운 장터나 선창에 나가 등짐일이라도 할 요량이었다.

군불에 구들이 뜨끈뜨끈 달기 시작하자 꾸벅꾸벅 졸음이 쏟아졌다. 웅보가 조는 사이에 뒷간에 가겠다고 나간 대불이가 늦도록 돌아오지 않았다.

대불이가 돌아오지 않는다고 쌀분이가 어깨를 흔들어서야 졸음에서 깨어난 웅보는 밖으로 나갔다. 강 쪽에서 바람이 기분 좋게 불어왔다. 눅눅하게 젖은 강바람의 냄새는 달콤했다. 웅보는 한동안 영산강을 훑고 온 달콤한 강바람에 취해 콧구멍을 벌름거리며 어둠속에 서 있었다.

웅보가 대불이를 찾으러 나가자, 쌀분이는 빈방에 혼자 앉아 있었다. 낯선 주막의 구질구질한 방을 빌려 혼인 첫날밤을 맞게 된 쌀분이의 마음은 울적했다. 상전이 종문서까지 내어주며 시키는 대로 혼례를 치르긴 했으나, 어쩐지 땡감을 씹은 뒷맛처럼 떨떠름한 기분이었다. 그런 어정쩡한 마음으로 웅보와 평생을 살아갈 일이 아뜩하게만 생각되었다. 웅보와 막음례 사이의 일 때문이었다. 마님이 시키는 일이라, 하는 수 없이 막음례와 잠자리를 같이하게 된 웅보의 본심을 이해 못하는 바는 아니지만, 아무리 웅숭깊게 덮어버리려고 해도, 뿌질뿌질 심사가 끓어오르면서 울컥 웅보가 미워지는 것을 어찌하지를 못하였다.

마님이 바라는 대로 막음례가 웅보의 자식이라도 덜컥 낳게 되는 날에는 어쩌랴 생각하니 눈앞이 아찔해졌다. 그리고 쌀분이는 어찌 된 건지 웅보가 징그럽게만 느껴졌다. 그의 옆에 있고 싶지도 않았다. 막음례와 그런 일이 있기 전에는 와락 그의 품에 안기고 싶고 그의 살을 껑껑 물어뜯고 싶은 야릇한 충동에 바르르 떨었는데, 지금에 와서는 그의 옆에만 가도, 몸에 스멀스멀 지네가 기어 다니는 것 같은 징그러움에 온몸의 잔털까지도 빳빳하게 곤두서는 듯하였다.

쌀분이는 아무도 없는 방에 혼자 앉아서 가느다랗게 출렁이고 있는 종이심지 불꽃만 하염없이 바라보고 있었다. 밖에선 바람이 후루루 오동나무 가지를 흔들어대는 소리가 들렸다. 대불이를 찾는 나지막하고 조심스러운 웅보의 목소리도 들렸다.

"이 자식이 어딜 갔나."

웅보는 송곳 하나 박을 틈도 없이 빽빽하게 괸 어둠의 여기저기를 쿡쿡 쑤셔보다 말고, 퍼뜩 대장간 생각이 머리에 스쳤다.

대불이는 대장간 화덕 위에 쭈그리고 앉아 있다가 웅보가 들어서자 어둠속에서 천천히 일어섰다.

"나 여기 있어."

"이 깜깜한 속에서 뭣혀?"

"생각 좀."

"생각? 무슨 생각?"

"나 생각하는 거 방해하지 말고 형수한테 가봐. 오늘이 첫날밤 아녀."

"첫날밤?"

그제야 웅보는 첫날밤이라는 말에 아찔한 현기증을 느꼈다. 그러고 보니 대불이는 웅보의 첫날밤을 위해서 일부러 대장간 속에 들어박혀 있었단 말인가.

"어서 들어가 보라니께."

"너 여기서 잘 셈이냐."

"내 걱정 말어. 생각 좀 하고 들어갈께."

웅보는 대불이가 그를 따라나설 것 같지가 않아, 하는 수 없이 혼자 방으로 돌아왔다.

"대불이 그놈 제법 속이 다 들었어."

웅보는 혼잣말처럼 중얼거리며 샐쭉하게 고개를 외로 꼬고 있는 쌀분이 옆에 앉았다. 그녀는 웅보를 거들떠보지도 않았다.

"어서 자드라고. 잠시 후에 대불이 놈을 끌고 와야겠구만."

그제야 쌀분이는 무겁게 일어섰다. 이불을 펴려는가 싶었는데 방문을 열고 횡하니 찬바람을 일으키며 나가버렸다. 뒷간에 갔거나, 아니면 밑물을 치러 갔겠거니 하였는데 꽤 오래 지나도록 돌아오지 않았다.

웅보는 걱정이 되어 밖으로 나왔다. 하늘의 별이 훨씬 빛나 보였다. 웅보가 바람에 강물 흔들리는 소리를 들으며 쌀분이를 기다렸으나, 그녀는 나타나지 않았다. 헛간에도 기웃거려보았지만 그녀의 모습은 보이지 않았다. 그렇다고 한밤중에 큰 소리로 쌀분이를 외쳐 부를 수도 없는 일이어서, 어둠속을 서성거리고만 있었다. 초조한 마음으로 술청 앞을 서성거리고 있는데 큰방에서 "색신 우리 방에 있다우" 하는 주모의 목소리가 들려왔다.

"안 자고 뭘 혀!"

웅보가 큰방에 대고 버럭 소리를 질렀다. 빨리 나오라는 다그침이었다.

"색신 우리 방에서 잔다우."

방문도 열지 않은 채 다시 주모가 큰 소리로 말했다.

웅보는 어처구니가 없어 다시 칠흑 같은 어둠을 둘러보았다. 그의 심정도 그렇게 어둡고 답답하였다. 그는 화가 머리끝까지 치닫는 걸음으로 돈단 아래로 내려섰다. 찰브락찰브락 후루루— 바람에 흔들리는 강물소리가 좋았다. 그는 물소리를 따라 천천히 어둠을 더듬으며 내려갔다.

문득 어렸을 때 할아버지를 따라 밤고기를 잡으러 다니던 때의 일이 머릿속에서 부스럭거리며 살아났다. 웅보는 큰 구덕과 등불을 들고 할아버지를 따라다녔다. 할아버지는 족대 하나로 순식간에 구덕이 그들먹하도록 고기를 잡곤 하였다. 모래무지, 잉어, 가물치, 붕어, 장어 등 큰 고기들이 많이 잡혔다.

"밤고기는 부지런하기만 하면 아무라도 잡는 거다. 밤에는 고기가 강가로 나와서 잠을 자기 땜에, 족대로 훑기만 하면 잽혀."

할아버지는 그러면서 웅보에게 족대질을 해보라고 하였다.

할아버지는 이마에 불도장이 찍혔으나 그 불도장을 조금도 부끄러워하지 않았다. 웅보가 철이 덜 들었을 때, 할아버지의 무릎에 앉아, 말라비틀어진 거머리가 달라붙어 있는 것 같은 할아버지 이마의 불도장 자국을 문지르면 "이놈아, 할애비 벼슬 함부로 손대지 마라" 하며 웃곤 하였다. 할아버지가 지금의 웅보만 했을 나이에 양 진사 집에서 세 차례나 도망을 치다가 붙잡혀 불도장을 찍히게 되었다는 내력을 알고 난 뒤 "할아부지, 할아부지, 수건으로 이 불도장 싸매고 다녀. 할아부진 부끄럽지도 않어요" 하고 말하자, "이 불도장만 아니었으면 너는 종놈의 자식으로 이 세상에 태어나지는 않았을 것이다만……" 하면서 슬픈 얼굴로 손자를 보았다.

할아버지는 세상을 떠날 때도 웅보의 손을 꼭 잡고는 "아가, 할아부지 이마빡 불도장을 부끄럽게 생각하지 말거라"고 했다.

웅보는 갑자기 할아버지 생각이 꿈틀거려 우울해졌다. 그는 강물 흔들리는 소리가 할아버지의 가래 끓는 숨소리 같다고 생각하면서, 밤이 깊어가는 줄도 모르고 어둠속에 서 있었다.

어렸을 때 웅보는 할아버지 이마에 찍힌 불도장을 만지작거리며, 이제 도망칠 생각을 포기해버렸느냐고 물어본 적이 있다. 할아버지는 "이 할애비는 죽을 때꺼정도 도망을 치고 싶단다. 쥔마님은 내가 불도장이 찍혀 아무데도 도망치지 못 헐 걸로 생각헐 거다만, 이 할애비 마음은 불도장이 찍혔을 때나 안 찍혔을 때나 변함이 없단다" 하고 쿠리한 냄새가 풍기는 입을 웅보의 귀에 바짝 대고 소곤거리듯 말했었다. 웅보한테 그런 말을 한 뒤 한 달도 못된 추운 겨울날, 할아버지는 정말로 도망을 쳤다가 하루 만에 잡혀오고 말았다.

노마님은 할아버지를 맨발로 만들어 안마당 곳간에 가두고, 벌레가 생기지 않게 닭장에 넣어둔 밤송이 한 가마니를 까도록 하였다. 버선도 신지 않고 맨발인 채 곳간에 갇힌 할아버지는 대꼬챙이도 없이 말라비틀어진 밤을 한 가마니나 까야만 했다.

할아버지가 갇히자, 웅보는 하인들 몰래 곳간 문짝에 바짝 달라붙어 판자문 틈새로 곳간 안을 들여다보았다. 할아버지는 춥고 음침한 곳간 속에서 핫저고리를 벗어 손에 감고 끙끙대며 밤을 까고 있었다. 말린 쇠가죽보다 더 두꺼운 발뒤꿈치로 밤송이를 밟고 핫저고리를 감싼 손으로 힘껏 으끄러뜨리려고 할 때마다, 밤송이의 가시가 뒤꿈치와 손을 찔러 찔끔찔끔 몸서리를 치곤하였다. 밤송이의 가시에 찔린 할아버지의 손과 발이 피범벅이 되었다.

웅보는 더 이상 곳간 안을 들여다볼 수가 없어서 사랑채 뒤곁으로 뛰어나와, 할아버지와 친하게 지내는 늙은 하인 대통 영감을 찾아, 제발 할아버지한테 미투리 한 짝과 대꼬챙이를 넣어주자고 졸라댔다. 그랬더니 대통 영감은 픽 웃고 나서 "이놈아, 종놈이 좆으로 밤 까라고 허면 까는 겨!" 하고 내질러버리는 것이 아닌가.

대통 영감의 말에 웅보는 갑자기 아랫배 언저리가 떨려오는 것만 같았다. 밥 먹을 때나 잠잘 때를 제외하고는 언제나 한 뼘 길이의 짧은 곰방대를 입에 물고 사는 대통 영감의 말대로, 정말 할아버지는 좆으로 밤을 까게 되는 것일까 하고 생각하니, 자꾸만 눈물이 쏟아지려고 하였다.

웅보는 곳간으로 가지 않고 사랑채 뒷방에서 멍석을 만들고 있는 아버지한테로 갔다. 할아버지가 좆으로 밤을 까는 모습을 보고 싶지가 않았기 때문이다. 아버지는 그런 할아버지를 걱정하지 않았다. 할아버지를 도와달라고 숨넘어가는 목소리로 다그치고 칭얼대보았으나, 아버지는 기침 한 번 않고 열심히 손을 놀리며 하던 일을 계속하는 것이었다.

웅보가 답답한 마음에 울음을 터뜨리자 "도망가다 붙잡혔으니 벌을 받아야 한다!" 하고, 아버지는 남의 일처럼 지나가는 말투로 말했을 뿐이었다.

웅보는 아버지가 할아버지를 좋아하지 않는다는 것을 모르는 바는 아니었으나, 눈썹 하나 까딱 않고 남의 일처럼 말하는 아버지에 대해서 아득한 거리감을 느꼈다. 하기야 아버지는 할아버지의 이마에 찍힌 불도장을 개똥딱지만큼도 여기지 않고 되레 문둥이 아버지와 함께 사는 것처럼 부끄러워하였다.

아버지는 늘 "뵈기 싫은 이마빡 불도장 땜시 나꺼정 기를 못 펴고 산다니게. 제발 좀 수건으로 가리고나 댕기지 원, 벼슬모양 보란드끼 내놓고 있으니……" 하면서 마땅찮게 혀끝을 튕겨대곤 하는 것이었다.

할아버지는 다음날 해거름 무렵에야 손발이 피범벅이 된 채 대통 영감의 등에 업혀 나왔다. 할아버지는 꼬박 하루를 곳간 안에서 맨손과 맨발로 밤송이 한 가마니를 다 까고 반죽음이 되어 나온 것이다.

그날 밤, 웅보와 대불이는 방 안에 관솔불을 밝게 피우고, 밤새도록 할아버지의 손과 발에 뭉얼뭉얼 피가 엉긴 채 박힌 밤송이 가시들을 뽑아냈다. 할아버지는 앓는 소리 한 번 내지 않고 아픔을 잘 참았다.

"이까짓 건 할애비 이마빡에 불도장을 찍던 때와 비교하면 학 타고 양주 목사 하기다."

할아버지는 손톱으로 밤송이 가시를 뽑아내는 손자를 향해 억지 웃음까지 머금어 보였다. 그러면서 할아버지는 손톱 끝에 닿지 않을 만큼 거죽을 뚫고 살 속 깊숙이 박힌 가시를 뽑아내기 위해, 허리를 굽히고 일어나 앉아서는 손수 바늘로 사뭇 발뒤꿈치를 벌집이 되게 쪼았다.

웅보는 밤송이 가시를 얼추 뽑아낸 뒤 할아버지가 시키는 대로 씨앗집에 가서 목화씨를 한 움큼 얻어다가 화롯불에 태웠다. 할아버지는 뻘긋뻘긋 핏자국이 생기고, 무클하게 으끄러진 발바닥과 손가락에 목화씨 연기를 쐬면서, 썰썰썰썰 물레방아 돌아가는 소리로 육자배기를 푸념처럼 흥얼거렸다.

그때 관솔불에 희끄무레하게 비쳐 보이는 할아버지의 얼굴은 청동색으로 변한 징처럼 무겁게 굳어져 있는 것 같기도 하고, 잎이 떨어진 마당 앞 늙은 팽나무 같기도 하였다. 그것은 웅보가 지금껏 보아온, 기쁨과 슬픔을 쉽게 찾아볼 수 없는 또 다른 하나의 낯선 얼굴이었다.

아침이 되자 할아버지는 여느 때와 같이 일찍 일어나서 큰 소리로 웅보를 깨웠다. 할아버지는 웅보에게 지겟작대기를 가져오게 하여, 그것을 짚고 절뚝거리며 곳간으로 가서 밤송이를 가마니에 넣어 곳간 천장에 매달아두고, 알밤은 소쿠리에 담아 안채로 들고 갔다. 웅보는 그런 할아버지가 무섭게 느껴지기까지 하였다.

7

다음날 일찍 깨어보니, 옆에 대불이가 쿨쿨 잠들어 있었다. 웅보는 하품을 늘어지게 깨물어 삼키며 일어나 밖으로 나갔다.

"색시 우리 방에서 잤다?"

주모의 아들이 마당에서 촐랑거리며 놀다 말고, 웅보가 나가자 무슨 큰 비밀이라도 알려주듯 낮은 목소리로 가만히 그에게 알려주었다. 그때 쌀분이가 물동이를 머리에 이고 들어왔다. 그녀는 따리 끈을 지그시 입에 문 채 마당 안으로 들어서다가, 웅보와 눈이 마주치자 후닥닥 고개를 돌려버렸다.

주모는 술청을 왔다 갔다 하면서 유별나게 덤벙거렸다. 그녀는 웅보한테 나주 장날이라서 곧 손님들이 몰려들 것이라고 했다.

"간밤에 색시헌티 죄 들었다우. 댁 사정도 딱허고, 또 주막 일도 바쁘고 허니, 당분간 이 집에서 함께 지냅시다. 그렇잖아도 주막이 마을허곤 뚝 떨어져서 한갓진데다가, 우리 모자가 적적하던 차에 잘됐지 뭐유."

주모는 웃음까지 보내며 사람 좋은 말씨로 싹싹하게 말했다.

"대장간에다 구들을 놓고 방을 하나 맨들어 봐요. 신랑 색시가 한 방을 써야재."

주모는 웅보의 대답을 기다리지 않고 부엌으로 들어가 버렸다. 그는 자기의 승낙도 없이 주막에 눌러앉기로 약속을 해버린 쌀분이를 나무랄 생각이 없었다. 방으로 뛰어 들어가서 잠든 대불이를 깨워 그 말을 해주었더니, 기분 좋아했다. 그렇지 않아도 대불이는 주모한테 넌지시 부탁을 해볼 생각이었다고 하였다.

이른 아침부터 장꾼들이 주막 앞에 줄을 섰다. 신북(新北), 덕진(德津), 영암 등지에서뿐만 아니라 강진, 해남에서까지 새끼내 주막 앞을 지나 영산강을 건너 나주 장으로 몰려들 갔다.

　멀리 강진에서는 병영(兵營) 춘사(春紗)에, 구십포(九十浦) 앞바다에서 나온, 맛이 쌉싸래하면서도 향긋한 바지락이며, 영암 참빗, 어란포, 신북 깔 대자리, 덕진 숫돌, 점등(店登) 질그릇, 연죽(煙竹) 등 지방 특산물들을 진 등짐장수들의 발걸음이 끊이지 않았다.

　해남에서 올라온 보부상패들은 새벽부터 와자지껄 떠들어대며 지나갔고, 땡그랑땡그랑 요령소리와 함께 길을 재촉하는 소몰이꾼들이며, 친구 따라 강남 간다는 푼수로 별 볼일도 없이 새벽밥을 지어먹고 서둘러 나온 장돌뱅이들로, 새끼내 앞길이 벅신거렸다.

　새끼내 주막 술청에도 엉덩이 붙일 자리 없이 장꾼들이 가득 들어찼다. 대불이와 쌀분이는 술심부름을 하느라 정신이 팽글팽글 돌았다. 쌀분이가 술상을 받쳐 들고 이른 새벽부터 거나하게 취한 장돌뱅이 건달패거리들 앞에 왔다 갔다 할 때마다 멀찍이서 보고 있는 웅보의 마음은 아프고 쓰렸다. 당장 술상을 빼앗아버리고 싶었지만 참았다.

　아침 한나절이 지나자 장꾼들도 뜸해졌다. 술청 심부름을 하느라 눈코 뜰 새 없이, 불난 강변에 덴 소 날뛰듯 하던 쌀분이와 대불이는 잠시 돈단 아래 참나무 그루터기에 앉아 숨을 돌렸다. 날씨가 제법 드습다 싶어선지, 개산 쪽 비탈에는 보리밭 김을 매는 아낙네들이 희끗희끗 앉아 있었으며, 영산강변에도 쑥이며 씀바귀, 냉이를 캐는 아이들이 듬성듬성 눈에 띄었다.

　장꾼들이 한바탕 회오리바람을 일으키고 난 뒤의 주막은 고즈넉해졌다. 조금 전까지만 해도 솜뭉치를 단 패랭이를 쓴 보부상 대여섯

이 평상에 둘러앉아 주거니 받거니 행주(行酒)를 하더니 해가 상투머리에 불을 질러대서야 서둘러 선창으로 뛰어가 버렸다.

웅보는 아침부터 대장간에서 흙일을 하고 있었다. 그는 찌그러진 대장간벽의 사춤을 일일이 메우고, 실팍한 참나무를 베어다가 중방까지 질렀다. 대장간에다 방을 들이고 있는 것이었다. 그는 하루라도 빨리 방을 만들어야겠기에 벌써부터 서둘렀다. 그러지 않고서는 매일 밤 쌀분이가 주모 방 신세를 지게 될 것이 뻔하고, 그렇게 되면 그녀와는 사실상 말뿐인 신랑 신부로, 언제까지나 마음이 화합하지 않을 것 같았다.

대장간에 방만 하나 들인다면야 그때 가서도 쌀분이가 안방에서 자겠다고 억지를 쓰지 않게 될 것이며, 그렇게만 된다면 색시 닦달쯤이야 식은 죽 먹기가 아니겠는가 싶었다.

"아니 원, 홍두깨로 소 몰 듯하는구만. 그 새를 못 참아서 방부텀 만드네."

술청이 한가해지자 주모가 대장간을 들여다보며 엉너리치는 말투로 농을 걸었다.

"신방 안 차려준다고 색시가 어뜨케 들볶아대는 바람에 일을 시작했지요."

웅보도 실실 웃으며 대꾸를 해주었다.

"그나저나 재주도 좋네. 벌써 벽도 다 됐구만 그려."

"구들장만 놓으면 끝납니다요."

"문짝이 없어서 어쩔려우."

"문이 없으면 없는 대로 살지요."

"과부 샘나서 어디 살겠수?"

주모는 숱한 술꾼들의 실없는 농담에 이골이 난 여자답게 푸실푸실 웃으며 우스갯말까지 하였다.

"낼 한겄만 더 하면 벽 일은 다 끝나겠구만요."

"헌 짚신도 짝이 있다는디, 내 신세는 뭣이당가요."

주모는 여전히 농담 반 진담 반으로 실실거렸다. 장꾼들이 뜸한 한낮에는 대불이가 일을 도와주었다.

"이 방에서 누가 잘껴?"

대불이는 벽에 심살을 얽으며 뚜벅 물었다.

"네 방으로 헐건?"

"피이, 색시도 없는데 방은 뭣허게?"

"색시가 없으면 방도 필요없다냐?"

"내 방은 색시를 얻은 다음에 내 손으로 만들 거여."

대불이는 기분이 좋아 보였다. 벅신거리는 술꾼들 틈에서 술심부름을 하는 것이 재미있는 모양이었다.

저녁나절 느지막엔 쌀분이도 잠깐 대장간에 얼굴을 나타냈다. 그녀는 큰 사발이 철철 넘치도록 술을 가득 따라 들고 왔다. 필시 주모가 보냈을 것이라고 짐작하면서도 "나 줄라고 몰래 슬쩍 떠왔구만" 하고 능청을 떨었다. 그러나 그녀는 한마디 벙긋도 않고 일부러 고개를 옆으로 돌린 채 술잔만을 내밀었다. 웅보는 단숨에 쫘악 들이켜고 술잔을 돌려주는 척하다가 덥석 쌀분이의 손목을 잡았다.

"여기가 우리들이 살 방이여. 며칠만 더 참으면 우리 방이 생긴다니께. 이방에서 끌방망이 같은 아들놈을 맹글더라고."

웅보의 말에 그녀는 손을 뿌리치고 휙 돌아섰다. 이때 한 떼거리의 술꾼들이 들이닥치는지 술청 쪽이 시끌덤벙하였다.

웅보는 웬 사람들이 저렇게 와글와글 떠들어대는가 싶어 대장간 밖으로 빠끔히 얼굴을 내밀었다. 건드레하게 술이 취한 젊은 장꾼들 네댓 명이 서로들 혀가 꼬부라진 소리로 욕을 퍼부어대며 돈단의 돌계단을 올라오고 있었다.

그들 장꾼들의 머리 위, 영산강에 야거리 돛배가 스쳐 지나가는 것도 보였다. 돛은 마치 하늘의 구름처럼 흘렀다. 웅보는 강 위로 구름처럼 흘러가는 야거리 돛배에 눈이 팔려, 대장간에서 나와 굴참나무에 등을 기대고 선 채 강물을 굽어보았다. 야거리 돛배는 이내 미루나무 숲에 가리어 보이지 않게 되었다.

배가 보이지 않자 웅보는 갈대밭이 휘휘휘 바람을 일으키며 떨고 있는 새끼내 갈밭을 둘러보았다. 아까운 땅이었다. 물이 범람하지 못하게 둑만 쌓는다면 얼마든지 많은 땅이 거저먹기로 생길 것이 분명했다. 그는 일단 방을 들인 다음에, 수심이 얕은 쪽에 둑을 쌓기 시작해야겠다고 생각했다. 강변의 버려진 땅들은 무조지(無租地)임이 틀림없을 것 같았다.

웅보는 방 들이는 일을 서둘러야겠다고 생각하며 다시 대장간으로 들어갔다. 술청 쪽이 더 시끄러워졌다. 웅보는 장날에 술이 건드레하게 취해 떠들어대는 그들이 더없이 부러웠다. 그도 언젠가는 땅을 장만하면 보란 듯이 뻗질나게 장엘 들락거리겠다고 생각하며, 어서 빨리 그런 날이 돌아오기를 가슴 뿌듯한 마음으로 기대해보았다.

술청 쪽에서 왁자지껄 떠드는 소리와 함께 티격태격 말다툼하는 소리가 들렸다. 웅보는 잠시 귀를 쫑긋거리며 행여나 대불이나 쌀분이한테 무슨 탈거지라도 생긴 것이 아닐까 걱정을 하였다. 대불이 성질에 장꾼들이 그의 비위를 건드린다면 못 들은 척 참고 넘어 갈 놈이 아니었기에, 갓난아기 강변에 보낸 것같이 불안했다.

아니나 다를까 웅보가 대장간에서 걱정을 한 대로 술청에서는 대판 싸움이 벌어졌다. 발단인즉, 술 취한 장꾼들이 개다리 술상을 받쳐 들고 간 쌀분이의 손목을 잡는 데서부터 비롯되었다. 그렇지 않아도 생면부지 남자들한테 술상을 들고 가기가 부끄러워 가슴에서 방망이질이 그치지 않는 터에, 술꾼 하나가 덥석 그녀의 손목을 잡자, 소스라치게 놀란 쌀분이는 아이구 어머니 하고 소리를 지르며 그대로 술상을 놓아버려, 평상에 걸터앉은 장꾼의 허리춤에 술병이 엎질러지면서 바지가 온통 술에 젖고 말았다.

"이런 니기미헐 년이 내 바지에 오줌을 싸질러 뿌렸네. 냉큼 이 바지 벗겨 짜오지 못해!"

텁석부리 장꾼이 발로 땅을 텅텅 구르며 소리를 내지르자, 쌀분이는 두 손바닥으로 얼굴을 쥐어 싸고는 방으로 뛰어 들어가 버렸다.

"저런, 저런, 대낮에 사내 바지에 오줌을 싸놓고 어디로 숨어?"

텁석부리가 다시 고함을 지르자 그의 일행들이 때글때글 웃어댔다.

이내 주모가 쪼르르 달려 나와, 오늘이 술상을 든 첫날이라 그러니

제발 좋게 굽어봐달라고 아양을 떨어가며 비대발괄하였으나 술이 취한 데다 무슨 탈거지를 뜯을 만한 일이 없나 하고 잔뜩 여수던 터라, 옳다 잘됐구나 싶게 기를 쓰고 날뛰었다.

"잡녀러 여편네, 제깐 손목에 금테 둘렀간디 개벼룩 털듯 지랄발광이여."

텁석부리가 성질을 누그러뜨리지 않고 빽빽 소리를 질러대자 여태껏 꾹 참고 지켜보고만 있던 대불이가 우르르 내닫더니 텁석부리의 멱살을 단단히 휘어잡아 추어올렸다.

"에게게? 이런 좆에 털도 안 난 놈이 지랄이네."

졸지에 당한 일이라, 텁석부리는 약간 당황한 듯하면서도 어설프다는 표정으로 콧방귀를 뀌었다.

"왜 가만있는 여자의 손목은 잡어?"

대불이가 왕방울 눈을 부라리며 반말로 꾸짖듯 말하자, 텁석부리는 당찬 대불이의 행동에 기가 꺾인 듯싶었다.

텁석부리는 수하에게 멱살을 잡힌 것에 참을 수 없는 모욕을 느꼈는지, 뭐라고 소리소리 지르며 대불이를 떼밀어버리려고 하였으나, 되레 텁석부리가 땅바닥에 쿵 넘어지고 말았다. 그가 다시 일어서려고 하였으나 대불이가 잽싸게 그의 발을 걸어버렸다. 이 광경을 지켜보고 있던 텁석부리 일행들이 우르르 대불이를 향해 한꺼번에 달려들었다. 그러나 어느 사이에 실팍한 참나무 작대기를 손에 든 대불이가 당장 그들을 후려칠 듯 험한 얼굴로 쓸어보자, 그들은 완전히 기가 꺾이고 말았다.

"당장 물러서지 않으면 허리를 뿐질러버릴 거여 잉!"

대불이의 목소리는 오뉴월 장마에 돌담 무너지는 소리처럼 우람졌다.

텁석부리 일행은 물러서지 않았다. 그대로 두었다가는 필시 큰 싸움이 벌어질 것 같아, 웅보가 뛰어가 대불이의 손에서 작대기를 빼앗아 들고, 텁석부리 일행들한테 사죄를 하였다. 그들은 바로 산 너머 마을 부르뫼 박 초시의 하인들이었다.

"지 동생 놈이 쇠양배양하여 큰 실수를 저질렀으니 용서해줍쇼."

웅보는 지나치게 비굴할 만큼 상반신을 굽실거리며 용서를 빌었다.

"저 지집이 누군가?"

텁석부리는 쌀분이가 놀라 숨어들어간 안방을 턱 끝으로 가리키며 물었다.

"누구 말씀이신지……."

"바지에 오줌을 싼 년 말이여."

일행들 중에서 누구인가 쿡쿡 웃으며 목소리를 튕겼다.

"아, 예, 제 지집입니다요."

"허! 곰보딱지 주제에 지집 치레는 했구만."

웅보는 심장이 후끈거리는 것을 참느라고 혀끝으로 침을 발라가며 입술을 축였다.

"당나귀 뭣 치레 하드끼, 못난 주제에 지집 치레라!"

웅보는 작대기를 쥔 손이 부르르 떨리는 것을 이를 응등물고 참았다. 그는 그런 자신을 이겨내기 위해 바보처럼 헤벌쭉하게 웃었다.

"바보같이! 형 저리 비켜!"

잠시 잠자코 서 있던 대불이가 어느 틈에 제 머리만한 돌을 어깨 높이로 치켜들고 그들을 노려보았다. 그러자 웅보가 동생한테 달려들어 돌을 빼앗아 던지고, 한사코 버티는 동생을 억지로 끌고 대장간 쪽으로 갔다. 웅보가 대불이를 끌고 물러서자 박 초시네 하인들이 그들 형제한테 달려들 기세로 우르르 뒤를 따랐다. 이때 눈치 빠른 주모가 그들을 막아섰다.

"이보기요들, 술이나 드셔요. 내가 공술 한잔씩 드리리다."

주모는 싹싹한 말솜씨로 그들을 구슬렀다.

"당장에 저놈들 뼈다귀를 추릴 것으로되, 말바우 어멈을 봐서 참는구만."

주모의 구슬림에 다소 마음이 누그러진 그들은 다시 평상에 털썩털썩 주저앉아, 주모가 따라주는 술잔을 기울었다.

"대관절 저놈들이 어디서 굴러온 개뼉다귀들이여?"

"오늘은 이대로 가지만 언제고 다시 와서 곤죽을 만들 테여."

박 초시네 하인들은 저마다 한마디씩 뱉었다. 그들은 곤드레가 되도록 술을 퍼마시고 술값도 치르지 않은 채 바락바락 고함을 지르며 가버렸다.

"저놈들 개똥만도 못한 놈들이라우. 다음부턴 상대를 말아요. 형님이 사죄허기를 잘했어요. 그나저나 언젠가는 해꾸지를 할 건디……."

박 초시네 하인들이 새끼내가 욱신거리도록 한바탕 떠들고 사라져버리자 주모가 걱정스러운 얼굴로 말했다. 대불이는 아직도 화가 풀리지 않는지 씩씩 코를 불어댔다.

파장 무렵이 되자 다시 술꾼들이 쉬지 않고 들이닥쳤다. 쌀분이와 대불이는 낮에 있었던 일도 잊고 다시 바쁘게 덤벙거렸다.

낮이 긴 봄인데도 하루해가 화살처럼 빨리 지나가버렸다. 뉘엿뉘 엿 땅거미가 깔리는가 싶더니 어느 사이에 어둠이 앞을 가렸다. 어둠 이 내리자 웅보는 일찍 방으로 들어와 버렸다. 그는 아직도 낮에 초시 네 하인들한테 당한 수모의 아픔이 가시지 않는 듯하였다.

다음날은 종일 술청이 조용했다. 술청이 한가해지자 대불이가 방 들이는 일을 도와주었다. 그는 개산 암앙바위까지 올라가서 구들장 을 날라 왔다. 암앙바위에서 내려다보이는 영산강의 물굽이는 뱀처 럼 이리저리 산비탈과 들을 감고 돌았다. 그것은 그냥 물이 흐르는 강 이 아니고, 살아 있는 거대한 생명체였다. 그의 할아버지도 언젠가 어 린 웅보에게 그런 이야기를 했었다.

할아버지는 그에게 영산강이 숨 쉬는 소리를 들었느냐고 물었다. 못 들었다고 하자 할아버지는 다시 그럼 영산강이 우는 소리를 들었 느냐고 물었다. 그러나 웅보는 영산강 우는 소리도 듣지 못했다.

"영산강이 숨을 쉬면 안개가 자욱하게 강을 덮는단다. 그리고 영 산강 우는 소리는 꼭 사람이 우는 소리와 같단다."

할아버지는 정말 영산강이 우는 소리를 들어본 사람처럼 말했다.

그러면서 할아버지는 "너도 후담에 커서 자식을 낳고 살 때가 되 면 영산강이 우는 소리를 들을 수 있을 게다"고 하면서 그 큰 손으로 웅보의 머리를 쓸어주었다.

그때 웅보가 그의 할아버지에게 영산강이 왜 우느냐고 물었다. 그러자 할아버지는 "영산강에는 수많은 원혼이 들어 있단다. 너는 지금 그 원혼이 무엇인지를 모를끄다"라고 말했었다.

그런데 웅보가 차츰 철이 들고, 송월촌 홍백거사한테 글을 배우기 시작하면서부터, 어쩌면 그도 강이 우는 소리를 들은 것 같기도 하였다. 웅보가 듣기로, 영산강이 우는 소리는 그가 지난번 팽나무에 묶여서 밤을 새우던 날 밤, 조상들의 뼈다귀같이 생각되었던 수많은 늙은 팽나무 가지들이 바람에 흔들리며 내는 죽은 조상들의 우는 소리 같았었다.

이제 웅보는 할아버지가 말한 그 원한에 맺힌 혼이 무엇인가를 얼추 어림할 수 있을 것 같기도 하였다. 그것은 영산강에서 죽어간 수많은 종들의 매지매지 하늘과 땅과 강에 맺힌 한인 것이었다.

한 번은 웅보가 열한 살 땐가, 할아버지를 따라 밤고기를 잡으러 갔었다. 그날 밤은 추적추적 빗방울이 들이친 데다가 낮부터 회오리바람이 뱅그르르 휘감곤 하던 깔깔한 날씨였다. 할아버지가 족대질을 하다 말고, 말뚝처럼 우뚝 선 채 어둠속에 귀를 기울였다.

"저 소리다. 저 소리가 바로 영산강이 우는 소리야" 하고 다급한 목소리로 말했었다. 그러나 웅보의 귀에는 나무와 풀잎과 강물이 바람에 흔들리는 소리만 들려왔다. 그때도 웅보는 물 흐르는 소리만 들어도 강물의 깊이를 알 수 있었고, 바람에 나뭇가지 흔들리는 소리만 들어도 그 나무가 무슨 나무이며, 얼마나 오래된 나무인가 하는 것쯤은 죄 알고 있었다. 그러나 할아버지가 말하는 강이 우는 소리는 도무지 무슨 말인가를 이해할 수가 없었던 거였다.

"저 소리 말이다. 강물 속에서 사람들 소리, 울부짖는 소리가 들리지 않느냐."

할아버지가 혼잣말처럼 중얼거릴 뿐이었다.

할아버지랑 밤고기를 잡으러 갔다가, 할아버지가 영산강이 우는 소리를 들었다는 그날 밤에 큰비가 쏟아졌다. 아침에 일어나 보니 영산강물이 노루목 마을 어귀 늙은 팽나무 아래까지 그들먹하게 넘치고 있었다.

웅보는 할아버지를 따라다니기를 좋아했었다. 그는 할아버지를 따라서 강에 나가면 강에서 사는 물고기들의 이름을 물었고, 산에서는 나무와 새들 이름, 들에서는 풀잎들의 이름을 열심히 묻곤 하였다. 그 무렵 웅보는 알고 싶은 것들이 너무나 많았다. 새들의 이름, 나무와 풀잎들의 이름 외에도, 검은 구름이 금성산에 꾸역꾸역 몰려와 강을 따라 올라가면 왜 어김없이 비가 오고, 무엇 때문에 해마다 정월 대보름날이면 노루목 사람들이 오백 년도 더 되었다는 마을 앞 늙은 팽나무에 제사를 지내는 것인지 알고 싶었다.

그 밖에도 까마귀가 늙은 팽나무 윗가지에서 강굴락궁 강굴락궁 하고 울면 그때는 어찌해서 마을의 어른 양반이 죽게 되고, 아랫가지에서 울면 하인이 죽고, 곁가지에서 울면 아기노새가 죽는다고 하는 것인지 알고 싶었다.

알고 싶은 것이 많은 웅보는 할아버지한테 이것저것 귀찮도록 많은 것들을 물었다. 그때마다 할아버지는 아주 자세하게 대답을 해주었다. 할아버지는 모르는 것이 없었다. 나무 이름, 새들 이름도 모두 알고 있었으며, 보리의 뿌리만 보고도 그해 가뭄이 들지 풍년이 들지 알았다. 할아버지는 보리가 외뿌리면 가뭄이 들고 뿌리가 세 개나 돋아나면 물난리가 난다고 하였다. 할아버지의 말은 거의 들어맞곤 하였다.

할아버지는 또 아침 하늘에 검은 구름이 동남쪽에서 일어나면 비가 오고, 저녁 하늘에 검은 구름이 서북쪽에 일면 밤중에 비가 온다고 하며 날마다 하늘점 치기를 좋아하였다. 할아버지는 개가 우는 방향을 보고 누가 죽게 되리라는 것도 알았다.

웅보는 글 읽는 것만 빼놓고 세상에서 모르는 것이라곤 하나도 없을 것 같은, 이마에 불도장이 찍힌 할아버지의 손자가 된 것이 자랑스럽기만 했다.

언젠가 할아버지가 웅보한테 "너 후담에 커서 뭣이 될래?" 하고 뚜벅 물었다. 그때 웅보는 서슴지 않고 "나, 커서 할아버지 같은 사람이 될 거여" 하고 말했다가 호되게 꾸지람을 당한 적이 있었다. 그런 마음을 버리지 않으면 다음날부턴 아무데도 데리고 다니지 않겠다고 했다. 그래서 웅보가, 할아버지 같은 사람이 되는 것 말고는 아무것도 되고 싶은 것이 없다고 하였더니 "너는 네가 하고 싶은 대로 헐 수 있는 사람이 되어야 헌다. 조금 나이가 더 들면 허고 싶은 일들이 많아지는 법이다. 이 할애비도 허고 싶은 것들이 많아서 내 맘대로 헐려다가 불도장을 찍히고 말았다……" 하면서 슬픈 얼굴로 강을 굽어보았다.

웅보는 해가 질 때까지 어둠에 묻히는 영산강을 내려다보고 서 있었다. 그는 어둠속에서도 강이 훤하게 내려다보이는 것 같았다. 할아버지의 모습도 보였다. 그는 때때로 할아버지가 강으로 보이고, 강이 할아버지로 보이기도 하였다.

## 8

방은 어려서 술래잡기놀이를 할 때 더그매나 허청의 먹둥구미 안에 술래가 찾을 수 없게 깊숙이 숨을 수 있는 곳처럼, 마음이 느긋하게 풀리는, 이 세상에서 가장 은밀한 장소였다.

웅보는 쌀분이와 같이 잘 방에 구들을 놓고 군불을 지피면서 옹골진 생각에 몸과 마음이 한꺼번에 욱신욱신 달떴다. 그는 하루라도 빨리 쌀분이와 잠자리를 같이하고 싶은 생각이 간절하였다. 영산강 강바람이 휘휘거리며 거칠게 문을 두드리는 밤에는 그런 마음이 더욱 간절하여 온몸의 땀구멍들까지도 벌름거리는 듯싶었다.

웅보는 어렸을 때부터 자기 방을 갖고 싶어 하였다. 그는 할아버지와 함께 외양간에 딸린 쇠죽가마 방에서 버릇이 없고 성질만 고약한 여러 하인들 틈새에 신골을 박듯 끼여 자곤 하였다.

겨울엔 할아버지의 품에 안겨, 할아버지 이마의 불도장 흉터를 만지작거리며, 때로는 달콤하고 흐뭇하게 꿈을 꿀 수도 있었지만, 여름에는 쇠죽을 쑤느라고 장작불을 많이 지펴 방들이 쩔쩔 끓는데다가 찌릿한 버캐와 쇠지랑물 냄새며 쇠두엄 썩는 냄새 때문에 잠을 이룰 수가 없었다.

해수병으로 나이가 들수록 숨이 가빠진 할아버지는 여름날 밤에는 잠을 이루지 못한 채, 벽에 등을 기대고 어슷하게 발을 뻗대고 앉아 밤을 새우는 날이 많았다. 이때부터 웅보는 여름이면 시원한 영산강 강바람이 쏠쏠 들어오고, 겨울에는 솔가리만 좀 넣어도 구들이 뜨끈뜨끈한 방에서 할아버지와 함께 자고 싶었다.

"할머니가 살아 계셨을 때도 할아부지는 쇠죽가마 방에서 잤어?"

웅보의 기억에 할아버지와 할머니가 한방 거처를 한 것 같지 않았기에 그렇게 물어보았다. 그가 겨우 오줌똥을 가리고 아버지의 회초리가 무서워 등불도 없이 혼자 측간 출입을 하게 될 무렵까지 살아 있었던 할머니는, 아버지 어머니와 함께 콧구멍만한 행랑채 문간방 구석에서 손자를 꼭 껴안고 자곤 했었다.

"할애비가 젊었을 적엔 네 핼미허고 시방 네 애비 어미가 사는 행랑채 문간방에서 살다가 네 애비가 장가를 간 뒤부텀 쇠죽가마 방으로 쫓겨난 거여."

할아버지의 말대로 할머니는 손자를 일찍 보아서 그런지 아직 마흔 줄의 팽팽한 나이에 젊은 아들 며느리와 한방 거처를 하였었다. 웅보가 슬며시 적삼 섶 밑으로 손을 넣으면 할머니의 젖무덤은 동아처럼 탐스럽고 인절미처럼 찰딱거렸다.

그 할머니가 디딜방앗간에서 손으로 확 속의 떡가루를 휘젓다가 방앗공이에 머리를 맞아 피를 쏟고 시난고난 앓은 뒤, 초여름 감또개 떨어지듯 힘없이 숨이 끊어진 날부터 웅보는 할아버지 곁으로 잠자리를 옮겼었다.

　대장간에 방을 들인 웅보 내외는 오랜만에 신방을 차렸다. 방바닥에는 가마니를 뜯어 깔고 문에는 거적을 둘러쳤으나, 그들에게는 더없이 포근한 보금자리가 되었다. 이른 봄이라, 새벽녘엔 제법 쌀쌀한 강바람이 거적문 사이로 송곳처럼 쿡쿡 쑤시고 들어왔으나 그런대로 군불을 많이 넣어 구들이 뜨뜻해 추운 줄을 몰랐다.

　신방을 차린 첫날밤, 쌀분이는 주모 방에 틀어박혀 나오려고 하지 않았다. 밖에서 웅보가 큰 소리를 지르고, 주모가 엉덩이를 들어 올리다시피 해서야 어쩔 수 없이 주모 방에서 나온 그녀는 실뚱머룩한 얼굴로 웅보를 찔러보며 대장간 새 방에 들어갈 생각은 않고 지싯지싯 방문 앞을 배돌기만 하였다.

　웅보는 그런 쌀분이를 살살 어르기도 하고 큰 소리로 윽박질러보기도 하였으나, 그럴수록 쌀분이는 설맞는 뱀처럼 사나워지기만 했다.

　"도끼를 삶어묵었어, 여자가 왜 이려?"

　웅보는 쌀분이를 어르다가 지쳐 방에 혼자 들어와 버렸는데, 밤이 이슥해서야 그녀가 어슬렁어슬렁 꼬리를 내리고 기어들어와 방구석에 얼굴을 깊숙이 묻고 꿍겨앉았다.

　그러나 쌀분이는 여전히 고분고분하지 않았다. 웅보가 그녀의 옆으로 다가앉기라도 하면 그녀는 밤송이처럼 몸을 조그맣게 웅크렸다가는, 그녀의 몸에 가볍게 손만 대도 펄쩍펄쩍 놀라며 몸 전체를 심하게 흔들어댔다.

"언제까지나 이럴 꺼여? 이리 뽀짝 와! 부부는 일심동체라, 먼저 한 몸이 되어야 마음도 하나가 되는 거여."

웅보는 우격다짐으로 쌀분이를 어찌할 수가 없음을 알고 부드럽게 말했다.

그러자 쌀분이는 맵짠 눈으로 웅보를 흘겨보며 "던지러워. 던지럽단 말여" 하고 물기 젖은 목소리로 울부짖듯 말하고는 어깨를 들먹거리며 울어버렸다.

웅보는 쌀분이가 한사코 몸과 마음을 도사리는 것은 필시 막음례와의 일 때문이라는 것을 알고 있는지라, 어떻게 하면 그녀의 마음을 풀어줄 수 있을까 궁리를 해보았지만 뾰족한 생각이 떠오르지 않았다.

"우리는 늙어죽도록 한 몸으로 살아야 하는 겨. 마음을 크게 묵고 다 잊어뿌러. 장차 우리 땅에 우리 집을 짓고 보란드끼 살자면 외껍질 같은 일들은 잊어뿌러."

웅보는 부드럽게 말하며 쌀분이의 허리에 팔을 감았으나, 그녀는 찌러기처럼 사납게 털고 방구석으로 피해 몸을 조그맣게 웅크렸다.

"지랄허네."

웅보는 혀끝으로 불만을 튕기며, 곱사춤을 추는 것처럼 엉덩이를 삐딱하게 뒤로 빼고 엉거주춤한 자세로 두 팔을 벌려, 헛간으로 숨어들어간 닭을 덮치기라도 하는 것같이 쌀분이를 노려보며 엉금엉금 다가섰다.

"워매 징헌 거!"

쌀분이는 두 손바닥으로 얼굴을 가려버렸다.

"오늘밤에 나헌테 징한 꼴 한 번 봐야 진짜 여자가 되는 겨."

"소리를 지를 거여!"

"질러봐라. 신랑 신부 방에서 큰 소리 나면 누가 챙피허게!"

"던지러워."

"……."

"막음례 방에서 자던 날 밤에 토방에서 울면서 다 들었어!"

"또 그 소리."

"죽을 때꺼정 잊지 못헐 겨."

"그러다가 공방살 들것다아."

"막음례 생각에 몸살이 나겠지맨."

"그 여자 미워허지 말거라. 불쌍한 여자여."

"본심이 나오는구만 그려."

"작것아. 그만 좀 따닥거려싸. 때까치를 삶아묵었나 원, 오늘밤 왜 그리 딱다거려싸. 부부란 몸부텀 하나가 되야 하는 겨. 그래야 마음도 몸 따라서 하나가 되는 거재, 이 바보 먹통아!"

웅보는 신경질적으로 내쏘았다.

"그려. 나는 오장도 쓸개도 없는 먹통 같은 년이여."

"그러지 말고, 눈 찔끈 감고 내가 허는 대로 죽은드끼 참고 있어봐. 오늘 하룻밤만 참고 넘기면, 널 아침에는 하늘 색깔이 달라 보일 거여. 하늘뿐만이 아니재. 이 못난 얼금뱅이 서방이 하눌님만큼이나 잘 나고 귀하게 보일 거란 말여."

"하눌님 같은 소리 허고 자빠졌네!"

"정 그렇다면 헐 수가 없구만, 닭 잡아먹드끼 안 허고 기분 좋게 살살 얼려감시로 살을 섞고 싶었는디, 네가 끝꺼정 도끼 삶아묵은 사람 모양 팩팩거려싸면, 하는 수 없이 모갱이를 배틀어서라도……."

그러면서 웅보는 닭을 덮치는 자세로 점점 조그맣게 몸을 움츠리는 쌀분이 옆으로 다가가서 두 손을 그녀의 어깻죽지 밑에 깊숙이 쑤셔 넣었다.

쌀분이가 상반신을 마구 흔들어댔으나, 웅보는 두 손에 힘을 주어 바짝 죄었다. 그는 닭의 날갯죽지 밑에 손을 넣어 퍼떡거리지 못하게 한 다음, 모가지를 비틀어 대가리를 날갯죽지 잡은 손의 엄지손가락으로 꽉 누르듯 오른팔로 쌀분이의 허리춤을 휘어감은 채 왼손으로 그녀의 팔을 잡았다.

웅보는 산 채로 닭의 털을 뜯듯 쌀분이의 저고리 고름을 풀었다. 적삼 속으로 손을 넣어, 단단하고 뭉클한 젖퉁을 움켜쥐었다. 어려서 밭둑의 땅가시덩굴 사이를 뒤적여 잘 익은 개똥참외를 혼자 땄을 때보다 옹골진 생각에 심장이 벌떡거렸다.

쌀분이는 상반신을 흔들고 두 다리를 버둥거렸다. 웅보는 참나무 토막처럼 단단하고 뼛센 다리로 아무리 힘을 쓰고 버둥거려도 첫봄에 솟는 죽순보다 더 부드럽기만 한 그녀의 하반신을 찍어 감았다. 웅보는 닭의 털을 뜯는 기분으로 그녀의 치마 말기끈을 풀고, 반듯하게 누인 다음, 손으로 손을, 다리로 다리를, 가슴으로 가슴을 가볍게 눌렀다.

"이녁 허자는 대로 헐 것인께, 제발 내려가. 답답해서 가슴이 터지겠구마안."

쌀분이가 숨 가쁜 소리로 다급하게 말했다.

"어뜨케 믿어?"

"그렇게 못 믿어 갖고 어찌 평생을 같이 살겠다는 거여."

"허긴 그렇구만."

"어서 내려가서 불부텀 꺼줘. 불을 끄면 내 손으로 이부자리 깔고 옷을 벗을 텐께."

그제야 웅보는 천천히 팔과 다리를 풀고 목화씨기름에 젖어 흐드득거리며 타고 있는 기름 쟁반에 입 바람을 불어 불심지를 죽였다.

어둠속에서 쌀분이의 옷 벗는 소리를 들으면서, 웅보는 조용히 눈을 감았다. 잠시 후 방안이 새벽처럼 조용해지자 그는 더듬더듬 쌀분이를 찾았다. 쌀분이는 어둠속에 반듯하게 누워 있었다. 웅보의 손이 닿아도 가만히 있었다. 그는 섶에서 마지막 네 번째의 잠을 자는 누에를 다루듯, 조심조심 쌀분이의 속살을 더듬었다. 불끈 치솟는 불길 같은 욕정을 가라앉히며 손에 온 마음을 실었다.

"나리마님이 욕심을 내지 않는 것이 을매나 다행한 일인지 모르겄어. 아마 우리 할아부지 혼령이 도와주셨을 거여."

웅보가 쌀분이의 배꼽 언저리를 쓰다듬으며 말했다.

"나리마님이 마흔 살만 넘었어도 그대로 놔두지 않고 너를 웃방에 들이라고 했을 거인디."

"무슨 소려? 뭣을 그대루 놔두지 안했을 거라는디야?"

잠자코 누워 있던 쌀분이가 상반신을 움직이며 물었다.

"네 배꼽 말이여."

"내 배꼽? 배꼽은 왜?"

"소음동침(少陰同寢)으로 오래 살려고 그러재."

"오래 살려고?"

"멍충아, 나리마님 배꼽을 네 배꼽에 문질러서 네 몸속에 있는 기운을 단물 빨듯 쪽 빨아들여갖고 장수를 헌다 이거여."

"망칙해라."

"망칙허기는? 너 낮에는 큰절을 하면서 밤에 큰절을 받는 것이 뭣인지나 알어?"

"밤에 큰절을 받어?"

"멍충아, 그것이 바로 계집종이여. 양반이 종첩 얻기는 누운 소타기보다 더 쉬운 일이여. 쌀분이 네가 여태껏 몸이 성헌 것은 분명코 이마빡에 불도장이 찍힌 우리 할아부지 혼령이 너를 지켜줬기 때문일 거여."

말을 하고 나서 웅보는 여유 있게 쌀분이의 몸을 덮쳤다. 그녀는 숨을 죽인 채 죽은 듯이 웅보의 몸을 맞았다.

웅보는 큰 비바람이 되어 영산강에 물이 범람하듯 쌀분이의 몸을 흥건히 적셨다. 얼어붙은 묵정밭을 파고, 땅에 씨앗을 뿌리듯 그의 몸과 마음을 대지의 깊숙한 곳에 묻었다. 잠시 요동을 치던 어두운 방안의 비바람은 범람하는 영산강처럼 모든 미움과 두려움과 부끄러움까지도 휩쓸어 가버렸다.

"쌀분이는 배꼽이 깊고 두툼한 것이 아이를 쑥쑥 잘 낳게 생겼구만."

한참 뒤에 웅보가 입을 열자 "막음례 배꼽은 툭 불거졌든감!" 하고 팩하게 성깔을 세우며 찍는 소리를 하였다.

"잘 나가다가 왜 또 그 여자는 *끄집어내?*"

웅보는 기분이 상한 듯 윽박질렀다.

"막음례도 머리크락이 실 모양으로 굵고 감태같이 검어서 애기를 잘 낳게 생겼든디."

"머리크락 굵고 검기로는 쌀분이가 젤이여."

웅보는 느물스럽게 말하며 쌀분이의 머리칼을 한 움큼 쥐어 얼굴에 갖다 댔다. 그녀의 머리칼에서는 시지근한 보리단술 냄새가 났다. 쌀분이의 머리칼을 만지작거리고 있으려니 문득 삼 년 전에 그녀로부터 마음을 받던 때의 일이 마른 번갯불처럼 머릿속을 환하게 밝혀 주었다.

추석날 밤, 마을 앞 늙은 팽나무 아래서 만났을 때, 쌀분이는 웅보에게 그녀의 머리카락이 들어 있는 꽃주머니를 주었다. 여자가 자기 머리털을 남자한테 준다는 것은 몸과 마음을 바치겠다는 굳고 굳은 다짐과 같다는 것을 알고 있는 웅보는 그 꽃주머니를 늘 몸에 지니고 다녔다. 그녀한테서 머리칼이 들어 있는 꽃주머니를 받는 그 순간부터 웅보는 이미 쌀분이와 더불어 평생토록 기쁨과 슬픔을 함께 나누며 한 이불 덮고 살 것을 결심하였었다.

"참, 쌀분이가 준 머리크락 잘 있는지 모르겄네, 후담에 우리들이 자식 낳고 살 집을 짓고, 마당에 앵두나무를 심을 때 파다가 다시 묻어야겄는디."

웅보는 그가 쌀분이와 함께 노루목에서 도망치려고 작정할 때 마을 앞 늙은 팽나무 밑 자갈땅을 깊숙이 파서 단지 속에 넣어 묻어둔 꽃주머니를 떠올렸다.

"우리 두 사람 마음이 변하기 전에는 꽃주머니 속에 든 머리크락은 안 썩을 것이니께 걱정이사 없지만, 언젠가는 우리 집 마당에 옮겨 묻어야재."

말을 하면서, 웅보는 콧구멍을 벌름거리며 시지근한 쌀분이의 머리카락 냄새를 깊숙이 빨아들였다. 땀 냄새가 나는 그녀의 머리카락에서 창포 향기를 맡을 수가 있었다.

"마당에는 앵두나무보담은 석류를 심었으면 좋겠구만."

쌀분이는 그렇게 말하면서 웅보의 품속으로 파고들었다.

다음날부터 쌀분이가 웅보를 대하는 태도가 표 나게 달라졌다. 오랫동안 웅보를 보고 얼굴 펼 날이 없었고, 걸핏하면 티격태격 입다툼질이나 하려던 그녀의 마음이 봄날 영산강 얼음 풀리듯 하였다.

주모는 갑자기 돌쩌귀처럼 사이가 좋아진 두 사람을 보고 "그러기에 손뼉은 부딪혀야 소리가 나고 부부는 한 이불을 덮고 자야 정이 생기는 겨. 한 이불만 덮고 자면야 서릿발 같은 원한도 녹는 겨" 하며 놀려대기까지 하였다.

웅보는 쌀분이의 마음이 풀리자 살아갈 일은 걱정이 되지 않았다.

세 식구는 새벽부터 어둠이 강을 덮을 때까지 담배 한 대참도 편히 쉬지를 않았다. 대불이는 술청 일을 도와가며 나무를 해 날랐고 쌀분이는 그녀대로 손이 나면 영산강변에 나가서 쑥을 뜯어다가 말렸다. 웅보는 새끼내를 따라 오르내리며 논을 칠 만한 곳을 찾아다녔다. 그는 영산강 지류를 따라 세지(細枝)까지 가보기도 하였고, 한 번은 꼬박 이틀 동안이나 걸려 국사봉(國師峰) 밑 금정(金井)까지도 가보았다. 그는 강폭이 넓은 곳보다는 영산강 지류에 더 눈독을 들였다.

장날이 아니라도 주막엔 손님이 끊이자 않아, 세 식구는 그렁저렁 주모한테 얹혀살 수가 있었다. 대불이와 쌀분이는 술청 일을 도와주어 입벌이를 할 수가 있었지만, 웅보까지 공밥을 얻어먹기가 너무 미안해 따로 솥을 걸려고 하였는데, 사람 좋은 주모가 술장사하여 부자 되고 싶은 생각 없으니, 죽식간에 같이 끓여먹고 살자고 하여 그냥 한솥붙이가 되어버린 거였다.

웅보가 틈이 나는 대로 주모의 외아들 말바우한테 글을 가르쳐 주자 주모는 너무 좋아서 입이 함지박만 하게 벌어졌다. 주모는 웅보를 글을 모르는 무지렁이로 알았다가, 삼 년 동안이나 서당엘 다녔다는 말을 쌀분이한테 듣고부터 대하는 태도가 싹 달라졌다.

"팔백 냥으로 집을 사고, 천금으로 이웃을 사랬다고 우리 언제꺼정이라도 이렇게 같이 삽시다."

주모는 그러면서 말바우한테 부지런히 글을 배우라고 염불 외듯 하였다.

"술장사를 하는 무지렁이라도 글을 깨우쳐야 안 둘리고 사는 거다."

주모는 웅보네 식구들과 같이 있게 된 것이 마음이 든든한지 한집 식구 대하듯 하였다.

웅보는 여러 날 동안 강을 따라 오르내리며 논을 칠 만한 곳을 찾아다니다가, 결국은 주막 앞 냇물이 조그마한 언덕을 휘어 돌아가는 모퉁이 갈대밭으로 정하고 말았다. 우선 주막과 가까워서 쉽게 식구들의 쉬는 손을 도움 받을 수 있고, 영산강 본류와 가깝긴 해도, 오십 보 정도만 둑을 쌓는다면 한꺼번에 꽤 넓은 땅을 얻을 수가 있을 것 같았다.

웅보가 그의 생각을 동생한테 말하자 대불이는 당장 현장을 둘러보고 나더니 "둑을 높이 쌓아야 허겠지만 당장 널부텀 시작을 해봐야재" 하고 말했다.

"천리 길도 한 걸음부터라고, 부지런히 둑을 쌓으면 끝장이 나겠재."

"석 자 베를 짜도 베틀 벌리기는 매일반인디, 기왕이면 널찍하게 잡읍시다. 이 일이 어디 한두 달에 끝날 일이요?"

"평생 동안 걸려도 나는 그만두지 않을 것이다."

"형님 말대로 죽은 할아버지가 도와주시겠재."

"내 뼈를 깎아서라도 기어코 둑은 쌓고야 말겠다."

"왜 형님 뼈만 깎어? 내 뼈도 깎아야재라."

대불이는 웅보가 신방을 차린 다음날부터 형한테 존댓말을 썼다.

웅보는 마음속으로 하느님과, 노루목 앞 늙은 팽나무와, 영산강 물 속에 숨어 있는 수많은 원혼들에게, 그의 꿈이 실현될 수 있도록 도와주기를 빌었다.

웅보는 다음날부터 둑을 쌓기 시작하였다. 둑을 쌓아야 할 곳에 새끼줄을 치고, 큰 돌을 모으고 흙을 메웠다. 그는 밤낮을 가리지 않고, 신들린 사람처럼 일을 하였다. 대불이와 쌀분이도 주막 일이 한가해질 때면 웅보를 도왔다. 대불이는 돌을 져 나르고, 쌀분이는 정수리에 혹이 생기도록 망태기에 흙을 담아 이어 날랐다. 개미 금탑 모으듯 흙 한 줌, 돌멩이 하나라도 열심히 메워나갔다.

웅보 식구들이 새끼내에 둑을 쌓기 시작하자 개태, 부르뫼 마을사 람들은 구경거리라도 생긴 듯 몰려나와서는 미친 짓들을 한다면서 손가락질을 하고 비웃었다. 그들은 세 식구가 땀벌창이 되어 돌이나 흙을 져 나르는 것을 구경삼아 지켜보며 "흥, 썩은 새끼로 호랑이 잡 기지 뭘" "비만 왔다 허면 도로아미타불이 될 거로구먼" 하고들 혀끝 을 찼다. 그러나 웅보는 인근 마을사람들의 비웃는 소리에는 털끝 하 나 움직이지 않고 그저 일만 하였다.

잠시 땀을 식히기 위해 숨을 돌리는 웅보는 대불이에게 "우리 땅 을 만들기 위해 허는 일이니께 부끄러워헐 것 없다. 예로부터 전토가 없는 강마을에서는, 나무를 묶어 뗏목같이 만들고 그 위에 흙을 두둑 이 부어, 강물에 띄운 채 곡식을 심는 가전(架田)하는 곳도 있다든디, 이르케 둑만 쌓는다면 땅이 얼마든지 생기게 되었는디 무슨 걱정이 냐" 하고 힘을 넣어주었다.

"흙과 돌을 쌓아서 제방을 고리모양으로, 끊어진 곳이 없게 하여 바깥물을 막는 것을 위전(圍田)이라 하고 높은 산꼭대기와 비탈진 산 기슭에 계단을 만들어서 흙구덩이를 파는 것을 제전(梯田)이라 하는 디, 이 근방에서는 위전 제전 할 것 없이 땅이 얼마든지 많이 있다."

웅보는 노루목에서 떠나오기 전, 송월촌 스승한테 들었던 바를 대 불이에게 말해 주기도 하였다.

그러나 며칠 일을 해본 대불이는 일한 표적이 눈에 보이지 않자 약간 실망한 것 같았다. 생각하기보다는 일이 너무 엄청났다. 한 자 두 자도 아니고 수십 수백 보의 둑을 그들 힘으로 쌓자니, 마치 사닥다리 타고 하늘로 올라가는 일처럼 아득하기만 하였다.

"우리가 평생 해야 할 일은 이 일밖에는 없다."

웅보는 그런 동생을 나무람 하기라도 하듯, 결연한 빛으로 대불이를 보며 쌀분이가 쏟은 흙더미를 돌 틈새에 쑤서 넣었다.

"이 나라에는 기름진 밭과 살찐 흙이 을매든지 많은디도 모두 묵혀두고, 높은 갓과 큰 소매를 자랑하며 놀고묵기를 좋아허니 이래갖고 무신 나라가 잘 되겄냐."

웅보는 하늘을 쳐다보며 스스로 한탄하며 깊은 한숨을 토해냈다.

웅보는 한밤중 식구들이 모두 잠든 뒤에도 무엇에 홀린 사람처럼 벌떡 일어나서는 둑을 쌓고 있는 새끼내에 나가보곤 하였다.

그는 돌멩이 하나라도 들고 가서 놓아야만 직성이 풀렸다. 이런 웅보를 가리켜 이웃마을 사람들은 그가 제정신이 아니라고들 하였다. 그 중에서도 개태에 사는 손팔만이라는 사람은 유별나게 자주 둑을 쌓고 있는 일터에까지 찾아와서, 땀을 뻘뻘 흘리며 돌을 나르는 웅보의 마음을 무참하게 휘젓곤 하였다.

"이 사람 미쳐도 되게 미쳤구만. 자네 같은 농판을 믿고 따라 사는 색시가 불쌍허이. 미친 짓 그만허고 색시 엉덩판이라도 한 번 더 토닥거려주는 것이 훨씬 실속 있는 일이여!"

손팔만은 주막에서 거나하게 술까지 퍼마시고 와서는 한바탕씩 속을 쿡쿡 쑤셔댔다. 그는 오래 전부터 말바우 어미한테 엉큼한 마음을 품어온 터였다.

양물(陽物)이 너무 커서 마누라를 얻는 족족 얼굴이 외꽃같이 노래져서 둘씩이나 죽게 한, 키가 육척 장신에 성질까지 와살스러운 손팔만은, 농사라고는 산비탈 손바닥만 한 밭뙈기에 밭벼를 조금 심어 네식구 입에 풀칠하고 사는 주제꼴에, 밤낮을 새끼내 주막에 파고 살며, 가을에 곡식이 나면 갚아주겠다고 볏술에 매일 장취로 흥얼거리는 소갈머리 없는 위인이었다.

그 손팔만은 주모한테 은근히 흑심을 품어왔는데, 웅보 형제가 빌붙어 사는 것을 보고 투기가 발동하여 견딜 수 없게 된 것이었다. 그 때문에 그는 웅보 식구들만 만나면 도끼눈을 하고 찔러보고, 걸핏하면 괜한 일에 감 놔라 대추 놔라 끼어들어 훼방을 놓곤 하였다.

간밤에도 손팔만은 혼자 주막의 평상에 뻗대고 앉아 취하도록 볏술을 마시고는 말바우 어미한테 수작을 부렸다.

"말바우 어머니, 괜스레 고집부리지 말고 나하고 한 이불 덮고 살자니께 그려."

이런 손팔만을 주모는 주모대로 살살 구슬리곤 하였다.

"과부 신세 면허는 것도 좋지만 아직은 더 살고 싶구만요."

"왜, 내가 말바우 어머니를 잡어묵을까봐서?"

"벌써 둘씩이나 잡어묵고도 그러서. 찬물 마시고 일찌감치 맘 돌리시고, 나주 장날 나가서 입 큰 여자나 찾어봐요. 주먹이 입안으로 쑥 들어가는 여자라야 손 씨헌티 딱 맞을 꺼니께요. 나는 병치 입이라서 손 씨허고는 안 맞어요."

"허, 내 속을 이르케 몰라주니 내가 환장하겠구만. 맞고 안 맞고가 어디 있어. 맘 맞으면 다 맞는 거재!"

손팔만은 느질거리면서 좀처럼 주막에서 나가지 않았다. 그가 하는 일이라고는 농사는 제쳐두고 영산강에 나가서 잉어를 잡아 팔든가, 아니면 가을에는 선창에서 볏섬을 나르는 인부 노릇이 고작이었는데, 그것도 한 달 치고 열흘도 못되었고, 나머지 스무 날은 늘 새끼내 주막에서 빈둥거렸다.

하기야 손팔만이가 아니더라도, 새끼내 인근 마을 사람들은 거의가 농사에는 신물이 나 있었다. 뼈가 빠지게 농사를 지어봤자 큰물이 휩쓸어 가버리기 십상이었기 때문이다. 땀 흘려 가꾼 곡식 물에 떠내려 보내기보다는 차라리 폐농을 해버리고, 영산강에 나가 고기를 잡든가, 선창에서 등짐인부 노릇을 하는 것이 훨씬 마음이 편하고 실속도 있었다.

그들은 한다는 소리가 "하눌님 변덕이 죽 끓듯 허는디 어뜨케 하눌님을 믿고 농사를 짓겠어" 하고, 모든 것을 하늘 탓으로만 돌려 버렸다. 산 다랑이 밭농사가 고작이었다. 땅 욕심도 없는 그들이었다.

이런 판국에 웅보네가 새끼내에 둑을 막겠다고 나섰으니 비웃지 않는 사람이 없었다. 그래도 웅보 형제는 그들의 비웃는 소리에는 귀를 막고 역도질을 해가며 큰 바윗돌을 날라 둑을 쌓았다. 물살이 덜한 쪽에 낫 모양의 둑을 쌓을 요량이었다.

"허, 저 사람들 꼭 산매 들린 사람 같구만. 개산을 통째로 떠다 막으면 몰라도 저까짓 것은 삼사월 가랑비에도 흔적 없이 쓸려가 버릴 것인디."

인근 마을의 입 달린 사람이면 누구나 한마디씩 하였다.

둑을 쌓기 시작한 지 열흘쯤 되어 박초시네 하인들이 몰려왔다. 언젠가 주막에서 대불이와 한판 싸움판이 벌어질 뻔했었던 바로 그 작자들이었다. 그들은 웅보 형제가 둑을 쌓고 있는 곳에 몰려와서는 다짜고짜로 방천 돌을 들어내며 욱대기는 것이었다.

"여기가 어디라고 네놈들 맘대로 방천을 쌓는 게여."

그들은 저마다 실팍한 참나무작대기들을 들고, 상반신을 저뻐듬히 뒤로 젖히며 큰소리를 하였다.

"이러지들 마쇼. 왜 훼방을 놓는 거요?"

웅보가 그들의 팔을 잡으며 사정을 해보았으나 그들은 막무가내였다.

"여기가 누구 땅이라고 함부로 손을 대?"

"뉘 땅이라뇨? 여기야 버려진 강변이 아니오?"

"허, 이것들 봐라."

박 초시 하인들은 사정을 하는 웅보를 냇물 속으로 밀어뜨리며 큰소리였다.

참 어이가 없는 일이었다. 큰물이 무서워 버려진 강변 묵정밭에 둑을 쌓고 기경(起耕)을 하려는 것까지도 박 초시네 하인들이 몰려와 훼방을 놓으니 어디 가서 하소연을 할 수 있단 말인가. 웅보는 텁석부리한테 떠밀려 냇물에 빠진 채 우두커니 하늘만 쳐다보았다.

"또 다시 방천을 쌓았다가는, 강물에 빠쳐 물귀신을 만들어버릴 테니 그리 알어.”

대불이한테 곤욕을 당한 일이 있는 텁석부리는 그때의 일을 보복이라도 하려는 듯 유별나게 쌍지팡이를 짚고 나서며 지악스럽게 굴었다. 형을 냇물에 처넣은 것을 본 대불이는 기가 차서 성난 황소처럼 씩씩 코를 불며 하인들한테 달려들었지만, 그는 네댓 명의 하인들로부터 두 팔을 붙들린 채 꼼짝도 못하고 있었다.

“이런 지기미헐 새끼가 저 앞순에 우리들헌테 대들었재? 네 이놈, 오늘이 네 제삿날이 될 줄 알어라.”

힘센 박 초시네 하인들한테 두 팔을 붙들린 대불이는 사력을 다해 뿌리치고 빠져나오려고 했으나 마음대로 되지를 않았다.

“이 손 못 놓겠어?”

대불이는 마치 땡볕에 뜨겁게 단 모래밭 위의 미꾸라지처럼 온 몸을 팔딱거리며 몸부림을 쳤다. 목이 쉬도록 악다구니를 써보았으나, 그때마다 하인들이 단단히 찍어 잡은 팔을 바싹 빨래를 쥐어짜듯 비틀었다. 대불이는 쉬지 않고 욕을 퍼부어댔고 그때마다 하인들은 그의 팔을 드세게 비틀었다.

결국 대불이도 하인들한테 엉덩이를 걷어채고 깊은 냇물에 물구나무서듯 풍덩 처박히는 몸이 되고 말았는데, 그 꼴을 본 하인들이며, 손팔만을 비롯한 구경나온 인근 마을사람들이 무릎을 치며 바글바글 박장대소를 하였다.

가까스로 정신을 차린 대불이는 기가 꺾이지 않았다. 그는 돌을 집어 들고 우르르 냇물에서 기어오르려고 하였으나, 그때마다 하인들의 발길질을 당해내지 못해 다시 물속에 처박히곤 하였다. 처음에는 대불이를 말리기만 하던 웅보도 더 이상 참을 수가 없어, 같이 대들었지만 그들 형제는 물속에 빠진 몸이라, 땅가시나무가 씨름하듯 뒤엉킨 둔덕 위로 올라서지를 못하였다.

대불이는 박 초시네 하인들의 발길에 걸어채고 휘두르는 작대기에 맞아, 얼굴이 온통 피투성이가 되어 벌렁 물 위에 나자빠지고 말았다. 그는 피투성이가 되어 쓰러져서까지도 입을 달싹거리며 욕질을 하였다.

박 초시네 하인들은 대불이가 초주검이 되어서야 돌아갔다. 웅보는 기진맥진 피투성이가 되어 물 위에 벌렁 나자빠진 대불이를 들쳐 업고 주막으로 돌아왔다. 말바우가 미리 알려주어 쌀분이와 주모가 한꺼번에 주막 앞 나무다리에까지 뛰어나왔다.

"오매오매, 짐승 같은 놈들. 생사람을 이렇게 맹글아 놓고도 죄를 안 받을까."

주모는 대불이 얼굴의 피를 닦아주며 분해 하였고, 쌀분이는 겁에 질린 얼굴로 떨고만 있었다.

"내 기어코 사생결판을 내고야 말껴."

그 정신에도 대불이는 분한 마음을 가라앉히지 못하고 끙끙대며 이를 갈았다.

그날 밤 대불이는 잠을 이루지 못하고 앓았다. 온몸이 불돌같이 펄펄 끓으면서 헛소리까지 하였다. 겁에 질린 쌀분이와 주모는 말오줌나무를 달여 찜질을 해주고, 파와 쑥잎을 짓이겨 상처에 바른 다음,

열이 내리도록 쑥잎을 달여 먹였다.

"뒈져서 굼벵이도 못될 놈들."

인정 많은 주모는 쑥 잎을 꽁꽁 찧어 부르튼 대불이의 상처에 발라 주며 계속 욕을 퍼부어댔다.

떡심이 풀린 웅보는 방 윗목에 한심스러운 얼굴로 앉아 있었다. 박 초시네 하인들한테 당한 서러움이나 분한 생각보다는 앞으로 그들과 맞싸워나갈 일이 걱정이었다. 남전북답(南田北畓)으로, 여기저기에 좋은 논밭을 차지하고 있는 박 초시가 아무짝에도 쓸모가 없어 옛적부터 주인 없이 내버려진 냇가 갈대밭까지도 욕심을 낸다면 어쩌자는 것인지 알 수 없는 노릇이었다.

"그까짓 땅, 비만 오면 강물이 갈퀴질해버릴 텐데 뭣 땜에 그리 마음을 쓰오. 땅 욕심은 버리고 그냥 맘 편하게 삽시다."

웅보의 속마음을 알 턱이 없는 주모는 쌀분이의 눈치를 살펴가며 둑 쌓는 일을 포기하라고까지 하였다. 그러나 웅보는 박 초시네 하인들한테 맞아 죽는 일이 있더라도, 새끼내에 둑을 쌓는 것을 포기할 수는 없다고 하였다. 대불이의 생각도 마찬가지였다. 오히려 그의 결심이 굳어진 거였다. 웅보는 천 번 만 번 헤아려보아도 박 초시네 하인들의 훼방이 무서워 지금껏 공그려온 마음을 허물어버릴 수는 없는 일이라고 생각하였다.

"무슨 권리로 새끼내의 버려진 땅들이 박초시네 것이라고 한단 말이여."

웅보는 아무라도 붙들고 하소연을 하고 싶었다.

"아서요. 그놈들과 맞설 생각은 말라니께요."

웅보가 행여 박 초시네 하인들과 싸움질을 할까봐 걱정인 주모는 아까부터 그에게 몇 번이고 마음을 고쳐먹으라고 하였다.

"새끼내뿐만이 아니고, 영산강물도 지 눔들 것이라고 하면 지 눔들 것이라요."

웅보는 주모의 말뜻을 모르는 바가 아니었다. 권세 있는 사람들은 어떻게 해서든지 되도록 많은 땅을 손에 넣으려고 한다는 것은 잘 알고 있는 터였다.

나라의 개간사업 장려는 양반들이 사유지를 확대하는 데 부채질을 해주는 결과만 가져다주었다. 나라에서는 과전(科田)이니 공신전(功臣田) 떼어줄 땅이 부족하자, 관리들에게 무주전(無主田)이나 미개간지를 개간하도록 하였다. 그 결과 버려진 땅을 개간한 토지는 양반들의 소유가 되었다.

해마다 물난리를 겪은 영산강변의 농민들은 큰물에 할큄질 당한 농토를 그대로 내버리기가 일쑤였고, 그 결과 버린 토지는 황폐하여 전결수(田結數)가 더욱 줄어들었다. 새끼내 들판이 온통 묵정밭이 되어버린 것도 그런 연유 때문이었다.

이런 사이에도 영산강 근방에 사는 양반들은 그들의 사유지 확장에 혈안이 되어 황폐한 농민들의 토지까지도 마음대로 점유하였으며, 산과 황무지까지도 자기네들 것이라고 하여 말뚝을 박아버렸다. 심지어는 농민들이 경작하고 있는 토지까지도 진전(陳田)이라고 하여, 마음대로 탈취하는 일이 많았다. 기왕지사 해마다 물난리 때문에 한 번도 제대로 농사를 지어보지 못한 그들이 버린 땅을, 양반들은 눈 하나 꿈쩍하지 않고 자기들 소유라고 말뚝을 박아버린 거였다.

양반들한테 농토를 빼앗긴 농민들은 소작인으로 전락하고 말았다. 뼈 빠지게 농사를 지어봤자, 소작료에 지주가 전대(前貸)해준 경우대(耕牛代)와 종자대(種子代)를 제하고 나면 겨우 홀태 밑만 남게 마련이었다.

농사를 지어도 늘 먹을 것이 모자라는 농민들은 양반들한테서 갑리(甲利)를 쓰고 갚지를 못해 헐값에 토지를 팔거나, 그대로 양반들한테 넘겨줘버리기도 하였다.

양반들은 또 갑리를 놓아 토지를 헐값에 탈취하다시피 하는 것 외에도, 나라에서 일반 농민들한테 황무지를 진고(陳告)하여 기경케 하는 등 진전이나 황무지 개간을 적극 권장하자, 농민들이 애써 개간하도록 내버려두었다가 개간이 끝난 뒤에야 자기네가 진주(陳主)라고 나서서 소작료를 내도록 억지를 쓰기도 하였다. 원래 진전을 관에 진고하여 기경한 자에게는 삼 년 동안 면세해주고, 십 년간 경작권을 주며, 그 사이에 전주(田主)가 나타나면 전주에게 소작료를 주도록 되어 있는데도, 미리 황무지를 점유한 양반들은 농사 첫해부터 소작료를 꼬박꼬박 받아가기 일쑤였다.

거기에 비하면 처음부터 개간을 훼방 놓은 박 초시는 그래도 좀 나은 편이라고나 할까. 개간을 해놓은 뒤에야 느닷없이 나타나서, 이 땅의 주인이 나니 소작료를 내라 하고 손을 벌리는 것보다는 인심이 후한 편인가.

웅보는 머리끝까지 치밀어 오르는 울분을 가라앉히느라 애를 먹었다. 양 진사 댁에서 익히 보아온 터라, 양반들의 행패를 모르는 바 아니었으나, 해마다 큰물이 할퀴어 아무도 기경할 것을 생각지도 않은 버려진 갈대밭이 자기네 땅이라고 나선 박 초시 네의 속 검은 뜻이 얄미워 견딜 수가 없었다.

대불이는 사흘 만에야 자리를 차고 일어나 기동을 하였다. 대불이가 앓아누워 있는 사흘 동안 웅보는 집밖에 한 발짝도 나가지 않았다. 대불이는 자리에서 일어나자마자 새끼내에 나가서 다시 둑 쌓는 일을 시작하자고 하였다. 그러나 웅보는 생각을 정리할 여유를 갖고 싶었다.

"구데기 무솨서 장을 안 담을 수 있겠어요?"

대불이는 아직도 얼굴의 상처가 부숭부숭한 몸으로 서둘렀다.

"호박씨 까서 박 초시 입에 털어 넣게 될까봐 겁이 난다."

"왜 박 초시 입에 털어 넣어요? 우리가 깐 호박씨는 우리가 먹어야재."

"농사를 지어놓고 나면 소작료를 내라고 헐까 걱정이다."

"그런 걱정 말아요."

"걱정을 말라니?"

"아무도 물이 무솨서 손을 못 대는 버려진 땅을 논으로 만들어 농사를 짓는데, 어떤 놈이 소작료를 내라고 해요."

"모르는 소리 말어. 박골 사람들은 언제 봇물로 농사를 지어서 양 진사한테 봇수세를 바치더냐."

딴은 형의 말을 듣고 보니 그렇기도 하였다.

"글타고 그만둘 수는 없지 않우. 자라브고 놀란 가슴 소댕 보고 놀란다고 미리 겁을 먹고 일을 그만둘 수는 없재. 그라고 박 초시가 소작료를 달란다고 그냥 줄 수는 없지 않우."

"안 주고 어떻게 배겨."

"싸워야죠."

"싸워?"

"형님은 죽는 한이 있어도 우리 땅을 갖겠다고 허잖었수. 그 각오로 싸워야죠. 죽을 각오로 우리 땅을 가진 다음에는 죽을 각오로 그 땅을 지켜야지요."

웅보는 대불이의 말을 듣고 나니 한결 용기가 생겼다. 되레 동생한테 부끄럽기까지 하였다.


9


그날 정오쯤에, 영산포 선창에 머물러 있으면서 무곡선(貿穀船)의 하역인부 노릇이나 하겠다던 판쇠와 덕칠이, 막동이가 새끼내에 왔다. 그들은 여태껏 선창에서 일자리가 나기만을 기다렸으나, 일자리는 나지 않고 일자리 구하겠다는 사람들만 몰려들어, 처음에 웅보가 그들에게 말했던 것처럼 어디 버려진 땅이 있으면 흙이나 파먹고 살까 하고 강을 따라 내려오는 길이라고 하였다. 그들은 저마다 식구들까지 달고 왔다.

웅보는 쌀분이한테 남은 양식이 있으면 죽을 쑤어 이들 세 집 식구들 요기라도 시켜주라고 하였다.

"다른 사람들은 다 어디로 갔는가."

웅보가 판쇠한테 물었다. 그들이 나주를 떠나올 때 광나루에서 만났던 사람들의 소식이 궁금하였던 것이다.

"다들 선창에 그대로 머물러 있지. 하지만 풀려나온 종들 수가 매일 불어나고 있다네. 달랑 종문서만 갖고 어디 가서 뭘 묵고 살 긋인가. 모두들 선창에서 등짐일이라도 헐까 허고들 영산포로 몰려들지만, 곡식이 나오는 가을이나 돼야 하역인부들이 필요허다니…….'"

"요즘도 종들이 많이 풀려나고 있는가?"

"풀려나면 뭘 헐 거여."

"이럴 때는 팔아묵을 생구라도 있었으면 좋겠어."

막동이가 씨무룩하게 고개를 꺾고 말했다.

생구(生口)란 마소와 사람 사이의, 가축도 아니고 그렇다고 사람대접을 받는 것도 아닌, 사람 모양으로 생겼으되, 소나 말처럼 천하게 살아가는 사람을 일컫는다. 소나 말처럼 사고파는 사람을 말한다. 벼한 섬을 질 수 있는 힘을 가졌거나, 얼굴이 잘생긴 열다섯 살 안팎이면 황소 한 마리 값을 받았다. 용모가 곱지 못하고 나이 스물이 넘은 여자 생구라면 송아지 값도 못되었다.

웅보도 가난한 농민들이 큰 흉년을 당했을 때는 굶어죽지 않으려고 시집 안 간 딸을 부자나 양반한테 생구로 파는 일이 흔히 있음을 알고 있는 터라, 막동이가 무슨 말을 하고 있는 것인지 헤아리고도 남았다.

가난한 농민들은 세금 대신 딸을 바치는 경우도 있었고, 관기안(官

妓案)에도 팔고, 심지어는 죄를 지은 아버지가 죄를 면하기 위해 수령의 비녀나 천첩으로 바치는 경우도 있었다.

"생구가 소원이라면 자네 여편네를 팔게 그려."

덕칠이가 막동이를 향해 찍는 소리를 하자, 화를 낼 줄 알았던 막동이는 헤벌어지게 웃으며 "허긴, 새끼를 둘이나 뽑았는디도 아직 몽탄 장어모양 나긋나긋 감칠맛이 좋으니께, 못해도 송아지 한 마리 값은 받을 거로구만" 하고 말했다.

"그러고 보니께, 우리들 밑천은 송아지 한 마리 값이 나가는 여편네들뿐이로구만."

잠자코 있던 판쇠가 희미한 목소리로 말했다. 판쇠의 말에 그들은 모두 슬픈 얼굴로 마주보았다.

"기름바위 송 진사 댁에 있다가 나랑 같이 강을 건너온 석돌이만 해도 어저께 선창에서 열네 살 된 딸을 암소 한 마리 값을 받고 팔았다는디, 제 나이가 몇 살인지도 모르는 천하에 멍충이 석돌이가 딸 덕분에 하루아침에 부자가 되었다니께."

막동이는 석돌이가 부럽기라도 한 듯 갑자기 고개를 들어 턱 끝을 까닥거리며 목소리를 높였다.

"선창에서 생구 팔아묵은 좋이 하나 둘인가? 영산포에 있는 동안 내가 알기로도 여남은 명은 좋이 될 걸세."

판쇠였다. 그는 아까부터 두 팔로 세운 무릎을 감고 앉아서 눈을 감은 채 상반신을 좌우로 천천히 흔들고 있었다.

영산포 선창에서는 마치 인육시장이라도 생긴 듯 생구가 팔렸다.

상전한테서 알몸으로 종문서 한 장만을 달랑 쥐고 쫓겨나오다시피 한 종들이 당장 굶어죽지 않으려고 딸들을 팔았다.

생구를 사가는 사람들은 영산포에서 강을 따라 목포 쪽으로 반나절쯤 내려가자면, 후백제 견훤과 왕건이 한바탕 싸웠다는 몽탄(夢灘)이라는 곳에서 해월(海月, 해파리) 어업을 하고 있는 일본인들이었다. 뱃길이 좋은 몽탄에는 벌써 몇십 년 전부터 일본인들이 어촌을 이루고 집단으로 살고 있었다. 일본인들은 해파리 외에도 뱀장어를 잡아 비싼 값으로 팔았다.

몽탄에 있는 일본인들의 어촌에 팔려간 여자들은 일본인 집에서 고용살이를 하거나 첩이 되기가 일쑤였는데, 가난한 집 딸들은 마음이야 병이 들더라도 배불리 먹고 살기 위해 은근히 일본인 어부의 첩이 되기를 원하기도 하였다.

웅보가 그의 할아버지한테서 들은 바로는, 할아버지의 할머니도 도둑 누명을 쓰고 건넛마을 최 참봉네에 붙잡혀 있는 당신의 아버지를 구하기 위해 처녀의 몸으로 노루목 양 진사 댁에 팔려왔다고 하였다.

할아버지의 할머니의 아버지는 정월 대보름날 밤에, 최 참봉 집에 숨어 들어가서 복토(福土)를 훔치다가 들켰다고 하였다.

그 무렵 해마다 대보름날 밤이면 복토 훔치기를 하였다. 가난한 사람이 그 마을 부잣집에 몰래 숨어 들어가서 마당이나 뜰을 파서 흙을 훔쳐다가 자기네 부뚜막에 바르면 부잣집의 복이 모두 옮겨와서, 부잣집은 가난해지고 그 대신 복토를 훔쳐온 가난한 집이 부자가 된다는 것이었다.

그 때문에, 가난한 사람들은 부자가 되고 싶은 생각에서 대보름날 밤이 돌아오기를 벼르고 있었다. 뼛속에 땀이 괴도록 죽기 살기로 일을 해봤자, 목구멍 타작도 어려운지라, 살아생전에 부자가 되는 길은 그것뿐이라고 믿고 있기 때문이었다.

대보름날 밤이면 부잣집은 종들을 모두 풀어 횃불을 밝혀들고 마을의 가난한 사람들이 몰래 담을 넘어오는 것을 밤새도록 지키게 했으며, 만일 복토를 훔치다가 종들한테 붙잡히는 날에는 성한 몸으로 돌아가지를 못했다. 그래도 가난한 사람들은 목숨을 걸고 부잣집의 담을 넘었다.

논밭 한 뙈기 없이 영산강에서 잉어나 가물치를 잡아서, 울타리의 호박덩이처럼 줄멍줄멍 딸린 새끼들을 먹여 살리던, 할아버지의 할머니의 아버지도 부자가 되고 싶은 욕심으로 최 참봉 집 담을 넘다가 종들한테 붙잡혀 초주검이 되게 두들겨 맞은 뒤에 뒤꼍 곳간에 갇히고 말았다. 남달리 몸이 날래고 뚝심이 센 그였지만 최 참봉네 마당에 발이 닿기가 무섭게 붙잡힌 몸이 되어버렸다.

으레 그랬듯이 최 참봉은 그를 도둑으로 몰았다. 그리고 마당에 발이 닿기도 전에 붙잡힌 그에게, 안방에 숨어들어 귀중한 금패물을 훔쳤다고 덮어씌우고는, 훔친 물건의 값을 보상하기 전에는 풀어주지 않겠다고 땅땅 을렀다. 금패물은커녕 지푸라기 한 개도 손대지 않았다고 결백을 주장했지만, 그럴수록 최 참봉은 더욱 무섭게 닦달질을 하였다. 훔쳐간 금패물을 어디에 감췄느냐고 억지로 몰아세우며 패물을 내놓지 않겠다면 패물 값으로 황소 한 마리를 가져오라고 하였다. 하늘을 향해 오장육부를 매지매지 끄집어 내 보이며 억울함을 호소하고 싶었다.

할아버지의 할머니는 결국 아버지를 구하기 위해 노루목 양 진사 댁에 황소 한 마리 값에 팔려, 최 참봉 네 금패물을 보상해주었다.

갈비뼈가 부러지고, 무릎이 깨지고, 온몸에 구렁이가 감긴 듯 푸릇푸릇 피멍이 든 채, 최 참봉네 대문 앞 개골창에 내동댕이쳐져 하룻밤을 끙끙 앓다가 새벽에야 친구들에 의해 업혀온 할아버지의 할머니의 아버지는 눈자위를 허옇게 까뒤집으며 북북 이를 갈아댔다.

딸을 판 몸값을 주고 풀려나온 것을 알자, 깨진 무릎을 방바닥에 짚고 엎더서는 구들장을 치며 꺼이꺼이 울었다. 그의 눈에서는 닭똥 같은 눈물이 쉴 새 없이 흘러내렸다. 불돌처럼 펄펄 끓는 몸으로 물 한 모금 떠 넣지 않은 그는 밤새 딸의 이름만 불러대더니, 식구들이 잠든 첫새벽에 물고기의 배를 따는 호비칼을 품고 기다시피 하여 집을 나가 최 참봉네 앞에서 칼로 배를 갈라 창자를 드러내 놓은 채 죽었다.

그가 죽은 뒤 가족들은 모두 최 참봉네 종으로 투속(投屬)하여 들어갔다.

"왜 하필이면 최 참봉네 종이 되었을까요?"

웅보가 묻는 말에 할아버지는 한동안 말이 없다가 "웬수를 갚을라고 그랬겄재. 호랑이를 잡을라면 호랑이굴 속으로 들어가야 헌다고 안 허든" 하고 말했었다.

"그래, 웬수를 갚었남요?"

"우리 할머니 이야기로는 할머니 바로 밑 여동생만 남겨두고 풍비박산이 되고 말았다더라.”

“풍비박산이 되다뇨?”

“식구들을 하나씩 찢어서 다른 양반집으로 되팔아베린 거재.”

“웬수를 못 갚었구만요.”

“내가 알기로는 여적지 종이 상전한테 웬수 갚았다는 소리 들어
본 적이 없다. 그저 죽은드끼 개 모양으로 땅바닥을 기면서 살았재.”

“그 뒤 할아부지 할머니 식구들은 어찌 되었어요?”

“개 모양으로 뿔뿔이 흩어진 뒤 소식이 끊겨버렸을 끄다.”

할아버지의 말에 웅보는 가슴이 미어지는 듯한 아픔을 맛보았다.

그는 문득 몇 년 전에 길렀던 암캐 누렁이 생각이 떠올랐다. 금성
산 골짜기에 희끗희끗 눈이 덜 녹은 첫봄, 동구 밖 개골창에 개버짐이
올라 앙상하게 털이 빠지고 눈곱자기가 덕지덕지 붙은 채 버려진 강
아지를 품에 안고 온 웅보는, 당장 내버리라는 아버지의 성화에도 불
구하고 씩씩 코를 불어가며 쇠죽솥 옆에 개집을 만들어 놓고 돌봤다.
열심히 구완해준 탓으로 강아지는 한 달 만에 토실토실 살이 찌고 캥
캥 짖기까지 하였다.

누렁이는 이듬해에 새끼를 다섯 마리나 낳았다. 웅보는 다섯 마리
새끼를 다 기를 요량으로 젖을 뗀 후에도 아무에게도 나누어주지 않
았다. 어머니한테 부탁해서 구정물통에 버릴 음식들을 받아다가 개
들에게 먹였다. 그러나 개들이 커갈수록 먹을 것을 대어줄 수가 없었
다. 안방마님이 그것을 알고 다섯 마리를 모두 친척들한테 나누어주
고 말았다. 노루목에 남은 것은 한 마리뿐이었고 네 마리는 사뭇 먼

곳으로 떨어져갔다. 웅보는 며칠간 눈이 팅팅 붓게 울었다. 새끼들이 어디로 간 줄도 모르고 웅보만 보면 꼬리를 치는 누렁이가 야속하기까지 하여 마구 발길질을 했다. 그래도 누렁이는 혀로 웅보를 핥으며 꼬리치는 것을 멈추지 않았다.

그해 여름 하지가 지나서 모내기를 마친 하인들이 누렁이의 목에 훌랑이를 감아, 상여바위 옆 미루나무 가지에 매달고 장작개비로 퍽퍽 소리가 나게 골통을 깨서 죽인 다음 불에 끄슬리는 것을 보고 또 한 번 엉엉 소리 내어 울었다.

누렁이가 죽은 후 며칠 동안은 잠을 잘 수도 없었다. 밤마다 누렁이와 그 새끼들 꿈을 꾸었다. 꿈속에서 누렁이와 그 새끼들이 사람으로 변하기도 했는데, 꿈을 꾸면서도 그 얼굴들이 어쩌면 할아버지의 할머니 식구들일지도 모른다는 생각이 들었다.

"우리 할머니 친정아부지의 피가 이 할애비 몸속에 흐르고 있는지도 모르겠다."

웅보가 꿈 이야기를 하자 할아버지는 한동안 눈을 감고 깊은 생각을 하는 것 같더니 그렇게 말했다. 할아버지의 그 같은 말에 웅보도 마음속으로 고개를 끄덕였다.

부자가 되고 싶어 최 참봉네 복토를 훔치러 담을 넘다가 붙잡혀, 끝내는 죽음을 맞고 식속들까지 풍비박산되어버린 할아버지의 할머니 친정아버지와 종이 싫어서 도망을 치다가 붙잡혀 이마에 불도장을 찍힌 웅보 할아버지가 어찌된 건지 자꾸만 같은 사람으로 생각되었다.

"종이 상전한테 웬수를 못 갚는 것과 마찬가지로, 종이 부자 된 일도 없다. 부자가 되겠다고 복토를 훔치려고 한 그 양반 욕심이 너무 과한 탓에 딸까지 팔아묵고 처자식을 종으로 맨들고 말았어."

할아버지는 외증조부의 처사를 그렇게 탓하는 것이었으나, 웅보의 생각은 그렇지가 않았다. 가난한 사람이 부자가 되고 싶어하는 마음을 이해할 수가 있을 것 같았다.


"아마 이대로 있다가는 풀려나온 종들은 몽땅 딸자식들을 생구로 팔아묵을 것이로구만."

"막판에는 여편네까지도 팔아묵을 거여."

"메칠 굶고 하늘이 뱅뱅 돌면 여편네 처자식 안 팔아묵을 장사 있겄어?"

"차라리 식솔들 끌고 가서 영산강물에 풍덩 빠져 죽어베릴까?

"좌우당간에 앞으로 처자식 안 굶기고 살아갈 것이 죽을 일만치나 걱정이구만."

그들은 한숨을 토하며 말했다.

"나라에서 종이란 종은 죄 풀어주라고 하니 할 수 없는 일이재만도."

"일시에 그 많은 종들이 풀려나서 뭣을 묵고 살 거여. 모래를 파묵고 살 거여?"

"죄다 새끼내로 오셔요."

잠자코 있던 대불이가 한마디 하였다. 그들은 대불이의 얼굴 상처를 보고도 어쩌다 다쳤느냐고 묻지를 않았다. 그들은 대불이의 얼굴 상처를 염려해 줄 만큼 마음의 여유가 없었다. 그들은 당장 다음 끼니

끓일 것이 없어 눈앞이 암담할 뿐이었다.

"왜? 새끼내에 오면 좋은 일이라도 있는가?"

막동이가 웅보를 보며 물었다.

"약한 사람일수록 한데 모여 살아야지요. 아무것도 없는 사람이 흩어지면 못 삽니다. 한데 모여 있어야 무슨 일이고 헐 수가 있어요."

대불이였다. 그는 말을 계속했다.

"한데 모여서 땅을 파건 고기잡이를 하건 해야죠. 수십 명, 아니 수백 명 한데 모여 있으면 아무리 힘없고 가난한 사람들이라도 양반들이 함부로 못할 거 아녀요. 우리가 수백 명 모여서 둑을 쌓으면 감히 박 초시네 하인들이 훼방을 놓겠어요?"

"둑이라니 무슨 둑을 쌓길래?"

판쇠가 물었다.

"시작헌 지가 한 열흘 되었네."

"영산강이라도 막고 있는가?"

덕칠이가 농담으로 물었다.

"땅이 생긴다면야 영산강 아니라, 하늘이라도 막어야재."

웅보는 자신 있게 말했다.

"하긴 영산강변에는 물이 무쇠서 버려둔 땅이 많을 거로구만."

"한 번 구경이나 하세."

판쇠가 일어서며 말했다.

"뭘?"

"둑 쌓는 것 말이시."

그제야 웅보는 판쇠를 쳐다보며 "아직은 시작이여. 자네들이 보면 아이들 소꿉질허는 것 같을껴" 하고 판쇠를 따라 일어설 생각을 않고 미적거렸다.

"시작이사 다 그렇재. 청올치로 그물 시작허는 거 모르남?"

판쇠가 웅보의 어깻죽지를 잡아끌며 재촉이었다. 판쇠가 서두르자 덕칠이, 막동이도 한 번 구경이나 하고 싶다면서 일어섰다.

"보여드리슈."

옆에 있는 대불이가 형의 옆구리를 집적거리며 말하자 마지못해 웅보가 천천히 일어섰다. 그들은 돈단을 내려가 새끼내로 향했다. 아직 큰비가 오지 않았기 때문에 새끼내 물은 찌적찌적 겨우 바닥을 적시고 있었다.

"비웃지나 말게나."

웅보는 둑을 쌓다 만 현장에 발걸음을 멈추어 서며 친구들을 둘러보았다.

"이 둔덕에서 저쪽 미루나무 있는 데까지 새끼내 물이 넘치지 못하게 둑을 쌓고 나서, 영산강 큰물이 덮치지 못하게 다시 이쪽에 큰 방천을 해야 할 것 같으이."

웅보는 손가락으로 가리키며 설명을 하였다. 그들이 서 있는, 땅가시나무며 뚤배나무, 개갓냉이풀이 한데 헝클어진 냇가에는 세 식구가 열흘 동안 뼈가 휘도록 옮겨다 놓은 돌무더기가 겨우 개미집 허물어 놓은 것처럼 어설프게 보였다.

"기왕이면 미루나무까지만 쌓지 말고 더 길게 쌓도록 허게."

판쇠가 냇가를 오르내리고 나서는 웅보에게 말했다.

"둑을 길게 쌓을수록 땅이 많아진다는 것을 알지만, 우리 세 식구 힘으로는 이것도 벅차네."

"그래도 기왕지사 시작한 일인데. 암턴 자리는 잘 잡은 것 같네."

"그런디 왜 일을 중단했는가?"

덕칠이가 뚜벅 묻자, 웅보는 박 초시네 하인들의 행패를 말하려다가 "대불이가 아퍼서 잠시 쉬었네" 하고 희미하게 대답했다.

"어이 웅보."

판쇠가 등을 툭 치며 큰 소리로 그의 이름을 불렀다.

"이러다가는 웅보 자네만 부자가 되겠네그려."

"부자가 될 생각은 터럭만큼도 없네. 우리 식구 묵고 살 땅만 있으면……."

"어찌, 우리도 한축 끼여주지 않을란가?"

판쇠가 진지한 얼굴로 물어왔다.

"나도 그 말을 허고 싶었네."

"웅보 자네만 너무 욕심을 부리지 마소."

덕칠이와 막동이도 웅보 옆으로 바짝 다가서며 밉지 않게 찍는 소리들을 한마디씩 뱉어냈다. 웅보는 잠시 세 사람의 얼굴을 둘러보았다. 그는 그들의 표정에서 진정으로 그들이 땅을 갖기를 원하는가를 읽고 싶었던 것이다.

"자네들 참말인가?"

웅보가 물었다.

“이 판국에 헛소리하게 생겼는가.”

“진심이여.”

“우리가 할 일은 땅 파는 거밖에 뭐가 있겠는가.”

세 사람은 웅보를 보며 저마다 한마디씩 속말을 하였다.

“좋네.”

웅보는 그들의 손을 잡고 흔들었다.

“첫술에 배부르기를 바라겠는가. 우선 힘을 합해서 둑을 막아보세. 단 한 뼘이라도 우리들 땅을 갖는다는 것이 을매나 오진 일인가.”

“기왕이면 더 많은 사람들이 힘을 합해서 둑을 더 길게 쌓으면 어쩔까 싶네.”

그들은 막동이가 무슨 뜻으로 그런 말을 하고 있는지를 잘 알았다.

“것두 괜찮겠지.”

“우리 애잔한 사람들끼리 힘을 합허세.”

“사람 같지도 않은 우리들도 힘을 합치면 무슨 일이든지 해낼 수가 있다는 것을 보여주세.”

“양반들한테 보여줘야 혀.”

그들은 가슴에 옹어리진 울분을 터트리듯 한마디씩 뱉어냈다.

“얼마나 모일 수 있을까?”

웅보가 물었다.

“선창에서 우왕좌왕하고 있는 사람들 중에서, 내가 아는 사람들만 해도 수십 명이 될 거여.”

그러면서 판쇠는 손가락을 꼽아가며 얼추 수를 헤아리는 것 같더니 "땅을 갖기를 원허는 사람이라면 누구누구 가릴 것 없이 아무라도 와서 일을 허도록 허세" 하고 의견을 물었다.

"대충 몇 사람이나 될까?"

"못해도 스무남은 명은 넘을 걸세."

"여기 와서 둑을 쌓자고 해도 당장 뭘 묵고 일을 헐 거여."

덕칠이가 걱정스러운 얼굴로 말했다.

"거야 별도로 대책을 세워야재."

웅보 생각에, 둑을 쌓는 동안에 먹고사는 문제는 그리 대수롭지 않다고 생각하였다. 우선은 초근목피로 연명이야 할 수 있을 것이고, 산비탈을 파고 감자라도 묻어놓으면 여름은 이겨낼 수가 있을지도 모른다고 생각했다. 그러다가 가을부터는 선창에 하역인부자리가 많이 생기게 될 것이니 등짐 일을 한들 굶어 죽지야 않겠나 싶었다.

"대책이라니?"

판쇠가 궁금한 얼굴로 웅보를 보며 물었다. 무슨 좋은 생각이라도 갖고 있으면 말해보라는 그런 얼굴빛이었다.

"둑을 완전히 쌓고 저저끔 땅을 나누어 농사를 지어 첫 수확을 할 때까지는 묵고사는 것만은 한통을 쳐야 헐 거여" 하는 웅보의 말에 "한통을 친다면 한솥밥을 먹자는 겐가?" 하고 판쇠가 찬동하는 말투로 반문을 했다.

"같은 일을 험시로, 누구는 굶고 누구는 세 끼 또박또박 찾어묵고 헐 수가 없다, 이 말이재. 굶으면 다 같이 굶고, 묵으면 다 같이 묵자, 이 말 아닌가?"

덕칠이도 찬동을 표했다.

"그냥 한식구가 되는 거로구만. 함께 묵고 함께 일허고—"

"바로 그거여."

이야기가 거기까지 진전되자 그들은 다시 주막으로 돌아왔다. 그들이 주막에 돌아오자 다섯 집 식구가 한 덩어리가 되어, 술청에 모여 쌀분이가 쑥을 넣고 끓인 묽숙한 쌀죽을 둘러 마시고 있었다.

남자들은 대강 요기를 한 뒤, 다시 웅보네 방으로 들어가 둑 쌓는 일에 대해 구체적으로 조목조목 의견들을 모았다. 종에서 풀려난 사람이면 누구든지 새끼내에 와서 힘을 합해 둑을 쌓는 일을 하도록 의견을 모았다는 설명에 대불이도 찬성을 하였다.

"잘들 허셨어요. 실은 내가 그 이야기를 꺼낼려고 했었는디."

대불이는 금방 힘이 솟는 듯한 얼굴이었다.

판쇠와 덕칠이, 막동이 이렇게 세 사람은 가족들을 새끼내 주막에 남겨둔 채 일단 선창으로 돌아가서, 그들의 뜻에 찬동하는 사람들을 모아오기로 하였다.

웅보도 그들과 함께 떠났다. 그는 잠시 노루목에 다녀올 생각이었다. 노루목에 가서 곡식 말이라도 구득해와야겠다고 생각했기 때문이다. 사람들이 모여 일을 하자면 당장 죽이라도 끓여 먹을 양식이 필요할 것 같았다. 그들에게 힘이 될 것은 뭐니뭐니 해도 식량이었다. 웅보는 노루목에 가서 마님한테 통사정을 하여 도움을 청해볼 생각이었다. 마님이라면 그를 도와줄 것도 같았다. 농사를 지어 갚기로 하고 색갈이를 얻어올 셈이었다.

그러나 웅보는 그의 그런 생각을 친구들이나 가족들한테는 말하지 않았다. 미리 말을 했다가 빈손으로 돌아올 경우 실망을 안겨줄 것이 뻔했기 때문이다.

웅보는 친구들과 함께 선창까지 왔다. 선창 객주거리와 마방집 부근에는 종문서 하나만을 받아 쥐고 쫓겨나오다시피한 종들이 거렁뱅이 떼나 다름없이 질펀하게 앉아서는 희불그레하게 떠오른 햇무리를 쳐다보고 있었다. 삿갓구름과 햇무리를 보고 비가 오지나 않을까 걱정을 하는 얼굴들이었다. 어른이고 아이고 할 것 없이 시래기처럼 온몸에 물기가 쫙 빠져버린 그들은 배고픔과 피로에 쩌눌려 보였다.

마방거리에서 친구들과 헤어져 나루터를 향해 서둘러 가다 말고, 웅보는 갑자기 몸을 돌려세웠다. 객주거리 쪽에서 와자그르 떠들어대는 소리가 들렸다. 누구인가 다급한 목소리로 웅보를 부르고 있었다.


# 10


흙먼지가 안개처럼 뿌옇게 뜬 하늘의 야트막한 모서리에서 종다리가 우짖고, 영산강 물비늘을 일으키는 샛바람에 강둑에 뾰곰뾰곰 돋아나기 시작하는 콩잎 모양의 콩제비꽃 떡잎들이 솔솔 흔들리는 봄.

첫봄에 샛바람이 불면 그해엔 난봉이 많이 난다던가. 동풍 닷 냥이라는 말은, 봄에 샛바람이 많이 불면 그해에 풍년이 든다는 뜻이 아닌가.

그러나 웅보 어머니는 풍년을 싣고 온다는 샛바람이 석 달 열흘을 분다고 해도 담배씨만큼도 즐겁지가 않았다. 집 떠난 아들 며느리 걱정에 샛바람, 갈마바람 가릴 것 없이 심사가 오뉴월 밭둑에 땅가시 얽히듯 뒤숭숭하였다.

풍년거지가 더 서럽다는데, 집을 떠난 자식들이 빈손으로 떠돌음하며 고생하리라는 걸 생각하면, 아침저녁 짹짹거리며 두엄발치를 헤적이는 참새들만 봐도, 내 새끼들도 배가 고파서 저 참새들 모양 허우적거리고 있겠구나 싶어 목울대가 꽉 막히곤 하였다. 웅보 어머니는 외꽃처럼 노란 감또개가 소복이 쌓인 죽담 용마름 너머로 뻐끔히 열린 남쪽 하늘을 올려다보며 푸우 한숨을 토했다.

웅보의 태몽을 꾸었을 때도 행랑채 두엄발치 옆 접시감나무에서 감또개가 소도록이 빠지고, 나무에 물이 오르느라 산자락이 희부옇게 출렁이는 봄이었다.

웅보 어머니는 어찌나 태몽이 끔찍스러웠던지 지금도 오싹거리는 듯싶었다. 텃밭에 고추모종을 내고 호미 씻을 사이도 없이 방에 들어와 훨쩍 방문을 열어놓고 허리를 펴고 누웠는데, 말뚝버섯처럼 대가리는 푸르고 몸통은 황백색으로 얼룩덜룩한 큰 구렁이 한 마리가 머리를 바짝 쳐들고 스스로 방문턱을 기어들어오더니만, 웅보 어머니의 몸을 칭칭 감아버렸다.

그녀는 약간 답답한 느낌이었으나 결코 구렁이가 징그럽거나 무섭지는 않았다. 그녀의 몸을 칭칭 감고 통에 테를 매듯 바짝바짝 죄어오던, 두 발도 더 될 것 같은 기다란 구렁이는 대가리를 그녀의 눈앞에 세우고, 무당벌레의 더듬이 같은 혀를 널름거리는 것이었다. 그러나 잠시 후 구렁이의 대가리는 순식간에 사람의 얼굴로 변했는데, 그 얼굴이 너구리코의 남편 같기도 하고 어찌 보면 꿈에도 생소한 전혀 낯모르는 남자 같기도 하였다.

잠이 깨어 시어머니한테 꿈 이야기를 했더니 삼신할머니가 다녀 간 것이 분명하다면서, 곧 손자를 보게 되었다고 좋아했다. 웅보어머 니는 그것이 비록 삼신 꿈이라고 해도 하필이면 징그러운 뱀 꿈일까 싶어 마음 한구석이 꺼림칙했는데 "큰 구렁이가 용이 되어 하늘에 올 라가지 못하고 대신 사람으로 화신을 한 것이 틀림없다." 고 한 시어 머니의 말에 조금은 자랑스럽고 오달진 생각이 들기도 하였다.

하필이면 그날 해거름에 주인 나리의 몸보신에 좋다는 뜸부기 사 냥을 나간 남편이 살모사에 물려 늙은 하인의 등에 업혀왔다. 그녀는 남편이 뱀에 물렸다는 말을 듣고, 꿈에 나타났던 사람 얼굴의 큰 구렁 이 생각이 뇌리를 빠개는 것 같아 흐물흐물 주저앉고 말았다.

하인들 여럿이 달려들어 뱀에 물린 장딴지를 사금파리로 째고 입 으로 피를 빨았으나, 남편의 다리가 안채 기둥만큼이나 희불그레하 게 부어오르면서 왼쪽 눈이 거슴츠레하게 감기기 시작했다. 도끼자 루만 한 살모사에 물렸으니 죽을 것이라고들 하였다.

그녀는 남편이 그렇게 된 것이 대낮에 꾸었던 삼신꿈 때문일 것이 라는 생각과 함께, 남편한테 큰 죄를 지은 듯 마음 죄어듦에, 눈물 콧 물 훌쩍이며 뜬눈으로 밤새도록 간장을 녹였다.

그런데 참으로 이상한 일이었다. 영락없이 죽을 사람으로 생각했 던 남편이 사흘 만에 벌떡 자리를 박차고 일어난 것이었다. 남편은 언제 살모사에 물렸느냐 싶게 기운을 되찾아 다시 뜸부기를 잡으러 다니기 시작했고, 그로부터 열 달 후인 이듬해 첫봄에 웅보를 낳았다.

그녀가 아들을 낳자, 태몽 이야기를 들어 알고 있는 시아버지는 핏덩이 손자를 들여다보면서 "이눔아, 승천을 못하고 종놈의 자식으로 생겨났다고 해서 낙심 말어라. 이승에서 종으로 살면 저승에 가서는 상전 노릇을 헐 수가 있다는 걸 알어야 헌다. 이눔아!" 하면서 알아듣지 못할 말로 타령 한 가락을 흥얼거리기까지 했다. 웅보는 종의 자식답지 않게 커갈수록 영특했고, 눈치가 빨라 상전으로부터 크게 꾸중을 당하는 일이 별로 없이 자랐다.

웅보가 커가는 것을 보고 그의 할아버지는 늘 "저 눔이 내 핏줄을 받지 않고 양반 집에서 태어났더라면 크게 입신을 할 거인디⋯⋯" 하면서 무거운 한숨과 함께 혀를 차곤 하였다.

그러나 웅보 어머니는 자식이 영특하게 자랄수록 마음이 조마조마해졌다. 그녀는 웅보가 저의 아비처럼 평범한 종이 되기를 빌었다. 엉뚱한 생각을 품고 할아버지처럼 불도장이나 찍히면서 상전의 눈 밖에 난 몽니쟁이가 되지 않기를 원했다. 그러기에 종문서를 찾아서 떠나간 것이 걱정이었다.

웅보 형제가 노루목을 떠난 것도 두 달이 가까웠다. 청명, 한식이 지나고 곡우가 성큼 가까워지자 농가에서는 침종(浸種)을 서둘렀다.

두 아들과 새 며느리를 떠나보낸 장쇠 내외는 고적한 하루하루를 보냈다. 늘그막에 자식들과 떨어져 살자니 마음 붙일 곳이 없어 허심

허심하였다.

　종문서를 받아 자유로운 몸이 되었다고는 하나, 아직도 양 진사 댁에 매인 몸이나 진배없는 그들 내외는 그저 얼굴 맞대고 앉기만 하면 자식들 걱정이었다. 정처 없이 뜬골로 떠난 몸들이라 어디에서 뜬벌이라도 하며 굶어죽지나 않았는지, 새 며느리와 웅보 사이에 금슬이나 좋은 건지, 기별이나 전해오면 마음을 놓을 수가 있을 터인데, 두 달이 지나도록 종무소식이니 안동답답(按棟畓畓)이가 될 수밖에 없었다.

　"풋바심할 때나 되얐으면 걱정이나 덜 할 것인디, 이것들이 어뜨케 사는지 원."

　웅보 어머니는 자식들 걱정에 눈물 마를 날이 없어 눈언저리가 물크러질 정도였다.

　"저 늠에 영감 땜시, 자식들만 뜬골로 보내놓고 이르케 속을 태운당께!"

　웅보 어머니는 걸핏하면 장쇠한테 설움풀이를 하였다. 장쇠는 그런 할멈의 말은 한 귀로 듣고 한 귀로 흘려버리곤 하였다. 대꾸조차 해주지 않았다.

　장쇠는 이른 아침부터 광주리에 종자벼를 가득 담아서 물독에 넣으며, 큰 막대기로 휘젓고 있었다.

　"저 늠에 영감 내버려두고 나라도 따라나설 것인디……."

　"잡녀러 망구, 시방이라도 찾아나서재 그려!"

　침종을 하던 장쇠가 일손을 멈추며 볼멘소리로 내지르자, 웅보 어머니는 입만 비죽거렸다.

"내 눈에 흙이 들어갈 때꺼정이라도 노마님 유언대로 내 땅을 찾을 거여. 내는 빈손으로는 이 집에서 한 발짝도 안 나간당께!"

장쇠는 누가 듣거나 말거나 큰 소리로 팩팩거렸다. 그는 요즈막 심정 같아서는 양 진사한테 대들어 요절이 나는 한이 있더라도, 땅을 떼어달라고 생떼라도 쓰고 싶었다.

"그눔에 땅 소리, 그 엠병할 까마귀 우는 소리!"

웅보 어머니는, 자나 깨나 내 땅 내 땅 해쌓는 영감이 밉기까지 하였다. 가진 것 없이 빈손으로 집을 나간 자식들 걱정은 않고, 그저 눈만 벌어지면 땅타령이니 듣기에도 신물이 났다.

"어디에 근거를 잡았는지 수소문이라도 좀 해봐유."

웅보 어머니는 남편을 향해 소리를 내질렀다.

"허허, 그걸 내가 어뜨케 알어."

"얀정머리없는 애비."

"무소식이 희소식인겨. 자리를 잡으면 어련히 알아서 기별을 할까."

장쇠 내외는 이렇게 자식들 일로 티격태격 입씨름을 하기가 일쑤였다.

자식들 일로 마음이 아픈 것은 장쇠도 마찬가지였다. 그도 역시 의지가지없이 빈손으로 훌쩍 떠나간 자식들이 어찌 마음에 걸리지 않을까만, 우선은 양 진사한테 땅을 떼어 받아야겠다는 생각이 앞서 있기에, 자식들 걱정은 잠시 잊고 있는 터였다. 또 걱정을 한들 무슨 소용이 있으랴 싶었다.

장쇠 내외가 자식들 일로 큰 소리를 주고받을 무렵, 별당에 들어 있는 막음례는 조심조심 안채로 나왔다. 그녀는 요사이 입덧이 나기 시작한 터였다. 마님과 약속한 대로 논이 생기게 되어 즐거운 마음이 긴 했으나, 한편으로는 은근히 걱정이 되었다. 뱃속에 든 아기가 천한 종 응보의 씨앗이 분명하거늘, 마음 한구석이 늘 맷돌에 짓눌린 듯 맥맥하고 목구멍에 가시가 걸린 것처럼 답답했다.

안방으로 들어간 막음례는 마님한테 입덧이 나기 시작했다는 사실을 이야기했다.

"그렇다면 응보의 씨가 자네의 뱃속에 있다는 말인가?"

막음례가 태기를 알리자, 마님은 펄쩍 놀라는 얼굴이었다. 마님의 얼굴에 결코 반가운 기색이 보이지 않았다. 그런 마님의 얼굴을 얼핏 훔쳐본 막음례는 마음이 들돌처럼 무거워졌다.

막음례의 생각에는 응보의 아기를 가졌다는 말을 들으면 마님이 반가워할 줄 알았는데, 반가워하는 기색은 조금도 없이 되레 실뚱머룩한 얼굴로 우두커니 그녀의 얼굴만을 바라다볼 뿐이었다.

"그래, 자네 말이 확실한가?"

마님은 거듭 묻고 있었다.

"지난달에 몸엣것두 없었고, 온통 속이 머슥머슥하여 물만 넘어가도 왈칵 넘어옵니다요."

"그렇다면 아기를 가진 것이 틀림없구만."

"쇤네의 입덧은 유별납니다요."

그렇게 말하는 막음례는 아까부터 건구역질이 올라오는지 오른손 바닥으로 입을 쥐어 싸고 앉아 있었다.

"그렇다면 두 달째가 되는가?"

"그렇습죠."

"웅보 그놈이 사내구실을 제대로 했구만."

마님은 희미하게 혼잣말처럼 중얼거렸다.

기실 유 씨 부인은 막음례가 아이를 잉태했다는 말에 괜히 마음이 울적해진 거였다. 여자의 투기심인지도 몰랐다. 유 씨 부인은 자신의 투기에 얼굴이 화끈 달아오르면서도, 막음례가 부러운 것을 어찌할 수가 없었다. 정말이지 뱃속에 아이를 가진 막음례가 이 세상에서 그 누구보다도 더 부러웠다. 유 씨 부인은 괜히 슬픈 생각이 울컥 솟구쳐 고개를 숙여버렸다.

"그래, 몸조리 잘허고, 당부하네만 웅보 아이라는 말은 입 밖에 내 서는 안 되네."

유 씨 부인은 싸늘하게 말했다.

막음례가 잠시 후 안방에서 나간 뒤에도 유 씨 부인은 울적한 마음에 통곡이라도 하고 싶어졌다. 몇 년 동안 별당 출입을 해온 남편은 끝내 아이를 갖지 못하고, 몇 차례 잠자리를 같이한 천한 웅보는 단번에 자식을 만들다니, 아니 할 말로 눈에서 쌍불이 켜질 것만 같았다.

장차 막음례의 뱃속에 든 웅보의 자식을 어찌해야 할 것인가 하는 것을 제쳐 두고, 자신이 한갓 천한 씨받이만도 못하다는 생각 때문에 자꾸만 서러움이 복받쳐 올랐다. 생각 같아서는 당장 막음례를 내보내고 싶기도 하였다.

마님이 막음례의 수태 소식을 듣고도 별로 반가워하는 기색이 아닌 것과 같이, 그런 마님의 얼굴 표정을 읽은 막음례 또한 뜨악한 기분이 되어, 자꾸만 생각이 헷갈렸다. 그녀의 생각으로는, 설령 아기를 낳아준 대가로 땅을 얻게 될지라도, 그 아기가 양 진사의 핏줄이 아니고 웅보의 핏줄인 바에야 걱정을 하지 않을 수 없었다. 아무래도 양 진사 댁에서 그녀가 낳은 아기를 고이 키워줄 것 같지가 않았다. 누구의 핏줄이건 간에 그녀가 낳은 자식이기 때문에 태어날 아이의 장래가 걱정인 것이었다.

별당 댓돌 위에 턱을 받치고 앉아 있던 막음례는 하늘에 두둥실 떠가는 구름이라도 붙잡고 하소연을 하고 싶은 심정에, 불현듯 일어나서 사랑채 쪽으로 갔다. 뒤꼍 별당에만 들어박혀 있자니 갑갑해서 견딜 수가 없었다. 어서 여덟 달이 훌쩍 지나 아이를 낳고 양 진사 집에서 홀홀 떠났으면 싶었다. 생각하면 지난 몇 년 동안의 별당 생활은 옥살이를 하는 것이나 마찬가지였다. 배불리 먹어도 마음은 굴뚝처럼 검게 그을어 있었다.

사랑채 마당으로 나온 막음례는 하릴없이 왔다 갔다 하며 서성거렸다. 그녀는 웅보 어머니한테 만이라도 자신이 웅보의 아이를 갖게 되었다는 것을 말해주고 싶었다. 그래야 그녀가 아기를 두고 양 진사 집에서 나간 뒤에 웅보 어머니라도 아기의 뒷바라지를 잘해줄 것 같았기 때문이다.

그녀는 요 며칠 전부터 웅보어머니를 은밀하게 만나보고 싶어 기회를 엿봐 왔다. 그러나 그녀는 웅보와 잠자리를 같이한 후 그의 부모를 대하기가 서먹서먹하여 한사코 대면을 꺼려왔으며, 큰마음 먹고 행랑방 쪽으로 갔다가도 내친걸음을 돌려세우곤 하였다.

행랑방으로 가던 막음례는 사랑채 문간 쪽에서 침종을 하던 웅보 아버지가 뜨물 먹은 당나귀처럼 컬컬한 목소리로 버럭버럭 고함을 내지르는 소리에, 주춤 걸음을 멈추어 섰다.

"저 옘병헐 망구, 식은 죽 처묵는 소리 좀 그만허고 들어가라니께!"

웅보 아버지 장쇠의 입정 사나운 소리에, 막음례는 그냥 되돌아서 버렸다.

그날 해질녘에 웅보가 빈 지게를 진 채 불쑥 노루목 양 진사 댁 행랑채에 나타났다. 그는 집을 나간 지 두 달 만에 돌아온 것이 마치 큰 죄를 짓기라도 한 것처럼 부끄러운 마음에, 남의 눈에 띌세라 슬금슬금 집안으로 들어서서, 낮은 목소리로 어머니를 불렀다.

"어머니 저 웅보 왔어요."

지게를 진 채 행랑방 토방에 서서 나지막한 목소리로 어머니를 부르자, 벌컥 방문이 열리면서 그의 어머니가 맨발로 뛰쳐나왔다.

"네가 웬일이냐."

어머니는 덥석 아들의 두 손을 붙안으며 반가움과 걱정이 뒤엉킨 눈으로 얼굴을 찬찬히 되작거려보았다.

"무슨 일이냐. 무슨 일이 생겼냐?"

"들어가시지요."

웅보는 지게를 벗어 문지방 벽에 걸쳐 두고 어머니를 앞세워 방으로 들어갔다. 행랑방은 아직 어둠이 내리지 않았는데도 깜깜했다. 봉창을 통해서 희끄무레하게 쇠잔해가는 저녁햇살이 비쳐 들어왔다.

"자리도 잡고 해서, 소식도 알려드릴 겸 겸사겸사해서 왔어요."

"그래, 자리를 잡은 곳이 어디냐?"

어머니는 방안에 들어와 앉아서도 아들의 손을 놓지 않았다. 어머니는 오랜만에 만난 아들의 손을 붙안고 질금질금 눈물을 짰다.

그때 잠시 밖에 나갔던 웅보 아버지 장쇠가 방안에서 도란거리는 소리를 듣고 문을 열었다. 방이 어두워 장쇠는 처음에는 아들이 돌아온 줄 몰랐다. 웅보가 일어서서 문 쪽으로 나가서야 아들이 온 것을 알고 서둘러 방안으로 들어왔다.

웅보는 아버지가 좌정하기를 기다려 인사를 올렸다.

"어쩐 일이냐? 다들 잘 있느냐?"

장쇠는 묻고 싶은 것이 많은 듯싶었다.

"다들 잘 있어요."

"그래, 자리를 잡은 곳이 어디여."

"새끼냅니다요."

"그렇다면 진작 한 번 다녀갈 일이재."

삐억삐억 곰방대를 빨던 아버지가 끌끌 혀를 찼다.

웅보는 그들 세 식구가 자리를 잡은 곳은 새끼내 주막이고, 쌀분이와 대불이가 주막 일을 도와 먹고 사는 일은 걱정이 없다는 것과, 얼마 전부터 둑을 쌓기 시작했는데, 둑 쌓는 일만 끝나면 많은 땅이 생기게 될 것이라고 그동안 그들이 집을 나가서 살아온 경위를 대충 설명해주었다. 그는 대불이가 박 초시네 하인들한테 맞았다는 말은 하지 않았다.

"진사 어른은 잘 계시나요?"

웅보가 아버지에게 물었다.

"무곡선을 타고 무안에 가신 지가 여러 날째 됐다."

무안이라면 양 진사의 누이동생이 살고 있는 곳이었다. 웅보의 누이 두례가 아씨의 몸종으로 따라갔다가 염병에 걸려 죽은 바로 그곳이다.

"두례가 가 있던 아씨 집엘 가신 거로군요."

웅보는 두례의 이름을 말하며 아버지 어머니의 표정을 살폈다. 이상하게도 아버지 어머니는 처음에 두례가 죽었다는 소식을 받고도 슬퍼하는 기색을 보이지 않았었다. 아버지 어머니뿐만 아니고 웅보 자신과 대불이도 마찬가지였다. 그래서 언젠가 웅보가 쌀분이와 함께 진사 댁에서 도망을 치기 며칠 전 어머니한테 두례가 죽었다는데도 왜 식구들이 아무도 슬퍼하지 않는 거냐고 물었더니 "두례는 진작 죽었다. 아씨를 따라 배 타고 영산강 끝으로 갔을 때 이미 죽은 겨. 그러니 지금 죽은 것이 새삼스럽지가 않다" 하는 것이었다.

웅보는 그때 두례의 죽음보다 어머니의 그 말이 더 슬펐다. 어머니는, 자식이 부모와 헤어지면 그때부터는 죽은 몸으로 치부해버리는 것을 알고 있었다. 하기야 종의 신세로 한 번 헤어져버리면 그만이었다. 다시 만나기가 어려웠다. 그러기에 헤어지는 것은 곧 죽음으로 생각하고 있었다.

웅보는 두례가 아씨를 따라 노루목을 떠나던 때를 잘 기억하고 있었다. 그때 어머니는 나루터에까지 따라가며 눈물바람을 하였다. 집에 돌아와서도 꼬박 이틀 밤을 뜬눈으로 밝히며 눈이 짓무르도록 울었다. 그때 이미 어머니는 딸을 잃어버린 것이었다. 어머니뿐만이 아니라 온 가족이 두례를 잃어버린 것이리라.

웅보는 죽은 두례 생각이 울컥 떠오르자, 아침나절 영산강을 건너기 전에 선창 객주거리 주막에서 보았던 까칠하게 말라빠진 두례 나이 또래의 처자 얼굴이 도꼬마리 열매처럼 머릿속에 자꾸만 달라붙었다. 개똥참외를 닮은 갸름한 얼굴은 못 먹어 핏기 없이 푸석푸석 살껍질이 떠 보이고, 검은자위가 많은 눈은 여름날 아침 고샅의 벌레 먹은 씀바귀 잎사귀에 대롱대롱 매달린 이슬처럼 애처롭게 느껴졌다.

그녀는 자신이 팔려가는 것을 알면서도 되도록 슬픈 얼굴을 감추려고 이빨로 콩제비꽃 같은 아랫입술을 꼬옥 다문 채 고개를 깊숙이 숙이고 앉아 있었다.

강을 건너기 위해 서둘러 나루터로 향하던 웅보가 객주거리 쪽에서 돼지 멱따는 소리로 다급하게 불러대는 판쇠한테 이끌려, 문간에 큰 버드나무가 서 있는 주막 안으로 들어섰을 때 처자는 마치 도살장에 끌려온 소처럼, 하늘 한 번 쳐다보지 않고 감나무 그늘 밑 평상 모서리 애꾸눈 아버지 옆에 꼬옥 붙어 앉아 있었다.

판쇠와 한집에서 종살이를 하다가 함께 풀려나왔다는 키가 작달막하고 턱 끝이 몽글몽글하게 생긴 마흔 안팎의 애꾸눈 남자는 몸피가 크고 툽상스러운 주막 여주인이 한 바가지 떠다 준 툽툽한 밑술을 숨도 안 쉬고 쿨럭쿨럭 들이마시고 나서, 손으로 입 가장자리를 쓰윽 훔치며 웅보를 올려다보았다.

"문서장 좀 써줍사 허고 불렀네."

판쇠가 웅보한테 밑도 끝도 없는 말을 하였다.

"문서장이라니?"

"천 서방이 딸을 이 버드나무집에 판다는디 딸을 판값으로 쌀 일곱 가마니를 받았다는 증표를 해달라는디… 까막눈이라서……."

웅보가 묻는 말에 판쇠가 외눈박이 천 서방과 그의 딸을 번갈아보며 대답했다.

"쌀 일곱 가마니에?"

웅보는 쌀 일곱 가마니가 송아지 한 마리 값밖에 안 된다는 것을 어림하면서 무거운 마음으로 하늘을 올려다보았다.

말이 술어미로 팔려가는 것이지 결국은 이 남자 저 남자 노리갯감이 되어 해웃돈이나 받아먹고 살다가, 요행히 팔자가 잘 풀려야 화초첩(花草妾)으로 되팔릴 것이며, 그나마 임자가 없으면 시들어 길가에 떨어진 꽃잎처럼 구접스레 발에 짓밟힌 채 목숨을 짓이겨야 하는 버러지만도 못한 얼짜 신세가 되기 십상이 아닌가.

"오른쪽 눈썹 위에 흉터만 없다면 열다섯 가마니는 쳐주겠는디……."

주막 여주인은 별로 탐탁스럽지가 않다는 듯 뜨악한 얼굴로 천 서방 부녀를 가볍게 흘겨보았다.

"허허, 서방을 얻어주자는 것도 아닌디, 그까짓 흉터가 무신 상관이유? 당나귀 모양 몸만 실하면 그만이재. 내 딸이라서 자랑허는 것은 아니재만, 해가 긴 봄에는 스물두 자 베 한 필을 짜고 생나락 열 다발은 거뜬허게 이고 다닌다우."

천 서방은 그의 옆에 바짝 웅크리고 앉아 있는 딸의 어깨를 툭툭 치며 큰 소리로 말했다.

"농사를 짓자고 사는 것이 아니잖수?"

주막 여주인이 흥정을 깨도 좋다는 말투로 뱉더니 "사내들이란 평생을 데리고 살 여편네를 고를 때는 마음을 젤루 치지만, 하룻밤 가지고 놀 여자는 그저 얼굴부텀 본다는 것을 몰라서 그러슈?" 하고 고개를 외로 꼬아버렸다.

웅보는 흠칫 천 서방 딸의 오른쪽 꾀꼬리눈썹 위 짙은 알밤색깔의 산거머리 만한 흉터를 보았다. 아마도 어렸을 때 넘어져 돌에 찍힌 흉터이리라. 그는 문득 할아버지 이마의 불도장이 떠올라 눈을 감아버렸다.

"저 아이 밑으로도 딸이 셋이나 더 있담서 뭘 그래싸시오. 자, 콩이야 팥이야 미적거리지만 말고 후딱 증서나 써주씨오. 후담에 딸 보러 올 때마다 모주 한 바가지씩 퍼드릴 텐께."

주막 여주인이 재촉했다.

"굶어죽지 않으려고 저 아이 파는 것도 환장허겄는디, 밑엣 것들은 혀를 물고 죽는 한이 있어도……."

천 서방은 목이 메는지 말을 하다가 끌끌 앓는 기침을 하더니, 쌀 일곱 가마니에 마음을 정한 듯 슬픈 얼굴로 딸의 옆얼굴을 찬찬히 들여다보았다.

"쌀이 일곱 가마니면 적잖다우. 어따따, 그래서 첫딸은 살림 밑천이라고 안합뎌."

주막집 여주인은 그러면서 판쇠를 향해 여러 차례 눈을 끔적거려 보였다. 빨리 증서를 쓰도록 재촉을 하는 눈빛이었다.

"미안허네만, 나 이런 증서는 못 쓰겠네."

웅보는 시비를 거는 투로 판쇠를 향해 내쏘았다. 웅보의 예기치 않았던 태도에 판쇠는 맹맹한 얼굴로 눈알을 휘굴렸다.

"왠 꼬라지여?"

"몰라서 그래?"

"말을 해봐!"

"아무리 사람값이 안 나가는 세상이라지만 쌀 일곱 가마니가 뭔가."

그러면서 웅보는 천 서방한테 다음날까지 쌀 열 가마니를 가져와서 그의 딸을 사겠으니 하루만 기다려달라는 말을 남기고 버드나무집 주막을 나와 버렸다.

그가 나오자 판쇠가 나루터까지 따라오며, 쌀 열 가마니가 어디 있어서 천 서방의 딸을 사겠으며, 입타작 하기에도 힘이 부치는 주제꼴에 처자는 사들여 어찌하겠느냐는 등 시시콜콜 따지듯 물었다. 웅보는 한마디 대꾸도 하지 않고 나룻배에 올랐다. 판쇠 말마따나 그에게 천 서방의 딸을 살 만한 쌀이 있을 턱이 없었다.


"안방마님은 잘 계시지요?"

웅보는 낮에 영산포 객주거리 버드나무집 주막에서 있었던 일을 떠올리지 않으려고 고개를 내저으며 물었다.

"가서 인사나 드려라."

그는 어머니한테 막음례의 안부도 묻고 싶었으나 참았다. 그는 막음례와의 일을 숨겨온 터지만 어쩐지 어머니가 낌새를 채고 있을 것만 같아 차마 말을 빼기가 부끄러웠던 것이다.

"어서 마님께 인사드리라니께."

어머니가 무릎을 짚고 일어서며 재촉이었다. 웅보는 어머니를 따라 안채로 들어가면서 행여 막음례와 얼굴이 마주치면 어쩌나 하고 가슴을 죄었다. 그는 되도록 막음례와 얼굴이 마주치지 않기를 바랐다.

"마님, 쉰네 자식놈 웅보가 건너와 마님께 인사 올린답니다요."

안방 댓돌 아래에 허리를 굽힌 웅보 어머니가 기척을 하자, 이내 쌍창 미닫이가 다르륵 열리면서 유 씨 부인이 앉은 자세로 얼굴을 내밀었다.

"쉰네 웅보올씁니다요. 그동안 평안하셨는가요."

웅보는 검실검실 어둠이 내려덮이기 시작하는 댓돌 아래에 허리를 굽히고 서서 인사말을 올렸다.

"아니, 네가 어쩐 일이냐."

유 씨 부인은 짐짓 놀라는 기색이 역력했다.

"새끼내에 터를 잡아놓고, 두 늙은이한테 알려주러 왔당만요."

웅보 어머니가 아들 대신 대답을 했다.

"새끼내라면 강 건너가 아니냐."

"네, 노루목에서 그리 멀지 않은 곳입니다요."

"그래 살기는 어쩌냐."

"여기서야 아심찮게도 마님 덕택으로 배 뚜드려가며 세월 좋게 살았지만, 뜬골로 나가니 고생이겠습죠."

이번에도 웅보 어머니가 대신 말해주었다.

"살림 일으키기까지는 누구나 고생이재. 그래 대불이 쌀분이도 잘 있고?"

"다들 잘 있습니다요."

"갈 때 내게 알리게. 곡식이나 좀 내줄 것이니……."

유 씨 부인이 웅보 어머니한테 말하고 미닫이를 닫으려고 하는데, 웅보가 다급한 목소리로 마님을 불렀다.

"마님! 저…… 실은……."

웅보는 차마 말을 꺼내지 못하고 미적거리고만 있었다.

"나헌티 무슨 할 말이 있는 게로구나."

"실은 마님께 부탁이 있어서 왔습니다요."

"그래 무슨 부탁인지 말해보거라."

"네, 다름이 아니오라, 쇤네 형제가 새끼내에 근거지를 정하고 땅을 좀 장만해볼까 하고 냇가에다 둑을 쌓기 시작했습니다요."

"장한 일이다."

"그런데 우리 세 식구 힘으로는 워낙 일이 벅차서, 마침 영산포 선창에 속량은 했으나 일자리가 없이 빌빌대는 장정들과 힘을 합해서 둑을 쌓기 시작했습니다만, 당장 일꾼들이 먹고살 식량이 없어서……."

웅보는 일단 여기서 말끝을 흐리고 나서 어둠의 그림자에 파묻히기 시작하는 마님의 얼굴을 살펴보았다.

"그래서 마님께 갑리쌀을 좀 변통해주십사 허고……."

유 씨 부인은 잠시 아무 말이 없었다. 한참 뒤에야 "그래 얼마나 필요하냐?" 하고 물었다.

"농사를 지어서 꼭 갚겠습니다요."

"갑리쌀을 얼마나 내주랴."

"내주시겠습니까요?"

웅보는 간절하게 애원을 하는 눈빛으로 마님을 올려다보며 연신 허리를 굽적거렸다.

"저…… 쌀 열 가마니만…….."

"열 가마씩이나?"

"아, 아닙니다요. 열 가마니가 너무 많으면 다섯 가마니만…….."

"알았다. 생각은 해보겠으니 물러가 있거라."

유 씨 부인은 미닫이를 닫아버렸다. 웅보는 미닫이가 닫힌 안방에 대고 계속 허리를 굽적거리다가, 그의 어머니가 옆구리를 툭 쳐서야 몸을 돌려세웠다.

웅보를 물리친 유 씨 부인은 자신도 모르게 가슴이 절굿공이 하듯 쿵덕쿵덕 뛰었다. 그의 씨가 막음례의 뱃속에서 숨 쉬고 있다고 생각하자 지금껏 그를 한갓 천한 종으로만 여겨왔던 것과는 달리 웅보가 한 사람의 완전한 남자로 보였다. 웅보의 얼굴을 내려다보는 순간 갑자기 오싹한 두려움과 함께 마음이 가볍게 두근거렸다.

내가 이 무슨 주착이란 말인가. 유 씨 부인은 스스로를 꾸짖었다. 허나 자신의 부끄럽고 망령된 생각들을 털어버리려고 하면 할수록 막음례의 뱃속에 든 아기와, 남자답게 보인 웅보의 건장한 모습이 자꾸 눈앞에 여러 겹으로 밟히면서 자신이 더없이 천하고 초라하게만 여겨졌다. 내가 웅보의 아기를 가졌더라면…… 하는 생각에 미치자 그녀는 부끄러움에 두 손바닥으로 얼굴을 덮고 말았다. 괜히 울컥 막음례가 미워지기까지 하였다.

유 씨 부인이 이 생각 저 생각 마음을 가누지 못하고 애를 끓이고 있을 무렵, 별당에서 막음례 또한 웅보가 왔다는 소식을 듣고 뒤숭숭한 마음에 어둠이 깔리도록 뒤꼍을 서성거렸다. 생각 같아서는 당장 행랑채로 뛰어나가서 웅보를 만나고 싶었지만 마음뿐이었다.

막음례는 혹시 웅보 쪽에서 별당으로 찾아와주지나 않을까 싶어 방에 들어가지도 않고 뒤꼍을 서성거리며 마음을 죄었으나, 두 다리가 빳빳해지도록 웅보는 나타나지 않았다. 웅보를 만나고 싶은 발싸심에 뒤꼍을 서성거리다가, 쌀분이 대신 갑리를 갚지 못해 팔려오다시피 한 끝례를 만났다. 막음례는 끝례한테 웅보를 좀 만나게 해달라고 부탁을 할까 했으나 입을 열 수가 없었다.

저녁을 먹은 웅보는 아버지 어머니한테 그동안 살아온 이야기며 앞으로 살아갈 대책을 자상하게 다시 말해주고 쇠죽가마 방으로 돌아왔다. 널찍한 쇠죽가마 방에는 두어 달쯤 전에 새로 들어왔다는 나이가 지긋한 하인 둘이, 초저녁부터 드르렁드르렁 금성산 너덜경 허물어지는 소리로 코를 골며 자고 있었다.

웅보는 한쪽 구석에 무릎을 세우고 앉았다. 문득 할아버지 생각이 되살아났다. 쇠죽가마 방의 천정과 벽과 방바닥, 심지어는 횃대 끝에까지 할아버지의 혼이 거미줄처럼 끈끈하게 달라붙어 있는 것만 같았다. 할아버지 하고 간절한 목소리로 부르면, 오냐 나 여기 있다 하고 대답을 해줄 것 같은 느낌이었다.

그는 슬그머니 별당으로 가서 막음례를 만나보고 싶기도 하였지만, 다시 그녀를 만난다는 것은 평생 씻을 수 없는 큰 죄를 짓는 것이라는 생각 때문에, 마음을 눌러 참았다.

두 팔로 세운 무릎을 감고, 얼굴을 무릎 위에 꿍겨박은 채 앉아서 얼숭얼숭 말뚝잠이 들려는데 방문 밖에서 인기척이 있기에 나가보았더니, 마님한테 인사를 드리러 안채에 갔을 때 얼핏 보았던, 쌀분이 대신 들어왔다는 끝례가 서 있었다. 마님이 웅보를 부른다는 것이었다.

이 밤에 왜 부를까, 궁금해서 하늘의 별자리를 보았더니 이경이 가까운 듯싶었다. 웅보는 끝례를 따라 희미한 달빛을 밟고 안채로 들어갔다.

"쉰네 웅봅니다."

안방 댓돌 옆에 서서 기척을 알리자 방문이 열렸다.

"잠시 들어오너라."

유 씨 부인이 방안에서 낮은 목소리로 말했다. 웅보는 달빛 아래서 허리를 꺾은 채 그대로 서 있었다.

"잠시 들어오라는데도."

마님이 다그치듯 그러나 조용한 목소리로 다시 말했을 때 웅보는 고개를 들었다. 끝례는 보이지 않았다. 마당에서는 희끄무레한 달빛만이 고즈넉하게 괴어 있었다.

"내 말이 안 들리느냐?"

마님의 목소리가 약간 높아져 마당에 괴어 있는 달빛이 부스럭거리는 것 같았다.

"쇤네는 그냥 여기 서 있겠습니다요."

웅보는 고개를 들어 뿌유스름한 불빛에 선명하게 비쳐 보이는 마님의 얼굴을 바라보며 말했다.

"고집부리지 말고 냉큼 들어오너라. 너하고 상의할 일이 좀 있어 그런다."

웅보는 그제야 하는 수 없이 엉거주춤 남생이 걸음으로 안방으로 들어섰다. 웅보가 지싯지싯 들어서자 마님이 방문을 닫았다. 웅보는 얼마 전 막음례의 방에 끌려갔을 때처럼 머슬머슬한 생각에 방바닥만 내려다보고 서 있었다.

"앉거라."

그러나 웅보는 앉지 않았다.

"지붕 내려앉지 않을 테니 앉으라는데도 그러는구나."

그제야 그는 방 윗목에 어깻죽지에 힘을 빼고 되도록이면 윗몸을 조그맣게 웅숭크리며 앉았다. 그는 조심스럽게 앉으면서 얼핏 마님을 훔쳐보았는데, 마님은 아닌 밤중에 소세물을 떠놓고, 속치마바람으로 포실한 아랫도리를 드러내놓은 채 팥가루를 뿌려가며 찰브락찰브락 발을 씻고 있는 게 아닌가.

순간 웅보는 후다닥 고개를 돌려버렸다. 어쩌면 마님은 아예 웅보따위는 있으나마나한 존재로 무시를 해버리는 것 같기도 했고, 어찌 생각하면 또 막음례가 그를 꼬드길 때처럼 일부러 그러는 것 같기도 하여 마음의 갈피를 잡을 수 없게 뒤숭숭해졌다.

"상에 엿이 있으니 묵어라."

마님의 말에 웅보가 고개를 돌려보니 그의 옆에는 앙똥하게 생긴 다담상 위에 엿이 수북하게 놓여 있었다. 계피가루를 넣어 만든 창평(昌平)엿이었다.

"출출할 텐데 술도 따라 마시고."

웅보는 용기를 내어 마님을 보았다.

평소에 지체 높기가 하늘과 같고, 아랫것들 부리는 데는 칼날처럼 매섭고, 정갈스러움이 달덩이 같게만 여겨졌던 마님이 웅보 앞에서 속옷 바람으로 맨살을 보이다니, 아무래도 믿어지지가 않았다. 마님이 제정신이 아닌 것같이 생각되었다.

"어려워할 것 없다. 나는 이제 네 상전이 아니다. 너 또한 종의 신분도 아니고…… 그러니 어려워 말고 엿도 먹고 술도 마시거라."

마님의 말에 웅보는 그대로 앉아 있기가 객쩍어 내키지는 않았으나 술을 사발 가득히 따라 단숨에 좌악 비우고 바삭바삭 엿을 깨물었다.

잠시 후 마님은 소세물 대야를 밀치고 물 묻은 발의 물기를 천천히 죽인 다음, 두 다리를 금침 위에 쭉 뻗으며 웅보를 바라보았는데, 그 눈길이 예사롭지가 않았다. 마님의 눈길과 마주치자 웅보는 당혹함에 자리를 여러 번 고쳐 앉았다.

"한잔 더 마시지 않고."

"아닙니다요. 쉰네는 아직 풋술이라서요."

"진사어른 오시면 내가 잘 말씀을 드려서 땅뙈기라도 좀 떼어주도록 해봐야겠다."

"그러실 것까지는 없습니다요. 땅은 쉰네 힘으로 장만할 생각이구

면요.”

“그래도 내 맘은 그렇지가 않단다. 빚을 지고 있는 것 같아서……”

“밤이 깊었는데, 쇤네는 이만……”

웅보가 엉거주춤 일어섰다. 그러자 마님이 금침 위에 뻗은 두 다리를 천천히 오그리며 “좀 더 앉아 있거라” 하고 손짓까지 하며 말렸다.

“쇤네 이만 물러갑니다요.”

웅보는 마님을 향해 허리를 굽히고 나서 몸을 돌렸다.

“웅보 너 아까 갑리쌀을 얼마나 내달라고 했느냐.”

웅보가 몸을 돌려 조심스럽게 방문을 열려고 하는데 마님이 물었다. 웅보는 방문을 열려다 말고 마님 쪽으로 고개를 돌렸다.

“열 가마니만 내어주시면…… 틀림없이 갚아드리겠구먼요.”

“열 가마니라…… 그래 쌀을 열 가마니씩이나 뭣을 믿고 내어달라는 게냐.”

부드럽기만 하던 마님의 목소리가 쨍그렁 쇳소리가 섞인 듯싶게 들려, 웅보는 잠시 주눅이 들어 할 말을 잃고 우두커니 서 있기만 하였다.

“쌀 열 가마니가 꼭 필요하다면 오늘밤 이 방에서 자고 가거라. 그렇게만 한다면 열 가마니는 그냥 내주겠다.”

마님은 조금도 서슴거림 없이 아랫것들한테 일을 시키는 말투로 마디마디에 힘을 주어 분명하게 말했다. 그러나 웅보는 마님의 말을 곧이곧대로 받아들일 수가 없어 놀랍고도 맥맥한 얼굴로 그냥 서 있었다. 그는 마치 혼뜨게 얻어맞은 기분이었다. 후후후 바람이 마당을 쓸고 지나갔다. 죽음을 기다리는 것만큼이나 고통스러운 순간이었다.

"불을 끄겠으니 너 알아서 하거라. 쌀이 필요하다면 가까이 오고, 필요치 않거든 네 맘대로 나가거라."

마님은 말을 마치고 푸유— 입 바람을 내어 불을 꺼버렸다.

웅보는 어둠속에 쇠말뚝처럼 **빳빳하게** 서 있었다. 방문을 박차고 달빛과 바람이 서성대는 마당으로 뛰쳐나가려는데, 낮에 영산포 객주거리 버드나무집 주막에서 보았던 천 서방의 딸 얼굴이 송곳 끝처럼 가슴에 예리하게 찍혀왔다. 마치 천 서방의 딸이 살려달라고 자신의 발목을 붙잡기라도 한 듯, 웅보는 한 발짝도 움직일 수가 없었다. 웅보 자신의 단 하룻밤 굴욕이 평생을 매여 살 천 서방 딸을 구하게 될지도 모른다는 생각이 한사코 그를 붙잡아 앉히려고 하였다.

단 하룻밤의 수모로 한 여자를 살리자. 웅보는 그렇게 생각하며, 큰 산이 소리 없이 허물어지듯 서서히 몸을 내려앉힌 다음, 어둠속에서 술상을 더듬어 술병을 들고 목구멍에 부었다.

술 한 병을 마지막 한 방울까지 쥐어짜듯 목구멍에 털어 넣어도 정신이 더욱 맑아졌다. 웅보는 어둠속에 몸을 웅숭크리고 앉아 있었다. 술기운이 몸에 퍼지는지 심장이 후끈거렸다.

잠시 후 마님이 손을 휘저어 두려움과 굴욕에 떨고 있는 웅보의 아랫도리를 잡아끌었다. 웅보는 숨을 죽였다. 마님은 옥수수껍질을 벗기듯 웅보의 옷을 벗기고, 갈퀴질하듯 그의 온몸을 샅샅이 더듬어 훑어댔다. 마님은 웅보를 이리저리 되작거려가며 마치 노리개 가지고 놀 듯하였다. 웅보는 다시 씨돝을 열심히 떠올리며 마님이 하자는 대로 했다. 그 짓이 여러 차례 되풀이되었다.

첫닭이 홰를 칠 무렵 웅보는 무덤 속에 파묻힌 듯 흐물흐물해진 몸을 일으켜 무릎을 꿇고 엎드린 채 할아버지의 영혼에 용서를 빌었다. 마을 앞 늙은 팽나무와, 달빛을 쓸어가 버린 바람, 쏠쏠쏠 물 흐르는 소리가 들리는 것 같은 영산강을 향해서도 잘못을 빌었다.

어둠을 더듬어 바지를 꿰고 괴춤을 추슬러 거머쥐고 일어서려는데 마님이 일어나 앉더니 문갑의 서랍을 열었다.

"어음이니 가지고 가거라. 쌀 열 가마니 값이다."

유 씨 부인이 웅보의 손에 어음을 쥐어주었다.

"뭣하는 게냐. 냉큼 나가라는데두. 그리고 다시는 내 앞에 나타나지 말아라."

유 씨 부인은 칼바람 이는 목소리로 말하고 이불을 머리끝까지 뒤집어썼다. 웅보는 어음을 손에 쥐고 불속을 뛰쳐나오듯 방문을 열었다.

날이 밝으려면 아직 한참 기다려야 할 미명에, 웅보는 부모한테 간다는 말 한마디 없이 양 진사 집에서 나왔다. 그는 죄스러운 마음에 아버지 어머니 얼굴을 바로 볼 수가 없을 것 같았다.

투덕투덕 마지막 어둠을 털고 광나루에 이르자 희번하게 강둑이 밝아왔다.

강을 건너 영산포에 당도한 웅보는 천 서방을 찾아 그의 일곱 식구들을 데리고 새끼내로 향했다. 해가 떠오르자 마음까지 밝아졌다.

# 11

판쇠는 선창에 가서 풀려난 종들을 떼거리로 끌고 왔다. 판쇠, 덕칠이, 막동이네 외에도 열여섯 식구가 그들을 따라왔다. 먼저 온 판쇠네 식구까지 합하면 장정이 스물다섯 사람이나 되고, 아녀자, 노인, 아이들까지 백스물다섯 사람이었다.

웅보네 식구까지 합해 백스물여덟 사람이 주막에 모이자 발붙일 틈도 없었다. 한 끼에 죽을 끓여도 큰 가마솥 세 개가 필요했다.

날씨가 느슨하게 풀렸다고는 하지만 그렇다고 밤이슬 맞고 잘 수가 없어 우선 움막들을 치고 맨땅에 삿자리를 깔아 잠자리들을 마련하기로 한 그들은, 말바우네 주막을 중심으로 비탈진 언덕을 까뭉개고 집터를 다지기 시작하였다. 그들은 한데 어울려 달구질을 하였다.

집터를 다지고 나서 어린 아이들로부터 노인들에 이르기까지 일손을 합하여 집을 짓기 시작했다. 흙을 나르는 사람, 흙벽을 쌓는 사람, 지붕을 덮는 사람, 물을 길어 나르는 사람, 누구나 할 것 없이 제각기 할일을 맡아 하였다.

그들은 집을 앉힐 때, 동부자, 서가난, 남장수, 북단명의 안택에 따라 영산강을 뒤로 하여 거의가 해돋이 쪽을 향하게 하였다.

"남장수보다는 동부자 쪽이 낫재. 가난허게 오래 사는 것보다야 부자로 짧게 살기를 원허니께, 처마를 동쪽으로 향허게 허소."

나이 많은 사람들은 일일이 안택에 신경을 썼다. 웅보도 옛날 할아버지한테서 머리를 북쪽으로 두고 자면 빨리 죽는다는 말을 들어 안

택에 대해서 대충 알고 있는 터였다.

기둥을 세우고 서까래를 얹어 벽을 바른 다음, 짚이 없어 띠로 지붕을 덮자 비바람을 가릴 정도는 되었다. 얼핏 보아 사람이 사는 집 같지가 않고 마치 돼지우리 같은 움막이긴 했지만, 개산 밑에까지 가서 깨끗한 돌을 가져다 솥 받침돌을 놓아 솥을 앉히고, 솥을 건 천장에는 불을 땔 때 연기를 쏘일 수 있도록 주인집에서 나올 때 가지고 나온 씨앗주머니들을 매달아놓았다.

움막이나 집을 지어, 살림을 차리고 구들장이 뜨뜻하도록 군불을 지펴 굴뚝에 연기가 피어오르자 마침내 사람 사는 집 같았다. 그런대로 마을이 형성되었다.

집짓기를 마치자, 새끼내 사람들은 주막 옆에 단을 쌓고 신간(神竿)을 세웠다. 그들은 당신(堂神) 대신 신간 앞에 메밥과 영산강에서 잡아온 비늘 있는 고기로 제물을 올리고, 마을이 태평하고 궂은 액년을 막아줄 것을 빌었다.

웅보는 신간 옆에 그의 키만 한 팽나무를 심어놓고 "후담에 이 팽나무가 크면 여기가 당산이 될 꺼로구만" 하고 큰 소리로 말했다. 그는 마음속으로 그가 심은 팽나무가 그의 조상들 영혼이 걸려 있는 노루목의 늙은 팽나무만큼 오래도록 자라주기를 빌었다. 그리고 그의 손자의 손자들이 자기가 팽나무를 심은 이야기를 하면서 제물을 푸짐하게 차려놓고 당산제를 지내게 되기를 빌었다.

"올 겨울에는 덕석기(部落旗)도 맨들어야겠구만."

덕칠이가 웅보에게 말했다.

그날은 아무 일도 하지 않고 놀았다. 주모가 술 한 독을 그냥 내놓아 얼굴이 불콰해지도록 술을 마셨다. 주인들한테서 풀려나와 집을 지어 들고, 마을을 만들어 조촐하나마 신간을 세워 제물을 올리고 마을의 번창을 빈 그들의 마음은, 이 세상에 태어나서 처음 느껴본 뿌듯한 기쁨으로 충만 되어 있었다.

어른들이 술을 마시고 장차 마을을 위해 해야 할 일들을 이야기 하고 있을 때, 아이들은 아이들대로 처음 만난 친구들이긴 해도 너냐 나냐 마음 툭 끌러놓고, 매인 데 없이 한데 어울려 놀았다.

개산 쪽으로 붉은 해가 영산강을 붉게 물들이며 기울자, 어슴어슴 어둠이 내리는가 싶었는데, 달이 둥실 떠올라 새끼내 집집마다 훤히 밝혀주었다. 새끼내 사람들은 밤이 깊도록 헤어지지 않았다.


달 가운데 노송나무
금도끼로 찍어내어
은도끼로 다듬어서
초가삼간 집을 지어
양친부모 모셔다가
천년만년 살고지고


마을 어디선가 여럿이서 함께 부르는 노랫소리가 강물 위로 달빛 흐르는 소리보다 더 아름답게 들렸다.

아이들의 노랫소리를 듣고 있던 어른들은 비로소 새끼내가 그들의 영원한 고향이 될 것이라는 것을 마음속으로 절실하게 느꼈다. 새끼내가 그들의 고향이 될 것이라는 생각이 들자, 달빛이 괸 뱀딸기 잎이며 방가지똥풀 하나도 소중하게 느껴졌다. 마당에 굴러다니는 돌멩이, 산기슭의 꽝꽝나무들도 모두 살아 있는 것처럼 느껴졌다. 그리고 이름 없는 풀잎들이며 강변의 모래알, 둔덕의 보라색 제비꽃 이파리들, 지붕이며 마당을 비추는 달빛, 무당벌레 한 마리까지도 모두 새끼내 마을의 식구처럼 생각되어졌다. 모든 것이 소중하고 다정하게 느껴졌다.

다음날부터 새끼내 사람들은 둑 쌓는 일을 시작하였다. 당초 웅보네가 시작했던 것보다 훨씬 범위를 넓게 잡아, 길고 튼튼한 둑을 쌓기로 하였다. 장정들은 밧줄로 역도질을 해가며 개산에까지 가서 큰 바윗돌을 날라 왔고, 아이들과 아낙네들은 삼태기에 자갈들을 담아다 부었다. 노인들도 일을 도와, 물이 찌적찌적한 내의 바닥을 팠다.

웅보는 역도질을 하면서도 혹시나 박 초시네 하인들이 몰려와서 또 해코지를 하면 어쩌나 하고 마음이 조마조마하였다. 그는 자꾸만 부르뫼 쪽을 향해 눈시울을 팽팽하게 잡아당기곤 하였으나 해가 저물도록 박 초시네 하인들이 몰려나오지는 않았다.

새끼내 사람들은 그날 밤 말바우네 주막 술청에 모여 촌장을 뽑았다. 새로 뽑힌 촌장은 새끼내 사람들 가운데서 나이가 제일 많은 칠복이 영감이었다. 그는 쉰다섯 살로 평생 동안 종살이를 하다가 시집갈 나이가 다 된 과년한 딸 하나만을 데리고 단 두 식구가 선창으로 나왔으나 일자리를 구하지 못하고, 영산강에 나가 고기잡이를 하던 판에 한마을에 살았던 판쇠를 만나 새끼내에 오게 됐다.

작달막한 키에 마음이 박속같이 깨끗한 칠복이 영감은 한사코 촌장자리를 사양했으나, 마을 사람들이 우겨 피할 수가 없게 되었다.

"그나저나 촌장이 할 일이 뭣이여?"

칠복이 영감은 담뱃진이 누렇게 낀 이빨을 드러내놓고 헤벌쭉하게 웃으며 좌중을 향해 물었다.

"뒷짐 지고 곰방대나 빨고 큰기침하며 이집 저집 기웃거리기만 하면 되는감?"

칠복이 영감의 말에 모두들 소리 내어 웃었다.

"영감님 상전 흉내 내실 줄 아시지요?"

판쇠가 큰 소리로 묻자

"그러면 갓도 써야 허는거! 곰방대나 빨고 이집 저집 돌아댕기는 일이라면 몰라도 갓을 써야 헌다면 나 못 허겠구만. 내 생전 갓을 써보지를 않았는디 어뜨케……."

칠복이 영감의 말에 마을사람들이 다시 한 번 배꼽을 쥐고 웃었다.

"갓을 쓰실 필요도, 곰방대 물고 이집 저집 기웃거릴 것도 없습니다요. 그냥 새끼내 마을에서 잘못한 사람이 있거들랑 벌을 주고, 효성이 지극하다든가 좋은 일을 하는 사람은 칭찬을 해주고, 그러면 되는 겁니다요."

웅보가 알아듣기 쉽게 설명을 해주었다. 그러자 칠복이 영감은 다시 "벌을 주다니? 나 벌주는 일이라면 평양감사를 시켜준다고 혀도 싫구만" 하고 손을 저었다.

새끼내에 모인 사람들은 거의 칠복이 영감과 같이 남한테 자랑할 것도 비난받을 것도 없는 백지장 같은 마음을 가진 사람들이었다. 이름 석 자를 자기 손으로 쓰고 읽을 수 있는 사람도 웅보와 대불이, 그리고 판쇠 세 사람뿐이었다. 그들이 자랑할 수 있는 것이라면, 누구의 나뭇짐이 제일 크고, 들돌은 누가 높이 들어올리며, 누가 새벽에 먼저 일어나는가 하는 것들이 고작이었다.

하늘을 보고 다음날 날씨를 알아맞히는 일은 새끼내에서 나이가 가장 많은 칠복이 영감을 따를 사람이 없었다. 그는 바람의 움직임만 보고도 다음날 비가 올 것인지 하늘이 맑을 것인지를 알아맞히곤 하였다. 밤에 달무리를 보고 달이 갓을 쓰면 비가 온다고 하였고, 저녁 하늘에 검은 구름이 서북쪽에 일어나면 밤중에 비가 온다고 하였다.

칠복이 영감은 하늘점만 잘 치는 것이 아니었다. 조금날에 대나무를 자르면 좀벌레가 성하다느니, 입춘날에 털 많은 사람이나 짐승이 들어오면 논에 김이 무성하다느니, 까마귀가 새끼를 한 마리만 치면 그해에 가뭄이 들고 두 마리를 치면 농사가 괜찮고 세 마리를 치면 큰물이 진다느니, 까마귀 똥벼락을 맞거나 솔개가 지붕위로 날아와 앉으면 흉사가 닥친다느니 하는 것까지 시시콜콜히 알고 있었다.

웅보는 번득 칠복이 영감한테서 그의 할아버지의 일면을 발견하였다.

새끼내 사람들은 또 둑을 쌓는 감리(監理)로 웅보를 뽑았다. 둑 쌓는 일의 모든 책임과 감독을 웅보가 맡은 것이다.

웅보는 둑 쌓는 일의 출역에 불만이 없도록 하기 위해 각기 일의 몫을 정하였다. 그리고 나중에 둑이 완성되고 토지를 분배할 때도 일을 한 몫에 기준을 두기로 하였다. 그는 장정은 두 몫으로 치고, 열 살 이상의 아이들과 쉰 살 이상의 노인, 아녀자들은 각각 한 몫으로 하였다.

또한 둑 쌓는 것 외에도, 그들이 먹을 음식을 마련하는 일에도 몫을 정하였다. 산에 가서 송기를 벗기는 일이며, 여름 양식을 위해 산비탈에 감자 씨를 묻는 일, 강에 나가서 고기를 잡는 일, 밥을 짓는 일까지도 모두 한 몫으로 정하였다. 그리고 누구네 집은 하루 일한 것이 몇 몫이라는 것을 장부에 반드시 치부하여 불평이 없도록 하였다.

웅보가 일하는 몫과 땅의 분배 원칙을 만들어 발표하자 모두들 좋아하였다.

그러나 걱정은 식량이었다. 웅보가 느루목 마님한테서 쌀 열 가마니 값을 가져와 모두 팔아 잡곡과 바꾸었어도 식구가 워낙 많은지라 한 달 양식도 부족하였다. 그것도 웅보를 따라온 천 서방이 딸을 팔지 않고 죽으나 사나 새끼내 사람들과 목줄을 함께 하겠다고 했으니 망정이지, 처음 약속대로 딸을 내놓고 쌀 열 가마니 값을 가져가버렸으면 많은 사람들이 벌써 굶어죽었을지도 코를 일이었다.

그렁저렁 봄이 무르익었다. 산비탈에는 복숭아, 살구꽃이 어지럽게 터지고 이 산 저 산에서 꾀꼬리가 낭자하게 울어대기 시작하였다. 생생한 빛과 향기는 온 천지를 포근히 감싸고, 수목들의 물오르는 소리가 귀에 간지럽게 들리는 듯하였다.

하나, 이 좋은 시절에 보릿고개를 만난 새끼내 사람들은 곡기를 못하여 얼굴이 누렇게 뜨고, 힘이 없어 걸음조차 제대로 걸을 수가 없었다. 강가에 나가서 고기를 잡고, 산에 가서 누리장나무 잎이며 송기를 벗겨다 허기진 배를 채웠으나, 너나없이 게걸이 들려 제정신들이 아니었다.

그래도 전답이 있는 개태, 부르뫼 사람들은 양반들 집에 가서 갑리를 얻어다 굶주림은 가까스로 면할 수가 있었지만, 밭뙈기 한 뼘 없는 새끼내 사람들이야, 어디 가서 보고만 죽자 해도 쌀 한 톨 구경할 수가 없었다.

전답을 잡히고 갑리쌀을 얻은 이웃마을 농민들도 자칫하다간 땅을 빼앗기게 될 줄을 뻔히 알고 있으면서도 어찌하는 수가 없었다. 그래도 잡힐 땅이라도 있는 그들은 얼마나 다행한 일인가. 그도 저도 저당 잡힐 것이 없는 사람들은 마누라, 자식이라도 잡히고 갑리를 얻을 수 있게 해달라고 비대발괄 손이 발 되게 빌기도 하였다. 그러나 양반들은 찌들어빠진 그들의 마누라를 탐내지 않았다.

산마다 소나무는 송기를 깎아 온통 벌겋게 되었다. 그나마도 선산 부근에는 산지기들이 얼씬도 못하게 하여 송기를 벗기는 사람들이 망태기를 멘 채 이리 몰리고 저리 몰리고 하였다.

초근목피로 연명을 하는 농민들은 그래도 심어놓은 보리를 풋바심할 때가 오기만을 기다리며 참고 살았지만, 보리 한 톨 땅에 묻지 않은 새끼내 사람들은 아무것도 기다릴 것이 없었다.

보릿고개에 접어들자 새끼내 주막에도 술꾼들의 발걸음이 뚝 끊어지고 말았다. 장날이 되어도 그 앞을 지나는 장꾼들은 자라 모양으로 목을 길게 뽑아 주막을 핼끔핼끔 올려다볼 뿐이었다. 주모와 쌀분이도 아예 술청을 걷어치우고 낮에는 산에 올라가 송기를 벗기고 밤에는 새끼내에 횃불을 들고 나가서 고기를 잡았다.

산에서 벗겨온 송기는 밀 무거리와 버무려 송기떡을 해먹고, 게는 장에 내다 팔았다. 살기 어려운 흉년에도 부자들은 게감정을 해먹으려고 새끼내 사람들이 게를 가지고 나가는 대로 모두 사갔다. 말바우까지도 사둘을 들고 강에 나가서 고기를 잡았다.

"이 고비를 넘겨야 혀. 이 고비를 넘기면 하눌님이 도와줄껴."

주모는 보릿고개를 처음 겪는 쌀분이에게 똑같은 말을 여러 번 하였다.

송기떡에 나물죽을 먹으면서도 새끼내 사람들은 방천을 쌓았다. 계속 큰 돌을 메어 나르고 삼태기로 흙을 파서 메웠다. 워낙 사팔허통(四八虛通)으로 막힌 데가 없는데다가 마나니로 하는 일이라서 몇 곱절 힘이 들었다.

그들은 제대로 먹지를 못 한데다가 하루도 쉬지 않고 고된 일을 계속한 탓으로, 뼈만 앙상한 껑더리가 되어 있었다. 본디가 꺽지게 생긴 대불이도 몰라보게 얼굴이 수척해졌다. 얼굴이 수척해지고 몸이 깡말라가는 남정네들의 모습을 보다 못한 아낙네들은 보릿고개를 넘길 때까지 만이라도 둑 쌓는 일을 쉬라고 하였으나, 남자들은 여자들의 말을 듣지 않았다.

"큰비가 오기 전에 얼거리라도 쌓아둬야지. 이대로 뒀다가는 여름 장마에 도로아미타불이 될 건디, 어뜨케 쉰단 말이여."

웅보도 쌀분이가 좀 쉬라는 말을 일언지하에 무질러버렸다.

"그래도 남자들 얼굴을 보면 짠해서 눈물이 날 것 같으니……."

쌀분이는 눈물을 쏟을 것 같은 얼굴로 웅보를 보며 말했다.

"원래 봄볕에 그을리면 님도 못 알아보는 법여. 우리가 못 먹고 일이 고단해서 얼굴이 타는 것이 아니고, 봄볕 때문인 거여. 이녁은 남자들 걱정 말고 부지런히 송기나 벗겨와. 앞으로 한 달 가량만 넘기면 풋바심은 헐 수가 있을 거여."

"망종이 아직 한 달이 더 남었는디…… 그리고 망종이 돌아오면 뭣허끄시오. 심어둔 브리밭 한 뙈기 없는디."

"암턴 참을 때 참어야제. 올까지만 참고 살아남으면 될 거여. 내년에는 이 땅에 모를 낼 것인께."

그러면서 웅보는 새끼내 갈대밭을 휘휘 둘러보는 것이었다. 그의 눈에는 갈대밭이 굼실굼실 벼 포기가 바람에 흔들리는 논으로 보였다.

새끼내 사람들이 초근목피로 연명을 하고 있을 때, 땅에 보리씨앗을 묻어둔 인근 부르뫼나 개태 사람들은 보리이삭이 여물기도 전에 모가지를 싹둑싹둑 꿰어다가 풋바심을 해먹었다. 보리누름이 한창일 망종까지는 한 달 남짓이나 남았는데도, 타작도 하기 전에 거두어들일 것이 없게 되어버렸다.

앞당겨 풋바심으로 추수를 끝내버린 농부들은 모라도 빨리 내려고 서둘러 보리논을 갈아엎었다. 새끼내 사람들은 개태, 부르뫼 사람들이 부러웠다. 모를 내기 위해 이랴낄낄 소를 몰아 쟁기질을 하는 그들이 부러워 죽을 지경이었다.

논에서 보릿대를 태우는 연기가 메케한 냄새를 피우며 하늘로 올라가는 것을 본 새끼내 사람들은 콧구멍을 벌름거렸다. 보릿대 타는 냄새가 좋았다. 논을 갈아엎을 때도 고소한 흙냄새가 상큼하게 콧구멍을 간질였다.

둑을 쌓기 위해 큰 돌을 메어 나르고 바지게에 자갈을 져 나르는 새끼내 사람들은 잠시 일손을 멈추고 깊숙이 숨을 들이마셨다. 상큼한 흙냄새와 고소름한 보릿대 타는 냄새가 폐부 깊숙이까지 스며들었다. 그들은 풍요로운 대지의 냄새를 맡고 있으면 잠시 배고픔도 잊을 수가 있었다. 땅에서는 흙냄새가, 들에서는 풀냄새, 산에서는 콧구멍을 툭툭 쏘는 날카로운 꽃향기가, 강에서는 비릿한 물 냄새가 쉴 새 없이 콧구멍과 살갗을 뚫고 들어왔다.

웅보는 주모의 도움으로 개산 후미진 등성이에 배내기밭을 조금 빌어 밭벼를 심었다. 추석 때 부락제를 올리자면 메밥이라도 지을 쌀이 있어야 할 것 같아서였다.

먹을 것이 없어 굶주리는 판에도 새끼내에는 풀려나온 종들이 자꾸만 몰려들었다. 그들은 모두 땅을 갖고 싶은 욕심으로 새끼내에 찾아온 것이었다. 이미 풀려난 종들 사이에는 같은 처지에 있는 사람들이 새끼내에 모여서 땅을 일구기 위해 한 덩어리가 되어 일을 하고 있다는 소문이 짜하게 퍼져 있었다.

새끼내 사람들은 찾아온 사람들을 돌려보내지 않고 모두 받아주었다. 새끼내에 찾아온 그날로 당장에 거처할 움막을 짓고, 일터에 나가게 하였다.

그렁저렁 방천이 허리 높이까지 높아졌다. 한 길 정도만 더 높이고 갈대밭의 자갈을 들어내어 객토를 하면 당장 메밀이라도 심을 수가 있게 되었다.

그들은 한 치 한 치 방천이 높아갈수록 오달진 마음에 몇 번이고 농토로 변할 갈대밭을 둘러보는 버릇이 생겼다. 방천이 높아질수록 그들의 꿈은 커가는 듯하였다. 땅만 갖게 된다면 생명을 되찾은 것보다 더 큰 기쁨을 안을 수가 있을 것 같았다.

웅보는 방천을 쌓은 다음에 한 줄로 팽나무나 미루나무를 심을 작정이었다. 그 나무가 자라고 뿌리를 내리면 제아무리 큰비가 와도 끄떡없을 것이었다.

그들이 처음 둑을 쌓기 시작한 때까지만 해도 미친 짓을 한다고 손가락질을 하면서 비웃던 개태, 부르뫼 사람들도 둑이 높아지자 구경삼아 새끼내에 나와서는 돌멩이 하나라도 들어 올려주고 갔다.

박 초시네 하인들도 몇 차례 얼굴을 내밀기는 하였으나 해코지는 하지 않았다. 웅보는 무엇보다도 박 초시네 하인들이 잠자코 있어 준 것이 고맙기만 하였으나, 뒤에라도 무슨 트집을 잡을지 몰라 늘 조마조마하였다.

명주실처럼 부드럽기만 하던 햇살이 갑자기 구리철사처럼 날카로워지면서, 날씨가 후끈거렸다. 땅에서도 하늘에서도 무더운 김을 뿜어내는 것만 같았다. 나무와 풀잎들은 데쳐놓은 산나물처럼 시들해지고, 강에서 불어오는 바람마저 흐물흐물 기력을 잃고 말았다.

날씨가 갑자기 더워지자 새끼내 사람들은 휘주근하게 몸이 늘어졌다. 그들은 한낮에는 일터에 나가지를 못하고 아침저녁으로만 일을 하였다.

혹혹 지열이 솟아 숨이 막히는 한낮에 웅보 어머니가 새끼내에 찾아왔다. 웅보 어머니는 고개가 부러질 만큼 큰 곡식자루를 머리에 이고 주막에 들어섰다. 술청을 치우다 말고 불쑥 들어서는 시어머니를 발견한 쌀분이는 눈물이 쏟아질 것 같은 반가움에 곡식자루를 받을 생각도 않고 우르르 달려들어 허리춤을 안았다.

"어무니."

쌀분이는 목이 칵 메어왔다. 그녀의 눈에는 크렁크렁 눈물이 괴었다. 한참 후에야 쌀분이는 소맷자락으로 눈물을 훔치고 곡식자루를 받아 토방에 내려놓고, 다시 까칠까칠한 시어머니의 손을 붙안았다.

"아가, 고생이 많쟈."

웅보 어머니도 목이 메는지 끄윽끄륵 가래 끓는 소리를 하며 푸석푸석해진 며느리의 얼굴을 찬찬히 들여다보았다.

그 사이 선창으로 가던 등지게꾼들 한 패가 몰려와 웅보 어머니와 쌀분이는 술청에서 나와 방으로 들어갔다. 웅보 어머니는 쌀분이가 떠다 준 냉수 한 바가지를 쿨럭쿨럭 들이마시고 나서야 땀이 가라앉는 듯, 후유 한숨을 몰아쉬며 방안을 두릿두릿 살폈다.

오랜만에 만난 시어머니와 며느리는 하고 싶은 말들이 산더미처럼 쌓였으나 무슨 말부터 먼저 해야 좋을지 몰라 서로의 얼굴만 바라보았다.

"야들은 다 성하냐?"

시어머니가 두 아들의 안부를 물어서야 쌀분이도 다급하게 "참,

아버님도 평안하시죠?" 하면서 잠시 고개를 숙였다.

　얼마 후에 새끼내 일터에 나가 있던 웅보와 대불이가 헐근헐근 가쁜 숨을 몰아쉬며 뛰어 들어왔다. 주모가 말바우를 시켜 기별을 한 것이었다. 그들은 손발이 흙투성이가 된 채 방안으로 뛰어 들어와서는 어머니한테 넓죽 인사를 올렸다. 대불이는 세상에 태어나서 처음으로 어머니한테 무릎 꿇고 인사를 한 것이 신기하고 약간 멋쩍은 듯 푸시시 웃는 얼굴을 하였다.

　"내 새끼들, 얼굴들이 반쪽이 되었구나."

　두 아들의 손을 꼭 쥔 어머니는 울먹이는 소리로 말하였다.

　"아버님은 잘 계시지요."

　웅보가 안부를 묻자 그의 어머니는 갑자기 화난 목소리로 남편의 욕을 버럭버럭 퍼부어댔다.

　"그놈에 쇠콧구멍 같은 영감탱이 말도 말어라."

　"무슨 일이 있었어요?"

　대불이가 궁금한 얼굴로 물었다.

　"진사 어른은 땅 떼어줄 생각일랑 깜깜무소식인디, 그놈에 영감태기는 땅 노래만 부르고 있으니, 듣기 싫어 죽겠어야."

　"참, 진사 어른과 마님도 잘 계시고요?"

　"곧 벼슬자리를 얻게 된다고 허드라. 열흘 전쯤에 전주 가서서 아직 안 돌아오셨다. 진사 어른 안 계시는 뜸을 타서 마님께서 쌀을 두 말씩이나 떠주시더라."

　"마님은 진사 어른과는 달러요."

옆에 있던 쌀분이도 한마디 하였다.

"참, 막음례 소식 모르쟈?"

잠시 후에 웅보 어머니가 무심결에 막음례 이야기를 뚜벅 꺼냈다.

어머니의 입에서 막음례 이야기가 나오자 웅보와 쌀분이가 마주보았다. 서로의 표정을 탐지해내려는 눈빛이 깊게 흘렀다. 마음의 움직임을 읽고 싶은 거였다. 웅보는 제발 어머니가 쌀분이 앞에서 막음례의 이야기를 꺼내지 않기를 바랐다. 자칫 잘못하다가는 쌀분이의 마음을 또 휘저어놓을까 두려웠기 때문이다.

"왜요 어무니? 막음례가 어찌됐어요?"

쌀분이가 호기심을 발동하며 물었다.

"아기를 가졌단다."

어머니의 말에 웅보와 쌀분이는 다시 얼굴을 마주보았다. 웅보는 순간 쌀분이의 표정에 한 가닥 검은 그림자가 흘러가는 것을 놓치지 않고 붙잡아보았다. 그녀는 잠시 묘한 눈으로 웅보를 보는 것 같더니 고개를 숙이고 있다가는 밖으로 나가버렸다. 웅보는 뒤따라 나가서 쌀분이의 심정을 달래주고 싶었지만 그대로 앉아 있었다.

"진사 댁에 경사 났구만요."

아무 속도 모르는 대불이가 푸실푸실 웃으며 말했다.

"씨받이한테 아기가 생겨서 그런지 진사 어른도 마님도 으쩐지 쌩그레하는 눈치더라."

웅보 어머니도 역시 막음례의 뱃속에 든 아기가 웅보의 씨앗인줄을 까맣게 모르고 있었다.

"아들이나 낳았으면 좋겠구먼요."

대불이가 말했다.

웅보는 막음례가 아기를 가졌다는 이야기에 대해서는 일언반구도 비쭉하지 않았다. 그는 오히려 큰 망치로 뒤통수를 얻어맞은 기분이었다. 장차 막음례한테서 태어날 아기를 어찌해야 좋을지 생각이 암담하였다. 남의 씨앗을 진사 댁에서 거두어 기를 것 같지가 않았다. 막음례한테 떠맡기거나 아니면 웅보의 씨앗이니 웅보 자신이 거두어야 한다면서 아기를 새끼내에 보낼지도 모를 일이었다.

"어머니 고단허실 텐디 누워 계셔요."

웅보는 밖에 나가봐야겠다고 말하고 방에서 나왔다. 쌀분이를 찾아보았으나 보이지 않았다. 술청 쪽으로 나오는데 쌀분이가 토마루턱에 턱을 받친 채 먼 산을 바라보고 앉아 있다가 웅보를 보더니 샐쭉해져서는 고개를 돌려버렸다.

"왜 또 마음 상해허는 거여."

웅보는 죄지은 사람처럼 힘없는 목소리로 입을 열었다. 그러자 쌀분이는 원망과 슬픔에 뒤엉킨 눈으로 웅보를 쏘아보더니 "좋아 죽겠는갑네" 하고 물총 쏘듯 튕겨댔다.

"무슨 소리를 그렇게 해. 심란해 죽겠구만."

웅보는 쌀분이의 옆에 쭈그리고 앉았다. 그는 어떻게 쌀분이의 마음을 달래야 좋을지 몰라 잠자코 앉아 있기만 했다. 웅보도 쌀분이처럼 강 건너 먼 산만 멀뚱히 바라볼 뿐이었다.

# 12

칠월 열나흘 백중날이 돌아왔다.

새끼내 사람들은 이날 하루만은 일을 하지 않았다. 위병이나 허리병, 신경통이 있는 사람들은 새벽부터 서둘러 국사봉 골짜기로 물맞이를 떠났다. 백중날의 물맞이는 만병통치라고들 하였다.

새끼내 사람들뿐만 아니고 개태, 부르뫼 사람들도 이날만은 일손을 놓았다. 메밀 농사에 씨를 뿌릴 바쁜 때인데도 이날 하루만은 들일을 하지 않았다. 들일을 하지 않는 대신 아낙들은 백중날에 옷을 햇볕에 말리면 좀이 안 생긴다고 하여 집집마다 헌옷들을 꺼내 울타리에 널었으며, 아이들과 남자들은 영산강으로 나가 고기를 잡았다. 백중날에는 많은 물고기와 조개들이 물 위로 솟아올랐다. 그래서 이날은 밤에도 많은 사람들이 횃불을 들고 강으로 나가 고기를 잡았다.

"백중날에 바람이 안 불어야 큰비가 안 올 텐디 걱정이네."

오랜만에 햇살이 처마를 핥아대도록 늦잠을 자고, 곰방대를 물고 느지막이 돈단으로 나온 칠복이 영감이 강바람에 흔들리는 주막 앞 오동나무를 보며 찜찜한 얼굴을 해 보였다. 그의 말로는, 백중날에 바람 한 점 없이 잔잔한 날씨가 되면 그해에 풍년이 들고, 바람이 불고 날씨가 사나우면 큰비가 오고 흉년이 든다는 것이었다.

웅보가 노루목에서 살 때는 백중날에는 집집마다 백중제를 지냈다. 이날은 쌀로 만든 음식 대신에, 빨간 무늬가 있는 맨드라미 잎을 넣은 부침개를 만들어 먹었다. 종들도 이날만은 쉬었다. 술과 부침개를 먹으며 풍년을 빌었다.

웅보는 할아버지한테서 들은 백중이라는 농사꾼의 이야기를 잘 기억하고 있었다.


옛날 영산강변에 백중이라는 농사꾼이 살고 있었다. 하루는 그가 강가에서 모내기를 하고 있는데, 하늘의 옥황상제가 내려왔다. 백중은 큰 나무 뒤에 숨어서 옥황상제가 영산강의 거북이를 부르는 것을 보고 있었다. "거북아 거북아, 영산강 거북아" 하고 옥황상제가 부르자, 강 위로 가마솥만한 거북이가 떠올랐다. 그러자 옥황상제는 거북이를 향해 "거북아 거북아, 영산강 거북아, 오늘밤에 석 자 다섯 치의 비를 내리게 하고, 풍우대작케 하라" 하고 명령을 하였다.

백중이 생각해보니 큰일이었다. 석 자 다섯 치의 비가 내리면 영산 강물이 범람하여 모내기한 논을 깡그리 휩쓸어가 버릴 것이 분명하였다. 걱정 끝에 궁리를 짜낸 백중은 언덕에 올라가, 옥황상제 목소리를 흉내 내어 거북이를 불렀다. 거북이가 강물 위로 떠오르자 "거북아 거북아, 영산강 거북아, 아까는 내가 말을 잘못하였다. 비는 다섯 치만 내리게 하고 바람은 불지 않게 하여라" 하고 말했다. 거북이는 알았다는 듯이 강물 위를 한 바퀴 헤엄치더니 물속으로 들어갔다.

그날 밤, 비는 농사에 적당한 다섯 치만 내리고 바람은 불지 않았다.

하늘에서 옥황상제가 내려다보니 백중이라는 농사꾼이 목소리를 흉내 내어 자기가 명령한 만큼의 비를 내리지 않도록 하는 것이 아닌 가. 옥황상제는 차사를 시켜 백중을 잡아들이도록 하였다. 백중은 옥황상제의 노여움을 사게 되었으니 차사에게 붙들려 가면 살아 돌아오지 못할 것이라는 것을 알고 있었다. 백중은 차사가 그를 잡으러 오기 전에 스스로 영산강에 몸을 던져 죽고 말았다.

백중은 이렇게 죽고 말았지만, 영산강변의 농부들은 그해에 대풍을 거둬들였다. 그리고 농민들은 죽은 백중의 은혜를 감사히 여겨 해마다 그가 죽은 칠월 열나흘 날이면 제사를 지내고 그의 죽은 혼을 위로하였다. 그리고 이날을 맞아 죽은 백중의 혼을 위로하는 뜻으로 영산강에 들어가서 목욕을 하거나 물맞이를 하면 만병에 약이 된다고 하였다.

웅보가 노루목에 살았을 때는 백중날 사시(巳時)가 되면, 노루목 사람들이 늙은 팽나무 앞 강변에 나와 공소(控所)를 걸고, 큰 돼지를 잡아 제물을 차려 백중제를 지냈다. 제사가 끝나면 제물을 골고루 나눠 먹고, 양반들을 제외한 마을사람들이 한 덩어리가 되어 북과 징, 꽹과리를 치며 덩실덩실 춤을 추고 놀았다. 이때 징은 언제나 웅보가 도맡아 쳤다.

웅보 어머니는 새끼내에서 이틀 밤을 쉬고 노루목으로 돌아갔다. 웅보 어머니는 두 아들과 며느리한테 남편 장쇠의 욕을 버럭버럭 하면서도, 사흘을 못 넘기고 서둘러 돌아갔다. 이틀 밤을 보내고 새끼내를 떠나면서 "영감태기가 꼭 하룻밤만 자고 오라고 했는디, 이틀 밤이나 보냈으니 화 안 낼까 모르겄다" 하면서 은근히 걱정까지 하였다.

시어머니가 돌아가자 쌀분이는 웅보한테 더욱 표 나게 성깔을 부렸다.

"여자고 남자고 첫정은 죽을 때까지 못 잊는다는디, 어무니 모시고 가서 막음례를 만나볼 것이재."

쌀분이는 시어머니를 배웅하고 돌아오면서 웅보한테 앵돌아져 찍는 말을 하였다.

"첫정은 이녁이 아닌가."

웅보는 웃으면서 쌀분이의 꼬인 마음을 달랬다.

날이 저물자 늦샛바람이 쌩쌩거리며 갈댓잎들을 흔들었다. 바람과 함께 두꺼운 구름들이 꾸역꾸역 금성산 쪽으로 달음박질치듯 하였다.

낮부터 하늘이 꾸무럭하기에 걱정스러운 얼굴로 하늘만 쳐다보던 웅보는 밤늦게까지 잠을 못 이루고 안절부절못하였다. 몇 번이고 들락거리며 별을 찾아볼 수 없는 어두운 밤하늘을 쳐다보던 웅보는 새벽녘에야 얼쑹얼쑹 잠이 들었다.

잠이 든 지 한숨도 안 되어 쌀분이가 다급하게 흔들어 깨워 일어나 보니 후두둑 빗방울 소리가 망치질해대듯 그의 가슴을 두들겨 팼다.

"아니 빗소리 아녀!"

웅보는 괴춤을 거머쥔 채 밖으로 뛰어나갔다. 굵은 빗방울이 콩 볶는 소리를 내며 마른 땅에 쏟아졌다. 그는 정신없이 돈단 쪽으로 뛰어갔다. 빗방울이 굵은 것으로 보아 쉬 그칠 비가 아닌 듯싶었다.

웅보는 돈단에 무릎을 꿇고 주저앉아 하늘을 우러러보며 울부짖듯 마음속으로 빌었다. 하늘에 계신 옥황상제님이시여, 비를 멈추어 주옵소서. 영산강 거북님이시여, 비를 다섯 치만 내리게 해주옵소서.

웅보는 마치 자신이 백중이 된 듯한 심정으로 그렇게 빌었다. 할아버지가 이야기해준 대로 그의 힘으로 큰비를 멈추게만 할 수 있다면 그도 백중처럼 영산강에 빠져죽을 각오가 되어 있었다.

아직은 사춤도 안 치고 얼금얼금 쌓아올린 방천이라 웬만한 비에도 와르르 허물어져버릴 것이 뻔하였다.

잠시 후에 대불이도 빗소리를 듣고 밖으로 뛰어나왔다.

"하눌님도 원, 앞으로 한 달만 참아주실 것이재."

잠깐 사이에 후줄근하게 비에 젖어버린 대불이도 빗물이 질척질척한 땅바닥에 맥없이 털썩 주저앉았다.

웅보는 빗방울이 굵어질수록 날카로운 송곳이 쿡쿡 쑤시듯 가슴이 아팠다. 바람이 드세어져 휘익휘익 빗방울이 바람에 날렸다. 집 뒤에서 와지끈 뚝딱 나뭇가지 부러지는 소리가 났다. 순식간에 촬촬촬 산골물 흐르는 소리가 들렸다.

잠시 후에 새끼내 사람들이 빗소리에 잠이 깨어 관솔불을 밝혀들고 돈단으로 몰려나왔다.

"무슨 방책을 써봐야 헐 것인디."

판쇠가 웅보 옆으로 와서 걱정을 하였다.

"잠깐 오고 그칠 소내기가 아녀."

칠복이 영감도 모든 것을 하늘에 맡기자는 투로 말했다.

"이대로 구경만 허잔 말이우?"

"큰물이 밀어닥치기 전에 돌 하나라도 더 얹어놓읍시다."

"손을 써봐야재."

"몇 달 동안 죽고 살고 고생했는디 하루아침에 도로아미타불 되게 헐 수는 없어."

돈단에 나온 새끼내 사람들은 저마다 한마디씩 하며 무슨 방책을 세우자고들 서둘러댔다.

"집에 돌아가서 남자들은 헌 가마니에 지게를 지고 나오고, 여자들은 횃불을 들고 일터로 모이씨요."

웅보가 일어서서 큰 소리로 말했다.

"괭이와 삽, 삼태기도 가지고 나오씨요."

옆에 있던 판쇠도 다급하게 말하고 바쁜 걸음으로 뛰어갔다.

웅보와 대불이는 헛간으로 들어가 헌 가마니를 있는 대로 지게에 졌다. 형제가 헛간 밖으로 나오자, 어느 사이에 쌀분이가 횃불을 밝혀 들고 그들을 기다리고 서 있었다.

횃불을 밝혀든 새끼내 사람들은 억수같이 쏟아지는 비를 맞으며 방천 쌓는 데로 갔다. 어느덧 냇물 흐르는 소리가 콸콸콸 요란했다. 치르륵 번갯불이 두꺼운 어둠을 가르자, 우르르 쾅 하고 하늘이 찢어지는 듯한 천둥소리와 함께 물동이를 붓는 것처럼 큰비가 주르르르 쏟아졌다.

"헌 가마니에 모래를 담아 둑 뒤에 얹으씨요."

웅보가 큰 소리로 외치며 지게를 진 채 물이 차오르는 냇가로 내려갔다. 그는 지게를 받쳐놓고 가마니에다 모래와 자갈을 퍼 담았다. 가마니에 모래를 가득 채우자 대불이가 서둘러 짊어지고 둑 쪽으로 헐근헐근 올라갔다. 웅보는 빈 가마니에 계속 모래와 자갈을 퍼 담았다.

그의 옆에는 쌀분이가 횃불을 밝혀들고 서 있었는데, 비바람이 드세어 횃불이 마치 깃발처럼 소리를 내며 펄럭였다.

조금 전까지만 해도 겨우 발목을 적셨던 냇물이 버럭버럭 차오르더니 순식간에 무릎을 기어올라 허벅지에 닿았다. 웅보는 냇물이 불어 오르자 지게를 지고 둑 위로 올라왔다. 쌀분이한테서 횃불을 빼앗다시피 하여 둑 아래를 비춰보았더니, 냇물이 방천 사이를 뚫고 쿨쿨쿨 소리를 내며 갈대밭으로 스며들어왔다.

좀처럼 비가 멎을 것 같지가 않았다. 웅보는 하늘을 향해 소리 내어 울고 싶었다.

"냇물이 방천을 뚫고 흘러들어오네."

누구인가 어둠속에서 비명처럼 소리를 내질렀다. 아직 사춤을 덜메운 방천이라 냇물이 쉴 새 없이 갈대밭으로 새어 들어와 갈대밭에도 벙벙하게 물이 찼다.

어디선가 와르르 돌무더기 허물어지는 소리가 났다.

"방천이 허물어지네."

누구인가 다급하게 소리쳤다.

"어느 쪽이여?"

웅보가 어둠을 향해 큰 소리로 물었으나 대답이 없었다.

"방천이 벌써 허물어지다니? 방천 쪽이 아닌가벼."

대불이가 웅보 옆에서 낮은 목소리로 위로하듯 말했다.

"자, 꾸물거리지 말고 모래가마니를 방천 위에 올려 냇물이 넘치지 않게 헙시다."

웅보가 다시 큰 소리로 말하자 "냇물이 갈대밭에 다 흘러들어왔는디 둑을 높이면 무슨 소양이 있어!" 하고 누구인가 맥 빠진 소리로 툴툴거렸다.

"그래도 모래가마니를 얹어야 둑이 안 무너집니다."

웅보의 말에 새끼내 사람들은 다시 가마니에 모래와 자갈을 채워 물이 차오르고 있는 둑 위를 덮었다. 그러나 이미 냇물이 그들먹하게 들어차 있어 가마니를 채울 모래와 자갈도 쉽사리 찾을 수가 없게 되었다.

그들이 죽을 둥 살 둥 둑에 모래가마니들을 덮고 있는데 희뿌옇게 날이 밝아왔다. 이제는 헌 가마니마저 다 떨어지고 없었다. 아무것도 할 일이 없어진 새끼내 사람들은 남자 여자 할 것 없이 모두 후줄그레 젖은 몸으로, 맥이 탁 풀려 우두커니 냇물만 보고 서 있었다.

날이 밝자 개태, 부르뫼 사람들도 허겁지겁 들로 뛰어와 모를 낸 논에 벙벙하게 들어찬 물을 빼려고 논둑을 무지르느라고 삽질들을 하였다. 억수같이 쏟아지는 빗줄기에 논물은 좀처럼 빠지지 않았으며, 논마다 물이 철철 논둑을 넘었다.

웅보는 대불이와 함께 가슴 깊이로 불어난 새끼내에 뛰어들었다. 어두웠을 때는 무서워서 냇물에 들어설 수가 없었으나 날이 밝자 힘을 내어 형제가 함께 뛰어든 것이다. 그들은 거세게 질러오는 물살을 돌리기 위해 삽과 괭이로 두렁을 까내기 시작했다. 그러나 큰 둔덕을 까무느고 물살을 돌리기는 힘들었다.

마을 사람들이 그만 나오라고 큰 소리로 외쳤으나 그들은 듣지를 않았다. 판쇠와 덕칠이가 웅보 형제를 돕기 위해 삽과 괭이를 들고 뛰어 들어갔다. 그러나 비는 멎지 않고, 시시각각으로 버럭버럭 불어나는 물살이 순식간에 둑을 휩쓸어 무너뜨려버릴 것만 같았다.

웅보는 마치 미친 사람 같았다. 냇물이 키를 넘기 시작했는데도 겁을 먹지 않고 살무사처럼 독기가 오른 듯한 눈을 짓부릅뜨고 꽥꽥 소리를 질러 대불이를 닦쳐가며 괭이로 미친 듯 흙두렁을 찍어 내렸다.

"강물이 거꾸로 밀고 올라오네!"

"둑이 넘치네!"

새끼네 사람들이 숨넘어가듯 소리쳤다. 그 소리에 웅보를 돕기 위해 냇물로 내려오던 판쇠와 덕칠이가 다시 둑 위로 올라가버렸다.

"웅보, 대불이 어서 나오소."

판쇠가 둑 위로 올라서서 큰 소리로 외쳤다.

"안 되겠구만. 이러다간 우리가 큰일나겠당께."

대불이는 손으로 버들가지를 한 움큼 움켜쥐고 거센 물살에 휩쓸리는 몸을 가까스로 지탱하면서 소리를 쳤다. 그러나 웅보는 대불이의 말을 듣는 시늉조차 하지 않았다.

"물이 무섭거든 너나 나가거라."

대불이는 어이없는 눈으로 형을 쏘아보았다. 형은 제정신이 아닌 듯싶었다. 그대로 있다가는 두 사람이 한꺼번에 물살에 휩쓸려버릴 것만 같았다.

붉은 냇물이 방천을 넘자 물살도 훨씬 드세어졌다. 버드나무 가지를 휘어잡고 가까스로 방천 위로 올라선 대불이는 악을 쓰며 형을 불러 빨리 올라오라고 하였으나, 웅보는 고개조차 들지 않고 물속에 잠긴 채 괭이질만 하였다. 그대로 내버려두었다가는 몸을 가누지도 못하고 큰물에 휩쓸려버릴 것이 뻔했다.

"웅보 미쳤어? 빨리 올라오란 말여."

막동이가 소리쳤다.

비는 잠시도 멎지 않고 쏟아졌다. 여기저기서 와르르 와르르 담 벽 무너지는 소리와 산에서 흙더미 내려앉는 소리가 났다. 콸콸콸 급하게 흐르는 물소리며, 겁에 질린 새끼내 사람들의 자지러지는 듯한 비명이 빗소리와 함께 뒤섞여 들렸다.

순식간에 새끼내 온 들판이 물바다가 되어버렸다. 새끼내 들판에 물이 차오르자, 영산강물이 거꾸로 밀고 올라오면서 들판이 물바다를 이루어, 강인지 들인지조차도 분별할 수가 없게 되었다.

강물이 거꾸로 덮쳐오자, 선창 사람들은 서둘러 솥과 이불을 들쳐 메고 산으로 기어 올라갔다. 여기저기서 아우성 소리가 고막을 찢었다.

"형, 죽고 싶어? 어서 올라와!"

"웅보 미쳤는가?"

대불이와 새끼내 사람들이 목이 쉬도록 웅보를 불렀으나, 웅보는 괭이를 놓지 않았다. 물길을 혼자 힘으로 막아내기라도 하려는 듯 잘 익은 뱀딸기처럼 벌겋게 충혈된 눈으로 하늘을 찔러보며 미친 듯이 괭이질을 하였다.

잠시 후 물살이 더욱 드세어지자 우쭐 떠내려갈 뻔한 웅보는 손을 휘저으며 허우적거리다가, 가까스로 버드나무 가지를 휘어잡았다. 그는 버드나무 가지를 잡은 손에 힘을 주어 건너편 둔덕 위로 올라가려고 하였으나 거센 물살에 아랫도리가 휩쓸려 힘을 쓸 수가 없었다. 물속에서 무엇인가 힘센 것이 자기의 발목을 잡아당기는 것만 같았다.

순간 웅보는 언젠가 할아버지가 그에게 말해준 산내귀신 이야기가 생각났다. 할아버지는 큰비가 올 때, 산에서 흘러내려오는 성난 물줄기 속에는 반드시 갈퀴처럼 생긴 손을 가진 귀신이 어질거리고 있으니, 물속에 들어가지 말라고 하였다. 비 온 뒤에 산에서 흘러내려오는 물귀신은 하얀 백마를 타고 하얀 물거품을 뿜으며 미쳐서 뛰어다닌다고 하였다. 그러면서 할아버지는 또, 이럴 때는 목에 지니고 있는 것 중에서 아무것이나 물속에 던져줘야 물귀신이 놓아준다고 하였다.

웅보는 할아버지 말대로 버드나무를 바꿔 쥐면서 웃통을 벗어 저고리를 물에 던져주었다. 그래도 하체는 움직일 수가 없었다.

이것을 본 대불이가 마을 사람들이 말리는 것도 듣지 않고, 물속으로 뛰어들어 물살에 여러 번 휩쓸리고 떠내려가면서 가까스로 건너편 둔덕에 이르렀다. 그는 버드나무며 팽나무 가지들을 움켜잡고 물살을 거슬러 올라가 웅보 가까이에 당도하였다.

대불이는 왼손으로 웅보의 목을 감아쥐고 오른손으로 실팍한 버드나무 가지들을 휘어잡았다. 그는 둔덕을 기어오르려고 기를 썼으나, 거센 물살에 자꾸만 휩쓸려 내려갔다. 우지직 버드나무 가지들이 꺾어지면서, 그들 형제는 이십여 보 남짓 물살에 소쿠라지며 떠내려갔다. 대불이는 더럭 겁이 났으나 당황하지 않고 왼손으로 형을 꼭 껴안은 채 붙잡을 만한 것을 찾느라 고개를 두리번거렸다.

새끼내 사람들이 사람 살리라고 악을 써보았지만, 손을 쓸 수가 없었다. 물이 차올라서 넓어진 냇물이라 맞은 편 둔덕까지는 밧줄조차 던질 수가 없었다.

물살에 떠내려가며 허우적거리느라 기진맥진해진 대불이는 주막 앞까지 떠내려 오다가, 가까스로 냇물에 휩쓸리는 나뭇가지를 움켜잡았으나, 워낙 기운이 빠진데다가 물살이 드센지라, 조금도 몸을 움직일 수가 없었다.

대불이가 온몸의 힘이 쫙 빠진 채 나뭇가지 하나만을 오른손으로 가까스로 움켜쥐고 물속에서 버텨내고 있자, 새끼내 사람들이 다리를 건너와, 긴 밧줄을 던져주었다. 대불이는 밧줄을 몸에 감았다. 새끼내 사람들이 밧줄을 잡아당겨 가까스로 물살에서 빠져나온 대불이는 기진맥진해서 둔덕 위에 푹 꼬꾸라지고 말았다.

"웅보 쇠고집에 형제가 함께 죽을 뻔했구만 그려."

새끼내 사람들은 고집 센 웅보를 나무람 하였다.

얼마 후에야 쌀분이와 주모가 헐근벌떡 달려왔으며, 정신을 수습한 웅보가 먼저 일어나 꼬꾸라져 있는 대불이를 일으켜 세웠다.

"하눌님도 우리 편이 아니구만!"

웅보는 뻐근하게 힘줄이 당기는 뒷덜미를 어루만지며, 물바다가 된 새끼내 들을 가슴 아픈 눈으로 쓸어보았다.

새끼내가 물바다가 되자, 집채덩이 같은 큰물이 개산 앞까지 그들먹하게 드밀고 내려갔다. 지붕이 둥둥 떠내려 오고, 그 지붕 위에 올라앉은 사람들이 사람 살리라고 목청껏 비명을 질렀으나, 아무도 강물에 뛰어들어 그들을 구출해내지 못했다. 집채가 둥둥 떠내려 올 때마다 평상이며 절구통, 심지어는 돼지, 개, 닭 등 가축들까지 한 무더기씩 떼 지어 떠내려 오곤 하였다.

새끼내 물이 수구막으로 흘러내려가지 못하고 되레 거꾸로 드밀고 올라오는 영산강물 때문에, 개산 앞까지 물바다가 되어버렸다. 그 물은 개태 마을로 덮쳤다. 순식간에 물벼락을 만난 개태 사람들은 미처 살림을 꺼낼 사이도 없이 서둘러 산으로 기어 올라갔다.

개태 임덕칠이는 순식간에 밀어닥친 물벼락에 미처 피신을 못하고 세 아이들을 삼십 년 된 뒤꼍 참나무에 꽁꽁 묶어놓고 살림을 못 잊어 지붕 위로 올라갔다. 물이 중방을 넘어서고 세간들이 둥둥 뜨자 매미처럼 참나무 가지에 매달린 아이들이 겁에 질려 와글와글 울어댔다. 자꾸만 물이 불어 집채더미가 둥둥 떠내려가자 참나무에 묶인 세 아이들은 아버지 어머니를 부르며 목 놓아 울었다.

임덕칠이는 선조 중에서 벼슬아치들이라고는 한 사람도 없는 족보와 마누라를 꼭 껴안은 채 영산강 큰 물줄기를 타고 둥둥 떠내려가 버렸다.

부르뫼에 사는 꺽쇠는 외양간의 황소를 안전한 산비탈에 매어놓으려고 새끼내를 건너다가 큰물에 휩쓸리고 말았는데, 쇠코뚜레를 단단히 움켜잡고 영산강까지 떠내려가다가 가까스로 살아났으며, 버드내에 사는 장손이 부부는 아이들을 먼저 산등성이 상엿집에 대피시켜놓고, 세간들을 꺼내려고 다시 집에 들어왔으나, 밀어닥친 집채덩이 같은 물 떼를 만나 평상 위에 올라타고 떠내려가다 강변 미루나무 가지를 휘어잡았는데, 나뭇가지가 우두둑 꺾이는 바람에 급류에 휩쓸리고 말았다. 그들 부부는 다시 물위로 떠오르지 않았다.

같은 마을 넙바우는 강물에 떠내려 오는 세간이며 돼지 새끼들을 건지려고 물속에 뛰어 들어갔다가 살아나오지를 못했다.

평소에 남달리 욕심이 많은데다가 고집통이 벽쇠로 소문난 넙바우는 그날 여느 물난리 때와 마찬가지로 실직한 마승줄로 여러 겹 허리를 감고 식구들한테 단단히 붙잡도록 하여, 풍덩 물속에 뛰어 들어가 떠내려 오는 돼지 새끼며 곡식가마니들을 건져내려다가, 드센 물살의 힘에 못 이겨 되돌아 나오지를 못하였다. 식구들이 손바닥에서 피가 나오도록 끙끙대며 밧줄을 잡아당겼으나, 물살에 밀려 넙바우의 허리에 감은 밧줄이 풀어지고 만 것이었다.

넙바우 마누라는 다섯 아이들과 함께 어둠이 강을 덮을 때까지 강변에 앉아 남편이 물속에서 나오기만을 기다리다가, 피범벅이 된 손으로 땅을 치며 울음소리가 하늘 닿게 울었다.

밤이 가고 다시 아침이 와도 비는 멎지 않았다. 영산강물은 온 세상을 휩쓸어 가버릴 것처럼 으르렁거렸다. 무서운 물떼였다.

개산에 물 피신을 간 개태, 부르뫼 사람들은 가족과 집, 농토를 삼켜버린 붉덩물을 겁에 질린 눈으로 내려다보며 긴 한숨이 명치에 닿도록 으드득 이를 깨물었다.

지대가 높은 새끼내 마을에도 선창 사람들이 피신을 해왔다. 말바우네 주막에는 술청이고 처마 안이고 피난민들로 그득하였다. 새끼내 집집마다 물난리를 피해온 사람들이 가득가득 들어찼다. 새끼내 사람들은 방마다 군불을 넣고 물 피난 온 사람들의 몸을 따뜻하게 녹

여주었다.

"새끼내 사람들 집터 하나는 잘 잡았어."

비를 피해온 사람들은 몸을 녹이자 새끼내 마을의 움막이 부러운 듯 그렇게 말했다.

웅보는 며칠 전 그의 어머니가 노루목에서 가져온 쌀자루를 풀어, 새끼내로 물 피난을 온 사람들한테 죽을 쑤어 허기를 메우도록 하였다. 그는 새끼내 둑이 물에 잠겨버린 것을 생각하면 가슴이 터질 것 같았으나, 새끼내에서 한 사람도 인명피해가 없는 것으로 위안을 삼았다.

그런데 그가 마악 선창에서 몰려와 있는 사람들과 한방에서 죽을 한 사발 들이마시고 있는데, 말바우가 뛰어 들어오며 대불이가 강물에 떠내려갔다면서 숨넘어가는 소리를 고래고래 지르다가 울음을 터뜨리는 게 아닌가.

웅보는 죽사발을 밀치고 부리나케 밖으로 나왔다. 방에 있던 선창 사람들과 새끼내 사람들이 웅보의 뒤를 따랐다. 웅보는 말바우의 이야기대로 산비탈을 돌아 강 쪽으로 허겁지겁 뛰어갔다. 빗줄기는 훨씬 가늘어진 듯싶었으나 하늘은 여전히 두껍게 내려앉아 있었다.

강변에는 새끼내 마을 사람들 여남은 명이 발을 구르고 있다가 웅보가 뛰어오는 것을 보고 손짓을 하며 소리를 쳤다.

"대불이가 어디 있소?"

웅보는 미리 강변에 나와 있는 칠복이 영감한테 다급하게 물었다. 칠복이 영감이 말없이 손으로 강 한복판을 가리켰다. 붉덩물이 밀어닥치는 강물 속에 큰 팽나무 한 그루가 걸려 있고, 그 팽나무에 두 사람이 매달려 있는 것이 까마득히 보였다. 물살이 출렁거릴 때마다 물속에 처박힌 팽나무가 우쭐우쭐 춤을 추었으며, 팽나무에 매달린 사람도 마구 흔들렸다. 조금만 더 큰 물살이 밀려와도 팽나무는 붉덩물 속으로 휩쓸려 들어가 버릴 것이었다.

"대불이가 팽나무에 있네."

칠복이 영감이 말했다. 그들이 서 있는 강변에서부터 팽나무가 걸린 곳까지는 까마득하게 멀어 밧줄을 던질 수조차 없었다.

"또 한 사람은 누구요?"

웅보가 다급하게 묻자 "우리 누나여요" 하고 말바우 만한 사내아이가 홀쩍홀쩍 우는 목소리로 대답했다. 처음 보는 아이였다. 칠복이 영감 말로는 개태에 사는 아이라고 하였다.

"어쩌다가 저기까지 떠내려갔답니까요?"

웅보를 뒤따라 달려온 쌀분이가 울먹이는 목소리로 물었다. 칠복이 영감이 대충 설명을 해주었다.

아침나절 비가 느슨해지자, 강변 마을 사람들은 강가로 물구경을 나왔다. 개태에 사는 필식이도 그의 누나 필순이와 함께 나왔다. 그것은 강물이라기보다는 살아서 꿈틀거리는 거대한 괴물이었다. 괴물과도 같은 강물을 바라보고 있으면 두 다리가 후들후들 떨리면서 가슴이 뛰었다.

필식이는 무서워서 빨리 돌아가자고 하였다. 그들이 막 몸을 돌리려는데 강아지새끼 한 마리가 깽깽 울어대며 그들이 서 있는 둔덕 가까이로 떠내려 오고 있었다. 대여섯 발짝만 물속으로 들어가면 강아지를 구할 수 있을 것 같았다. 순간 필순이는 조심조심 물속으로 들어갔다. 그러나 그때 갑자기 집채덩이만한 물 떼가 뿌리째 뽑힌 나무등치를 밀고 내려와 필순이를 밀어뜨렸다. 필순이는 되짚어 나오려고 했으나 물 떼에 밀려 자꾸만 깊은 곳으로 휩쓸려 들어갔다. 이것을 본 필식이가 사람 살리라고 소리를 질렀고, 그들과 조금 떨어져 있던 대불이가 필식이의 소리를 듣고 물속으로 뛰어들었다.

필순이는 허우적거리면서 자꾸만 강심 쪽으로 휩쓸려 들어갔으며 필순이를 구하기 위해 필사적으로 헤엄쳐 들어가던 대불이마저 물살을 당해내지 못하고 곤두박질치듯 붉덩물 속으로 처박히고 말았다.

잠시 후 대불이가 가까스로 필순이를 붙잡았을 때는 이미 두 사람이 물살이 가장 센 강의 한복판에 물과 뒤엉키고 있었다. 그들은 부둥켜안은 채 한참을 떠내려가다가 간신히 물속에 처박힌 큰 팽나무를 붙잡았다.

"나무를 꽉 붙잡어. 나무를 놓치면 죽어."

대불이는 필순이에게 똑같은 말을 수없이 되풀이하였다. 그러나 필순이는 몸에 힘이 쫙 빠져버렸기 때문에 잠시도 팽나무를 붙들고 버텨낼 수가 없었다. 더욱이 거센 물살이 끊임없이 그녀의 몸뚱이를 휘감고 떠미는 바람에 견뎌내기가 어려웠다. 어느덧 팽나무를 붙든 그녀의 두 팔이 뻣뻣하게 굳어지면서 온몸이 느슨하게 힘이 빠져버렸다.

"못 참겠어."

필순이는 한껏 힘을 내어 소리쳤다.

"못 참으면 죽어."

그러면서 대불이는 허리띠를 풀어 필순이의 손목을 팽나무가지에 꽁꽁 묶었다. 거센 물살에 바지가 벗겨 내리자 그는 다시 바지를 벗어 필순이의 허리를 팽나무에 묶었다. 그때 필순이가 숨넘어가는 비명을 질렀다.

"배암이…… 배암이……."

그제야 대불이는 큰 능구렁이가 필순이의 등짝으로 기어오르는 것을 발견하였다. 대불이는 팽나무 가지를 꺾어 힘껏 필순이의 어깨를 후려쳤다. 그제야 흑갈색 능구렁이가 배를 발딱 뒤집으며 물에 떠내려갔다.

그런데 뱀은 필순이의 어깨에만 있는 것이 아니었다. 자세히 보니 물 위로 올라온 팽나무 가지들마다에 뱀들이 득실득실 열려 있었다. 대불이는 실팍한 팽나무 가지로 작대기를 만들어 가지에 걸린 뱀들을 걸어서 강물 속으로 던졌다. 그러나 걸어내면 걸어낼수록 뱀들은 자꾸만 팽나무에 달라붙었다. 뱀들은 팽나무뿐 아니고 대불이와 필순이의 목으로도 기어올랐다. 대불이는 뱀을 걸어내다가 지쳐버리고 말았다.

어느 사이에 차츰 비가 멎고 하늘에 검은 구름이 서서히 벗겨지기 시작하였다.

"비가…… 비가 멎었구만. 하늘을 봐. 하늘을 봐. 곧 햇볕이 나올 것 같애. 햇볕만 나오면 우리는 살아날 수가 있어."

대불이는 하늘을 쳐다보며 울부짖듯 말했다. 필순이도 하늘을 쳐다보았다. 두꺼운 구름장을 뚫고 희미한 햇살이 한줄기 생명의 줄처럼 강물 위로 꽂혀 내렸다. 하늘을 쳐다본 필순이는 엉엉 소리 내어 울어버렸다.

그러나 비가 멎긴 했어도 강물은 좀처럼 줄어들지 않았다. 팽나무와 그들 몸에 기어오르는 뱀들을 걷어내다 지쳐버린 대불이는 필순이를 꽉 안은 채 어서 강물이 빠지기만을 기다렸다. 이제는 뱀도 무섭지가 않았다. 뱀들이 그의 목을 휘감는다 해도 겁날 것 같지 않았다. 그는 뱀이 기어오르도록 내버려두었다.

어둑어둑 강물 위로 밤이 내려오고 있었다. 한줄기 희미한 햇빛이 숨을 죽이고 어둠이 죽음처럼 내려오자 더럭 겁이 났다. 대불이는 팔이 떨어져나갈 것만 같았다. 물이 빠질 때까지 나무를 붙들고 버텨낼 수가 없을 것 같았다.

"이름이 뭐여?"

대불이는 개산 쪽에서부터 검실검실 어둠이 강을 덮어오는 것을 보며 물었다.

"필순이."

그녀는 이제 부끄러워하지 않았다.

"몇 살?"

"열여섯."

"나보다 아래구만."

"팔 안 아퍼?"

필순이가 걱정스럽게 물으면서 대불이의 어깨를 꽉 찍어 잡아주었다.

"필순이가 옆에 있으니께 안 아프구먼. 나 혼자라면 진작 떠내려 가뿌렀을 것인디."

"참말로?"

"나 거짓말헐 줄 모르는 사람이여."

"나 땜시 미안혀."

"하눌님이 우리를 위해서 이런 고통을 주었는지도 몰러."

"하눌님이?"

"이것도 인연이재 잉. 인연치고는 참……."

대불이는 말을 하면서 찐득거리는 어둠의 그림자가 달라붙기 시작하는 필순이의 얼굴을 가까이 들여다보았다.

"우리가 살아난다면……."

대불이는 말을 하다 말고 필순이의 손목을 꼭 잡았다. 그녀는 대불이의 손을 뿌리칠 수가 없었다.

"우리가 살아나기만 하면 평생을 같이 살고 자픈디……."

대불이의 그 같은 말에도 필순이는 부끄러움을 느낄 수가 없었다. 두렵기만 하였다. 어둠이 내려 덮이자 눈을 감아버렸다. 그녀는 어둠을 마주보고 싶지가 않았다. 어둠속에 죽음의 그림자가 뱀처럼 길게 뻗쳐 있는 것 같았기 때문이었다.

"내가 어디 사는 누군 줄이나 알어?"

대불이가 필순이의 귀 가까이에 입을 대고 물었다.

"새끼내 주막에 삼시로."

"내 이름은 대불이여. 잊지 말어, 난 바다에까지 떠내려가더라도 필순이라는 이름을 안 잊을 꺼여.”

말을 하고 나자 대불이는 문득 영산강 끝 바닷가에 살다가 죽은 누이 두레가 생각났다. 만일 한 차례 더 큰비가 쏟아져서 물에 처박힌 팽나무가 떠내려간다면 두레 누나가 살던, 해가 떨어지는 마을까지 갈 수 있을지도 모른다는 생각이 들었다.

“허지만 더 이상 떠내려가지는 않을 테니 걱정 말어, 하늘에 별이 하나 둘 살아나는 걸 보니 비가 다 온 게 틀림없어. 물이 빠질 때꺼지 이 팽나무만 꽉 붙잡고 있으면 살아날 수가 있으니께.”

그러고 보니 그들이 붙들고 있는 나무가 혹시 해마다 당산제를 지냈던 노루목의 늙은 팽나무일지도 모른다는 생각이 머릿속에서 자꾸만 부스럭거렸다. 노루목의 늙은 팽나무가 그를 살리기 위해서 여기까지 떠내려 와 있는 것인지도 모른다는 생각이 들었다. 언젠가 웅보 형이 노루목 늙은 팽나무에는 종살이 하다가 죽은 조상들의 혼이 상여가 지나간 뒤의 종이꽃 귀신들처럼 걸려 있을지도 모른다는 말을 하지 않았던가. 그렇다면 조상들의 혼이 그를 구하려고 새끼내 앞까지 떠내려 왔단 말인가.

대불이는 그런 생각을 하자 마음이 턱 놓였다. 물에 젖은 팽나무 가지에서 따스한 체온 같은 것을 느꼈다.

그러나 팽나무를 붙들고 있는 그의 팔이 곧 떨어져나갈 것만 같았다. 차츰 감각을 잃어갔다. 게다가 온몸이 거센 물살에 부대껴 피로가 엄습해오면서 졸음이 쏟아졌다. 대불이는 어둠이 강물을 덮자 덜컥 무섬증이 전신을 휘감아왔다. 그도 필순이처럼 어둠을 보기가 싫었다.

새끼내 쪽 강변 둔덕에 여러 개의 햇불이 강물 위로 출렁거려 보였다. 햇불의 밝은 불빛이 송곳처럼 날카롭게 그의 뇌리에 찍혀왔다. 햇불을 보자 어둠에 대한 두려움이 조금은 수그러지는 듯싶었다.

"내가 잠들지 않게 아무 이야기나 좀 해. 노래를 부르든지."

대불이가 큰 소리로 명령하듯 말했다. 그러나 필순이는 이야기도 노래도 하지 않았다.

"이야기를 해주라니께. 잠들면 나는 죽어."

대불이는 울부짖고 있었다. 필순이는 이야기 대신 엉엉 소리 내어 울어버렸다.

그때 새끼내 쪽 둔덕 햇불들이 춤을 추는 곳에서 징과 꽹과리 소리가 자진모리 가락으로 숨 가쁘게 울려왔다.

"잠들지 못하게 마을사람들이 징을 치는구만."

대불이는 환호하듯 말했다. 대불이가 노루목에 살 때도 큰비가 오는 밤에는 마을 사람들이 강가에 나가서 밤새도록 징과 꽹과리를 두들겼었다. 물에 떠내려 오는 사람들한테 힘을 주자는 것이라고 했다.

대불이는 새끼내 사람들이 휘모리, 자진모리 가락으로 두들겨 패는 징, 꽹과리 소리에 가까스로 소나기보다 더 무섭게 쏟아지는 졸음을 붙들어 맬 수가 있었다. 징, 꽹과리 소리는 꼬박 밤을 새워 울렸다.

강물 위로 햇살이 부챗살처럼 활짝 퍼지자 징소리는 더욱 거칠게 미친 듯 울려왔다. 대불이와 필순이는 꽉 부둥켜안은 채 징, 꽹과리 소리와 함께 울부짖으며, 겨울보다 더 긴 밤을 꼬박 뜬눈으로 새웠다. 햇빛에 비친 필순이의 얼굴은 박꽃보다 더 하얗고 창백했다.

하룻밤이 지나자 몰라보게 강물이 빠졌다. 가지들만 물 위로 솟아오른 팽나무가 커다란 등치를 드러내고 있었다.

해가 떠오르고 물살이 잠들기 시작하자, 웅보가 나룻배를 빌려 타고 와서 대불이와 필순이를 싣고 새끼내 쪽으로 갔다. 대불이를 배에 실은 웅보가 큰 소리로 무엇인가 자꾸 물었지만 대불이는 하악골이 굳어버려 아무 말도 할 수가 없었다. 그의 몸이 천길 물속으로 깊숙이 가라앉고 있는 것만 같았다.

부축을 받고 배에서 내린 대불이는 얼핏 아버지 등에 업힌 필순이를 보았다. 필순이의 헝클어진 검은 댕기머리에 푸른 보랏빛의 물달개비꽃 이파리가 붙어 햇빛에 반짝였다. 필순이는 아버지의 등짝에 얼굴을 꿍겨박은 채 눈짓 한 번 없이 가버렸다.

대불이는 어쩐지 필순이가 죽을 것 같은 느낌이 들어 기분이 울적했다. 온몸이 쑤시고 몸이 펄펄 끓는 혼미한 정신 속에서도 필순이의 검은 머리에 붙어 햇빛에 반짝이는 푸른 보랏빛의 한 송이 물달개비꽃이 자꾸만 눈에 선하게 밟혀왔다.

대불이가 사흘 동안 헛소리까지 하며 앓다가, 불돌 같은 열이 내려 몸을 털고 주막에 바람을 쏘이러 나왔을 때, 필순이가 죽었다는 말을 들었다. 대불이는 그길로 그들이 한데 엉켜 하룻밤을 새웠던 강변으로 나갔다. 아직도 팽나무는 강물 한가운데 처참한 몰골로 벌렁 드러누워 있었다. 대불이는 어둠이 팽나무를 삼켜버릴 때까지 강변에 그대로 앉아 있었다. 어둠속에서 필순이의 얼굴이 달덩이처럼 커다랗게 떠올랐다. 그녀는 푸른 보랏빛의 물달개비꽃을 꽂고 있었다. 대불이는 미친 듯 필순이의 이름을 불렀다. 웅보가 횃불을 들고 그를 찾아 나오지 않았던들 필순이의 얼굴을 따라 강물 속으로 뛰어들었을지도 몰랐다.

대불이는 다시 앓아눕고 말았다.


# 13


그 무렵 새끼내에는 머지않아서 큰 난리가 일어날 것이라는 소문이 봄날 아침안개 퍼지듯 짜하게 울렸다. 지난 임진년 때보다 더 무서운 난리가 터질 것이라고들 하였다. 일본이 다시 쳐들어온다고도 하였고, 청국과 노국이 앞 다투어 밀어닥칠 것이라고도 하였다. 또 들리는 말로는 일본보다 더 먼 곳에 있는, 바다 끝의 섬나라 영국이 이미 수많은 군대를 남쪽 섬에 상륙시켰다는 말도 떠돌고 있었다.

제주에서 강진을 거쳐 한양에 이르는 길목이기도 한 새끼내 말바우 주막에는 심심찮게 한양을 오르내리는 길손들이 들락거리곤 하였는데, 이들 술손님들의 말로는 일본을 비롯해서 청국, 노국, 영국 등 큰 나라들이 서로 우리나라를 집어삼키려고 호시탐탐 넘보고 있다고들 하였다.

보릿고개의 가파른 내리막길에서 살아남느냐 굶어죽느냐 가뜩이나 심란해 있는 새끼내 사람들은 엎친 데 덮치는 격으로 난리까지 일어날 것이라는 소문에 살아갈 일이 아뜩하기만 하였다.

"지미럴, 우리가 발붙일 땅도 없는디, 타국 놈들까지 우리 땅을 욕심낸다면, 우리는 하늘로 올라가서 살아야겠구먼 그려."

"나라님 힘이 약한 탓이여. 나라님이 잘허면 타국 놈들이 감히 남의 나라를 넘볼 수 있간디?"

"그렇다면, 나라님이 타국 놈들헌티 땅을 넘겨준다 이거여?"

"어저께 한양서 내려온다는 선비님 말로는 영국인가 허는 나라에서 우리 땅을 팔으라고 헌다잖어!"

"칫, 이 땅덩어리가 으디 나라님 것인가? 나라님은 한 번 없어지면 그만이지만, 이 땅덩어리는 하늘허고 땅허고 맷돌질허기 전에는 언제까지나 백성들 것인 게여!"

"백성들 것 좋아허네. 양반들 것이재 워디가 백성들 꺼여. 그래, 자네 땅이 한 뼘이라도 있는가?"

새끼내 사람들은 말바우 주막 오동나무 그늘에 모여앉아 애기똥풀꽃처럼 누렇게 뜬 얼굴에 한줄기 가냘픈 핏기를 떠올리며 흥분들을 하였다.

"얼굴이 밀가루를 뒤발질헌 것모양 흐옇고 코가 칼자루만큼 큰 서양 사람들은 아이들을 보는 족족 잡아서 불알을 까먹는다는디, 요번 난리에는 사내아이들 단속을 잘해야겠어."

잠자코 듣고만 있던 판쇠가 한마디 했다.

"아까운 씨망태 불알은 왜 까묵어?"

"아이들 똥이 정력을 발끈허게 일으키대끼, 애들 불알을 묵으면 가운뎃다리 힘이 엄청 세진담시로?"

"사람이 아니라 짐생들이구만."

하기야 그 무렵 서양 사람들이 아이를 잡아먹는다는 소문이 심심찮게 나돌았다. 그때문에 형조에서는 "근래 민가에서는 실아(失兒) 사건이 번번이 일어나고 있다. 아이를 꾀어가는 사람을 잡으면 상금 백냥을 주겠으며, 쓸데없는 소리를 하여 인심을 흉흉하게 하거나 소란을 피우면 엄중 처단한다"고 하는 방까지 붙였다.

"세상이 뒤숭숭한 건 나라님이 션찮은 탓이여."

김치근의 말에 새끼내 사람들은 행여 그 말을 새가 듣기라도 했으면 어쩌나 하는 얼굴로 두리번거렸다.

"왜, 내가 빈말 했남? 벼슬을 돈으로 사는 세상인디."

김치근은 새끼내 사람들과는 달리 두려워하지 않고 목소리를 꺽꺽 꺾어가며 큰 소리로 떠들어댔다. 하기야 김치근의 말이 하나도 틀린 데가 없었다. 세상에는 돈을 주고 벼슬을 샀다는 사람들의 이름이 공공연하게 입에 오르내렸으니 말이다.

정순원(鄭淳元)은 이십만냥을, 남규희(南奎熙)는 십만 냥을 주고 각각 직각(直閣)벼슬을 샀으며, 이용직(李容直)은 일백만 냥을 바치고 경상감사가 되었다고 하였다. 지방 수령, 진장(鎭將)이나 도사(都事), 감역(監役), 참봉(參奉), 감찰(監察)은 이삼만 냥이면 살 수 있다고들 하였다. 또한 들리는 이야기로는, 정순묵(鄭淳黙)은 중전이 한감(寒感)이 들었을 때 시령탕 두 첩을 바쳐 낫게 한 덕으로 영평(永平) 군수가 되었다고 하였다.

이 때문에 양반네들은 벼슬을 살 돈을 모으기 위해 애잔한 소작인들에게 태과한 도지세를 거두어갔으며, 이렇게 하여 벼슬을 산 그들은 그 밑천을 뽑으려고 발버둥 쳤다. 이렇게들 돈으로 벼슬을 사거나 권세에 아부하여 높은 자리에 오른 벼슬아치들은 외직(外職)에 나가 행패를 일삼았다. 이들은 갖가지 명목을 내세워 수탈의 손길을 뻗쳤다.

고종(高宗)의 탄생일인 만수절(萬壽節)에는 으레 감사나 수령들이 서로 다투어 봉물(封物)을 올렸으며, 이를 빌미삼아 가난한 백성들만 애잔하게 갈퀴질을 당했다. 고종 24년 정해(丁亥) 칠월 만수절 때 전라감사 김규홍(金 奎弘)이 올린 봉물을 보면, 봄철에 입는 명주가 오백 필에 생사로 짠 갑사 오백 필, 백동(白銅) 오 홉, 바리가 오십 개나 되었는데, 이 같은 진상품을 받은 고종임금은 "김규홍은 내가 아낄 것이로다" 하면서 만족해하였으며, 일본 비단 오십 필과 황저포(黃苧布) 오십 필을 진상한 경상감사 김명진(金明鎭)에 대해서는 진상목록을 용상 밑으로 집어던지며 "번신(藩臣)의 예가 이같이 합당치 않단 말이냐" 하고 진노했다고 하였다.

이런 판국이니 벼슬에 환장한 지방 관리들은 임금한테 올리는 진상품 거두랴, 수시로 지방 산물을 거두어 바쳐야 하는 복정(卜定)에 마음 쓰랴, 벼슬을 산 밑천 뽑으랴, 마음이 바빠서 백성들 돌보는 데는 까막눈이 되어 있었다. 벼슬아치들이란 백성들이야 죽거나 말거나 자기 한 몸의 부귀영화만을 위해 몸과 마음이 달떠 있었다.

돈을 바치고 경상감사가 된 이용직은 거처하는 집이 궁성과 같았고, 첩을 열 명씩이나 거느리고 사욕을 채우는 데에 나날을 보낸 탓으로, 부임한 지 일 년도 못되어 경상 감영의 재정이 바닥나고 말았다.

그런가 하면 임금은 또 임금대로 큰돈을 바치는 벼슬아치들에 대해서는 관직을 자주 올려주고, 그렇지 않으면 곧 파직을 시켜버리기가 일쑤였다. 전주 아전 출신인 김창석(金昌錫)은 호남 균전사(均田使)가 되어, 외직에 있는 동안에 재물을 긁어 들여 임금에게 수백만 냥을 바쳐 승지(承旨)까지 올랐다.

이렇듯 기강이 어지러운 판에 고종 이십일 년(1884년) 시월에는 소위 개화당의 하루살이 정권이라 일컫는 갑신정변(甲申政變)이 일어나는 등 나라가 걷잡을 수 없는 소용돌이에 휘말리기 시작했다.

지난해 봄에는(1885년 3월 1일) 영국의 함대가 전라도 거문도를 불법 점령하였었다. 군함 여섯 척에 운송선이 두 척이었다. 검고 육중한 괴물들은 봄날 화창하게 갠 하늘을 향해 꿍꿍 포를 쏘아댔다.

처음 들어보는 대포소리에 놀란 거문도 섬사람들은 산으로 도망을 쳤다. 하늘에 대포를 쏘아대던 영국 사람들은 보트를 타고 육지에 올라와 통역관을 시켜 해치지 않을 테니 모두 산에서 내려오라고 선무하였다. 그들은 산에서 지싯지싯 내려온 섬사람들에게 대포알 같은 통조림과 양주, 양과자를 푸짐하게 나눠주었다. 섬사람들은 영국인들이 준 양주를 단숨에 쿨럭쿨럭 마시고는 창자에 불이 난다며 길길이 뛰었다.

영국군들은 선착장을 만든다고 하며 섬사람들을 인부로 썼는데 그들이 주는 품삯은 고기잡이를 하는 것보다 훨씬 벌이가 좋아, 어린 아이에서부터 노인에 이르기까지 너도나도 일을 하겠다고 나섰다.

영국군 부대가 맨 처음 상륙한 곳은 고도(古島)였다. 그들은 고도의 선창에 재목과 철삭(鐵索)을 쌓고 무서운 쇠 항아리 수뢰(水雷)를 부설하였으며, 두 곳에 천막을 치고 적을 때는 이백 명, 많을 때는 팔백 명 정도의 군인들이 숙소로 사용했다. 동도(東島)에서 가장 높은 잔등과 고도의 산봉우리에는 영국기가 갯바람에 찢어지는 듯 몸부림치며 펄럭였다.

그들은 섬사람들을 인부로 써서 세 곳의 해문(海門) 구축공사를 했고, 마실 물을 공급하기 위해 급수로를 닦기도 하였다. 섬의 북쪽 입구 양편 언덕에는 포대를 구축했다.

처음, 섬사람들은 영국군들을 무서워했으나 사람을 해치는 일이 없는데다가 신기한 선물도 주고, 인부로 부리면 고기잡이하는 것보다 벌이가 좋을 만큼의 후한 품삯을 주어 되레 고맙게 생각하였다. 흉년이 계속된 데다가 근자에 들어서 일본 어부들이 거문도 턱밑까지 바짝 몰려와 고기를 다 잡아가 버리고, 관리들의 섬 출입이 잦아 접대하기에 진절머리가 나서 살기가 곤궁해진 터라 품삯을 듬뿍 주는 영국군들이 그저 고맙기만 한 것이었다.

영국군들은 병든 환자를 정성껏 치료해주는가 하면, 헐벗고 굶주린 섬사람들에게 옷과 먹을 것을 주어 환심을 사려고도 하였다.

때로는 섬사람들을 군함에 데리고 가서 활동사진이라는 진기한 것을 보여주기도 하였다. 배안에 들어가 보면 처음 보는 신기한 물건들이 많았다. 그러나 섬사람들은 아무도 영국군의 물건을 훔치지 않았다. 영국군들 중에서 섬사람들의 물건을 훔쳤을 때는 영국군 측에서 변상하고, 영국군의 물건을 섬사람이 훔쳤을 때는 섬사람들이 공동 책임으로 찾아내야 하며, 그러지 않을 때는 영국군이 섬사람의 가택을 수색할 수 있도록 서로 약정을 해놓았다.

그들은 섬사람들을 만나면 반드시 모자를 벗고 정중하게 인사를 하였다.

그러나 영국이 거문도를 점령하고 섬사람들한테 환심을 사려고 한 것은 다 속셈이 있어서였다. 영국의 거문도 점령은, 영국이 한반도 내에서의 노국 세력을 견제하기 위한 것이었다. 조선과 통상조약을 맺은 노국은 한양에 주재하게 된 공사 웨베르를 통해 조선 정부 내에 친로 세력을 심기에 혈안이 되었으며, 오랫동안 청나라의 지나친 간섭에 시달린 조선 조정은 노국의 힘을 빌려 은근히 청나라에 대항해 보려고 하였던 것이다.

영국 함대가 거문도를 점령하자, 노국은 영국의 처사에 항의하고, 영국군이 거문도에서 철수하지 않으면 노국도 조선 영토를 점령하겠다고 위협했다.

영국군은 쉽사리 거문도에서 철수하려 들지 않았다. 노국의 세력을 견제하기 위해 조선에의 진출을 목표로 끈질긴 정책을 펴온 외무대신 커전은, 이미 거문도를 점령하기 이 년 전 한영 수호교섭 무렵에 거문도의 조차(租借)를 정식으로 제의한 일도 있었다.

커전 외무대신은 한반도는 천혜의 아름다운 나라로 타국의 소유에 맡겨버릴 수가 없고, 대영제국을 위하여 일대 무역시장이 될 만한 중요한 지역이며, 큰 함대를 정박시킬 수 있는 많은 항만을 가지고 있고, 개발되지 않은 막대한 부원(富源)을 소유한 나라인 만큼, 정치상으로나 상업상으로나 노국에 방해 당하면서까지 좌시할 수 없는 일이라고 빳빳하게 나섰다.

노국의 강력한 철수요구를 받은 영국은 조선정부와 직접 교섭할 것을 결정하고, 거문도를 오천 파운드에 팔 것을 제의해왔으나, 이것 역시 노국의 반대로 좌절되고 말았다.

이무렵 조선 조정에서도 영국의 거문도 점령을 논박하였다.

一본국은 이미 귀국을 비롯한 다른 나라와 더불어 상호무역을 위해 통상조약을 맺었다. 그 조약의 제1조에는 어떠한 사건이 발생할 때에는 최선을 다해 처리한다고 명기되어 있다. 조약문의 먹물이 마르기도 전에 조약을 망각하고 본국의 해도(海島)를 점령하고 영구적인 시설을 하고 있으니 실로 불법적인 처사에 속하며 본국 국민은 모두 귀국의 처사를 부당하다고 생각하고 있다.

이렇듯 한반도는 청나라를 위시하여 노국, 영국, 일본 등 힘센 나라의 각축장이 되는 약자의 설움을 당하게 되었다.

나라 안의 어지러움은 계속되었다. 대원군이 청나라로 납치된 후, 친로정책을 표방한 민 씨 일파가 득세하기 시작하였다.


이 씨의 사촌이 되지 말고
민 씨의 팔촌이 되려무나


하는 노래와 같이, 민 씨 일파의 세상이었다. 친로정책이 눈에 거슬린 청나라는 대원군을 환국시켰다. 고종 이십이 년(1885년) 가을, 백성들은 대원군의 환국을 열렬히 환영했다. 그것은 민 씨 세도의 횡포를 막고 도탄에 빠진 민생을 구해줄 것이라는 한 가닥 거미줄 같은 희망에서였다. 그러나 중전은 대원군을 운현궁의 깊숙한 방 속에 유폐시키는데 성공했다.

바늘구멍으로 하늘 보듯, 먹고사는 것 외에는 세상 돌아가는 깊은 속을 알 턱이 없는 새끼내 사람들도, 요즈막엔 나랏일이 심상치 않음을 가재 물 짐작하듯 대강은 어림하고 있었다.


하늘은 언제 비를 내려 새끼내를 휩쓸었느냐는 듯 시치미를 뚝 떼고 구름 한 점 없이 활짝 웃고 있었다. 강물도 다시 조용해졌다. 하늘도 영산강도 부끄럼 많은 시골처녀의 티 없이 맑고 부드러운 마음으로 마주보고 있었다.

하늘과 강은 조용해졌으나 새끼내 사람들의 마음은 비가 오기 전보다 거칠어졌다. 물난리 때문에 잠을 설친 새끼내 사람들은 얼굴이 푸석푸석하게 껍질이 떠 보였고, 눈자위가 벌겋게 충혈되었다. 그들은 걸핏하면 팩팩거리며 악을 썼고, 아무나 붙들고 싸움을 걸려고 하였다. 봄부터 여름까지 뼈가 휘도록 돌과 자갈을 부어 쌓아 올린 새끼내 둑이 군데군데 허물어지고 큰물에 쓸려 가버리자 울화가 머리끝까지 들끓었다.

어른들의 성질이 사나워지자 아이들은 배가 고파도 칭얼대지 못하고, 아무데나 어른들의 눈을 피해 조용히 꿍겨박혔다.

"젠장, 팔자 도망은 독 안에 들어도 못 헌다고 허드니, 우리가 땅 좀 가져볼랑께 하느님이 말리시능만.”

“아니 되는 놈의 일은 뒤로 자빠져도 코가 깨진다더니, 우리가 그 팔자여.”

그들은 화풀이를 못해 하늘에 대고 상앗대질을 하며 욕을 퍼붓기도 하였다. 비가 오면서부터 울화와 걱정으로 아무것도 입에 넣지 않아 기운이 쫙 빠져 있으면서도 성질만은 사나워졌다.

그들은 또 걸핏하면 부부싸움이었다.

방천만 쌓아올리면 땅이 생기고, 늦게라도 메밀이라도 씨를 묻으면 올 가을부터는 먹고 사는 일이 바늘귀만큼이라도 풀릴 줄 알고, 군말 없이 삼태기에 자갈을 이어 날랐던 아낙들이, 그까짓 방천 쌓는 일 집어치우고 대처로 나가서 품팔이라도 하자고 남편들을 공박하자, 그렇지 않아도 뿌질뿌질 울화가 들끓던 차에 남편들은 죽일 년 살릴 년 하며 작대기를 휘둘렀다.

남편한테 얻어맞은 아녀자들은 게거품을 부걱부걱 뿜어내면서도 지지 않고 대들었다. 그동안 뼈 빠지게 방천을 쌓는다고 나댔지만 남는 게 뭐가 있느냐는 거였다. 아낙들의 말에 남편들은 할 말을 잃고 소리만 버럭버럭 내질렀다.

하늘을 향해 욕을 퍼붓고, 아무나 붙들고 시비를 걸고, 그래도 울화가 가라앉지 않아 강변으로 들로 산매 들린 사람처럼 싸돌아다니다가 아낙들이 아픈 마음을 휘저어놓자, 홧김에 마누라를 두들겨 패고, 그래도 속이 가라앉지 않는 남자들은 말바우네 주막에 몰려와 술을 달라고 생떼를 쓰다시피 하였다. 그러나 주막에 술이 있을 리가 없었다.

새끼내 사람들이 마음을 가라앉히기까지는 꽤 오랜 시일이 걸렸다. 성깔을 부렸다가 차츰 마음이 가라앉자 그들은 다시 옛날처럼 순해졌다. 어쩌면 마음이 더 강해진 것인지도 몰랐다.

새끼내 남자들은 말바우네 주막 술청에 모여 앞으로의 일을 이야기하였다. 방천 쌓는 일을 일단 포기해버릴 것인지, 다시 시작할 것인지 의견들을 나누었다. 사람마다 생각이 달랐다. 이야기는 여러 갈래로 갈라졌다.

"땅이고 지랄이고 집어치우고 대처로 나가서 날품팔이나 허드라고."

참을성 없는 막동이가 손가락으로 콧구멍을 들쑤시며 말했다.

"땅 파고 똥 맨드는 재주뿐인 우리가 대처에 나가서 뭘 혀."

덕칠은 두 무릎을 세워 얼굴을 꿍겨박은 채 한숨을 토해냈다.

"사람 살 데는 골골이 다 있다는디, 어딜 간들 이노무 영산강변만큼 못 하겠는가."

"바늘도둑이 소도둑 될 수는 있어도 바늘장사가 소장사 될 수는 없는 뱁여. 찍소리 말고 다시 방천 쌓는 일을 시작허는겨."

판쇠가 좌중을 둘러보고 힘주어 말하며 웅보를 보았다. 그러나 웅보는 아무 말도 없었다.

"길고 짧은 것은 나중에 대봐야 허는 거여. 판쇠 말대로 허드라고."

큰물이 휩쓸기 열흘 전쯤 아내와 함께 선창에서 온 주근깨 많은 염주근이가 판쇠의 의견에 동조했다.

"체! 새끼내에 방천 쌓아서 논 만들고 농사짓자면 손자 환갑 닥칠거여."

누구인가 툴툴거리는 목소리로 말하자 "천리 길도 한 걸음부터라고 허드끼, 손자 환갑 아니라 증손자 환갑이 닥치더라도, 시작해 놓은 일이니께 끝장을 봐야재." 두어 달 전에 판쇠가 그가 살던 마을에 가서 데려온, 종답지 않게 육 척 장신에 얼굴이 제법 귀공자처럼 허여멀쑥한 김치근이가 잠자코 있다가 한마디 했다. 김치근의 목소리는 우렁우렁 울림이 좋아 술청 안을 울렸다. 어딘가 위엄이 있는 목소리인데다가, 말수조차 적어 그가 말을 할 때는 아무도 반대하고 나서는 사람이 없었다. 김치근은 새끼내에서 단 한 사람 글을 아는 웅보를 마음속으로 은근히 존경을 하여 웅보가 하는 일이라면 쌍지팡이를 짚고 앞장을 서주었다.

김치근은 말을 하면서 웅보의 눈치를 살폈다.

"암, 석 자 베를 짜도 베틀 벌리기는 일반 아닌가. 그물이 천 코면 걸릴 날이 있다고 하드끼, 하늘이 이기나 사람이 이기나 한 번 맞싸워 보는 거여. 우리가 하늘을 이기지 못하면 우리들 손자들의 손자들 대에까지도 땅 한 뼘 갖지를 못 헐 거여."

판쇠가 맞장구를 치자 "미친놈에 소리, 사람이 어뜨케 하늘을 이겨?" 하고 막동이가 팩 내질러버렸다.

"허허, 하늘이 무섭다고 십 년이고 백 년이고 풍뎅이처럼 나뭇잎이나 뜯어 묵고 살 거여?"

김치근도 물러서지 않았다.

좌중에 잠시 새벽 영산강처럼 침묵이 흘렀다. 술청 밖에 아낙네들과 아이들이 여럿 있었으나 조용했다. 그들은 술청 안에 모인 남자들

의 이야기가 어떻게 아퀴짓게 될지 자못 궁금하여, 마음을 바싹 죄고
있었다.

"웅보 생각은 어떤가?"

판쇠가 웅보를 보며 묻자 "영감님 생각을 말씀해보시지요" 하고
웅보는 칠복이 영감 쪽으로 고개를 돌렸다. 칠복이 영감은 연장자답
게 지금껏 여러 사람들의 이야기를 잠자코 귀담아 듣고 있는 듯싶었
다. 그는 삐억삐억 담뱃진 끓는 소리가 나게 답답한 듯 곰방대를 빨고
나서, 좌중을 한 번 무겁게 쓸어보았다.

"천둥번개가 칠 때는 천하 사람이 한마음 한뜻이라고 안 허든가.
이럴 때일수록 마음을 합해야 허네. 의논이 맞으면 부처도 앙군다고
허드끼 마음부터 합해놓고 일을 시작하기로 허세. 지금은 당장 여름
철 살아 넘기기가 걱정이니, 어차피 올 가을 메밀씨 뿌리기는 틀린 일
이고, 여름철을 살아 넘기고 나서 가을에 다시 일을 시작허세. 옛 말
에 우물을 파도 한 우물을 파라고 했으니 헤어지지 말고, 찬바람 불
때 다시 시작허는 것이 좋겠네. 돌도 십 년을 보고 있으면 구멍이 뚫
린다고 안 허든가."

이날 회의는 칠복이 영감의 말대로 여름을 살아 넘기고 나서 가을
에 둑 쌓는 일을 다시 하기로 결정을 지었다.

둑 쌓는 일을 가을로 미룬 새끼내 사람들은 날마다 영산강에 나가
서 고기를 잡아다 선창에 팔았다. 둑을 휩쓸어버린 원망스러운 영산
강이긴 했지만, 그 강이 아니었으면 벌써 굶어죽었을지도 모르는 일
이었다. 원한이 흐르는 영산강은 생명의 강이며 구원의 강이기도 하

였다. 새끼내 사람들은 끓여먹을 보리 한 톨 없이, 강에 나가 고기를 잡아서 배를 채울 수가 있었다.

쌀분이와 주모도 아예 술청을 닫고 영산강에 나갔다. 배가 없어 깊은 곳에 들어갈 수는 없었지만, 강변에서도 낚시와 그물로 잉어며 붕어, 뱀장어, 메기, 가물치, 꺽지, 모래무지, 버들치 등을 잡을 수가 있었다.

낚시질이나 그물질을 못하는 아낙들은 회백색 바탕에 줄무늬와 점이 박힌 모시조개를 캐기도 하고, 강변 진흙탕 돌 밑에 사는 무당게나, 집게다리에 털이 돋은 참게를 잡았다.

남자들은 쪽배를 타고 영산강을 따라 한나절 동안이나 흘러내려가, 몽탄(夢灘)이나 명산(明山)에서 밤을 새워가며 뱀장어를 잡아오기도 하였다. 바닷물과 민물이 맞닿는 이곳 뱀장어 맛이 일품이라 하여 선창에 가지고 나가는 족족 잘 팔렸기 때문이다. 웅보도 김치근, 염주근, 판쇠, 칠복이 영감, 덕칠이, 막동이 이렇게 예닐곱 명이나 떼를 지어 두어 차례 일본사람들이 많이 사는 명산까지 내려가 뱀장어를 잡아다 팔았다.

명산에 가보았더니 영산강이 바다만큼이나 넓어 끝이 보이지 않았다. 명산에서 조금만 더 내려가면 목포 앞바다에 이른다고 하였다. 뱃심 좋은 김치근과 판쇠가 한사코 바다에까지 내려가 보자고 하였으나 웅보가 번번이 우기다시피하여 되돌아오고 말았다.

웅보는 큰 바다에 나가기가 무서웠다. 그는 어려서부터 산골짜기를 보면 아무리 깊고 후미진 골짜기라도 끝까지 들어가 보고 싶은 충동을 느꼈지만, 강을 타고 깊숙이 내려가는 것은 싫어했다. 산은 그렇지가 않았지만 강은 무서웠다. 아마도 어려서부터 강에서 많은 사람들이 죽는 것을 보았기 때문인지도 모른다. 그는 높은 산은 올라가고 싶었지만, 깊은 강은 내려가고 싶지가 않았다.

물난리가 지나자 사흘쯤 푹푹 찌는 날이 계속되더니, 구질구질하게 하늘이 흐렸다. 후텁지근한 날씨에 추적추적 빗방울이 들이쳤다.

강변 미루나무며 버드나무, 팽나무, 아카시아나무마다에는 물떼가 몰아다 붙여놓은 검부저기들이 비렁뱅이의 누더기처럼 볼썽사납게 너덜거렸다. 웅보는 물귀신의 머리털 같은, 나뭇가지마다에 달라붙은 물 떼의 검부저기를 뜯어내 주었다.

대불이는 열흘쯤 앓아누워 있다가 창백한 얼굴로 일어났다. 그는 앓고 난 뒤부터 사람이 달라진 것 같았다. 말수도 줄고, 혼자 우두커니 앉아서 먼 산을 바라보는 버릇이 생겼다. 아무 말없이 아무 때나 혼자 강변을 서성거리기도 하였다. 그는 아직도 필순이의 검은 댕기머리에 꽂힌 푸른 보랏빛 나는 물달개비꽃이 울컥울컥 눈에 밟혀오곤 하였다. 꿈속에서 더러 필순이가 나타나기도 하였다. 그녀는 꿈속에서 영산강 큰물에 휩쓸려 떠내려가며 박꽃처럼 흰 손을 흔들어 보였다. 강변 미루나무 밑에 서 있는 대불이를 향해 손을 흔들어 보이는 필순이의 모습은 다시 앙증스럽게 예쁜 물달개비꽃으로 변해버리곤 하였다.

큰비를 쏟고 난 하늘은 보랏빛 물달개비 꽃잎 색깔로 맑게 개었다. 지질구질한 잡동사니들을 깡그리 갈퀴질해버린 듯 강물도 깊고 맑아졌다.

영산강에 햇살이 퍼질 때까지 느지거니 늦잠을 퍼자고 푸스스한 얼굴로 일어난 웅보는 부엌으로 들어가 찬물 한 바가지를 퍼서 쿨럭쿨럭 마셨다. 식구들은 해가 돋기 전에 영산강으로 조개를 잡으러 가버리고, 집에는 웅보 혼자만 남아 있었다.

어제 종일 혼자 큰물이 휩쓸어버린 둑에서 돌을 들어 올렸더니 팔다리가 무지근하고 허리가 뻑적지근하여 아무 일도 하고 싶지가 않았다. 찬물 한 바가지로 공복과 갈증을 한꺼번에 메운 웅보는 토마루 앞에 퍽신하게 앉아서 물달개비 꽃잎 같은 하늘을 쳐다보았다. 하늘을 쳐다보고 앉아 있자니 다시 허출한 공복감과 갈증이 서서히 꿈틀거리는 것 같았다.

돈단 아래에 인기척이 있기에 엉거주춤 일어서서 내려다보았더니 애꾸눈이 천 서방이 그의 딸 방울이를 데리고 주막으로 올라오고 있었다. 웅보는 덜컥 마음이 내려앉았다. 천 서방이 그의 딸 방울이를 떼어 맡기고 쌀 열 가마니를 내놓으라고 하면 어쩌나 싶어 걱정이 되었던 것이다.

지난봄 영산포 주막거리 버드나무집에서 쌀 일곱 가마니에 사겠다는 것을 웅보가 가로막으며 쌀 열 가마니를 주겠다고 해놓고 새끼 내에 와서 땅을 일구며 함께 살자고 꼬드겨 데려온 이후, 아무 말없이 방천을 쌓아왔었는데, 방천 쌓는 일이 도로아미타불이 되고 굶어죽게 생겼으니 이제라도 방울이를 팔겠다는 것이 아닌가 싶었다.

"웬일이십니까요?"

애꾸눈이 천 서방이 주막 안으로 들어서자, 웅보는 아비의 등 뒤에 숨은 방울이를 훔쳐보고 물었다. 방울이의 얼굴은 봄에 보았을 때보다 훨씬 야윈 듯싶었다. 콩제비꽃 같은 입술에도 핏기가 없었으며 갸름한 얼굴도 창백하게 떠 보였다. 웅보가 쌀 열 가마니를 주고 사겠다고 가로막아 섰으니 망정이지 버드나무집에 팔아버렸다면 지금쯤 얼짜 신세가 되었을지도 모를 일이라고 생각하니 그때 한 행동이 열 번 고쳐 생각해도 잘했던 것 같았다.

"무슨 일이 생겼습니까요?"

그 나이 또래의 새끼내 사람들이 애꾸눈이를 천 서방 천 서방 하고 얕잡아 불러댔으나 웅보만은 그보다 나이가 열다섯 살이나 위인지라 깍듯하게 존댓말을 써서 어른대접을 하였다. 어쩌면 천 서방도 그동안 웅보한테 당장 쌀 열 가마니를 내놓으라고 떼거리를 쓰지 않고 웅보가 하자는 대로 고분고분 따라 한 것은, 그가 어른대접을 해주는 고마운 마음 때문인지도 모를 일이었다.

"걱정 끝에 자네를 찾어왔구만."

천 서방은 그의 등 뒤에 괴로운 얼굴로 서 있는 딸을 돌아보며 말했다.

"걱정이라뇨? 따님을 다시 파시려구요?"

"팔기느은 방울이가 아니었으면 우리는 폴세 굶어죽었어. 야가 날마다 강에 나가서 게도 잡고 조개도 줍고 혀서 목숨 부지했당께."

천 서방의 말에 웅보는 비로소 마음속으로 한숨을 쉬었다.

"야가 아퍼서……."

천 서방은 부끄러움 때문인지 한사코 아비의 등 뒤로 물러선 방울이의 손을 잡아 웅보 앞에 세우며 걱정스럽게 말했다.

"아프다니 어디가?"

웅보는 방울이의 조그맣고 핏기 없이 까칠한 입술을 보며 물었다.

"닷새 동안이나 물 한모금 안 묵었는디도 배만 버럭버럭 불러오니 무신 놈의 벵인지 원……."

천 서방은 손으로 딸의 불룩한 배를 쓰다듬으며 말했다. 방울이는 부끄러운지 한사코 고개를 깊숙이 떨구었다. 아닌 게 아니라 누더기 두렁치마를 걸친 방울이의 배가 눈에 띄게 불룩해 보였다. 창백한 얼굴에 목까지 가늘어 고개를 바로 들 기력조차 없어 보였다.

"암턴 올라앉으시죠."

웅보는 천 서방을 술청 평상 위에 앉도록 하였다. 방울이도 제 아비 옆에 얌전히 고개를 떨어뜨리고 앉았다.

"나이 찬 큰 애기가 갑자기 배가 개산만큼 불러오니, 아픈 쟈 속도 속이지만 우선 남부끄러워서 원!"

"아픈 것도 부끄럽답니까? 그래 어디가 어떻게 아픈지 들어봅시다. 내가 의원은 아니지만, 송월촌 서당에 다닐 때 훈장어른과 친구분 되시는 의원이 자주 놀러 와서, 들은 이야기가 있으니께요. 어디가 아픈지를 알아야 의원을 찾아가서 약을 구해오지요."

웅보는 조용조용히 방울이를 보고 말했다.

"가스나야, 냉큼 말하그라!"

천 서방이 윽박지르듯 딸을 다그쳤다.

"묵을 것이 있어야지요. 쑥을 넣어 훌렁한 밀죽이나마 아버지허고 동생들 주고 나면 내 묵을 건 한모금도 안 남어요. 그래서 며칠 동안 강가에서 잡어 온 게만 삶어묵었어요. 곡기를 안 해도 게라도 삶어서 배불리 묵어야 살 수 있을 텐께요. 그란디 댓새 전부터 머리가 깨질 것같이 패고, 배가 버럭버럭 부름시로 온몸이 탈기를 허느만요. 댓새 동안 뒤를 한 번도 못 봤구만요."

방울이는 말을 마치고 나더니 훌쩍거리며 울었다. 그러자 그녀의 아비 천 서방이 다 큰 게 눈물을 짠다면서 큰 소리로 나무람 하였다.

"그나저나 뱃속에 뭣이 들었길래 물 한모금 안 마시는디도 저러크롬 뻥뻥허단가 잉."

천 서방은 딸의 배에서 눈길을 떼지 않으며 푸념처럼 말했다.

웅보의 머리에 찍혀오는 것이 있었다. 그는 언제가 송월촌 서당에서 훈장어른 친구인 양 의원이라는 분한테, 흉년에 강변 사람들한테게는 구황에 도움이 되는 것은 틀림없으나, 잘 씹어 먹지 않으면 창자가 터지거나 막혀 죽는 일이 있다고 하였다. 그러면서 양 의원은 게를 많이 삶어먹어 게 껍질이며 게 발에 직장이 막혀 죽어가는 부인을 가까스로 살려낸 이야기까지 했었다.

"직장이 막힌 것이 분명한 것 같구만요."

웅보의 말에 천 서방과 방울이는 함께 고개를 들었다.

"그거이 무슨 말여?"

"창자가 맥혔다니께요."

"창시가 맥히면 영락없이 죽는 거 아닌감?"

천 서방은 놀란 얼굴로 말하며 마음을 가라앉히지 못하고 안절부절못하였다.

"걱정마셔요. 당장 양의원님을 찾아갑시다요."

"저 지경이 된 몸으로 의원을 찾아가다가는 도중에서 죽고 말 거여."

천 서방은 웅보의 소맷자락을 잡아당기며 애꾸눈의 흰자위를 씰룩거렸다.

"그래도 의원을 찾아가는 도리밖에 없는 걸 으쩝니까요. 지가 안내를 헐 테니께 어서어서 갑시다."

"부탁이네. 의원은 냅두고 자네가 손을 좀 써주소. 방울이가 이 지경이 된 것도 따지고 보면 웅보 자네 탓이 아닌감?"

"제 탓이라니요?"

"툭 깨놓고 말해서 그때 쌀 일곱 가마니에 팔려갔더라면, 배가 고파 허천나게 게를 삶아묵고 창자가 맥히게 되지는 않았을 것이 아닌가 말여."

웅보는 그 말에 잠시 할 말을 잃고 멀뚱한 시선으로 천 서방의 얼굴을 바라보았다.

"그래유. 아부지 말대로 죽어도 의원한테는 안 가겠어유. 의원한테 데리꼬 간다면 지는 이대로 죽고 말겠구만요."

방울이가 처음으로 어렵게 입을 열었는데, 웅보는 방울이가 말을 하는 것이 신기한 듯 잠자코 그녀의 입술을 들여다보고만 있었다.

"왜들 이러십니까요. 의원한테 안 가면 죽어요."

웅보는 답답했다.

"이 사람아, 의원한티는 흙 파서 쥐고 갈끈감? 우리집에 있는 것이라고는 쟈가 잡어다 놓은 게 한 소쿠리뿐일세."

"돈 걱정은 마셔요. 우선은 사람 목숨부텀 건져야지요."

"허허, 이런 머구리 같은 사람아. 돈 아니면 목숨을 못 건지는 세상이여."

"답답하시네요."

"내가 보기로는 자네가 답답허시. 죽어도 내 뒷말 안 헐 뗑께, 좌우당간에 자네가 손을 쓰소. 쥑이든 살리든 알어서 혀! 자, 나는 가겠네."

그러면서 천 서방은 뒷짐을 지고 갑자기 태도가 느긋해져서는 술청을 나가 돈단을 내려가 버렸다. 웅보가 다급한 목소리로 불렀으나, 천 서방은 듣는 둥 마는 둥 뒤도 돌아보지 않고 주막에서 멀어져가 버렸다.

웃어야 할지 울어야 할지, 어처구니가 없게 된 웅보는 다시 의원을 찾아가자고 방울이를 졸라보았지만, 그녀 역시 쇠코뚜레를 삶아먹었는지 이만저만한 고집이 아니었다. 그녀는 부끄럽지도 않은지 웅보 앞에서 술청 평상에 활개를 쭉 펴고 벌렁 누워버리는 게 아닌가. 의원한테 가지 않겠다고 떼를 쓰듯 하는 것은 돈이 없기 때문이라는 것을 모르는 바는 아니었으나, 막무가내로 고집을 부리는 것을 보자 본심이 아니게 삐딱한 생각이 들기까지 하였다.

술청 평상에 벌렁 누워버린 방울이는 숨을 헐떡이며 배가 터질 것 같다고 울부짖었다.

"잘못허다가 죽어도 나는 모르니 그리 알어!"

웅보는 방울이를 향해 퉁명스럽게 쏘아붙이고는 그녀를 일으켜 방으로 데리고 가서 누워 있게 하였다.

　웅보는 방울이를 방에 누워 있게 하고 밖으로 나와서 대나무로 집게를 깎았다. 송월촌 훈장님 댁에서 양 의원한테 얼핏 귀동냥으로 들은 대로, 대나무집게로 방울이의 직장에 막힌 게 다리들을 집어낼 요량이었다.

　그러나 집게를 깎아 방울이가 누워 있는 방으로 들어가기는 했으나, 아무리 병자라고는 해도 오뉴월 벼논의 메추라기처럼 숙성한 처자의 몸에 손을 대기란 도둑질하기보다 더 힘들 것 같아, 우두커니 선 채 망설일 수밖에 없는 일이었다.

　"죽어도 나는 모른께, 알아서 히여 잉."

　웅보는 똑같은 말만 되풀이하였다. 방울이는 한마디 대꾸도 없이 괴로운 듯 미간을 찌푸리며 두 다리를 오그렸다.

　"내가 의원이라고 생각허고, 고쟁이 벗고 엎져서 엉덩이를 쳐들 수 있겠어?"

　웅보는 화난 목소리로 퉁명스럽게 내질렀다.

　"내 앞에서 그렇게 못 허겄다면 업고라도 의원을 찾아갈 텐께 말여!"

　웅보가 다시 다그치듯 말해서야 방울이는 힘들여 상반신을 일으키더니 "왜 그렇게 해야 되남유?" 하고 꺼져가는 목소리로 물었다.

　"창자가 맥혔는지 안 맥혔는지 딜다봐야 헐 거 아녀. 내 짐작대로 맥혔다면 끄집어내야지."

　방울이는 한동안 심란한 얼굴로 말없이 웅보를 쳐다보았다. 그러다가 결심을 했는지 "허라는 대로 허겄구만요" 하고는 뒤뚱발이처럼 허리를 자빠듬히 젖히고 방을 나가더니 잠시 후에 물 묻은 손을 머리에 닦으며 다시 들어왔다.

"지가 형제들허고 얼굴 맞대고 사는 건 순전히 웅보 아저씨 덕택이라고 생각허는구만유. 그때 주막거리에서 웅보 아저씨만 아니었더라면 지는 시방 죽어서 없어졌을지도 몰라유."

방울이는 웅보 무릎 앞에 바짝 붙어 앉으며 또렷또렷하게 말했다. 웅보는 겨우 세 살 차이밖에 안 되는 방울이한테서 아저씨라는 말을 듣는 게 여간 겸연쩍지가 않아 자신도 모르게 피익 웃으며 그녀의 시선을 피했다.

"죽어 없어지다니?"

"주막에 팔려 가면 죽기로 작정을 했었구만유. 그러니께 웅보 아저씨는 지 생명의 은인이나 매한가지라유. 생명의 은인헌티 몸을 맡기는디 뭣이 부끄럽겠어유."

그러면서 방울이는 앉은 자리에서 얼굴을 방바닥에 묻고 엉덩일 쳐들어 올리더니 두렁치마를 홀렁 걷어 올리는 것이 아닌가. 두렁치마를 걷어 올리자 고쟁이를 벗어버린 방울이의 단단하고 포실한 엉덩이가 한가위 무렵 지붕 위의 탐스러운 박처럼 둥그렇게 눈에 가득 들어왔다. 순간 웅보는 한가윗날 밤에 노루목 늙은 팽나무 위에 덩실하게 떠오른 밝고 흰 수국꽃 같은 달덩이를 떠올렸다. 그것은 백로 날개 빛깔의 둥그스름한 큰 백자항아리였다.

얼굴이 누렇게 뜨도록 굶주리다가 강가의 게만 삶아 먹고 창자가 막혀 병이 든 처자의 속살이 그렇게 탐스럽고 아름답고 깨끗해 보일 수가 있을까 하고 마음속 깊은 곳으로부터 탄성을 연발했다.

웅보는 방울이의 살에 손을 대지 못하고 한동안 넋을 잃고 앉아 있기만 하였다.

잠시 후 웅보는 한 송이의 수국꽃 꽃잎을 만지듯 조심스럽게 방울이의 엉덩이에 손을 대고 뒷구멍을 벌렸다. 빨간 메꽃 빛깔의 뒷구멍 속에 꺼뭇꺼뭇 콩깍지 같은 게 껍질 부스러기가 꽁꽁 뭉쳐져 있었다. 웅보는 왼손으로 뒷구멍을 벌리고 오른손에 든 대나무집게로 게 껍질 부스러기들을 집어냈다.

웅보는 땀을 뻘뻘 흘렸다. 등짝이 휘주근하게 젖었다. 고개와 손이 뻐근해질 때까지 뒷구멍 깊숙이 대나무집게를 집어넣어 게 껍질을 파냈다. 담뱃잎 꼬투리만한 게 다리도 나왔다.

꽤 오랜 시간이 지난 뒤, 웅보는 후유 한숨을 몰아쉬며 허리를 펴고 일어섰다.

"자, 다 됐응께 집에 가봐."

웅보는 숨 가쁜 목소리로 말하고 방에서 뛰쳐나와 시원한 강바람을 목덜미 속에 집어넣었다. 잠시 후 웅보를 뒤따라 나온 방울이는 부끄러움 때문에 목이 부러지도록 고개를 깊숙이 꺾고 뒤뚱거리며 도망치듯 돈단을 내려갔다.

"집에 가는 대로 아주까리 열매를 한주먹 볶아 묵고 설사를 해뿌러."

웅보는 돈단을 내려가는 방울이의 뒤통수에 대고 큰 소리로 말했다.

그런 일이 있은 사흘 뒤 방울이는 배가 홀쭉하게 빠진 몸으로 웅보가 집에 없는 틈을 타서 게를 한 소쿠리 잡아다 주막에 놓고 갔다.

그런데 그 무렵 새끼내에는 게를 삶아먹고 창자가 막힌 병자가 여럿
이 생겼다. 웅보는 그가 방울이한테 했던 대로 가족들한테 대나무집게
를 만들어 창자나 뒷구멍에 막힌 게 껍질 부스러기들을 파내도록 하여
모두 낫게 하였다. 그리고 마을 사람들한테 게로 구황을 하는 것은 좋지
만 반드시 가루가 될 때까지 꼭꼭 씹어 먹도록 하라고 당부하였다.


# 14


물난리가 지나가고, 햇볕도 없는 후텁지근한 날씨가 계속되더니,
새끼내 인근마을에서는 돌림병이 돌기 시작하였다.

처음에는 선창 사람 두서너 명이 갑자기 멀건 물을 끄억끄억 토하
고, 한속을 하며, 쌀뜨물과 같은 설사를 주룩주룩 물 쏟듯 하다가는
헛소리까지 한다는 거였다. 홍수가 난 뒤 끝에 생기는 호열자라고들
하였다. 이병에 걸리면 설사를 하루에도 수십 번 계속하다가 온몸이
불돌같이 달아오르고, 며칠 안 가서 삭정이처럼 뼈만 앙상하게 말라
버렸다.

병이 생긴 지 나흘 만에 선창에서 두 노인이 죽고, 닷새째가 되자
개태, 부르뫼에까지 병이 옮아왔다.

병자가 생긴 집은 금줄을 치고 소금을 뿌렸으며, 아무도 접근하지
못하게 하였다. 그러나 병은 봄바람에 들불 번지듯 계속 인근마을로

퍼졌다. 어지간히 기세를 부리다가 수그러지겠거니 했는데, 날이 갈수록 병자가 자꾸 불어, 연일 시체를 묻고 죽은 사람이 쓰던 물건들을 들이나 산에 가지고 가서 불태우느라 연기가 진동하였다.

웅보와 대불이는 새끼내 마을 다른 사람들처럼 돌림병에 걸릴까 두려워 집안에만 붙박여 있었다.

며칠 동안 두문불출하고 있는데 주막으로 칠복이 영감이 찾아왔다. 돌림병에 사람들이 짚불 스러지듯 하는데 그대로 눈 번연히 뜨고 구경만 할 수 없을 것 같기에 답답해서 찾아왔다고 하였다.

칠복이 영감의 말로는 돌림병이 새끼내에까지 들어와 염주근네 세 식구와, 선창에서 이사 온지 얼마 안 되는 칠복이 영감 고향 사람인 때구네 부인이 앓기 시작했다는 거였다.

"이대로 구경만 했다가는 새끼내에도 돌림병이 창궐할 게 아닌가."

칠복이 영감은 그러면서 웅보한테 돌림병을 막을 좋은 방도가 없겠느냐고 물었지만 웅보로서도 시원스럽게 해줄 말이 없었다.

"선창에서는 벌써 여남은 사람이나 죽어 나갔다는디."

칠복이 영감은 웅보가 아무 말도 하지 않자 답답한지, 담뱃진이 노랗게 묻어 윤기까지 나는 두어 뼘 정도 길이의 곰방대만 삐억삐억 숨가쁘게 빨아댔다.

"여러 사람들 의견을 들어보지요."

웅보가 말하자 칠복이 영감은 그것이 좋겠다고 하면서 일어섰다. 자기가 몇 사람 주막으로 데리고 오겠다고 하였다.

칠복이 영감이 서둘러 돈단을 내려간 뒤에도 웅보는 아무 생각 없이 오동나무 밑에 쪼그리고 앉아 있었다. 여기저기서 매캐한 쑥불 피우는 냄새가 진동했다. 칠복이 영감 말마따나 어떻게 손을 써봐야 할 텐데 큰 걱정이었다. 지난번 큰비에 방천이 허물어져버리자 새끼내 사람들은 마지막 꿈이 조각나버린 듯 실망을 안고 있던 터에, 돌림병이 또 휩쓸고 간다면 모두들 새끼내를 떠나버리게 될지도 모르지 않는가.

하지만 웅보가 알기로 근방에는 의원이 없었고, 또 있다손 치더라도 가난한 사람들만이 모여 사는 새끼내까지 와줄 것 같지도 않았다. 의원이 없는 터라 무슨 약제를 써야 할지조차 몰랐다.

여느 해에도 그랬듯이, 예방이라야 마을 어귀에 대장군북남장군(大將軍北南將軍)이라고 쓴 석주(石柱)를 세우고, 아낙들이 모여 곡식을 찧는 디딜방아를 다른 마을에서 훔쳐다가 동구 밖에 거꾸로 세워 치마를 걸쳐두거나, 방문 앞에 빈병을 매달아두는 것이 고작이었다. 어떤 마을에서는 집안에 있는 돌에 동석부(動石符)를 붙여놓고 돌을 흔들어 움직이며 경을 외거나, 사립짝 위에 솔잎을 꺾어다 걸쳐놓기도 하였다.

그러나 돌림병은 잠시도 기세를 꺾지 않았다. 한 번 돌림병에 걸렸다 하면 좀처럼 일어나지를 못하고 며칠 후에는 그대로 힘없이 죽어 넘어지는 판이라, 한 가족이라도 병자 구완하기를 무서워하였다.

칠복이 영감이 주막에서 나간 지 담배 한 대참쯤 뒤에, 김치근이, 판쇠, 막동이, 덕칠이 등 마을에 무슨 일이 있을 때마다 앞장을 서왔던 젊은이 네 사람을 앞세우고 돌아왔다. 그들은 주막 술청에 앉아서도 뾰족한 방도가 없는지라, 고개가 부러질 만큼 머리들을 처박고 앉아서 푸욱푹 한숨만 토해냈다.

"그눔에 한숨 소리에 방장 꺼지겄네."

잠시 후 칠복이 영감이 입을 열어서야 모두들 무겁게 고개를 올렸다.

"선창 사람들은 집을 비우고 깊은 산으로 돌림병 피난을 간다는디."

막동이가 한숨 섞인 목소리로 말했다.

"병자들은 어쩌고?"

덕칠이가 손가락으로 눈곱자기를 뜯어내며 물었다.

"병자들이 문제여? 이 판국에 성한 사람이나 성해야재."

판쇠였다.

"한 가족 중에서 병자가 생겼는디 그냥 내버려두고 자기만 살겠다고 집을 비운다는 것도 말이 안 되고."

덕칠이는 침통한 얼굴로 뭉뚝한 코끝을 만지작거렸다.

"문제는 말이시, 우선 환자가 더 생기지 않도록 예방을 하고 의원을 모셔오는 걸세."

웅보가 오랜만에 한마디 했다.

"의원이 어디 있는지 아는가?"

김치근이가 웅보를 향해 물었다.

"찾아봐야재. 모르면 몰라도 강 건너 나주에 나가면 의원을 만날 수가 있을 거여."

"웅보 말이 맞네. 우선 병자가 더 안 생기도록 예방을 허고, 누가 의원을 뫼시러 가도록 허세."

덕칠이였다.

"연전에 보니께, 돌림병이 창궐할 때는 예방을 위해서 쑥불을 피우고, 찬물이나 날음식을 못 먹도록 하며, 더운물로 몸을 깨끗이 해야 한다고 하데."

칠복이 영감이 다시 담뱃통에 인동초를 재어 넣으며 말했다.

"의원은 누가 뫼시러 갈 거여."

막동이가 트적지근한 목소리로 묻자 "내가 나주에 한 번 댕겨오도록 험세" 하고 웅보가 받았다.

"나도 그 생각을 했는디 차마 말을 못했네."

김치근은 웅보의 손을 잡아 흔들었다.

웅보는 그동안 생각한 바가 있었다. 그가 노루목에 살 때 송월촌 서당에 가보면, 스승인 홍 거사 친구라는 의원이 가끔 놀러 오곤 하던 생각이 떠올라, 우선 스승을 찾아가서 사정을 해볼 생각이었다.

"자네만 믿네."

"꼭 의원을 뫼셔와야 허네."

"웅보라면 해낼 거로구만."

모두들 한마디씩 하고 헤어졌다.

다음날 새벽 웅보는 대불이를 깨워 집을 나섰다. 대불이를 데리고 나선 것은 웅보가 의원을 찾는 사이에, 대불이로 하여금 잠간이나마 노루목에 가서 아버지 어머니를 뵙고 오게 하기 위해서였다. 웅보는 아버지 어머니가 혹시 돌림병에 걸리지나 않았나 몹시 걱정이 되었다.

웅보 형제가 새끼내를 떠나 영산포 나룻목까지 오는 동안 마을의 집집마다 쑥불을 피우느라 매케한 연기가 역겹도록 창자 속까지 후

벼 팠다.

어떤 집에서는 돌림병을 예방하기 위해, 새벽부터 바가지로 마룻바닥을 빡빡 소리가 나게 문질렀다. 그 소리가 꼭 당나귀 울음소리 같았다. 길가에서 병자가 입던 옷을 태우고 있는 까칠하게 얼굴이 말라붙은 노인한테 그 내력을 물었더니, 곧 계룡산(鷄龍山)에서 정 씨(鄭 氏) 왕이 세상에 내려온다는데, 흔히들 정 씨 성을 가진 사람을 당나귀라고 하여 바가지로 마룻바닥을 긁어 당나귀소리를 내면 돌림병이 정 씨 왕 왔다고 무서워 침입해오지 못한다고 믿고 있기 때문이라고 하였다. 웅보는 그 말을 듣고도 웃음이 나오지 않았다.

길가의 어떤 집에서는 헌 소금 가마니를 방문 앞에 깔아두고 직신직신 밟기도 하였다. 선창 마을에서는 마을 가까이에 있는 묘는 모조리 파헤치고, 묘지 위에 똥을 뿌렸다고 하였다. 또 세 다발로 꼰 새끼줄을 문전에서 태우고 그 재를 물에 타서 마시는가 하면, 아이들 똥을 솥에 넣어 끓어먹기도 했단다. 병자가 태반을 먹으면 병이 낫는다고 하여 아이를 낳는 집에는 태반을 구하러 온 사람들이 줄을 섰다.

그들 형제는 나룻목까지 가는 동안에도 돌림병에 죽은 시체를 거적으로 둘둘 말아 지고 산으로 묻으러 가는 것을 여럿 보았다.

선창 마을은 새끼내에서 듣던 것보다 훨씬 처참했다. 집집마다 병자들의 신음소리와 가족들의 울음소리가 갈기갈기 허공을 찢었다.

웅보는 영산포 나룻목에서 배를 기다리는 개태 손팔만을 만났다. 손팔만은 나이가 젊은 여자 병자를 들쳐 업고 있었는데, 그의 등에 업힌 병자는 죽었는지 살았는지 얼굴을 손팔만의 등에 묻은 채 신음소리 한마디 내지 않았다.

웅보 형제가 나룻목에 당도하자 손팔만이 먼저 알은 체를 해왔다. 웅보네가 처음 새끼내 주막에 들어와 살 때, 날마다 주막에 와서 행티 사납게 굴던 손팔만은 새끼내에 많은 사람들이 몰려와 살게 되면서부터는 죽 나타나지 않았었다. 들기로는 요즈막 그는 날마다 영포 선창거리 때죽나무집 주막에서 파고 산다고 하였다.

"어쩐 일이우?"

손팔만이 쪽에서 먼저 알은 체를 해왔기에 웅보가 등에 업힌 병자를 유심히 살피며 물었다.

"강을 건너야겠는디 병자를 태워주지 않는다니께."

손팔만은 울상을 하며 말했다.

"강 건너 어디까지 가시는데요?"

웅보가 다시 묻자 "의원을 찾아가는 길이여. 이 사람이 다 죽어간단 말여."

손팔만은 그의 체구나 성격에 어울리지 않게 우는 소리를 하였다.

"병자가 누구요?"

대불이가 뜨악한 표정으로 물었다. 손팔만이 마누라를 맞아들였다는 소문을 듣지 못한 터라 그들 형제는 손팔만의 등에 업힌 여자가 누구일까 궁금했다.

"선창거리 때죽나무집 주모여."

"주모라면 술집 식구들이 병구완을 할 일이재."

"주막 주인은 따로 있고, 이 여자는 술만 팔아주는 여자여. 피붙이라고는 아무도 없는 외톨백이란 말여."

손팔만의 이야기로는, 그가 업고 있는 선창거리 주모는 원래 법성포 사람으로, 선창 당도리배의 뜨내기 뱃사람한테 시집을 왔다가, 일년도 못되어 남편이 무곡선을 타고 영산포를 떠난 뒤 삼 년이 넘도록 돌아오지 않아서 하는 수 없이 주막에서 술을 팔아주며 입에 풀칠을 하고 살아왔다고 하였다. 무곡선을 타고 나간 그의 남편은 무안 앞바다에서 풍랑을 만나 죽었다고도 하였고, 한편으로는 줄포에 본마누라가 있어, 새색시한테서 단물만 쪽 빨아먹고 도망을 한 거라고도 하는 소문을 들었다고 하였다.

선창거리 주막의 주모가 돌림병에 걸리자 주막 주인은 병자를 구완해주기는커녕, 밤에 나룻목 옆 산비탈 아카시아 숲속에 떠메다 내버렸는데, 주막에서 자고 아침에 집으로 돌아가던 손팔만이가 숲속에서 들려오는 신음소리를 듣고 찾아냈다는 거였다.

"세상에 이런 몰인정한 사람들이 있다니께."

손팔만은 선창거리 주막의 늙은 주인을 욕하면서, 이번에도 사공이 그를 태워주지 않으면 배를 뒤집어 엎어버리겠다고 땅땅 을렀다.

"병만 고치면 이 여자를 내 여편네로 삼을란다."

손팔만이는 부끄럼 없이 떳떳하게 말했다.

"그리고 보니, 마누라 삼을 욕심으로 병자를 업고 의원을 찾아가는구만요?"

대불이가 손팔만의 속마음을 알았다는 말투로 내지르자 "안 그래도 이 여자를 좋아해왔단 말이시. 말바우 에미가 나를 거들떠보지도 않기에, 이 여자를 점찍었어."

손팔만은 숨기지 않고 말을 뱉으면서 나룻배가 오는 물목을 바라보았다. 찰브락찰브락 물살을 가르면서 나룻배가 건너오고 있었다.

웅보는 손팔만의 가까이로 가서 그의 등에 업힌 병자의 맥을 짚어보았다. 물기가 쫙 빠져 뼈에 살가죽만 붙어 있는 병자의 손목은 겨릅처럼 가늘었다. 맥박도 희미했다.

"어렵겠어요."

웅보가 손팔만을 보며 나지막한 목소리로 말했다.

병든 여자를 살리려고 나주까지 의원을 찾아가기 위해 나룻배를 기다리는 손팔만이 전혀 다른 사람으로 보였다. 걸핏하면 행티나 부리고 매일 장취로 술에 취해 여자를 꼬드기는 데만 머리를 써온, 인정머리라고는 담배씨만큼도 없는 막된 사람으로 알고 있던 그가, 이유야 어쨌든 숲속에 버려진 병자를 살리겠다고 서둘러대는 것이 갑자기 부처님처럼 거룩하게 보였다.

"의원을 찾아가도 어렵겠어요."

웅보가 다시 말하자 "약조를 했단 말여" 하고 큰 소리로 말했다.

"약조라니요?"

"아까 숲속에서 살려주기만 하면 내 여편네가 되겠다고."

"그런 말을 했어요?"

"내가 왜 거짓말을 하겠어."

"허나 시방은 신음소리도 못 내는 걸요."

"아녀. 잠들었을 거여."

배가 나루터 가까이 왔다. 나룻배를 기다리던 사람들이 배에 오르기 위해 서둘렀다.

"병자는 안돼요."

배를 기다리던 사람들 중에서 고수머리에 우락부락하게 생긴 사내가 손팔만을 찍어보며 내질렀다.

"아니 뭐요?"

손팔만은 병자를 업은 채 우르르 고수머리를 향해 달려들었다.

"손씨, 참으씨요. 내가 배에 태워주겠어요."

대불이가 나서서 손팔만의 앞을 막았다. 손팔만은 대불이가 힘깨나 쓰는 것을 알고 있는 터라, 그의 말대로 고수머리한테 달려들지 않고 참았다.

나룻배가 닿고, 나주 쪽에서 건너온 여남은 명이나 되는 사람들이 내렸다. 나룻배에서 손님들이 내리기가 무섭게 대불이가 배 위로 건너 뛰어오르더니 "병자를 업은 사람 먼저 타시오" 하고 배에 오르려고 서두르는 사람들을 향해 큰 소리로 외쳤다. 대불이의 소리에 여기저기서 병자를 태울 수가 없다고 노골적으로 한마디씩 불평을 토했다. 그 사이 배를 기다리던 여남은 명이나 되는 사람들은 서로 먼저 배에 오르려고 이물 쪽으로 몰려들었으나, 웅보가 두 팔을 벌려 이들을 가로막아 섰고, 그 사이에 병자를 업은 손팔만이가 대불이의 부추김을 받으며 배에 두 발을 모두 들여 넣었다.

병자를 업은 손팔만이가 배에 오르자 서로 먼저 배를 타려고 이물 쪽으로 우르르 몰려들었던 사람들이 주춤 물러섰다. 병자와는 한배에 탈 수가 없다는 생각을 한 것이다.

이때 웅보가 천천히 배에 오르며 "탈 사람 없수?" 하고 주춤 물러선 사람들을 향해 소리쳤다. 아무도 배에 오르려고 하지 않았다.

"영감님, 노를 저으씨요."

대불이가 고물 쪽에 가서 댕돌같이 앉으며 눈이 왕방울 같은 늙은 사공을 재촉했다. 언젠가 웅보가 쌀분이와 함께 양 진사 댁에서 도망쳐 나올 때 배를 되돌렸던 바로 그 사공이었다.

"나 못 가겠수다."

사공이 땡땡하게 매달린 눈으로 배에 올라와 있는 그들을 하나씩 찍어보며 퉁명스럽게 말했다.

"왜 못 가겠다는 거유."

웅보가 늙은 사공한테 대들기라도 할 듯 다그치며 물었다.

"병자를 싣고 갈 수는 없쉐다."

"병자가 사공영감을 잡아묵기라도 한답니까."

대불이도 한마디 쏘아붙였다.

"암턴 나는 안 가겠수."

사공은 노를 움켜잡은 채 느긋하게 먼 산만 바라보았다.

"좋아요. 못 가겠다면 내리슈."

웅보가 사공 옆으로 바짝 다가가서 짓부릅뜬 눈으로 쏘아보며 말했다.

"못 가겠다면 내리라니깐."

"내가 내리면 어쩔려구."

"좌우당간에 사공영감은 내리기나 허슈."

웅보가 바짝 다가서며 당장이라도 사공을 강물 속으로 메어칠 것 같이 손에 힘을 주고 노려보자, 늙은 사공은 비실비실 이물 쪽으로 걸어가더니, 배에서 내려버렸다.

"병자를 강 건너에 실어다 놓고 배를 가져오겠수다."

웅보가 큰 소리로 말하고 노를 잡았다. 나룻배가 천천히 물살을 가르며 움직였다.

"형님 나한테 맡겨요."

웅보의 노 젓는 솜씨가 서투른 것을 보자 대불이가 달려들어 노를 잡으며 말했다.

웅보는 노를 대불이한테 넘겨주고, 손팔만의 옆으로 왔다. 손팔만은 병자를 안고 앉아 있었다. 물방개 등처럼 푸르죽죽한 병자의 얼굴에 여름의 아침햇살이 눈부시게 어른거렸다. 웅보는 잠시 병자의 얼굴을 내려다보고 서 있었다. 동글납작한 얼굴에 유난히 짙은 눈썹을 가진 병자는 죽은 듯 눈을 감고 있었다. 이따금 휘익휘익 수면을 훑고 올라온 강바람에 병자의 긴 머리칼이 불꽃처럼 솟곤 하였다.

병자를 안고 앉아 있는 손팔만은 돌처럼 굳은 표정으로 죽은 듯 손가락 하나 움직이지 않는 병자의 얼굴만을 내려다보고 있었다. 그는 이따금씩 고개를 무겁게 들고 넋 빠진 눈으로 바람에 고기비늘이 일어서는 것 같은 물살을 물끄러미 보곤 하였다.

"이 여자가 그렇게 소중하우……."

웅보가 선 채로 손팔만의 팔에 안긴 병자를 내려다보며 물었다.

"약조를 했다니께. 첨으로 나헌티 약조를 헌 여자여."

"여자도 댁을 좋아했수?"

손팔만은 여전히 무겁게 고개를 가로저으며 "이 여자는 말바우 에미보다 더 쌀쌀맞게 굴었어."

손팔만은 희미하게 말하며, 쇠코잠방이 소맷자락으로 병자 얼굴의 땀을 찍어냈다.

"우리도 의원을 찾아가는 길이니, 같이 가봅시다."

웅보는 손팔만을 도와주고 싶었다.

배가 광나루에 당도하자, 웅보는 대불이에게 배를 돌려주고 나서 노루목 아버지 어머니가 어떻게 지내시는지 살펴보고 송월촌 홍 거사 댁으로 오라고 이르고, 손팔만이와 함께 송월촌으로 향했다. 우선 송월촌 홍 거사 댁에 가서 스승을 만나 뵙고, 아는 의원을 소개받을 생각이었다.

송월촌에 당도한 웅보는 손팔만에게 잠깐 동안만 마을 앞 당산에서 기다리라고 해놓고 마을로 들어섰다. 송월촌에서도 쑥불 피우는 냄새가 진동했다. 쑥불 피우는 냄새는 코로 스며드는 것이 아니고 창자와 머릿속을 뚫고 들어오는 것 같았다. 고샅에는 사람 그림자 하나 없이 고즈넉했다. 그가 고샅을 지나갈 때 컹컹컹 개 짖는 소리만이 한낮의 조용한 마을을 뒤흔들어놓았다. 집집마다 사립짝문도 굳게 걸려 있었다.

홍 거사 댁 사립짝문도 닫혀져 있었다. 문밖에서 큰기침을 하며 기척을 해도 그림자 하나 얼씬거리지 않기에 큰 소리로 스승님 스승님

하고 불러보았다. 한참 뒤에야 신발 끄는 소리가 들리더니 "게 누구 왔소?" 하는 홍 거사의 굵직한 목소리가 들렸다.

"접니다요. 저 웅보 놈입니다요."

그제야 사립짝문이 열렸다.

"웅보가 웬일이냐."

홍 거사는 몰라보리만큼 수척해 있었다.

"그동안 평안하셨는가요."

"그래, 들어가자."

웅보는 홍 거사를 따라 사랑채로 들어섰다. 여느 때 같으면 사랑채에서 학동들의 글 읽는 소리가 여름밤 방죽에서 개구리 우는 소리처럼 와글와글 들려왔을 터인데, 조용하기만 했다. 방에 들어서자 쾨쾨한 곰팡이 뜨는 냄새가 훅 코를 덮쳤다.

"송월촌도 물난리를 겪었는갑네요."

"말도 말거라. 이 마을에서도 여럿이 목숨을 잃었다."

홍 거사는 초췌한 얼굴로 한동안 웅보를 바라보는 것 같더니 "그동안 어뜨케 지냈느냐" 하고 물었다. 웅보는 새끼내에 자리를 잡은 일이며, 여기저기서 일시에 풀려난 종들이 한데 모여 살며 새끼내에 둑을 쌓다가 지난번 큰비에 날려버린 일, 비가 온 뒤 돌림병이 덮쳐 의원을 찾아 나온 것을 대충 이야기했다.

"그런데 의원을 만날 수 있을까요?"

"글쎄다. 곳곳이 돌림병에 시달리고 있으니."

"어디 가면 의원을 만날 수 있을까요. 스승님과 교분이 있는 의원을 한 분 소개시켜주십시오."

"내가 아는 의원이란 금쇄동 사는 양치수(梁治洙)라는 사람뿐인데, 가보나마나 그곳도 돌림병이 퍼졌을 텐데."

홍 거사의 말에 웅보는 벌떡 일어섰다. 금쇄동이라면 송월촌에서 그리 멀지 않은 곳이었다. 노루목을 맞바라기로 건너다보면서 비가 오는 날 밤에는 언제나 아기 울음소리가 난다는 할미산 너덜경 모퉁이를 안고 돌아, 다시 금성산을 향해 들어가면 넓은 들이 펼쳐져 있는데 바로 그곳이 금쇄동이다.

"댕겨와야겠구만요."

"금쇄동으로 갈려고?"

"한시가 급합니다요."

"금쇄동에 가서 양 의원을 만나면 어찌할 생각이냐."

"스승님 말씀을 드리고, 새끼내로 모셔가야지요."

"못 가겠다면?"

"억지로 업어서라도 모시고 가야 합니다요."

"새끼내가 아주 심한 모양이구나."

"새끼내뿐만 아니고 선창, 부르뫼, 개태에서 망자가 여럿 생겼습니다요."

"양 의원을 만나면 내 말부터 하거라. 그 사람은 유의(儒醫)이기 땜시 재물에는 욕심이 없는 사람이다."

"그럼 가보겠습니다. 지 아우 놈과 스승님 댁에서 만나기로 했습니다요. 지가 돌아올 동안 잠시 스승님 댁에서 머물도록 해주십시오."

"그렇게 이르마."

웅보는 서둘러 홍 거사 집에서 나와 손팔만이가 기다리고 있을 당산으로 숨 가쁘게 뛰어갔다. 손팔만은 병자를 느티나무 그늘 밑 편편한 당산돌에 눕혀놓고, 실성한 사람처럼 당산나무를 보듬고 돌고 있다가, 숨 가쁘게 뛰어오는 웅보를 보고 "그래, 의원은 있던가?" 하고 큰 소리로 물었다.

"금쇄동에 의원이 있답니다. 제 스승님이 잘 아는 분입니다."

웅보는 손팔만에게 말하고, 숨 돌릴 겨를도 없이 논둑길을 무질러 영산강을 거슬러 올라갔다. 손팔만이도 다시 병자를 업고 웅보 뒤를 따랐다.

마음 같아서는 잠시라도 노루목에 들러 부모님 얼굴이라도 뵙고 가고 싶었지만 양 의원을 만나는 일이 급하기도 하였거니와, 전자에 진사 마님과 뜨악한 일도 있고 해서, 노루목 어귀 늙은 팽나무를 멀찍하게 바라보면서, 그냥 강을 따라 올라가다가 양 의원이 사는 금쇄동으로 꺾어들었다. 강바람이 시원했다. 여느 때 같으면 고기잡이꾼들이 강에 늘비하게 모여들었을 터이지만 돌림병 때문에 사람의 그림자를 찾아볼 수가 없었다.

금쇄동은 노루목에서 그리 멀지 않은 곳이다. 노루목 앞에서 금성산을 맞바라기로 스쳐 밋밋한 등성이 자락을 보듬고 왼쪽으로 접어들면 진흙바위 아래 아름드리 귀목나무들이 듬성듬성 늘어서 있는 마을이 바로 금쇄동이다. 웅보는 양 진사 댁 비자로 있으면서 몇 번인가 와본 일이 있었다.

그는 병자를 업은 손팔만에게는 천천히 따라오라고 일러놓고 빠른 걸음으로 귀목나무들이 늘어선 둔치를 넘어 마을로 접어들었다. 마을 어귀에 들어서서 양 의원 집을 찾기 위해 사방을 두렷거렸으나 물어볼 만한 사람이 없어 잠시 미적이고 있는데, 옹구바지를 입은 중늙은이가 망태기를 메고 고샅에서 나왔다.

　"저, 이 마을에 양 의원님이 살고 계시지요."

　묻는 말에, 빈 망태기를 멘 늙은이는 얼핏 웅보를 위아래로 훑어보았다.

　"그렇소만."

　"그 댁이 어디쯤인가요?"

　"그 양반 집에 안 계실 거유. 헛걸음 말고 돌아가슈."

　늙은이가 그냥 지나쳐가려고 하는 것을 웅보가 다급하게 불러세웠다.

　"영감님, 양 의원님 댁이 어디쯤인지 대충 알려주시지요."

　"허허, 젊은이두 참, 양 의원님이 시방 안 계시대두 그러네. 그 양반 요새 몸이 열 개래두 못 배겨나게 생겼다우. 옴나위없이 불난 강변에 덴 소 날뛰듯 헌다니께!"

　"그래도 집이라도 좀……."

　"저기 저, 큰 은행나무집이라우."

　노인은 턱으로 잎이 싱그러운 은행나무가 서 있는 고샅의 끝을 가리키며 그냥 지나가버렸다. 웅보는 손팔만이가 가까이 올 때까지 두껍다리 위에서 잠시 서 있다가, 손팔만이가 숨을 헐떡거리며 돈들막에 이르자 은행나무를 보며 다시 걸음을 재촉했다.

"돌림병이 퍼지니께 인심까지 고약해졌소 그려."

웅보는 손팔만을 얼핏 돌아보며 빨리 따라오라는 말 대신 혼잣말로 툴툴거렸다. 은행나무가 서 있는 고샅의 막바지에 가까이 갈수록 약탕관 끓는 냄새가 짙게 풍겼다.

웅보가 열려 있는 사립문 안으로 쑥 들어서자, 널찍한 마당의 한 귀퉁이 감나무 그늘 평상에 병자들 네댓이 누워 있었고 병자들을 구완하기 위해 따라온 듯싶은 가족들이 땅바닥에 가마니 짝을 깔고 앉아 자울자울 졸고 있었다.

"양 의원님 계신가요?"

마당 한가운데에 서서 집안을 두렷거리던 웅보는 때마침 빨간 맨드라미꽃이 피어 있는 샘에서 두멍에 물을 길어 붓고 있는, 앙바틈한 키에 어울리지 않게 머리를 길게 땋아 늘인 방울이 나이 또래의 처자에게 큰 소리로 물었다.

"아버님은 안 계셔유."

처자는 웅보를 보지도 않고 두레박질을 하면서 건성으로 대답했다.

"멀리 가셨남요? 다 죽어가는 병자가 생겨서……."

손팔만이가 병자를 업고 웅보 가까이 바짝 다가서며 울먹이는 목소리로 물었다. 그제야 양 의원의 딸인 듯싶은 처자는 힐끔 손팔만 쪽으로 눈길을 돌리더니 "클씨유. 인근마을에 병자들을 보러 가셨으니 어느 마을에 기시는지……" 하고 희미하게 대답하며 하던 일을 계속했다.

"언제쯤이나 돌아오실까요."

웅보는 다급하게 물었다.

"어디서 오셨나유?"

"송월촌 홍 거사 어르신의 소개를 받고 왔구먼요."

"송월촌에 사시느만요."

"강 건너 새끼내라는 데서 삽니다요."

"첨 들어본 곳이네유."

양 의원의 딸은 두레박질을 하면서 스스럼없이 이것저것 물었다. 웅보는 붙임성 있는 그녀의 태도에 약간은 마음이 놓였다.

"요즈막 아버님은 새벽같이 나가셨다가 해가 설핏해서야 돌아오시더만유. 병자를 마루에 뉘어놓으시고 기다리셔요."

양 의원의 딸은 두레박을 두멍 위에 걸쳐놓고 약탕관이며 너저분한 헌옷가지들이 널려 있는 마루 귀퉁이를 치워주기까지 하였다.

웅보는 손팔만에게 등에 업힌 병자를 마루에 뉘도록 하고, 평상에 늘비하게 누워 있는 병자들 옆으로 가보았다. 두 개의 평상 위에 앙상하게 죽어가는 모습으로 누워 있던 병자 하나가 몸을 뒤척이며 개구리울음 같은 신음을 하자, 풍로 옆에 쭈그리고 앉아서 약탕관을 지켜보고 있던 늙은 아낙은 천천히 허리를 펴고 일어서며, 아들인 듯싶은 병자에게로 다가갔다. 늙은 아낙이 병자에게 푸념하듯 무슨 말인가 하는 것 같았으나, 병자는 껍질을 벗긴 삼대처럼 앙상한 손을 나뭇가지가 바람에 흔들리듯 가까스로 휘저으며 신음만 토해냈다.

웅보는 탕약을 끓이고 있는 약재가 어떤 것인가를 알고 싶었다. 약한 첩 써보지도 못하고 목숨이 삼대 넘어가듯 하고 있는 새끼내 병자들만 보아오다가, 그래도 약탕관 달이는 것만 봐도 한결 마음이 놓이는 것만 같았다.

웅보는 마른 사재발쑥 두름을 겹겹이 매달아놓은 은행나무 밑에 턱석 주저앉아 양 의원이 돌아오기만을 기다렸다. 그는 양 의원이 돌아오기 전에 손팔만이가 업고 온 때죽나무집 주모가 덜컥 죽어버리기라도 하면 어쩌나 하는 걱정 때문에, 은행나무 그늘 밑에 한가롭게 앉아 있긴 해도 똥끝이 탔다.

어슴어슴 날이 저물 무렵에야 양 의원이 피곤한지 고사리처럼 허리를 구부정하게 꺾고 휘적휘적 돌아왔다. 두 어깨가 축 늘어져 집안으로 들어선 그는 옷을 갈아입기도 전에, 평상에 누워 있는 병자들에게로 가서 진맥을 해보고, 병자를 구완하는 가족들한테 병자의 증세를 자상하게 물어보았다.

"지금도 입속이 깔깔한가?"

양 의원은 평상 모서리에 비슷이 모로 누워 있는 몸피가 작은 젊은 병자에게 물었다.

"아직도 온몸이 빨래를 쥐어짠 것모양 나른허고 입안이 바싹바싹 타느만요."

눈이 퀭하게 들어간 젊은 병자가 힘없는 목소리로 대답했다.

"설사는 몇 차례나 했는가?"

"어저께보다는 줄어든 것 같으나 오늘도 대여섯 번이나 뒷간엘 들락거렸구만요."

"자네는 이틀만 지나면 낫겠네."

양 의원은 다시 나이가 많은 노인의 맥을 짚어보았다.

"이제 설사가 멎었지요?"

병구완을 하고 있는 젊은 아낙에게 물었다.

"아무 것도 잡숫지 않았구면유. 목이 마르시다기에 의원님 말씀대로 보리차 끓인 것만 숟갈로 떠넣어드렸네유."

딸인 듯싶은 젊은 아낙의 말을 들으면서 양 의원은 병자의 입을 벌리게 하여 설태(舌苔)가 낀 혓바닥을 짯짯이 들여다보았다.

"배가 아프다고는 안 허시든가요?"

"그런 말씀은 안 허셨어유."

"토하지도 않고?"

"탕약을 잡숫더니 끼억끼억 토허셨어유."

"그렇다면 됐구먼. 이제 걱정헐 것 없소."

양 의원은 피로에 찌든 얼굴에 가벼운 웃음을 떠올리며 말했다. 그는 일일이 병자들을 자상하게 돌보고 나서, 방으로 옮겨 누일 병자들과 집으로 돌려보낼 병자들을 가려서 알려주었다.

마당에 꾸역꾸역 어둠이 밀려들기 시작해서야 양 의원은 대충 병자들을 돌본 후 안채로 들어가려다가, 마루에 누워 있는 때죽나무집 주막 주모를 발견하고 몸을 돌려세웠다. 양 의원은 등불을 밝혀오게 하여 주모의 맥을 짚어보고, 눈알을 까뒤집어보고 설태를 들여다보고 나서 옆에 허리를 꺾고 서 있는 손팔만과 웅보를 번갈아 쳐다보았다.

"이 병자는 너무 늦었소."

양 의원은 한참 후에야 힘없이 말했다.

"의원님, 이 여자를 살려줍쇼. 그 은혜는 평생 잊지 않겠습니다요."

손팔만은 몇 번이고 허리를 굽적거리면서 울음이 섞인 목소리로 애원을 하였다.

"의원님, 저희들은 강 건너에서 왔습니다요. 송월촌 홍 거사 어른께서 의원님을 찾아가보라고 허시기에……."

웅보는 손팔만을 따라 허리를 굽적거렸다.

"송월촌 홍 거사?"

"그렇습니다요. 그 어른은 쉰네의 스승님이시옵니다. 쉰네도 서당에서 양 의원님을 뵈온 적이 있습죠."

웅보의 말에 양 의원은 희끄무레한 등불로 웅보의 얼굴을 한동안 유심히 비춰보는 듯싶더니 말없이 다시 때죽나무집 주모의 팔을 잡고 맥을 짚어보았다. 맥을 짚으면서 그는 가볍게 고개를 가로저었다.

"강 건너 어디에 사는가?"

양 의원이 때죽나무집 주모의 손목을 놓으며 물었다.

"강 건너 새끼내에 사옵니다."

"그곳도 호역이 성한가?"

"병자들이 삼대 쓰러지듯 하옵니다요."

"허어! 성한 마을이 없구만."

"천 번 만 번 죄송한 말씀이오나 저희 마을을 좀 살려주시어요. 허락만 계시면 의원님을 쉰네가 업어서라도 모시고 가겠습니다."

웅보는 양 의원 옆으로 바짝 다가서며 숨넘어가는 목소리로 말했다.

"의원님, 지발 이 여자를 살려줍쇼. 이 여자만 살려주시면 소인 머리털을 뽑아 신을 삼어드리겠습니다요.”

옆에 있던 손팔만이가 다시 우는 소리를 하였다. 양 의원은 난감한 얼굴로 웅보와 손팔만의 얼굴을 번갈아 보며 쩝쩝 입맛만 다녔다.

“자네 말을 듣고 보니 딱하기도 하네만 이쪽도 내가 잠시라도 손을 비울 수가 없다네. 내가 손을 쓴다고 해서 병이 낫는 것도 아니네만…….”

“의원님, 제발 저희 마을 사람들을 살려줍쇼.”

웅보의 목이 타는 간청에 양 의원은 괴로운 듯 눈을 감아버렸다.

“그래 지금은 어찌들 하고 있는가?”

양 의원이 눈을 감고 서서 물었다.

“속수무책입니다요.”

“병자들을 외딴집에 격리시키지도 않았단 말인가?”

“네, 모두덜 저저끔 집에서 앓고 있는 형편입죠.”

“허허, 큰일이구만.”

“제발 좀 도와주십쇼.”

“내가 수삼 일 안으로 말미를 내서 자네 마을엘 갈 터인즉 당장 돌아가서 내가 시키는 대로 하게.”

“시방 좀 가시지요. 쇤네가 업고 모시고 가서, 새벽에라도 다시 업어서 모시고 뛰어오겠습니다요.”

“내가 시키는 대로 하게. 당장 돌아가서 병자들을 한곳에 모으게 하고, 병자를 구완하는 사람도 따로 정해야 하네. 중병자는 중병자끼리, 경한 병자는 경한 병자끼리 따로따로 떼어놔야 하네. 자네 내 말을 듣고 있는 겐가?"

"네."

웅보는 무거운 목소리로 대답했다.

"호역 중에서도 곽란은 고칠 수도 있지만 중증일 때는 낫기가 어렵네. 곽란 중에서도 구역질과 설사를 못해서 죽는 것과 구역질과 설사를 많이 하여 죽는 것이 각각 다르네. 이삼 일 동안 계속 설사를 하는 병자에게는 곽향정기탕을 먹이고, 밑으로 쌀뜨물 같은 것을 죽죽 쏟고 목이 타며 혀에 설태가 낀 병자에게는 자령탕을 써야 하네. 또 설사도 못하고 구역질도 안하는 병자들은 먼저 구역질을 하게 한 다음, 곽향정기산이나 소합향원을 써야 하네. 말로 해서는 자네가 알 수 없을 테니 간략허게 적어줌세."

양 의원은 웅보를 안채로 데리고 가서 증세에 따라 각기 다른 약방문을 써주는 한편, 약재까지 봉지에 싸서 창호지로 둘둘 말았다.

"우선은 약방문대로 약을 써보도록 하게. 허나, 무엇보다 중요한 것은 미리 발병을 막는 일이니, 예방에 각별히 조심하게나."

그러면서 양 의원은 꼭 병자들을 한데 모아 성한 사람의 출입을 막게 하고, 병자의 옷가지나 토물, 대소변은 땅에 묻든가 불에 태우도록 당부하였다.

"내 생각에는, 병자들을 한곳에 모아 격리시키고, 가족들이 돌아가면서 병자를 구완하는 것이 좋을 듯하구만, 병자를 구완할 때는 반드시 손발을 깨끗이 씻고 함부로 병자의 몸에 손을 대서는 안 되네."

웅보는 양 의원이 일러주는 말을 하나하나 귀담아들으면서 미심

쩍은 것은 서슴지 않고 되물었다.

"다시 부탁 말씀 드립니다만, 꼭 저희 마을에 와주셔야 헙니다요."

"수삼 일 안으로 말미를 내봄세. 가는 길에 홍 거사도 만나볼겸."

웅보는 약재를 싼 봉지를 들고 일어섰다.

"의원님을 뫼서가려고 빈손으로 왔습니다요."

웅보가 약값 걱정을 하면서 미적거리자, 양 의원은 약값 걱정은 안 해도 된다면서 그냥 돌아가라고 하였다. 약재봉지를 들고 나와 털메기를 꿰는 사이 토마루에 서 있던 손팔만이가 다가와서 손을 잡았다.

"웅보 자네 앞서 가소."

손팔만은 울먹울먹한 목소리로 말했다.

"때죽나무집 주모는 가망이 없다는디 그냥 돌아갑시다."

"아녀. 의원님한테 때를 쓸 거여."

"떼를 쓰다니요."

"암턴 자네는 냉큼 가소 나는 이 여자를 살리기 전에는 가지 않겠네."

"양 의원이 가망이 있는데도 그러시겠어요?"

"내 걱정 말고 냉큼 가보란 말이시."

손팔만은 버럭 성질을 곤두세우고 돌아서서는 마루 끝에 누워 있는 주모 옆으로 가버렸다. 웅보 생각에 코뚜레를 꿰어서 끌고 간다고 해도 따라나설 것 같지가 않기에, 손팔만에게 몸조심하라는 말만 남기고 양 의원 집을 나와 어둠속에 몸을 던졌다. 양 의원을 모서가지 못한 것과, 때죽나무집 주모와 손팔만을 그대로 두고 혼자서 돌아가는 것이 가슴 저리도록 아픈 일이었으나, 우선은 병자들에게 쓸 약재며 약방문을 구해가는 것만도 다행하게 생각되었다.

웅보는 별을 등불 삼아 하늘을 쳐다보며 강을 따라 내려갔다. 밤하늘의 별을 보면서 그는 문득 할아버지의 말을 떠올렸다. 언젠가 할아버지는 영산강에 밤고기를 잡으러 갔을 때, 하늘을 황홀하게 수놓은 별을 쳐다보면서 "양반들은 죽어서 구더기가 되고, 종놈들은 죽어서 하늘의 별이 된단다" 하고 말했었다.

할아버지의 말이 쉽게 납득이 가지 않았던 웅보는 할아버지한테 왜 양반은 죽어서 구더기가 되는 거냐고 물었다.

"양반들이란 욕심이 너무 많아서 그렇단다. 영산강은 메워도 양반들 욕심을 못 채울끼다. 그들은 같이 우물을 파고도 자기 혼자만 마시려고 욕심을 부리는 사람들이란다. 늘 남보다 더 부자가 되고 싶고, 남보다 더 권세를 잡고 싶고, 남보다 더 천한 사람들을 짓밟고 싶은 사람들이 양반이다. 그렇게 욕심이 많으니 구더기가 돼야 허잖겠냐. 양반들이 죽어서 구더기가 안 된다면 하눌님이 안 계시는 거재."

할아버지의 긴 말을 듣고서야 웅보는 어렴풋하게나마 머릿속에 잡혀오는 것이 있었다.

"할아버지는 죽으면 별이 되겠네."

웅보는 그렇게 물으면서 어두운 밤하늘에 잘 익은 뱀딸기처럼 빨갛게 박힌 별들을 쳐다보았다. 그리고 그는 마음속으로 기왕이면 할아버지가 죽으면 북두칠성처럼 찾아보기 쉽게 가장 큰 별이 되어 주었으면 하고 마음속으로 빌었다. 이마에 불도장이 찍혀 쉽게 알아볼 수 있는 것처럼.

웅보는 강둑을 타고 반달음으로 뛰어 내려가면서, 하늘에 깔린 수 없이 많은 별들 중에 어느 별이 할아버지별일까 하고 생각해보았다.

그가 송월촌 홍 거사집에 당도하자, 노루목에 부모님 안부를 살피러 갔던 대불이는 해거름 때부터 와서 기다렸다면서, 의원님도 모셔 오지 못하고 왜 이렇게 늦었느냐면서 은근히 찍자를 부렸다. 웅보는 엉덩이를 붙일 겨를도 없이 심사가 꼬여 있는 대불이를 끌고 나와, 홍 거사한테 인사만 하고 어둠을 털며 갈 길을 재촉하였다.

형제는 삼경이 넘어서야 새끼내에 도착하였다. 새끼내에 당도한 웅보는 대불이를 먼저 집으로 돌려보내고 그 길로 칠복이 영감한테 갔다. 깊은 잠에 들었던 칠복이 영감은 웅보의 목소리를 알아듣고 맨발로 뛰어나왔다.

"의원은 모셔왔는가?"

다시 방으로 들어가 등불을 밝혀들고 나온 칠복이 영감은 주위를 살피며 물었다.

"죄송합니다. 그쪽도 병자가 헤아릴 수 없이 생겨나서…… 의원님은 수삼 일 안에 꼭 오시기로 약조를 단단히 하셨어요. 의원을 못 뫼시고 온 대신, 몇 가지 약재와 약방문을 구해왔구만요."

그제야 칠복이 영감은 고개를 끄덕이며 웅보의 손을 잡아주었다.

다음날 새벽에 새끼내 남자들이 모두 주막에 모였다. 그들은 웅보가 의원을 모셔오지 못한 것을 알고 실망하는 눈치들이었다. 칠복이 영감이 웅보를 대신해서 양 의원이 수삼 일 안에 새끼내에 와주기로 했다는 것과, 웅보가 약재며 약방문을 구해온 것을 대충 설명해주었다.

"의원을 모셔오지 못했으니 우리는 죄다 죽었구만."

새끼내 남자들은 웅보를 보면서 투덜댔다. 의원도 없이 약방문이나 구해와 어찌하겠느냐는 것이었다. 칠복이 영감이 병자들을 한곳에 모으자는 말에도 "택도 없는 소리요. 병자들을 한곳에 모을 집도 없거니와 당장 가족들이 마다헐 거요." "아무렴, 죽어도 제 집에서 죽기를 원헐 거요." "기왕지사 의원이 오지 않을 바에야 병자를 떼 메고 깊은 산속으로 피접을 가는 도리밖에 없겠구만" 하고 반대를 했다.

"안될 말이네. 내 말대로 병자들을 한곳에 모아야만 허네. 한곳에 모인 병자들헌티만 약을 쓰기로 허겠네."

칠복이 영감은 지금껏 새끼내 사람들을 대해왔던 것과는 딴판으로 아주 강경하게 잘라 말했다.

처음에는 웅보가 의원을 모셔오지 못한 실망 때문에, 칠복이 영감의 말에 반대를 했던 새끼내 남자들도 차츰 고집을 꺾었다. 결국 그들은 병자들을 한곳에 모아 구완을 하기로 하고 병자들이 거처할 만한 집을 물색하였다. 병자들의 수를 알아본 결과 새끼내에만 여덟이나 되었다.

"기왕이면 외딴집이 좋겠는디……."

"그렇다면 말바우네 주막이 안성맞춤 아닌가."

덕칠이가 웅보의 눈치를 살피며 말했다. 덕칠이의 말에 웅보는 일단 말바우 어미한테 이야기를 넣어보겠다고 하고 헤어졌다. 새끼내 남자들이 돌아가자, 웅보는 말바우 어미에게 마을 사람들의 뜻을 전했다.

"그렇잖아도 우리 모자는 친정으로 피접을 가려고 했던 차에 잘됐소 그랴. 우리 걱정 말고 좋을 대로 허시오."

말바우 어머니는 흔쾌하게 승낙을 해주었다. 집주인의 승낙이 떨어지자 웅보 형제는 안방과 건넌방을 치우고 술청도 깨끗하게 청소를 하였다.

그러나 그날 아침나절 병자들을 말바우네 주막에 모으도록 설득을 나선 새끼내 남자들이 맥이 빠져 돌아왔다. 병자들이 죽어도 자기 집에서 죽겠다는 것이었고, 가족들도 외딴집에 다른 병자들과 같이 있게 할 수가 없다고 완강히 거절을 하더라는 것이었다. 말바우네 주막으로 오지 않는 병자에게는 약재를 써주지 않겠다는 말에도 의원도 없는데 누가 탕약을 끓여주고 병자를 돌봐줄 수 있겠느냐면서 고개를 돌려버렸다.

탕약 한 번 끓여보지 못하고 하루가 헛되이 지나가버렸다.

다음날 날이 밝자 마을 사람들이 한 집 두 집 피접을 떠나기 시작하였다. 병자가 있는 집은 이러지도 저러지도 못하였으나, 아직 병자가 생기지 않은 집은 병이 옮기 전에 새끼내를 떠나야 한다고 서둘렀다. 살림은 그대로 둔 채 이불이며 솥만 지게에 짊어진 마을 사람들은 줄레줄레 새끼들을 꿰매 차고 주막 앞을 지나면서 어서어서 떠나자고 큰 소리를 질러댔다. 그들은 호역이 퍼지지 않은 깊은 산속이나 절간을 찾아간다고들 하였다.

마을 사람들이 피접을 떠나기 시작하자, 말바우 어미도 마음이 달아서는 웅보네가 떠나지 않겠다면 자기네 모자라도 짐을 꾸려서 친정이 있는 공산(公山)으로 떠나겠다고 하였다.

하룻밤 사이에 새끼내가 텅 비어버린 듯싶었다. 아침 일찍 한두 집이 떠나자, 해가 머리 위에 떠오를 무렵엔 너도나도 서둘러 짐을 꾸렸다. 가까운 곳에 피붙이가 있는 사람들은 친척들을 찾아 나섰고, 그렇지 못한 사람들도 막연하게 집을 떠났다. 그들은 집을 떠나면서도 계속 소금을 뿌리고 쑥불을 피웠다.

웅보는 새끼내를 떠나는 사람들을 일일이 만나서 돌림병이 고개를 숙이면 돌아오라는 말을 해주었다.

웅보는 그의 친구들이 아직 떠나지 않은 것만으로도 적이 마음이 놓였다. 덕칠이, 판쇠, 막동이, 김치근이와 칠복이 영감, 천 서방, 그밖에 병자가 있는 몇몇 집만이 새끼내를 떠나지 않았다.

새끼내에 남은 그들은 밤이 되자 주막에 모였다. 덕칠이와 막동이, 판쇠는 서둘러 피접을 떠나는 게 좋겠다고 하였고 나머지는 죽으나 사나 새끼내에 남아 있자고 주장했다.

웅보는 떠나고 싶지가 않았다. 혼자라도 남아서 새끼내를 지키고 싶었다. 아직은 비록 땅 한 뼘 없는 곳이었지만 이제 새끼내를 떠나면 다시는 돌아오지 못할 것만 같았다. 그리고 평생을 아무 곳에도 뿌리를 내리지 못하고 죽을 때까지 떠돌음 하게 될지도 모른다는 생각이 들기도 하였다. 그는 이미 마음속으로 이 세상 어디에도 새끼내보다 더 살기 좋은 곳은 없다고 생각해왔으며, 지금은 비록 땅 한 뙈기 갖고 있지 않지만 언젠가는 새끼내의 모든 땅이 그의 소유가 될 것으로 믿고 있었다.

이마에 불도장이 찍힌 채 살다가, 죽어서는 틀림없이 별이 되었을 그의 할아버지가 그렇게 말하고 있는 듯싶었다.

"나는 피접을 가재도 갈 데가 없구만. 그렇다고 옛날 종살이하던 상전을 찾아갈 수도 없는 일이고……."

웅보는 말을 하고 나서 친구들을 둘러보았다.

"누구는 기다리는 사람이라도 있다든가?"

판쇠가 불컥거리는 말투로 쏘아붙였다.

"절간으로 들어가는 수밖에 없재."

덕칠이였다.

"절간에서 부처님이 우리를 기다리기라도 헌단 말여?"

김치근도 새끼내를 떠나는 것을 반대하는 입장인지라, 덕칠이의 말에 쐐기를 박았다.

"절마다 쌀가마니가 그득그득 쌓여 있다는 말을 들었네."

잠자코 있던 막동이가 입을 열었다.

"아무리 심헌 흉년이라도 중놈들 굶어죽었다는 말은 못 들었으니……" 하는 덕칠이의 말에 "요새 절마다 큰 불사를 헌다더구만" 하고 막동이가 받았다. 막동이가 한 말은 사실이었다.

그 무렵 전국 방방곡곡 사찰마다에는 지방 수령들이 내지(內旨)를 받들어 세자의 음위(陰痿, 남자의 생식기가 위축되는 병)를 낫게 하기 위해 축성의 불사에 충당할 젯메쌀을 바리로 실어 올렸다.

큰 홍수가 삼남을 휩쓸어 굶주리는 백성들이 초근목피로 목줄을 지탱하고, 게다가 돌림병까지 퍼져 아수라장이 되어 있는 판국인데도, 조정에서는 굶주리고 병든 백성들 활인하기 위한 구휼미(救恤米)를 내리는 것은 제쳐두고, 지방 수령들을 다그쳐서 각 절간에 젯메쌀을 거두어 보내는 데에만 급급했다.

그것이 모두 중전의 극성 때문이라고들 하였다.

세자는 음위를 앓았다고도 하였고, 혹은 천엄(天閹, 고자)이라고도 하여, 중전이 궁녀를 시켜 세자의 양경(陽莖)을 빨도록 하였으나 한 번도 발기를 하지 않았다고 했다. 세자가 나이 들어 장성할수록 양경이 조호미(彫胡米)같이 늘어져 소변이 저절로 나와 언제나 바지를 흥건히 적셨다고도 하였다.

혼례를 올린 지 몇 년이 지나도 교구(交媾)를 한 번도 제대로 못하여 중전은 미친 듯 괴로워했다. 중전은 세자가 혼례를 치르기 전에 궁비(宮婢)를 시켜서 교구하는 방법을 가르치기도 하였는데, 이때마다 중전은 세자의 방문 밖에서 지켜보며 큰 소리로 "되느냐 안 되느냐"고 다급하게 묻고, 궁비가 되지 않는다고 말하자 중전은 가슴을 치고 슬퍼하였다는 말도 있었다.

세상 사람들은 세자가 그렇게 된 것은 중전이 완화군(完和君, 궁녀 이 씨의 소생으로 세자보다 먼저 출생했음)을 죽인 죄의 앙갚음을 당하는 것이라고 하였다.

중전은 단념하지 않고 세자의 음위를 낫게 하기 위해 전국의 사찰마다 축성을 올리게 하였으며, 중전의 그 같은 극성에 못이긴 고종은 각 고을 관찰사들에게 일러 모든 절에 젯메쌀을 보내라는 내지를 띄웠다.

나주 고을의 각 절간에도 젯메쌀이 그득그득 쌓였다. 다도(茶道)에 있는 불회사(佛會寺)와 운홍사(雲興寺)를 비롯하여 중봉산(中峰山)의 죽

림사(竹林寺), 다시(多侍)의 복암사(伏巖寺), 금성산(錦城山)의 다보사(多寶寺)와 심향사(尋香寺) 등 큰 절은 말할 것도 없고 조그마한 암자까지도 젯메쌀이 쌓이게 되었다.

"내가 생각하기에는 절로 들어가면 피접도 되고, 세자 덕분에 젯밥도 얻어 묵고 일거양득이 아니겠는가."

"절에서 피접 온 사람들헌테 잿밥을 나눠준다는 소문을 들은 것도 같구만."

덕칠이와 막동이가 신이 나서 엉덩이를 들썩이며 말을 주고받았다.

덕칠이와 막동이, 판쇠의 절간 잿밥 이야기에 귀가 솔깃해진 김치근과 천 서방도 더 이상 새끼내에 남아 있자고 맞서지를 못했다.

결국 웅보와 칠복이 영감을 제외하고 나머지 사람들은 덕칠이 말대로 일단 가까운 복암사에라도 피접을 가는 것으로 의견이 좁혀졌다.

"다시 되돌아오는 한이 있어도 절간으로 잠시 피접을 하는 것이 좋겠구먼."

언제나 웅보 편을 들어주던 김치근이도 새끼내를 떠날 뜻을 비쳤다.

웅보는 친구들이 돌아간 뒤 식구들에게 나머지 새끼내 사람들도 절간으로 피접을 떠나기로 했다는 말을 했다. 그러자 말바우 어미는 말할 것도 없고 대불이와 쌀분이도 마을사람들과 함께 떠나자고 성화였다. 식구들 생각이 모두 그러한데 웅보 혼자만이 바득바득 고집을 세울 수도 없는 일이어서, 그는 하는 수 없이 식구들 뜻에 따르기로 하였다. 그러나 웅보는 식구들을 절간에 피접시키고 자신은 새끼내에 되돌아올 생각이었다.

그날 밤으로 웅보는 대불이를 시켜 노루목에 가서 아버지 어머니를 모셔오게 하였다. 노루목도 돌림병이 한창이라는데, 아버지 어머니를 그대로 둔 채 자기네들만 피접을 갈 수 없었기 때문이었다.

　노루목으로 아버지 어머니를 모시러 간 대불이는 날이 새기도 전에 혼자 터덜터덜 이슬을 털며 돌아왔다. 아버지 어머니는 윗전이 그대로 있는데 아랫것들이 어찌 감히 피접을 갈 수가 있겠느냐면서 펄펄 뛰시더라는 것이었다. 대불이 말로는 노루목 양 진사 댁은 아직 아무데도 떠날 것 같지가 않더라고 했다.

　대불이는 구경하기조차 힘든 쌀과 보리쌀을 두어 말이나 걸머지고 왔다. 양 진사 댁 마님이 내어주더라고 했다.

　"마님이 몰라보게 싹싹해졌드만요."

　대불이의 입에서 마님의 이야기가 나오자 웅보는 자기도 모르게 쿵덕쿵덕 심장이 절굿공이질을 해댔다.

　"마님이 우리 걱정을 많이 허시데요. 농사도 없이 어뜨케 사냥시로, 정 살기가 탁탁허걸랑 어려워 말고 간간이 식량을 갖다 묵으라고 헙디다" 하는 대불이의 말에, 옆에 있던 쌀분이가 연신 혀끝을 차며 감격해하였다. 그녀는 대불이가 가져온 식량을 금싸라기 대하듯 하며 오달진 생각에 괜스레 벙싯벙싯 웃기까지 하였다. 갑자기 이 세상에 가장 부자가 된 기분이었다.

# 15

이튿날 새벽 그들은 새끼내를 떠났다. 병자와 가족들만 남게 되었다. 그들은 두서너 집씩 패를 지어 떠났다. 웅보네는 말바우 모자와 칠복이 영감 내외가 한패가 되어 복암사로 향했다.

웅보는 한뎃잠을 자게 될 경우를 생각해서 이불과 솥이며 취사도구들을 미리 싸놓고 마을 앞 갈림길에 나왔다.

각기 다른 방향으로 떠나는 친구들과 얼굴을 맞대고 다시 만날 기약을 하며 헤어졌다. 김치근이네와 천 서방네는 다보사로 떠났고, 덕칠이, 막동이, 판쇠네는 영암 월출산 쪽으로 갔다. 그들은 마을 앞 갈림길에서 헤어지면서, 가족들이 있을 만한 곳이 정해지는 대로 곧 새끼내로 되돌아오기로 굳게 약속을 하였다.

"우리덜 고향이 새끼내라는 것을 잊지 말어야 허네. 이번에 새끼내로 안 돌아오는 사람은 죽을 때까지 고향을 못 가질 걸세."

웅보가 헤어지는 친구들에게 큰 소리로 말하자 "돌아와서 방천을 다시 쌓어야재 잉!" 하고 이불 위에 망태기와 대소쿠리를 얹은 바지게를 지고 일어서며 덕칠이가 손을 흔들었다.

웅보는 친구들이 모두 떠난 뒤에도, 병자 구완 때문에 집을 비우지 않고 있는 남은 사람들 집을 돌아다니며, 금쇄동 양 의원한테서 구해온 약재를 증세에 따라 나눠주고, 가족들을 피접시키고 나서 자기는 다시 마을로 돌아올 터이니 그리 알라는 말을 해주었다.

그러고도 새끼내를 떠나자니 울컥 목울대가 뜨거워졌다. 종문서를 불태워버리고 노루목을 떠날 때와는 또 다른 슬픔을 맛보았다.

그들은 이러구러 몽그작거리다가 밤이 깊어서야 새끼내를 떠났다. 웅보네들은 쌀분이의 요청대로 영포 나루에서 나룻배를 타지 않고, 개산을 넘어 진포리에서 강을 건너기로 하였다. 그녀는 노루목 양진사 댁으로 마님을 따라오기 전에 오랫동안 살았던 진포리를 다시한 번 먼발치로나마 보고 싶었던 것이다. 개산을 넘어 진포리에 당도하자 희번하게 동이 터오고, 이내 살 껍질이 따끔거리는 햇살이 쫙 펴지면서 강 쪽에서 시원한 바람이 덮쳐왔다.

그들은 진포리 앞 흰 모래가 푹신하게 깔린 강변 느티나무 아래서잠시 쉬면서 보리죽을 끓여먹었다. 아침을 때운 웅보는 포실하게 연기가 피어오르는 진포리를 바라보며, 쌀분이에게 잠깐 옛날에 살던 마을을 둘러보고 오라고 하였지만 그녀는 고개를 살래살래 가로저었다.

"나를 반겨줄 사람이 아무도 없는디 가긴 워딜 가."

쌀분이는 그릇을 강물에 씻어 챙기며 힘없이 말했다.

"진포리에 들르지도 않을람시로 왜 이쪽으로 돌아오자고 했어?"

웅보가 물었다.

"그냥 마을만 한 번 볼라고……."

쌀분이는 그릇들을 소쿠리에 넣어 웅보의 바지게에 얹으면 잠시시선을 늘여 진포리를 굽어보았다.

"진포리가 새색시 친정이담서, 안 들러보고 그냥 갈 거여?"

말바우 어머니도 쌀분이를 보며 한마디 했다.

"친정이나마나 피붙이 한 사람 없는디 누굴 찾아가요."

쌀분이의 대답에 말바우 어머니는 더 이상 시시콜콜 캐어묻지를 않고 떠날 차비를 하느라 덤벙거렸다.

쌀분이는 어려서 물난리에 부모를 잃고 투속노비(投屬奴婢)로 진포리 유 참봉 집에 들어와서, 마님의 몸종으로 노루목 양 진사 댁에 옮겨가기까지 팔 년 동안 이곳 진포리에서 자랐다. 그녀의 기억으로는 영산강 큰물에 떠내려간 아버지 어머니의 얼굴을 떠올릴 수가 없었다. 아버지 어머니의 기억을 떠올릴 수 없는 것처럼 그녀는 진포리에서 살았던 어린 시절 역시 가슴에 맺히게 살아남은 것이 없었다. 진포리 사람들 중에서 아무도 뚜렷하게 머리에 떠오르지 않았다.

유 참봉 집으로 들어가기 전 나루터 사공 집에서 애업개 노릇을 하며 얹혀살 때, 사공네 아기를 업은 채 강에서 징거미를 잡다가 발을 헛디뎌 아기와 함께 물속에 넘어져, 성질이 도깨비바늘 같은 사공 마누라한테 장딴지에 뿔긋뿔긋 피멍이 들도록 수양버들 회초리로 아랫도리를 얻어맞았던 일이 가장 뚜렷하게 머릿속에 찍혀 있었다.

"자 싸목싸목 가봅시다."

쌀분이는 옛날의 기억을 털어버리기라도 하려는 듯 일행들을 향해 큰 소리로 말하며 옷보퉁이를 머리에 이고 나루터를 향해 앞장섰다. 홑이불 하나만을 똘똘 말아 멜빵을 만들어 등에 붙인 말바우가 조랑말처럼 달랑거리며 강변과 논둑을 뛰어다니더니, 보랏빛 초롱꽃이며 노란 버들금불초꽃, 분홍빛 메꽃을 꺾어 들고 앞서 걷는 쌀분이에게로 와서는 탐스러운 버들금불초꽃을 한 송이 주었다.

아무도 강을 건너는 사람이 없어 나룻배가 미루나무 밑동에 한가롭게 매여 있는 나루터에는 쇠코잠방이를 걸친 마흔이 넘어 보이는 사공이 팽나무 그늘 밑에서, 강바람에 자울자울 졸고 있었다.

쌀분이가 나룻배가 매여 있는 미루나무 쪽으로 가서 큰 소리로 말바우를 부르자 사공이 눈을 비비며 천천히 일어섰다. 쌀분이는 사공을 알아볼 수가 있었지만 사공은 그녀가 십여 년 전 그의 집에서 애업개 노릇을 했던 쌀분이라는 것을 알아보지 못한 듯싶었다. 그녀는 사공이 가까이 다가오자 알은 체를 하려다가 그만두었다.

"복암사로들 가시우?"

사공이 하품을 깨물어 삼키며 쌀분이에게 물었다.

"우리가 복암사로 가는 것을 어치기 아셔유?"

쌀분이는 사공이 그들의 행선지를 미리 알고 있는 것이 아무래도 이상하게 생각되었다.

"복암사로 돌림병 피접을 가는 길이 아니우?"

사공은 다 알고 있는데 뭘 한 자락 까느냐고 은근히 뽐내는 말투로 반문해왔다.

"복암사로 피접가는 사람들이 우리말고도 또 있었남유?"

"복암사로 피접을 가는 거요, 잿밥을 얻어 묵으러 가는 거요?"

쌀분이와 사공이 동시에 묻고 있었다. 사공의 뱉는 듯한 말투에 쌀분이는 마음이 상했다. 틈을 봐서 자신이 옛날 애업개 노릇을 하다가 유 참봉 댁에 들어간 쌀분이라는 것을 밝히려고 했던 마음이 순식간에 앵돌아지고 말았다.

그 사이 뒤따라오던 식구들이 나루터에 당도하였다. 쌀분이는 웅보 곁으로 가서 사공이 한 말을 일러주었다.

"복암사로 들어간 사람이 많다면서요?"

웅보가 사공에게 물었다.

"돌림병 피접을 가는 사람들보다 잿밥 얻어 묵으러 가는 사람들이 더 많은 것 같습디다."

사공의 말에 웅보는 할 말을 잃고 나룻배에 올랐다. 휘익 강바람이 드밀고 올라왔다. 햇살이 강물 위에 부서져 물비늘이 번쩍번쩍 되쏘여왔다.

복암사에 당도한 것은 한낮이 가까워서였다. 삼나무며 밤나무, 상수리나무가 빽빽하게 들어찬 후미진 골짜기를 따라 올라가다가, 가파른 왕모래 등성이를 추어 오르니 숲속에 자리 잡은 호젓한 절간이 보였다.

일행은 복암사 앞 큰 굴참나무 아래에 짐을 받치고 땀을 식혔다. 절간 안에는 사람들이 붐비는 듯싶었다. 그들이 굴참나무 아래서 땀을 식히고 앉아 있을 때, 절간 안에서 여남은 살쯤 되어 보이는 동자중이 나왔다.

"어이 동자중, 복암사에 있는가?"

칠복이 영감이 천천히 일어서며 큰 소리로 묻자, 눈이 산머루처럼 총기가 서린 예쁘장하게 생긴 동자가 가까이 다가와 합장을 하였다.

"어디서들 오시는 길입니까?"

동자가 대충 일행의 행색들을 살피며 물었다.

"우리는 강 건너에서 오는 길이네만, 얼마 동안 복암사에 거처헐 수 있을까 모르겠구만."

동자는 잠시 웅보를 쳐다보더니 "돌림병 때문에 각처에서 모여들어 빈방이 하나도 없습니다요."

동자의 말에 일행은 궁색한 얼굴로 서로를 마주보았다.

"빈방이 없으면 의지헐 헛간이라도……."

"글쎄올시다요. 주지 스님께 말씀을 드려보시지요."

"주지 스님은 계시는가?"

"법당에 계시옵니다. 세자저하 무차대회(無遮大會)로 바쁘시옵니다."

이때 절간 안에서 불목하니인 듯싶은, 건장하게 생긴 사내가 장작을 한 아름 보듬은 채 서서 굴참나무 쪽을 내다보더니 동자를 향해 "스님이 찾으시는데 게서 뭐하노?" 하고 버럭 소리를 내질렀다.

"들어오셔서 스님을 만나보시지요."

얼굴이 곱고 마음씨도 착해 보이는 동자가 웅보를 향해 따라 들어오라는 눈빛을 했다. 웅보는 일행을 그대로 굴참나무 밑에서 쉬게 하고 혼자만 동자를 따라 절간 안으로 들어섰다.

법당에서 울려나오는 목탁 소리에 그는 잠시 걸음을 멈추어 섰다. 노루목 양 진사 댁 노마님이 세상을 뜬 지 사십구 일 만에 지내는 칠칠제(七七祭) 때 젯메쌀을 지고 금성산 다보사에 갔던 것까지 하면 두 번째 절집이었다. 웅보는 절간의 부처님보다는 죽어서 별이 되어 밤마다 손자를 지켜보는 할아버지의 영혼과 영산강에서 죽은 수많은 종들의 혼을 더 믿고 있었기 때문에 절에 드나드는 것을 그리 좋아하지 않았다. 그는 여태껏 종이 부처님께 빌어서 자유의 몸이 되었다는 말을 들어보지를 못했다.

동자의 말대로 절간 방에는 돌림병을 피해온 사람들로 가득했다. 그들은 방문을 훨쩍훨쩍 열어젖히고 늘비하게 누워 있었다.

웅보는 법당 돌계단 아래, 무화과나무 옆에 서 있다가 주지 스님을 만났다. 송월촌 스승댁 벽에 걸린 족자 속의 달마도와 같이 이마가 훌렁 벗겨지고, 양미간이 유자껍질처럼 쭈글쭈글한데다가, 뭉뚝한 방석코를 가진 스님은 웅보가 꾸벅 허리를 굽히자 천천히 합장을 하였다. 옆에 서 있던 동자가 웅보 대신 식구들이 복암사를 찾아온 연유를 이야기해주었다.

"어차피 만발공양(萬鉢供養)을 하는 판이니 먹을 것이야 있소만, 기거할 방이⋯⋯."

스님은 깐깐한 체구에 비해 목소리의 울림이 좋았다.

"방이 없는 건 알고 있습니다요. 그저 밤이슬만 피허게 의지헐만한 허청이라도⋯⋯."

"모두 몇이나 되오?"

"다섯이옵니다."

"네가 어디 대중방에 발 뻗을 구석이라도 있는가 알아보거라."

스님이 동자에게 말하고 나서, 식구들 중에서 병자가 있느냐고 물어보았다.

"병자는 한 사람도 없습니다요."

동자가 대신 말해주었다.

웅보는 절간에서 뛰어나와 다시 굴참나무 아래로 돌아왔다. 굴참나무에 매미가 싱그럽게 울었다. 그들이 절간 안으로 들어서자 스님은 조금 전 장작더미를 보듬고 숙설간 쪽으로 사라졌던 건장하게 생긴 불목하니를 불러 세웠다.

"이 손님들에게 마지가 남았거든 요기를 시켜드려라."

스님은 불목하니에게 이르고 다시 법당 안으로 들어 가버렸다.

웅보네들은 지게를 받쳐두고 불목하니를 따라 숙설간 안으로 들어갔다. 그리 큰 절도 아닌데 널쩍한 숙설간에는 젯메쌀이 가마니 가마니로 그득히 쌓여 있었고, 큰 가마솥에서는 김이 무럭무럭 피어올랐다.

웅보네들을 데리고 들어간 불목하니가 나이가 지긋하고 깡말라 보이는 공양주에게 요기할 것을 좀 내놓으라고 하자, 사람 좋아 보이는 공양주는 군소리 한마디 없이 나무그릇에 하얀 마짓밥을 그득그득 퍼 담아 주었다. 속신 한 뒤로 몇 달 만에야 기름기가 좌르르 흐르는 흰쌀밥을 대하자, 먹기에도 아까워 한동안 모두들 멀뚱한 눈으로 밥그릇들을 들여다보았다.

"배 안 고파요? 묵기 싫으면 죄다 나헌티 맡기고 나가요들. 오랜만에 흰밥을 보니께 눈이 뒤집히는구만."

그러면서 대불이가 먼저 밥그릇을 왼손으로 받들고 정신없이 숟갈질을 하였다.

"체헐라, 싸묵싸묵 묵어라."

웅보도 밥그릇을 들며 한마디 했다.

"흉년에 흰밥 묵고 체해서 죽은 귀신은 천당에 가서도 배를 곯지 않는답니다요."

대불이는 형의 말을 받으며 게 눈 감추듯 밥 한 그릇을 먹어치우고는 냉수를 한 바가지 떠 쿨럭쿨럭 들이켰다.

웅보는 밥그릇을 비우고 밖으로 나와 그들을 안내해준 동자를 찾았다. 동자는 숙설간 토방 그늘 밑에 앉아서 자울자울 졸고 있다가 웅보가 가까이 다가가서 큼큼 헛기침을 하자 깜짝 놀라 일어섰다. 그는 동자를 따라 숙설간에서 두 칸 사이로 떨어진 대중방으로 갔다. 크나큰 대중방에는 아기며 노인들, 남자 여자 구별 없이 가득가득 들어차 있었다. 남자들은 그냥 늘비하게 누워 낮잠을 퍼 자고 있었고, 아낙들은 꾸부리고 앉아서 땀직땀직 바느질을 하거나 아이들 머리를 헤집으며 손톱으로 서캐를 죽였다.

"새 손님들이 오셨으니 쪼끔씩만 뽀짝 다붙이시요."

동자는 방안으로 들어서며 방에 있는 사람들한테 큰 소리로 외치듯 말했다. 동자의 말에 누더기를 깁거나 서캐를 죽이고 있던 아낙들은 듣는 둥 마는 둥 힐끔 시울을 들어 웅보를 보았으며, 남자들은 심히 못마땅한 눈초리로 누운 채 눈만 치떠 보았다.

"다섯 사람이 더 들어옵니다. 뽀짝 다붙이라니께요."

동자가 다시 큰 소리로 말해서야, 누워 있던 사내 서넛이 억지로 상반신을 일으키며 "제길, 신골 박듯 허는구만." "이러다가는 돌림병에 걸리기 전에 떠 죽겄네" 하고들 한마디씩 퉁겨댔다.

"미안허외다."

웅보는 툴툴거리는 사내들을 향해 허리를 굽실거리다, 숙설간으로 돌아와 식구들을 데리고 들어갔다. 그들이 비집고 들어서자 방안에 있던 사람들은 얼굴을 찡그리면서도 마지못해 자리를 비켜주었다.

"남정네들허고 한방에서 잘 거유?"

방에 발을 들여놓으면서 말바우 어미가 방안의 사내들을 보며 놀란 듯 말하자 "잡어묵지 않을 테니 걱정 놓으슈" 하고 턱수염이 까칠한 사내가 대꾸를 했다. 그 소리에 말바우 어미는 소리 나는 쪽을 살피더니 말없이 횡하니 되돌아 나가버렸다. 웅보는 쌀분이를 데리고 방에서 나왔다. 대낮부터 방안에 뻘뻘 땀을 흘리고 신골 치듯 앉아 있기보다는, 밖에 나가서 절간 구경이라도 하며 바람이나 쐬는 것이 마음 편할 듯싶었다. 말바우 어미는 앵돌아진 표정으로 법당 앞 댓돌 아래 쪼그리고 앉아 있었다.

절간의 해는 짧았다. 굴참나무 가지 끝에서 벌겋게 단 대장간의 시우쇠처럼 이글거리던 해는 강 건너에서 줄을 달아 끌어당기기라도 하듯 하늘 끝으로 굴러 떨어졌다.

해가 잘 익은 복숭아처럼 강 건너로 뚝 떨어질 무렵 복암사의 종소리가 은은하게 계곡의 나무와 풀잎과 들멩이들을 훼흔들었다. 웅보는 그 종소리를 들으면서 문득 영산강이 우는 소리와 비교를 해보았다. 복암사의 종소리는 영산강이 우는 소리처럼 그렇게 가슴을 쥐어뜯는 듯한 슬픔이 없었다. 종소리는 그냥 나무와 풀잎들을 가볍게 흔들었을 뿐이었다.

"서른세 번 쳤다아!"

말바우가 종소리를 다 듣고 나서 큰 소리로 외쳤다.

"아침에는 스물여덟 번 친단다."

옆에 있던 동자가 말해주었다. 웅보가 동자에게 왜 아침에는 스물여덟 번, 저녁에는 서른세 번 종을 치느냐고 물어보았다.

"스님 말씀으로는, 이 우주에는 횡으로 삼십삼천 세계가, 종으로는 이십팔천 세계가 있다고 하옵니다."

동자는 또렷또렷한 목소리로 말하고 무차대회 기도를 올릴 때가 되었다면서 숙설간 쪽으로 갔다.

법당 앞뜰 앙당그러진 백일홍나무 옆의 석등에 불이 켜지고, 스님들이 바쁜 걸음으로 숙설간에서 법당으로 음식들을 날랐다. 여태껏 대중방이나 객실, 지대방에 코딱지를 뜯으며 누룩뱀처럼 길게 뻗대고 누워 있던 피접 온 사내들이 하나 둘 기어 나와 법당 앞으로 똥파리처럼 모여들었다.

"지미럴, 내 뱃속에는 왕 거지가 들앉아 있는지 원, 묵기가 바쁘게 배가 고프구만."

대중방에서 음식냄새를 맡고 기어 나온, 뺨과 턱에 수염이 많은 사내가 웅보 쪽으로 가까이 오며 장구통 만한 배퉁이를 득득 긁었다.

법당 부처님 앞에 누런 향초가 출렁이며 타오르고, 떡이며 마짓밥, 젯나물, 과일 등 제물이 접시마다 석 자 높이로 그들먹하게 괴어 올려졌다.

주지 스님을 비롯하여 절 안의 모든 스님들과 불목하니, 동자중까지 나와서 목탁을 두드리며 불경을 외었다. 법당 앞에 모여든 사람들은 먹음직스러운 음식들을 보고 꿀꺽꿀꺽 침을 삼켰다. 어서 불경 소리가 끝나기만을 기다리는 것이었다. 불경이 끝나면 만발공양이라고 하여 푸짐하게 장만한 음식들을 배불리 나눠먹을 수가 있었다.

"한 줄로 쭈욱 스씨요. 한 줄로!"

불경이 끝날 무렵, 불목하니가 피접 온 사람들을 향해 손으로 나발을 만들어 입에 대고 말했다. 불목하니의 말이 떨어지기도 전에 그들은 서로 앞서거니 뒤서거니 다투어 줄을 섰다. 얼추 헤아려도 쉰 명이 넘을 듯싶었다.

시간이 갈수록 자꾸만 행색이 초라한 사람들이 모여드는 걸 보니 절간으로 피접을 온 사람들 외에도 인근 마을에서 마짓밥을 얻어먹으려고 때를 맞추어 오는 축들도 있는 것 같았다.

"허, 오늘 저녁에는 차지가 선찮겠구먼!"

누구인가 웅보 등 뒤에서 꺽꺽 목을 꺾는 소리로 툴툴거리기에 뒤를 돌아보았더니, 청올치 미투리에 패랭이를 쓴 네댓 명의 사내들이 자그마한 등짐을 지고 법당 쪽으로 들어서고 있었다. 얼핏 보아하니, 영산강을 따라 방랑하면서 고기잡이도 하고 유기(柳器)를 파는 양수척(揚水尺, 고리백정) 패거리들 같았다.

불경이 끝나자 스님들은 법당 앞 댓돌 위에 큰 나무함지를 갖다 놓고, 떡이며 마짓밥을 한데 부어 부삽만한 나무주걱으로 휘저은 다음, 밥그릇을 들고 한 줄로 주욱 늘어선 사람들한테 순서대로 퍼주었다. 웅보네들도 차례를 기다리고 서 있다가 공양주가 퍼주는 떡과 밥을 받아들고 불빛이 희붐한 무화과나무 밑에 앉았다.

"백 번 천 번 복암사로 오기를 잘했구먼 그려."

말수가 적은 칠복이 영감이 볼이 미어지도록 밥숟갈을 거푸 퍼 넣으며 말했다.

"참말로 좋은 세상이네요."

주모 말바우 어미도 뜨악해진 마음이 풀렸는지 자기 그릇의 밥을 말바우 그릇에 덜어주며 웃었다.

"저러니께, 흉년에는 새끼들은 배 터져 죽고 엄씨들은 배곯아 죽는다고 허는갑구만유."

쌀분이는 말바우 어미가 자기 밥을 한사코 아들한테 덜어주는 것을 보고 나무람 하듯 말했다.

절간의 밤은 한결 빨리 달려오는가 싶었다. 해가 강 건너로 숨 가쁘게 떨어지면서 어슴어슴 산 그림자가 덮여오고, 뿌연 안개 같은 것이 땅에서 하늘로 퍼져 오르더니 순식간에 주위가 깜깜해졌다. 어둠은 하늘에서 내려덮이는 것이 아니고 땅에서 하늘로 드밀고 올라가, 삼라만상을 먹칠하는 것 같았다.

웅보와 칠복이 영감은 사방이 칠흑같이 어두워지자 대불이한테 남은 식구들을 잘 돌보라고 당부를 하고 절간에서 내려갔다. 먹을 것이 푸짐한 복암사에 식구들을 맡기고 새끼내로 향하는 웅보의 마음은 어둠속에서도 날듯이 가벼웠다.

"너무 어둡구만. 길을 찾겠는가?"

뒤따라오는 칠복이 영감이 조심조심 어둠을 더듬으며 불안한 듯 말하자 "하늘에 별이 있으니게 걱정 맙쇼. 별만 있담사 밤길은 자신이 있습니다요" 하고 웅보가 웃었다.

"별이 제아무리 반짝이기로소니 등불 같간듸. 별을 보고 길을 찾어?"

"모르시는 말씀입니다. 별이 갈 길을 인도해주는뎁쇼."

"허허, 무신 말인지 내사 모르겠네."

"제 등만 바짝 따라오시면 됩니다. 저는 시방 별을 따라가니께요."

"허허, 허허."

칠복이 영감은 헛웃음을 치더니 "어이, 웅보!" 하고 불렀다. 웅보는 대답 대신 잠시 걸음을 멈고 뒤를 돌아다보았다.

"나 뒤 좀 봐야 쓰겠네. 오랜만에 떡에 흰밥을 묵어서 창시가 놀랬는가 아랫배가 꾸무럭꾸무럭헌단 마시."

칠복이 영감은 어둠속에서 뒤를 볼 만한 곳을 찾느라 두릿두릿 살폈다.

"쪼금만 참으씨요. 밤에 산에서 뒤를 보다가는 산 즘생이 무서우니, 논다랭이에 내려갈 때까지 참으씨요."

웅보는 그러면서 걸음을 재촉했다. 칠복이 영감은 말없이 뒤를 따랐다.

"오래간만에 존 음식 잡수셨은께, 뱃속에 오래오래 넣어둬야 살로 가재요 잉."

"클씨 마시. 세자님 덕분에 포식을 했는디 말이여."

"따지고 보면 세자 덕분에 잘 묵긴 했어도 기분이 과히 좋지가 않습니다요."

웅보는 오랜만에 떡과 흰밥을 먹으면서도 괜히 목울대가 곤두서는 것 같아, 그 좋은 음식이 마치 모래를 삼킨 듯 뒷맛이 개운치가 않았다. 그것은 세자의 음위를 낫게 한다는 명목으로 굿을 하고, 명산대천을 찾아 기도를 하며, 절간마다 축성을 한다면서 바리바리 젯메쌀을 실어 올리며 국고를 축내는 꼴이 마음 아팠기 때문이다.

그가 듣기에, 중전은 세자의 건강을 기원한다는 명목으로 금강산 일만 이천 봉마다에 일천 냥의 돈과 쌀 한 섬, 비단 한 필씩을 공양하였다하니, 그것만 해도 돈이 일천이백만 냥에, 쌀 일만 이천 섬, 비단이 일만 이천 필이나 되지 않는가. 그 돈과 식량을 흉년 구황하는데 쓰고 돌림병으로 삼대 넘어가듯 죽어가는 병자들을 구한다면 얼마나 많은 백성들이 은혜를 입을 수 있을까 하는 것을 생각하면 두 주먹이 불끈 쥐어지고, 온몸의 피가 거꾸로 치솟는 듯싶기만 하였다.

웅보와 칠복이 영감이 칠흑 같은 어둠을 더듬으며 복암사에서 내려와 새끼내에 당도하니 영산강 상류 쪽이 희번하게 밝아오기 시작했다.

주막에 와보니 금쇄동 양 의원이 와 있었다. 말바우네 방 토마루에 처음 보는 미투리와 짚신이 놓여 있어, 빈집에 혹시 도둑이라도 들었는가 의아해하며 방문을 열고 뛰어 들어가자, 막 잠에서 깨어난 양 의원과 손팔만이가 놀라 일어나 앉았다. 아직 날이 밝지 않았기 때문에 웅보와 칠복이 영감은 처음엔 그들 두 사람을 알아보지 못했다.

"뉘겨?"

웅보가 경계하는 목소리로 묻자 "나여 나. 팔만이란 마시. 양 의원님을 뫼시고 왔어” 하고 손팔만이의 목소리가 안심을 시켰다.

“양 의원님께서?”

웅보는 부리나케 방안으로 들어가 양 의원 앞에 무릎을 꿇었다.

“어저께 적나절에 왔더니 왼통 새끼내가 텅 비어뿌렀데.”

“마을사람들이 피접을 떠났구만요. 저도 식구들을 복암사에 맡기고 내려오는 길입니다.”

손팔만의 말에 웅보는 양 의원을 향해 머리를 조아리며 설명했다.

“우리 식구들도 떠나고 없더구만. 의원님을 우리 집으로 뫼실까 허다가, 자네가 다시 내려온다기에 이 집에서 하룻밤 신세를 졌네.”

그러면서 손팔만은 양 의원이 새끼내에 당도하자마자 밤늦게까지 집집마다 돌아다니며 대충 환자를 돌아봤다고 하였다.

“아침나절에 잠시 선창에 머물렀다가 건너가야겠네. 돌아가면서 송월촌에도 들러봐야겠고…….”

양 의원 말로는 새끼내 병자들 중에서 대밭머리에 있는 두 노인 내외는 하루도 넘기지 못할 것 같다고 했으며, 그밖에도 아낙 둘과 어린이 셋이 중병에 속한다고 일러주었다. 웅보는 양 의원이 말하는 두 아낙과 세 어린이가 누구네 식구라는 것을, 설명을 듣지 않아도 알 수가 있을 것 같았다.

“참, 때죽나무집 주모도 같이 왔구만.”

손팔만의 말에, 웅보는 잠시 그가 무슨 말을 하고 있는지 확연히 알 수가 없어 멀뚱히 손팔만의 얼굴만 바라보았다.

“못 믿겠재? 허지만 사실이네. 죽을 줄 알았던 때죽나무집 주모가 살았단 마시."

손팔만은 푸실푸실 오달진 웃음을 너부데데한 얼굴 가득히 피워 날리며, 웅보를 놀려대기라도 하는 것처럼 말했다. 처음에 웅보는 그런 손팔만의 말을 믿지 않았다. 그는 의심하는 얼굴로 양 의원을 보았다.

"이 사람 말이 맞네. 그 여인네 시방 이 집 건넌방에 있네. 아직 완쾌되지 않아서 누워 있기는 해도 대엿새 후에는 기동을 헐 걸세."

그제야 웅보는 양 의원의 말을 반신반의하며 방문을 열고 나가 건넌방 문고리를 잡아당겼다. 양 의원 말대로 건넌방에 때죽나무집 주모가 누워 있지 않은가. 그녀는 잠에서 깨어나 있었는지 웅보가 벌컥 문을 열자 고개를 문 쪽으로 돌리며 무안해하는 눈빛으로 웅보를 보았다. 두 눈과 코와 입만 달린 듯 피골이 상접한 병자의 얼굴인데도 눈빛은 살아 있었다.

웅보는 마치 귀신에 홀린 듯 때죽나무집 주모를 들여다보고 있다가, 큼큼 큰방에서 손팔만의 헛기침소리를 듣고서야 문을 닫아주고 돌아섰다.

"어찌된 일입니까요. 죽은 줄만 알았던 여자가 살아나다니!"

큰방에 돌아온 웅보가 양 의원에게 물었다.

"의원님 덕분이여. 그 탕약 한 사발이……."

손팔만이가 여전히 푸실푸실 웃으며 말했다.

"아니네. 나는 이 사람이 어찌나 내 바짓가랑이를 붙들어 잡고 통사정을 하던지 탕약 한 사발 달여준 것뿐이네. 그렇지만 나는 저 여자가 살아날 것이라는 생각은 없었어. 하느님이 도우신 겔 거여. 그렇지 않고서야 죽은 사람이 다시 살아날 수가 없는 거재."

"아닙니다요, 의원님. 주모는 영산강이 살린 겁니다요."

손팔만의 알 수 없는 말에 웅보는 다시 한 번 놀란 얼굴로 손팔만과 양 의원을 번갈아 쳐다보았다.

"영산강이 살렸다고?"

"틀림없당께!"

웅보가 묻고 손팔만이가 대답했다.

"무슨 소려?"

웅보가 되묻자, 손팔만은 갑자기 복암사 대웅전 불상처럼 근엄한 얼굴을 하며 차근차근 이야기의 실꾸리를 풀었다.

양 의원한테 사정사정하여 탕약 한 사발을 이미 죽은 것이나 다름없는 때죽나무집 주모한테 먹인 손팔만은, 살아날 가망이 없으니 당장 병자를 데려가라는 양 의원의 다그침에 하는 수 없이 그녀를 들쳐 업고 의원 집을 나왔다.

지척을 분간할 수도 없을 만큼 깜깜한 밤중에 죽어가는 병자를 업고 의원 집에서 나오고 보니, 너무도 막연하여 죽고만 싶더라는 거였다. 그는 주모를 업고 나주 쪽으로 오다가 갑자기 영산강을 향해 발길을 돌렸다. 무슨 생각으로 강으로 가고 싶었는지도 몰랐다. 답답한 마음에 그냥 시원한 강바람이라도 쐬고 싶었을 따름이었다.

노루목 나루터까지 온 손팔만은 병자를 들쳐 업은 채 하늘보다 더 어두운 영산강물만 하염없이 내려다보고 있었다. 그는 소리 없이 흐르는 강물이 문득 하늘로 보였다. 강이 하늘로 보이는 순간, 별도 없이 끈끈한 어둠에 덮여 있는 하늘에 발을 들여 넣고 싶어졌다. 손팔만은 나루터에 매여 있는 나룻배에 올라 강심으로 노를 저어 나갔다. 나룻배가 가장 깊은 강심에 이르자 노를 멈추고 뱃바닥에 퍽신하게 앉아, 된서리 맞은 고춧잎처럼 점점 몸피가 작아지는 주모를 꽉 안았다. 주모를 안은 채 하염없이 흘러갔다. 그는 강물에 흘러가면서도, 자신과 주모가 물 위에 떠 있는 것이 아니고 하늘 속에 나란히 누워 있는 기분이었다.

손팔만은 하늘보다 더 넓고 편안하게 느껴지는 영산강을 향해, 마음속으로 주모를 살려달라고 빌었다. 제발 주모를 살려주기만 한다면 좋은 사람이 되겠다고 다짐까지 하였다. 그는 빌고 또 빌다가, 주모를 안은 채 잠이 들고 말았다.

잠에서 깼을 때는 철쭉꽃에만 모이는 사향제비나비의 빨간 날개와도 같은 아침 햇살이 강물 위에 넓게 퍼지고 있었다. 싱그럽고 아름다운 아침 햇살은 창백한 때죽나무집 주모의 얼굴에도 줄기차게 꽂혀 내렸다. 그 찬란한 햇살을 담뿍 받은 주모의 얼굴이 사향제비나비가 사르르 날개를 떨듯 경련을 일으키더니 천천히 눈을 떴다. 그녀는 강 한가운데서 아침 햇살과 더불어 깨어난 것이었다. 눈을 뜬 주모는 목이 마르다고 하면서 혀로 창백하게 말라붙은 입술을 훑었다. 죽은 줄만 알았던 그녀의 입에서 말이 나오자, 손팔만은 하늘을 향해 한바탕 웃고 싶어졌다. 그는 서둘러 노를 저었다. 밤새도록 강 위에 떠 있었던 나룻배는 기껏해야 노루목 나루터의 턱밑에서 맴돌고 있었다.

손팔만은 미친 듯 노를 저어 나룻배를 노루목 나루에 대고, 계속 눈을 뜨고 있는 주모를 업고 금쇄동으로 뛰어갔다. 금쇄동 은행나무 고샅을 뛰어 들어가면서 목청껏 양 의원을 불렀다. 그가 이른 아침에 의원을 소리쳐 부르며 양 의원 집 사립 안으로 뛰어 들어가자, 아침상을 받다 말고 깜짝 놀란 양 의원이 방문을 박차고 나왔다. 손팔만은 들쳐 업은 주모를 마루에 내려놓고, 죽은 병자가 다시 살아났다면서 어쩔 줄 모르며 덤벙댔다.

양 의원도 병자를 살펴보더니 놀라움을 가라앉히지 못했다. 어제 저녁까지만 해도 송장이나 진배없었던 병자가 하룻밤 새에 병의 고비를 넘기고 다시 깨어나고 있는 것이었다. 양 의원은 그날은 다른 마을로 병자를 보러 나가지 않고 온종일 집안에서 때죽나무집 주모를 보살폈다.

양 의원 집에서 탕약을 먹으며 하루를 더 지나자 주모의 병세는 몰라보게 좋아졌으며, 손팔만의 등에 업혀 양 의원과 함께 새끼내로 돌아올 때는 양 의원에게 몇 번이고 고맙다는 말을 하면서 웃기까지 하였다.

"저 여인네는 탕약의 힘으로 나은 것이 아닐세. 하늘이 도왔거나 아니면 이 사람 말마따나 영산강이 살려낸 것인지도 모를 일이여."

손팔만의 이야기를 두 번째 듣고 난 양 의원은 눈을 감고 상반신을 좌우로 흔들면서 조용하게 말했다.

"기실은 본시 호역이라는 병에는 특별한 약이 없는 걸세. 설사와 구역질을 못하는 병자에게는 설사와 구역을 하게 하고, 또 그와 반대로 설사와 구역이 심한 환자에게는 탈기하지 않게 하는 것뿐일세. 지난 신사년(辛巳年, 純祖 21년) 때에도 국중에서 십만 명이나 목숨을 잃었지만, 손을 쓸 수가 없었다네. 나라에서는 여제(厲祭)를 지내게 하고, 도살을 금하고 죄인들을 풀어주는 것이 고작이었네. 그때 영부사(領府事) 이시수(李時秀), 훈련대장 서영보(徐榮輔), 중추부사 조홍진(趙弘鎭) 등이 호역으로 죽었다네. 궁중에서는 연일 무당굿을 했고, 생소나무 가지를 꺾어다가 문간에 매달면 병이 침범하지 못한다는 소문이 퍼져서, 너도나도 낫과 도끼를 들고 산으로 올라가, 온통 산이 황폐되었다고 허드만. 그렇지만 이 모두가 헛일일세. 병의 침범을 막기 위해선 주위를 청결히 하고 생것을 먹지 않아야재."

양 의원은 해가 강 위에 떠오르기도 전에 전날 미처 들르지 못했던 염주근이네 병자들을 돌아본 뒤, 영산포 선창으로 향했다. 새끼내에 남은 사람들은 선창까지 따라가 양 의원을 배웅하고 돌아왔다.

웅보와 칠복이 영감, 염주근이가 양 의원을 배웅하고 새끼내에 돌아오자, 피접도 안 가고 병든 노부모를 구완하던 대밭머리 오도자(吳道子) 부부가 꺼이꺼이 목소리가 하늘 닿게 슬피 울었다. 노부모가 한꺼번에 숨을 거두었다고 했다. 그들 부부는 장례를 치를 기력조차 잃고 하루 종일 목 놓아 울었다.

웅보와 칠복이 영감이 찾아가, 기왕지사 망자는 망자이거니와 산 사람은 살아야 할 게 아니냐며 병들어 죽은 시신을 치우자고 하였으나, 오도자 부부는 다른 사람들은 얼씬도 못하게 하며, 잠시도 부모 시신 곁을 떠나려 하지를 않았다. 하는 수 없이 웅보와 칠복이 영감은 젊은이들을 시켜 오도자 부부를 꼭 붙들게 하고 들것을 내어 시신을 내다 묻어주었다.

오도자 부모가 땅에 묻힌 지 닷새째 되는 날 염주근이 처가 숨을 거두었다. 그날은 새벽부터 천둥이 울고 번개가 하늘을 쥐흔들며 억수같이 비가 내렸다. 염주근이 역시 친구들이 죽은 제 처의 시신에 손을 못 대게하고 자신이 비를 맞으며 개산에 묻었다.

한바탕 비가 오고 나자 찌는 듯한 더위가 차츰 숨을 죽이고, 아침저녁으로 강바람이 제법 쌀랑거렸다. 강바람이 차가와져 저녁 무렵이면 싱그럽게 울던 쓰름매미 소리가 한결 뜸해지고, 영산강변의 물억새가 은회색의 꽃을 피우기 시작할 무렵, 피접을 나갔던 새끼내 사람들이 하나 둘 돌아왔다.

여름내 기세를 부리던 돌림병이 한풀 꺾였다.

오랫동안 고향을 떠나 절간이나 산골 깊숙이 처박혀 있었던 새끼내 사람들은 쓰렁쓰렁한 빈 움막에 돌아오자, 집안을 치우기도 전에 온 마을 집집이 찾아다니며, 헤어졌다가 다시 만난 이웃들을 부둥켜안고 그동안 헤어져 살아온 이야기를 입씨름하듯 주고받았다. 돌림병으로 가족을 잃은 집에 들러서는 슬픔을 나눴다. 그들은 다시 만난 기쁨과, 만날 수 없는 아픔이 뒤범벅되어 웃고 울고 하였다. 그들은 마을의 고샅을 꿰고 다니기도 하고, 들과 강변을 휘둘러보면서 그들 손으로 만든 고향에 다시 돌아오게 된 것을 만족해하였다. 새끼내에 다시 돌아와 마냥 즐겁기만 한 것은 아이들이었다. 그들은 떼 지어 산과 들, 강변을 뛰어다니며 입이 시리도록 지껄여댔다.

"뭐니 뭐니 해도, 고향땅이 젤이구만. 고향에 돌아오니 굶어죽어도 맘이 편안혀."

"진짜 여기가 우리딜 고향인가?"

"피접을 나가 삼시룸도 살아서 돌아갈 고향이 있다고 생각허니 영판 오지데."

"기다리는 고향사람들도 있고 말여."

"종놈들한티도 고향이 다 있고, 참 존 시상이여."

"입 닥치게. 시방도 우리가 종놈들인가, 원!"

"아먼! 우리딜 뜻대로 피접을 나댕길 수 있다고 생각허니께, 내가 종이 아니라는 것을 새삼 알겄드만."

새끼내 사람들은 사내들은 사내들대로, 아낙들은 아낙들대로 또 아이들은 아이들대로 저마다 한통속이 되어 낮부터 밤까지 시간 가는 줄도 모르고 오랜만에 외롭게 홀 맺힌 마음들을 시원스레 풀어헤쳤다.

맨 마지막으로 복암사에 가 있던 사람들이 돌아왔다. 그들은 마음 편하게 마짓밥을 배불리 얻어먹어서 그런지 얼굴이 느실느실 살이 쪄서 돌아왔다.

새끼내 사람들이 모두 돌아와 밤에 집집마다 불이 켜지고, 아이들 우는 소리며 시끌덤벙 고샅을 줴흔드는 싸움하고 욕하는 소리, 컹컹 개 짖는 소리가 그치지 않자 웅보는 비로소 새끼내가 다시 살아나고 있음을 알고 마음이 흐뭇했다.

그러나 웃음 끝에 눈물이라더니, 고향에 돌아온 기쁨은 오래 가지를 못했다. 피접살이를 할 때는 절간에서 마짓밥을 얻어먹고, 이 마을 저 마을 돌아다니며 거렁뱅이 짓을 하면서 목줄을 지탱해왔는데, 막상 고향이라고 돌아와 보니 입에 풀칠할 것이 없었다. 배고픔은 다시 만난 기쁨을 순식간에 뭉개버렸다.

다행히도 개태에 사는 손팔만이가 자기네 먹을 것도 달랑거리는 판에, 감자를 두가마니나 보내왔다. 병이 나은 때죽나무집 주모와 함께 살고 있는 손팔만은 예전과는 딴판으로 사람이 달라졌다. 술에 취해 농땡이를 부리지도 않았고, 누구와 말다툼도 하지 않았다. 새로 얻은 마누라 치마폭을 감고 돌며 강에 나가 고기도 잡고, 들에 나가 일도 하였다. 손팔만은 또 새끼내 사람들과 어울리기를 좋아했으며, 그중에서도 웅보와 가까이 지냈다. 손팔만이가 보내온 감자가 떨어지자 봄에 심었던 호박과 박을 따서, 호박은 미꾸라지를 잡아다 끓여먹고, 박속은 된장에 무쳐 먹었다.

먹을 것이 없게 되자 언제나 무슨 일이 있을 때면 그래왔듯이, 새끼내 남자들이 말바우네 주막에 모여 궁리를 짰다. 그들은 이제 굶주리는 데는 이골이 나 있어 당장 끓일 것이 없다 해도 별로 큰 걱정들을 하지 않았다. 굶어도 한마을 사람들이 같이 굶고 먹어도 같이 먹게 된다는 생각 때문인지는 몰라도, 마음이 느긋해 있었다.

"이럴 때 맘씨 좋은 부자가 곳간을 열고 우리를 도와주면 평생 그 은혜를 안 잊을 껏인듸."

판쇠가 푸념처럼 말하자, 옆에 있던 김치근이가 부자들이 은혜 바라는 사람들이냐면서 턱없는 소리는 하지도 말라고 윽박질러버렸다.

"아니네. 부자덜이라고 다 그렇지는 않네. 옛날 우리 아부님헌티 들은 얘긴듸, 마을에서 식량이 떨어지면 부잣집 대문 밖을 쓸곤 했다네. 그것은 곧 우리집 식량이 떨어졌으니 좀 도와줍쇼 허는 말 대신인 디, 마을사람들이 대문 밖을 쓸어주는 것을 본 부자는 꼭 식량자루를 던져주었다고 허데. 그런 인심 좋은 부자도 있었다고 허드라니께.”

칠복이 영감이 말하자 “그런 인심 후한 부자가 있는 마을에 사는 사람덜은 을매나 좋을까” 하고 덕칠이가 꿈속에서처럼 희미한 목소리로 중얼거리듯 받았다.

칠복이 영감의 이야기에 응보는 문득 죽은 그의 할아버지한테서 들은 이야기가 뇌리를 스쳤다.

할아버지의 이야기로는 옛날에는 나라에서 해마다 전국 방방곡곡 부자들을 한자리에 불러 모이게 하는 부자대회를 열었는데, 대회장 입구에서 수문장이 당대나 이대 부자는 입장을 안 시키고, 삼대 이상 내려온 부자만 들어가게 했다고 하였다. 이 부자대회는 당대나 이대째의 부자는 부자로 넣어주지 않았다는 것이다. 그것은 부자대회에서는 재물이 아무리 만석꾼이라도 부보다는 덕을 중요시했기 때문인데, 기실 진짜 부자란 덕이 있어야 하고, 삼대 이후부터 덕을 쌓은 부자 축에 끼인다고 했다.

말하자면 일대나 이대째의 부자는 미처 덕을 쌓지 못했다는 것이고, 삼대 이후부터 덕을 쌓은 진짜 부자로 쳐준다는 것이었다. 그러니까 삼대 부자부터는 덕을 쌓지 못하면 사대, 오대까지 이어질 수가 없다고 하였다.

할아버지는 종살이를 하려면 내림이 오래된 부잣집일수록 좋다고 하였다.

할아버지는 또 아무리 부자라도 죽어서 염라대왕 앞에 나가 심판을 받게 되는데, 당대나 이대 부자는 덕을 쌓지 않고 가난한 사람들 피만 빨아먹었다고 하여 지옥으로 떨어뜨리고, 삼대째 부자부터 천당구경을 시킨 다음 원에 따라 가난한 사람으로 다시 태어나게 해준다고 하였다.

그러면서 할아버지는 자기는 죽어서 별이 되면 천당구경을 오는, 덕을 쌓은 부자들을 만나볼 수 있다고 자랑스럽게 말했다.

종이 죽어서 별이 된 후에는 이 세상에 다시 태어날 수 없느냐는 웅보의 물음에 할아버지는 덕을 쌓은 부자가 가난한 사람으로 다시 태어날 수가 있듯이 별이 된 종도 양반으로 환생할 수 있지만, 할아버지 자신은 양반이 되고 싶은 생각이 별로 없기 때문에 그러고 싶지가 않다고 했다. 그것은 어린 웅보의 생각도 마찬가지였다. 웅보도 죽어서 별이 될 수만 있다면 이 세상에 양반이 아니라 어떤 벼슬아치로 다시 태어날 수 있다손 치더라도 환생하고 싶지가 않았다.

"이놈아, 천한 종이 별이 되기는 누워서 꿀 떠먹기보담 쉽지만, 부자가 죽어서 천당에 가기란 돼지가 바늘귀 뚫는 것보담 어려운겨."

웅보는 할아버지의 그 같은 말이 지금도 머릿속에 그대로 살아남아 있음을 떠올리며 갑자기 별이 보고 싶어졌다.

부자 이야기가 나오자 새끼내 사람들은 저마다 그들이 한때 모셨던 상전들의 이야기를 꺼내 욕들을 해댔지만 웅보만은 노루목 양 진사를 입에 담지 않았다. 할아버지 말대로라면 부자 아니고 기껏해야 농사꾼들의 등이나 쳐 먹고 사는, 모기다리에서 피 빼먹는 양반부스러기 양 진사 정도야 천당구경은 고사하고 지옥으로 떨어지기도 전에 구더기가 될 사람이기에 불쌍한 생각이 앞섰다.

"너는 비록 종놈의 새끼지만 죽어서는 하늘의 별이 된다고 생각험시로 이 세상의 어떤 어려움과 고초도 잘 이겨내야 헌다."

할아버지는 어린 손자에게 이 말을 여러 번 되풀이했었다. 그러나 지금은 종이 아니니 죽어서 할아버지처럼 별이 될 수 없다는 생각이 들자 약간 아쉽기도 하였다.

새끼내 사내들은 다시 어떻게 해서 식량을 구득할 수 있을 것인지 각기 의견들을 말했다.

"절에 가보니께 젯메쌀이 그득그득 쌓여 있던디, 부처님헌티는 미안허재만, 젯메쌀을 좀 훔쳐다 묵으면 으쩔까요?"

잠자코 있던 대불이가 갑자기 좋은 생각을 찾아내기라도 한 듯 흥분된 어조로 말했다.

"그건 안 되네. 부처님을 노하게 했다가는 하나도 잘 되는 일이 없을 걸세."

칠복이 영감이 대불이의 제안을 무질러버렸다.

"그만한 일로 우리를 해코지허는 부처님이라면, 부처님도 양반이나 부자와 다를 것 없겠네요."

대불이가 툴툴거렸다.

"영감님, 대불이 생각도 괜찮은뎁쇼. 굶어 죽어가는 중생들이 젯메쌀 좀 도둑질해 먹기로소니 부처님이 벌을 내릴까?"

판쇠였다.

"영광에서는 마을사람덜이 양반집에 몰려가서 곳간을 훨쩍 열어젖히고 곡식들을 꺼내 골고루 나눠묵었다등만."

덕칠이의 말에 "그래서? 여그서도 박 초시 댁으로 쳐들어가자는 거여?" 하고 칠복이 영감이 또 쐐기를 박으며 되물었다.

"굶어죽으나 맞어죽으나 매한가지 아닌가요? 어차피 죽을 바에야 배불리 묵고 나서 죽고 싶네요."

이번에는 막동이가 뚱하게 주둥이를 내밀고 고개를 좌우로 흔들며 말했다.

"죽을 일 안 허고 식량을 구헐 수 있는 좋은 계책이 없으까?"

웅보의 말에 모두들 무겁게 고개를 떨구어버렸다.

마음이 답답해진 웅보는 목이 바싹 타는 듯싶어 부엌으로 나가 냉수를 한 사발 들이켜고 돈단에 섰다. 다급한 김에 노루목 양 진사 댁에라도 찾아가서 마님한테 죽기를 무릅쓰고 다시 손을 벌려볼까 하는 생각도 있었지만, 모래밭에 혀를 묻는 한이 있어도 그럴 염치가 없었다. 지난봄에 갖다 먹은 색갈이를 갚기 전에는 마님 앞에 다시는 나타나고 싶지가 않았다.

새끼내 남자들을 방안에 둔 채 주막 앞 돈단까지 나와 어둠에 묻혀가는 영산강을 바라보면서, 웅보는 양식 구득할 일이 까마득하여 한숨만 나왔다. 돌림병 때문에 오랫동안 피접살이를 하고 고향이라고 다시 찾아온 사람들인데, 이제 입에 풀칠할 것이 없어 새끼내를 떠난다면 다시는 돌아올 것 같지가 않았다.

답답한 생각에 하늘이 더 어두워지기를 기다렸다가 별을 찾아보았다. 혹시나 죽은 할아버지의 혼이 좋은 방도를 내려줄지도 모른다는 생각을 하면서. 별들이 하나씩 숨바꼭질하듯 어둠속에 돋아났다가는 다시 사라지곤 하였다.

고개를 바짝 쳐들고 별을 쳐다보던 웅보는 갑자기 탄성을 질렀다. 그러다가 이내 시들해지고 말았다. 할아버지의 말이 별똥처럼 머릿속에 떨어져 박혀왔지만 그것을 실행할 수가 없을 것 같았다. 할아버지는 웅보한테, 흉년이 들어 가난한 농사꾼들이 굶어죽게 되었을 때는, 그런 무서운 방법으로 부자들을 골탕 먹이고 굶주림에서 헤어난 일이 자주 있었다고 하였다.

웅보가 다시 방에 들어가 새끼내 남자들한테 그가 할아버지에게서 들었던 이야기를 말하자 모두들 무릎을 치며 좋은 생각이라고 하였다. 그러나 웅보는 찜찜한 얼굴로 좌중을 둘러보며 그런 궁벽스럽고 야만스러운 방법으로 살아남고 싶지가 않다고 말했다.

"호랑이가 굶으면 환관도 먹는다고 안 허드남, 당장 굶어죽게 되었는디 앞뒤 가리게 생겼는가."

"오이는 씨가 있어도 도둑은 씨가 없다고 했네. 사흘 굶어 담 안 넘을 장사 있당가?"

"죄수 볼기치기로 눈 딱 감고 한판 허세."

좌중에서 저마다 한마디씩 하여 웅보가 생각을 고치도록 들쑤셔 댔다.

"그렇다면 대상은 누군가?"

웅보가 한사코 극성을 부리는 김치근을 향해 물었다.

"거야 박 초시 아녀."

"박 초시라…….."

웅보는 아무래도 찜찜한 마음이 풀리지 않아 입맛만 쩝쩝 다셨다.

"결정된 것으로 허세. 웅보는 굿만 보면 되네."

김치근은 일을 치르려면 달밤이 적당하니, 달이 더 차기를 기다렸다가, 사흘 뒤 저녁에 다시 만나기로 하고 헤어지자고 하였다. 박 초시의 아버지 선산은 김치근이가 손팔만을 통해 알아보기로 하였다.

마을 사람들과 헤어진 웅보는 기름접시의 심지 불을 끄고 쌀분이와 나란히 누워 있으면서도 할아버지의 이야기를 괜히 그들한테 꺼낸 것만 같아 후회스러웠다. 아무리 굶어죽지 않으려는 막다른 수단이라고는 하지만 사람 된 도리로서는 차마 그렇게 할 수가 없을 것 같았다. 웅보는 연신 한숨만 내쉬었다. 쌀분이가 무슨 걱정거리가 생겼느냐고 버선코 까뒤집듯 시시콜콜 캐물었으나 그는 입을 열지 않았다.

웅보는 이리 뒤척 저리 뒤척 잠을 이루지 못했다. 그런 이야기를 해주었던 할아버지가 원망스럽기까지 하였다. 그러고 보니 할아버지는 그에게 좋은 이야기만을 골라서 해준 것이 아니고, 들어서는 안 될 것까지 숨기지 않고 이야기해주었던 것 같았다. 철이 든 지금에 와서 생각해보니 할아버지는 좋은 이야기와 나쁜 이야기, 좋은 사람과 나쁜 사람을 가리지 않는 사람이었던 것 같았다. 할아버지는 오히려 큰 것보다는 작은 것, 아름다운 것보다는 더러운 것, 편안한 것보다는 고통스러운 것을 더 좋아했는지도 모를 일이었다.

할아버지는 언제나 양 진사 댁 뒤란의 탐스러운 자목련이나 작약,

양귀비꽃, 해당화보다는 영산강변 논둑에 피는 콩제비꽃, 씀바귀꽃, 뱀딸기꽃, 방가지똥꽃이나 금성산 산자락의 쑥부쟁이꽃, 벌깨덩굴꽃, 개별꽃 등 꽃잎도 탐스럽지 못하고 이름도 잘 모를 형편없는 꽃들을 더 좋아했으며, 금성산의 보기 좋은 큰 바위보다는 영산강변에 널린 못생긴 자갈이나 모래를 더 좋아했다.

할아버지 생각이 나자 웅보는 더욱 잠을 이룰 수가 없었다. 그는 슬그머니 방에서 나와 털메기를 끌고 다시 돈단으로 나와 어둠에 덮인 강과, 노인이 죽기 전날 밤에 지붕 위로 날아간다는 혼불보다 더 밝고 뚜렷한 하늘의 별을 보았다. 웅보는 한참 동안 돈단에 쪼그리고 앉아 있었다. 바람소리와 영산강물이 바람에 흔들리는 소리 외에는 온 세상이 죽은 듯 고즈넉했다.

얼마를 더 그렇게 부려놓은 나뭇짐처럼 앉아 있는데, 주막의 큰 방문이 삐긋이 열리더니 말바우 어미가 토마루로 나와 두릿두릿 어둠을 살핀 다음 엉큼성큼 대불이 혼자 불을 끄고 자는 건넌방 쪽으로 가서, 문고리를 잡아당기고 바람처럼 방안으로 들어가 버렸다. 그것을 본 웅보는 장작개비로 뒤통수를 얻어맞은 것처럼 깜짝 놀라 일어서서, 어둠속에 팽팽하게 시울을 잡아당겨 말바우 어미가 들어간 건넌방을 뚫어지게 바라보았다. 그러나 한 번 들어간 말바우 어미는 좀처럼 나오지 않았다.

웅보는 콩 튀는 듯한 심장을 가까스로 가라앉히며 쌀분이 혼자 있는 그들 방으로 다급하게 들어갔다.

"잠도 안 자고 뭣 땜시 펄렁거려쌓소?"

쌀분이가 부스럭거리며 말했으나 웅보는 대불이 방으로 들어간 말바우 어미 일 때문에 가슴이 떨려 입을 열 수조차 없었다.

"어이, 일어나보소."

잠시 후 웅보는 쌀분이를 흔들었다. 어둠속에서 부스럭거리며 쌀분이가 일어나 앉았다.

"복암사에서 뭔 일이 있었어?"

"밑도 끝도 없이 뭔 일이라니?"

웅보와 쌀분이가 각각 물었다.

"말바우 어매하고 대불이허고 말이여!"

그제야 쌀분이는 웅보가 무엇을 묻고 있는지 어림할 수가 있었다. 그녀는 잠시 침묵을 깔고 앉아 있다가 "뜽금없이 왜 그러요?" 하고 반문을 했다.

"일이 있었어, 없었어?"

웅보의 목소리가 거칠어졌다.

쌀분이는 부스럭거리지도 않고 잠자코 있었다.

"나헌티 숨기고 있는 것 있재?"

웅보가 다시 다그치자 "숨길랴고 해서 숨긴 것이 아니고……" 하며 쌀분이는 말꼬리를 흐렸다.

"복암사에서 있었던 일을 죄다 말해보란 말여."

"새끼내로 돌아오던 날 그 이약부텀 헐랴고 했는디……."

그러면서 쌀분이는 목소리를 죽여 가며 어둠속에 앉아 복암사에서 있었던 이야기의 매듭을 풀었다.

웅보가 복암사에서 내려가던 날 밤, 그들 다섯 식구는 대중방에서 다른 고장에서 온 낯선 사람들과 한데 뒤엉켜 잠을 자게 되었다. 크나큰 대중방을 초롱불이 환하게 비춰주었으며, 열여섯 명이나 되는 사람들은 신골 치듯 꿍겨박혀 있다가, 배가 꺼지기도 전에 다리들을 뻗었다.

그들은 서로 뒤섞여 머리를 윗목, 아랫목으로 각각 두고 두 줄로 잠자리를 잡았다. 대불이네는 아랫목에 자리를 차지했는데, 앞문 쪽에는 칠복이 영감의 부인이, 다음에 말바우, 쌀분이, 주모, 대불이가 차례로 자리를 잡고, 대불이 다음엔 처음부터 주모한테 농을 걸며 은근히 관심을 보이던 턱에 수염이 많은 사내의 아들놈이, 그리고 뒷문 쪽에 그 아비가 누웠다.

처음에는 말바우가 제 어머니 옆인 턱에 수염이 많은 홀아비 쪽에 자리를 잡았으나, 대불이 생각에 아무래도 홀아비의 행티가 마음에 걸려, 말바우를 쌀분이 쪽으로 보내고 그가 주모 옆에 누웠다. 제 딴엔 주모를 넘보는 홀아비를 방어하자는 생각이었으리라.

윗목 쪽엔 난장이처럼 몸피가 왜소한 중년 내외와 그들의 올망졸망한 다섯 아이 외에, 언제나 누워 있기를 좋아하는 얼굴이 길쭉하고 깡마른 사내와 열 두서넛 되어 보이는 그의 딸이 차례로 누웠다. 밤이 깊어지자 불경 소리도 뚝 그치고 사위가 죽은 듯 조용했다.

대불이 옆에 누운 턱에 수염 많은 홀아비가 자리에 누우면서부터 형님은 왜 다시 내려갔으며 함께 온 다섯 사람은 서로 어떤 사이냐 하며 이것저것 캐물었으나 대불이는 처음부터 대꾸를 해주지 않았다. 대불이가 상대를 해주지 않자 홀아비 사내는 심히 못마땅한 듯 강아지 얼음 먹는 소리로 웅얼웅얼 해쌓더니 이내 드르렁드르렁 코를 골았다.

말바우 어미는 잠이 오지 않는지 자꾸만 몸을 뒤척였다. 쌀분이도 밤중에 새끼내로 돌아간 웅보 걱정에 두 눈을 말똥말똥 뜨고 있었다.

대불이 역시 잠을 이루지 못하고 자꾸만 부스럭거렸다. 그는 옆에 누운 주모 때문에 한사코 신경이 쓰였다. 행여 그녀의 몸에 손발이 닿을세라 신경을 쓰자니 몸 한 번 뒤척일 수조차 없었다.

주모 역시 마찬가지였다. 쌀분이 쪽으로 돌아누워, 더위를 못 참고 손바닥으로 부채를 만들어 나붓거리면서도 두 다리를 꿈지럭거릴 수가 없었다. 그러자니 워럭워럭 더위가 턱 끝까지 차올랐으며 온몸이 땀벌창이 되어버렸다. 모기 때문에 방문까지 닫아놓은 데다가 신골치듯 빽빽하게 잇대어 누워 있으니, 방바닥까지 펄펄 끓는 방안은 마치 한증막같이 더운 김이 훅훅 숨을 막았다. 숨이 막히고 떠죽을 것만 같았다.

그 한증막 속에서도 대불이는 얼핏 잠이 들었다. 온몸이 땀벌창이 되어 잠이 든 대불이는 얼쑹얼쑹 잠결에서 답답함을 느끼고 퍼뜩 눈을 뜬 순간 소스라치게 놀랐다. 그와 주모가 얼굴을 가까이 맞대고 서로 껴안고 있는 것이 아닌가. 더욱이 주모는 대불이의 왼쪽 팔죽지를 벤 채 그녀의 왼손이 대불이의 괴춤 깊숙이까지 파고 들어와 있었으며, 대불이의 오른손은 주모의 푸실한 엉덩판 위에 놓여 있지 않겠는가.

눈을 뜬 대불이가 잠시 그대로 누워 있다가 조심스럽게 말바우 어미의 머리를 들어 올려 그의 왼쪽 팔을 빼내려고 하였다. 그러자 주모의 끈적끈적한 왼손이 와락 대불이의 허리를 긁어 안았다. 대불이는 어떻게 해야 좋을지 몰라 주모 하는 대로 가만히 숨을 죽이고 있을 수밖에 없었다. 용기를 내어 주모를 떠밀어버릴 수도 없는 노릇이었다.

여자의 손을 잡아본 것은 죽은 필순이가 처음으로, 아직은 여자에 대해서 아무것도 모르는 대불이로서는 그냥 숨이 막힐 만큼 답답할 뿐이었다. 그는 주모에게 허리를 안긴 채 어둠속에서 주모의 얼굴을 보았다. 주모가 아직 잠들지 않는 것만은 확실하게 알 수가 있었는데, 그것은 그녀의 숨소리가 고르지 못한 때문이었으며, 이따금씩 그의 허리를 껴안은 손에 힘을 주는 것으로도 짐작이 가는 일이었다.

대불이는 말바우와 잠자리를 바꾼 것이 후회되었다. 제 딴엔 그래도 소도둑놈 같아 보이는 턱에 수염 많은 홀아비로부터 그녀를 보호한다는 생각에서 자리를 바꾼 것이었는데, 막상 이렇게 되고 보니 후회막급이었다. 방안 사람들은 모두 깊은 잠에 빠져 있는 듯싶었고, 깨어 있는 것은 주모와 대불이 뿐이었다.

주모 건너에 누운 쌀분이가 쩍쩍 입맛을 다시며 뒤척이는 소리에, 대불이는 엉겁결에 주모를 떠밀어버렸다. 주모도 대불이를 껴안은 팔을 풀고 돌아누웠다. 대불이한테 떠밀음 당한 것이 무안한 모양이었다. 순간 대불이는 옛날 노루목 양 진사의 비자로 있을 때 박골로 봇수세를 받으러 가서 가난한 농사꾼들한테 한바탕 퍼붓고 돌아올 때마다 느끼곤 했던 자신도 모르게 울적해진 그런 기분을 맛보았다.

대불이는 생각 끝에 사과를 할 요량으로 주모 쪽으로 돌아누워 오른팔로 그녀의 어깻죽지를 조심스럽게 잡아끌었다. 그러자 주모는 벌떡 일어나 앉더니, 문 쪽으로 더듬거리며 기어가서는 문을 열고 밖으로 나가버리는 것이었다. 주모가 방에서 나가버리자 죄스러운 마음이 한결 더했다. 좀 답답하고 겸연쩍게 생각되더라도 그대로 그냥 참고 견딜 걸 그랬구나 싶었다.

대불이가 생각하기에 참 이상한 일이었다. 지난번 큰물에 영산강 한복판에서 팽나무 가지에 걸려 꼬박 하룻밤 필순이를 부둥켜안고 아침을 맞았던 때의 기분과는 전혀 달랐다. 그때 필순이의 몸에서는 이상한 풀냄새가 났었다. 그 냄새는 마치 여름부터 가을까지 흰 꽃이 피는 당귀의 향기처럼 콧속을 툭툭 쏘았다. 징소리를 들으며 팽나무 가지를 잡고 물살에 떠내려가지 않으려고 버티느라 팔이 떨어져나갈 것 같은 위태로움 속에서도 전혀 겸연쩍거나 역겹게 느껴지지 않고 짜릿짜릿한 즐거움이 있었다.

그런데 주모 말바우 어미에게서는 향긋한 풀냄새 대신 쿠린 땀 냄새가 났으며, 짜릿짜릿한 즐거움 대신에 나뭇짐을 지고 가파른 왕모래 내리막길을 내려올 때처럼 아슬아슬한 부담감 때문에 마음이 쇳덩이보다 더 무거워졌다.

방에서 나간 주모는 꽤 시간이 지났는데도 돌아오지 않았다. 호젓한 절간 야심한 때에, 낯선 사내들이 욱시글대는 판에 밖에 나갔다가 괜히 봉변이라도 당하면 어쩌나 걱정이 되었다.

주모가 돌아오지 않자 대불이는 잠든 사람들이 눈치 채지 못하게 조심조심 더듬어 밖으로 나가보았다. 주모는 법당 앞 돌계단에 쪼그리고 앉아 있었다. 대불이는 말없이 주모 옆에 앉았다. 시원한 바람에 땀이 식었다. 주모가 대불이의 손을 꽉 잡았다. 대불이는 잠자코 있었다. 주모의 손이 다시 대불이의 괴춤 속으로 파고들었다. 대불이는 뿌리치지 않았다. 뿌리칠 수가 없었다. 주모가 일어서서 대불이의 손을 잡아끌었다. 그는 이끄는 대로 따라갔다. 그녀는 대불이를 끌고 법당 앞을 지나 소나 말의 똥에만 모여 사는 풀풍뎅이의 등껍질처럼 시꺼멓게 어둠이 도사린 동백나무 숲속으로 들어갔다.

주모는 대불이를 매달리듯 안더니, 울퉁불퉁 돌멩이가 깔린 땅바닥에 앉아서 끌어당겼다. 대불이는 그런 주모를 도무지 이해할 수가 없었다. 지난 몇 달 동안 한집에서 살아왔지만 이런 일이 있으리라고는 상상조차 못했다.

주모는 가쁜 숨을 몰아쉬며 마치 미친 여자의 혼이 덧쓰기라도 한 것처럼 대불이의 아랫도리를 긁어내렸다. 잠시 후에는 대불이도 서투르게 그녀를 안고 뒹굴었다. 땀이 식은 주모의 몸에서는 시지근한 땀 냄새가 확확 풍겼다.

대불이와 주모 사이에 한 번 그런 일이 있자 그들은 거의 매일 법당 옆 동백나무 숲속에서 은밀하게 만나곤 했다. 그들은 낮에도 단둘이서만 절간 뒤 한갓지고 후미진 계곡의 바위 틈새 같은 곳에서 만났다.

이들의 행동을 눈치 챈 쌀분이는 그만 새끼내로 내려가자고 하였으나 한사코 두 사람이 반대했다. 낮이나 밤이나 말바우 어미 발부리에 바짝 붙어 다니며 그들이 은밀하게 만날 수 없도록 신경을 곤두세웠으나, 어느 틈에 눈을 피해 숨어버리곤 하였다.

"그런 일이 있으면 당장 내려올 것이재 뭘 허고 여름이 다 가도록 복암사에 붙어 있었어!"

쌀분이한테서 대충 이야기를 들은 웅보는 버럭 화를 냈다. 쌀분이는 아무 말도 하지 않았다.

"이대로 뒀다가는 큰일나겄응께, 색싯감 하나 골라서 후딱 짝지어 부러야겄구만. 낼이라도 당장 대불이 놈 짝을 찾어봐!"

"새끼내에 시집갈 만헌 큰애기라면 방울이 말고 누가 또 있간듸요?"

"뭐, 방울이?"

웅보가 놀라자 "아니, 왜 놀래요?" 하고 쌀분이가 찍는 소리로 받았다. 쌀분이는 얼마 전 웅보가 아무도 없는 대낮에 방울이를 데리고 들어가 궁둥이를 까게 하여 뒷구멍에서 게 껍질을 집어낸 일을 기분 나쁘게 떠올린 것이었다.

"방울이는 안 돼!"

웅보가 딱 잘라 말했다.

"왜 안 되남요? 방울이가 시집가는 꼴 못 보겄다 그거남요?"

쌀분이는 여전히 비쭉이는 말투였다.

"안 된다면 안 되는 줄 알어!"

기실 웅보가 한사코 방울이를 제수로 받아들일 수 없다고 반대를 하는 이유는 간단했다. 지난봄 방울이가 게만 삶아먹고 창자가 막혔을 때 웅보가 의원 노릇을 하여 구해준 후로, 그는 마을에서 방울이를 마주 대하기가 겸연쩍어 되도록 피하는 입장이 되었다. 방울이 쪽에서는 부끄럼 없이 웅보를 대하는 것이었으나, 되레 남자인 그가 그녀와 얼굴 대하기를 꺼려하였다. 방울이를 보면 자꾸만 달덩이 같이 포실한 그녀의 엉덩이와 분홍빛 메꽃 같은 뒷구멍이 눈앞에 밟혀와, 이쪽의 얼굴이 꾸릿꾸릿해지는 거이었다. 그런 방울이와 한 지붕 아래서 날마다 얼굴을 맞대고 산다는 것은 이만저만한 고역이 아닐 듯싶었다.

더구나 지난봄 이후로 웅보를 대하는 방울이의 태도가 예사롭지 않았다. 웅보를 보는 그녀의 눈은 도깨비바늘처럼 끈적거렸다. 그런 그녀와 마주칠 때마다 웅보는 자신도 모르게 섬뜩섬뜩 놀라는 것이었다.

다음날 햇빛이 밝은 아침 웅보는 말바우 어미를 대하기가 쑥스러워 지싯지싯 피했다. 그녀를 마주보기조차 싫어졌다.


# 16


달이 떠오르자 어둠속에 파묻혔던 영산강이 은빛 비늘을 일으키며 큰 구렁이처럼 꿈틀거렸다.

영산강은 달빛에 젖으면서 다시 살아나고 있었다. 즐치(櫛齒)가 가늘고 촘촘한 영암 참빗으로 삼단 같은 검은 머리를 빗듯 달빛이 어둠을 쫙쫙 빗어 내리자 해넘이 이후 잠시 모습을 감췄던 삼라만상이 지싯지싯 기지개를 펴며 얼굴을 들었다. 나뭇가지 하나 풀 이파리 하나까지도 달빛을 머금으며 소릇이 되살아났다.

달빛 속에서 뱀처럼 똬리를 푸는 영산강의 모습은 햇빛을 머금었을 때보다 훨씬 생명감이 느껴졌다. 가만히 손끝을 대기라도 하면 놀라서 꿈틀 몸을 뒤척일 것만 같았다.

웅보는 어려서부터 밤의 영산강을 좋아했다. 그것은 눈부신 햇빛 아래서보다 희미한 어둠속에서 더 강한 강의 생명감을 느꼈기 때문인지도 몰랐다. 할아버지와 함께 횃불을 밝혀들고 영산강에 밤고기를 잡으러 갔을 때마다, 어둠속의 강이 신비스러운 힘을 갖고 있는 것을 느꼈다. 횃불로 비춰보는 강물 속에 못 생기고 찌들어진 죽은 할머니와 같은 사람들의 모습이 수없이 나타나곤 하였다. 타오르는 횃불과 끝없이 길고 긴 영산강은 사람들의 큰 덩어리로 느껴졌다. 정월 대보름날 고싸움놀이를 할 때 엉켜 붙어 "밀어라, 빼라." 고함을 지르며, 흙을 파고 농사를 짓는 일 외에는 누구와 겨뤄서 이긴다는 생각 없이 펄떡펄떡 힘을 쏟던 사람들. 어둠속의 영산강은 바로 그들 같았다.

웅보가 어둠속의 영산강을 좋아한 것은 밤에만 강이 우는 소리를 들을 수 있기 때문인지도 몰랐다. 그는 할아버지한테서 낮에 강이 운다는 이야기는 듣지 못했다. 언젠가 웅보가 할아버지한테 왜 영산강은 밤에만 우는 거냐고 물어보았더니 할아버지는 한동안 무엇인가를 골똘히 생각한 뒤에 "이놈아, 종들이 밝은 대낮에 울 수가 있다냐? 종들은 아무리 슬퍼도 암도 안 보는 데에서 숨어서 울어야 하는겨. 한이 많은 사람일수록 컴컴헌 밤에 눈물이 마르도록 우는 거란다" 하였다.

그러나 웅보는 할아버지의 그런 말뜻을 잘 이해할 수가 없었다. 할아버지의 이야기를 들은 웅보는 잠시 생각해보았다. 지금껏 할아버지가 웅보 앞에서 한 번도 우는 일이 없었는데, 그렇다면 할아버지도 영산강처럼 아무도 모르게 밤에만 우는 것일까. 할아버지의 울음소리는 어떤 소리일까. 밤바람이 강변의 미루나무나 물억새 잎들을 흔들고 강에 물비늘을 일으키는 소리처럼 들릴까, 아니면 큰비가 오는 날 밤 구렁이 우는 소리 같을까.

할아버지의 말대로 웅보는 여태껏 종들이 여러 사람들 보는 앞에서 큰 소리로 우는 모습을 못 보았던 것 같았다. 할아버지가 상전한테 곤욕을 당할 때도 할머니는 밤에 골방 방바닥에 얼굴을 파묻고 어깨만 들썩거렸으며, 어머니가 두레를 멀리 보냈을 때도 혼자 벽을 향해 돌아앉아서는 옷소매로 눈물만 찍어냈을 뿐이었다.

웅보는 달이 떠오르자 강을 내려다볼 수 있는 주막 앞 둔덕으로 올라갔다. 강 울음소리가 들릴 것처럼 강이 가깝게 보였다.

사흘 전에 약속했던 마을 사람들이 하나둘씩 얼굴을 나타냈다. 김치근이가 맨 처음 왔고 뒤이어 덕칠이, 막동이, 판쇠와 돌림병 때 마누라를 잃고 한동안 기력이 빠져 바깥출입을 하지 않고 있었던 염주근이가 머윗대처럼 머쓱한 모습으로 나타났다.

"주근이는 집에 가 있소."

덕칠이가 염주근을 집으로 돌려보내려고 했으나 염주근은 듣지를 않았다.

"달이 적당하게 밝구만."

"사흘 후면 한가월세. 이 사람아."

"오늘밤 일만 잘 되면 이번 한가위는 한판 어울리세."

"아암, 종에서 풀려나 처음 맞는 한가위가 아닌가."

"진짜 한가위는 우리 손으로 우리 땅에 농사를 지은 쌀로 송편과 술을 빚는 날일세."

"니미럴, 그럴 날이 돌아올란가?"

"내년에는 꼭 그렇게 될 거로구만."

"이러다가는 손자 놈 환갑 때도 가망이 없겠어! 소금이 쉴 때꺼정 기다려도 가망 없겠어!"

"자, 자, 맥 빠지는 소리 말고 시작해보세. 참, 연장들은 다 가지고 왔는가……."

김치근이가 주위를 둘러보며 말하자 모두들 삽과 괭이를 들어 보였다.

"이 수가 다 갈 것 없으니 세 사람만 뽑세."

덕칠이가 말했다.

"내가 감세."

웅보가 손을 들었다.

"나도 감세."

판쇠였다.

"나는 빼지 마소."

염주근이도 힘 빠진 목소리로 말했다.

"나는 어쩌고?"

"내가 빠지면 될 일도 안 되네."

막동이와 덕칠이도 다투어 나섰다.

"안 되겠구만. 이 다음 일이 또 남어 있으니 오늘밤 일에는 나허고 웅보, 덕칠이 세 사람만 나서기로 허세."

김치근이 잘라 말하고 서둘러야 한다면서 앞장서서 돈단을 내려갔다. 웅보는 염주근이와 막동이, 판쇠한테 집으로 들어가라고 말하고 덕칠이를 앞세우고 성큼성큼 달빛을 밟고 가는 김치근의 뒤를 따랐다.

그들은 마을을 지나 영산강을 등 뒤에 두고 논둑길을 무질러 신북(新北) 쪽으로 넘어가는 점등에 올랐다. 황토밭 점등에서 밋밋한 등성이를 타고 한참 오르다가, 너덜겅을 지나자 참나무 숲이 나왔다. 잡목 숲을 빠져나가 다시 아기다박솔이 촘촘한 가파른 등성이를 추어 오르니 달빛이 새끼내 앞들이 굼실굼실 멀리 내려다 보였다.

박 초시 아버지의 선산은 바로 아기다박솔 등성이 아래에 있었다. 묘역이 꽤 널찍했다.

"자, 서두르세. 덕칠이허고 나허고 묘를 팔 테니 웅보는 망을 보소."

김치근이가 말을 하며 덩실하게 큰 무덤 쪽으로 갔다.

"이 깊은 산속에 누가 온다고 망을 보란 말여?"

웅보도 김치근을 따라가며 불만을 토했다.

"요 아래 제각 옆에 산지기가 사네. 웅보는 저쪽 위 바위등걸 옆에서 누가 올라오는가 보란 마시."

김치근의 다그침에 웅보는 하는 수 없이 김치근이가 턱 끝으로 가리키는 큰 바위 쪽으로 올라갔다.

김치근이와 덕칠이가 묘를 파기 시작했다. 괭이질하는 소리가 찌걱찌걱 달빛이 깔린 고즈넉한 어둠을 깨뜨리듯 크게 들려왔다.

웅보는 바위등걸 위에 댕돌같이 올라앉아서 산 아래를 내려다보았다. 웅보는 문득 할아버지를 따라서 골짜기 후미진 곳에 자리 잡은 증조할아버지의 무덤에 벌초를 다니던 기억이 떠올랐다. 할아버지는 상전들 몰래 증조할아버지의 묘에 벌초를 하거나 성묘를 갈 때는 웅보만을 데리고 갔다.

"네 애비는 조상들에 대해서 통 관심이 없으니 너라도 관심을 가져야 헌다. 네 애비는 자기가 종이 된 것은 조상 탓이람서 할아부지 무덤에 성묘는커녕 벌초 한 번 안 헌 놈이다. 네 애비가 그러니 후담에 이 할애비 죽고 없으면 네가 애비 대신 벌초를 해사쓴다 와."

그러면서 할아버지는 당신의 할아버지 묘가 어디 있는지조차 몰라 늙어갈수록 불효 막급함에 마음이 아프다고 하였다. 종들의 묘는 봉분을 크게 만들 수 없다고 하여 평장(平葬)한 탓이라고 하였다.

"종들은 못등도 크게 써서는 안 된다고 허니, 죽어서까지 천대를 받는 거란다. 네 고조할아버님 무덤에 표시를 해놨던들 잊어뿔지는 안 했을 것인듸…… 아마 이 할애비 무덤도 웅보 네놈 아들 대에 가서는 잊어뿔 것이다마는, 허기사 네 애비 말마따나 종 조상을 둔 것이 뭣이 자랑이라고 못등을 잘 지키고 가꾸겠냐."

언젠가 할아버지는 양반들 몰래 명당자리에 평장을 하여 신세를 크게 고친 종의 이야기를 해주기도 하였다.

무덤을 파던 김치근이가 손을 휘저으며 내려오라고 하기에 웅보는 묘역으로 갔다. 깨끗하게 벌초를 해놓은 무덤 옆 풀 섶 위에 희끔 달빛에 비쳐 보여, 가까이 들여다보았더니 흙 묻은 해골바가지였다. 조금도 섬뜩한 느낌이 들지 않았다.

"빨리 파냈구먼."

김치근은 괴춤에 찬 자루 같은 것으로 땀을 닦았고 덕칠이는 투덕

투덕 옹구바지 가랑이의 흙을 털고 있었다.

"자, 어르신네 화 안 나시게 절을 하세나."

땀을 닦고 난 김치근이가 웅보를 보며 말했다.

"어르신한테 절이라니?"

덕칠이가 묻고 있을 때 김치근은 박 초시 아버지의 해골 앞에 무릎을 꿇었다.

"서둘러 내려가지 않고 무신 장난이여?"

덕칠이가 김치근의 모습을 보고 풀썩풀썩 웃으며 나무라듯 말했다.

"장난이 아니란 말여. 어서 절을 허자니께."

김치근이가 희끄무레한 달빛 속에서 그 큰 눈을 뒤룩거리며 발끈 성깔을 부렸다. 웅보와 덕칠이는 김치근이 장난을 하고 있는 것이 아니라는 것은 알고 있었지만, 느닷없이 해골바가지에 절을 하자니 우스꽝스럽지 않을 수가 없었다. 그러나 그들은 김치근이가 다그치는 대로 나란히 무릎을 꿇었다.

"어르신네, 용서합쇼. 가진 것 없고 아는 것 없는 무지렁이들이 굶어죽지 않을랴고 어르신네 힘을 빌리기로 했사오니, 크게 노하지 마시고 우리를 도와줍소사."

김치근은 중얼중얼 염불 외는 소리를 하고 넓죽넓죽 절을 두 번 했다.

"절 안허고 뭣혀!"

웅보와 덕칠이는 김치근이 하는 양을 멀뚱히 보고 있는데 김치근이 또 재촉이었다. 두 사람은 하는 수 없이 김치근이가 한 대로 절을 두 번 했다.

"어서어서 내려가세."

그들이 절을 끝내자 김치근은 조금 전 땀을 닦던 무명베자루를 괴춤에서 꺼내더니, 그 속에 박 초시 아버지의 해골을 담아 들었다. 셋은 말없이 어둠을 더듬어 오던 길로 내려갔다. 맨 뒤에 따르는 웅보는 그에 앞서 걷는 김치근의 해골바가지가 들어 있는 털렁한 자루가 자꾸만 신경을 긁었다.

"이 어르신네도 우리 처지를 이해허실 터이니 너무 부담스럽게 생각허지들 말어."

산을 거의 내려왔을 때 김치근이가, 자루를 들어 보이며 웃는 낯으로 말했다.

"그나저나 탈이 안 생기고 끝까지 매조짐이 잘 되기나 했으면 쓰겠구만."

웅보가 걱정스러운 듯 우울한 목소리로 말했다.

"이 어른께서 잘 도와주실 거여."

덕칠이도 말은 그렇게 하였지만 가라앉은 목소리로 보아, 어딘가 마음 한구석이 뜨악해 있는 듯싶었다.

그들이 새끼내에 가까이 왔을 때 새벽을 알리는 닭이 첫 홰를 쳤다. 팔월 열이틀의 달도 기울어 사방은 지척을 분간할 수 없을 만큼 어두웠다. 세 사람은 어둠을 더듬어 새끼내 어귀 대밭머리로 올라가 오동나무 밑을 파고 그곳에 박 초시 아버지의 해골을 묻었다.

주막으로 돌아온 세 사람은 흙 묻은 손발을 씻고 대불이 방으로 들어갔다. 대불이는 그때까지도 잠을 안자고 기름심지 불을 밝힌 채 그들이 돌아오기를 기다리고 있었다. 판쇠와 막동이도 첫닭이 울 때까지 기다리다 갔다고 하였다. 대불이는 모든 일이 잘 되었다는 이야기를 듣고 안도의 한숨을 길게 내쉬었다.

김치근과 덕칠이가 대불이 방에서 등을 붙이는 것을 본 웅보는 쌀분이가 잠들어 있는 대장간 방으로 들어가, 노루목에서 가지고 온 지필묵을 들고 나왔다. 웅보는 대불이한테 먹을 갈게 하고 잠시 고개를 들어 천장을 보며 생각을 굴렸다.

"을매나 가져오라고 쓸까?"

웅보가 허리를 쭉 펴고 누워 있는 김치근이와 덕칠이를 보며 물었다.

"추수 때꺼정 새끼내 사람들이 먹을 양식을 생각해봐."

덕칠이였다.

"추수 때가 되면 거두어들일 서속 모갱이 하나라도 있는가?"

김치근이 눈을 감고 큰대자로 벌렁 누운 채 내질렀다.

"추수 때만 지나면 영포 선창에 무곡선이며 세곡선, 소금배가 밀어닥칠 테니께, 등지게꾼으로 일을 헐 수 있잖은가."

"덕칠이 말이 맞네. 너무 욕심 부리지 말고 추수 때꺼정만 생각허세."

웅보는 말을 하고 나서 새끼내 마을사람들이 얼마나 될까 대충 어림해보았다.

"우리 마을 식구가 죄 몇이나 되는가?"

웅보가 물었으나 아는 사람이 없었다.

"말바우네까지 마흔일곱 집이니께……."

"아니, 우리 마을이 마흔일곱 가호나 된다고?"

김치근이 벌떡 일어나 앉으며 웅보를 마주보았다.

"언제 그렇게 불었어?"

덕칠이도 놀랐다.

"이제는 큰 마을이 되었구만. 몇 달 새에 그렇게 불어나다니."

"강변에 자꾸자꾸 마을이 불어날 거로구만. 종문서만 달랑 갖고 나와서 해묵고 살 것이 있간듸! 보나마나 마지막에는 물 땜시 양반들이 미처 손을 못 댄 영산강변 묵은 땅을 일쿨랴고 꾸역꾸역 몰려들 것이여."

웅보의 말에 김치근도 고개를 끄덕거리더니 "우리딜 허기에 달렸네. 우리가 새끼내에서 땅을 맨들어 갖게 되면 다른 사람들도 몰려들 것이지만……" 하고 말끝을 한 자락 깔았다.

"걱정 마소. 우리 땅이 곧 생길 테니. 좌우당간 마흔일곱 집 식구가 도합 몇이여? 한 집에 다섯만 쳐도 한 이백 명 되는가?"

웅보는 그 이백 명이 한 달간 죽을 끓여먹을 양식을 어림해보았다.

"대동미로 한 여남은 가마니면 모자랄까?"

"택도 없는 소리! 한 집에 한 가마니씩만 해도 마흔일곱 가마니 아닌가!"

"워매! 그렇게 많이?"

"마흔일곱 가마니는 너무 많고 스무 가마니쯤이면 어쩔끄?"

"아무리 가진 것이 없다지만 사내 배짱이 쥐창자만도 못 허그만 그려."

덕칠이가 상반신을 일으켰다 뉘었다 하면서 웅보를 비아냥거렸다.

"니미럴, 망건 쓰다 장 파허겠네. 당장 쌀 한 됫박도 없는디 스무 가마니면 나라님이 안 부럽게 생겼어. 웅보 말대로 스무 가마니로 해뿌러!"

김치근이 마음이 달아 신경질적으로 쏘아붙였다.

"대동미 스무 가마니 값이면 얼매여?"

웅보가 다시 묻자 "니미럴, 우리가 언제 쌀을 사보거나 팔아봤어야 쌀값을 알재이" 하고 김치근이가 투덜댔다. 웅보는 빙긋이 웃으며 붓 끝에 먹을 묻히고 빛깔이 거무죽죽한 피딱지(皮紙)를 내려다보았다.

"문자 쓰지 말고 무식헌 말로 간단히 쓰소."

덕칠이가 손바닥으로 턱을 받치고 앉아서 붓끝을 보며 말했다.

"가져오라는 날짜는 언제로 헐까?"

웅보가 김치근이를 보며 물었다.

"자네 알어서 해. 추석만 넘어가지 않으면 되네."

"장소는?"

"클씨. 그것이 문제로구만. 일이 잘 되느냐 못 되느냐 허는 것은 순전히 장소에 달렸네. 장소 잘못 정했다가는 자칫 큰 낭패 당헌당께."

덕칠이가 턱을 받친 채 고개를 갸웃거렸다.

"장소는 새끼내에서 멀찍허게 떨어진 데라야 쓰네."

"그렇다면 점등이 어쩐가?"

"박 초시가 사는 부르뫼 앞을 지나니께 안 되야."

"구진 나루나 영포 나루가 좋겠구만."

"구진 나루는 강을 건너야 허니 영포 나루로 허세."

"콩팔칠팔해쌓지만 말고 서두르소. 곧 날이 새겄네."

여태껏 잠자코만 있던 대불이가 방문을 열고 하늘로부터 미명이 벗겨져 내려오는 밖을 내다보며 말했다.

웅보는 붓을 들었다.


朴初試 어른 보시오.

朴初試 어른은 來 팔월 열사흘 밤 子時까지 榮浦 나루로 大同米 二十叺 값을 單獨으로 가지고 나오시오.

官家에 알리거나 實行치 않을 시는

朴初試 生父의 骸骨을 榮山江에 投擲할 것이며, 朴初試 祖父의 骸骨도 害할 것이오.


여기까지 쓰고 난 웅보는 옆 사람들이 겨우 들을 수 있을 정도의 낮은 목소리로 쉬엄쉬엄 읽었다.

"이만하면 됐는감?"

다 읽고 나서 제법 자랑스럽게 두 어깨를 들썩이며 물었다.

"이 사람아, 그만한 문장이면 장원급제도 허고 남겄네."

덕칠이가 만족한 얼굴로 웅보를 부추겼으며, 형이 쓴 글을 뚫어지게 들여다본 대불이도 비싯비싯 웃더니 "초시댁엔 제가 댕겨옵죠" 하며 성큼 일어섰다.

"문귀를 두어 곳 고치세. 그리고 누가 보낸다는 것도 밝혀야 헐꺼고"

김치근이가 웅보를 보며 말했다.

"문귀를 고치다니?"

웅보가 김치근을 보며 물었다.

"'박 초시 어른 보시오'를 '박 초시 보거라'로 고치는 것이 좋겄어. 존댓말을 쓴다 치면 누가 허는 짓이라는 것을 알려주는 것이 되려니와, 양반들을 다룰 때는 그들이 우리헌티 허드끼 안하무인격으로 콱 짓눌러야 허네. 그러고 또 한 가지, 대동미를 구휼미로 바꾸소. 우리가 꼭 곡물을 거두는 벼슬아치 같어서 안 좋구만."

웅보는 놀란 눈으로 땀직땀직 말하는 김치근의 입을 멀거니 바라보았다. 가을이 되면 날아와 높은 귀목나무 위에서 귀가 아프도록 울어쌓는 때까치처럼 소리만 잘 지르는 줄 알고 있었던 김치근의 어디에 그렇게 웅숭깊고 유식한 데가 있을까 의아하였다.

"구휼미라니?"

웅보가 김치근에게 넌지시 물었다.

"재난이 있을 때나 흉년에 굶주리는 백성들을 구하기 위해 주는 쌀말일세. 구휼미라고 해야 우리가 도둑이 안 될 것이 아닌가. 그러고 보내는 사람은 구휼당이라고 허소."

"그렇구만. 치근이 말이 백 번 천 번 옳은 소리여. 아암, 우리는 도둑이 아니재 잉. 치근이 말대로 구휼미로 고침세. 헌디 구휼미를 어치께 쓰남?"

웅보는 다시 붓 끝에 먹을 묻혀 들고 은근히 탄복하는 눈길로 김치근을 보았다.

"이 사람아. 구제할 구자에 구제할 휼자가 아닌가. 웅보 자네 은근히 나를 떠보는 거 아닌가?"

웅보는 말없이 새 종이에 처음부터 다시 고쳐 썼다. 고쳐 쓴 종이를 여러 겹으로 접고, 실팍한 돌멩이와 함께 헌 종이로 쌌다. 그것을 들고 대불이가 주막을 나갔다.

웅보와 덕칠이, 김치근 이렇게 세 사람은 대불이가 무사히 돌아오기를 기다리며 잠시 등을 붙였다. 김치근이와 덕칠이는 이내 드르렁 드르렁 코를 골았지만 웅보는 잠이 오지 않았다. 박 초시 집으로 달려간 대불이 걱정 때문에 잠을 못 이루고 있는 것이 아니었다. 옆에 큰 대자로 벌렁 누워서 구들이 흔들릴 정도로 코를 고는 김치근에 대한 생각 때문이었다. 웅보가 생각하기에 김치근은 아무래도 예사 종이 아니었던 것 같았다. 그는 어쩌면 깊은 뜻과 알고 있는 것을 숨기고 있는지도 모른다는 생각이 들었다.

웅보가 김치근을 처음 대했을 때도 그에게서 이상하게 상대를 압도하는 보이지 않는 힘을 느낄 수가 있었다. 그는 헌칠민틋한 체구에 이목구비가 반듯하여 다른 종들처럼 좀스럽지가 않았으며, 목소리가 커서 그렇지 쓸데없는 말을 함부로 나불대지도 않았다.

웅보는 은근히 김치근의 내력을 깊게 알고 싶어졌다.

방문 쪽이 희붐하게 밝아올 무렵에야 얼핏 눈을 붙인 웅보는 대불이가 돌아온 것도 모르고 깊은 잠에 빠져 있었다.

세 사람은 명주실처럼 윤기가 자르르한 가을햇살이 처마 끝을 핥아대서야 잠에서 깨어났다. 그들은 대불이한테서 박 초시에게 협박장을 제대로 전달하고 왔다는 이야기를 듣고 마음을 놓았다. 대불이는 분명히 돌멩이에 싼 협박장을 곡장담 너머 박 초시가 기거하는 사 랑채 큰방 채유를 먹인 완자쌍영창 안으로 쥐도 새도 모르게 집어던 지고 왔다고 하였다.

"지금쯤 박 초시 집안이 오빠시 벌집을 건드려 논 것 모양 벌컥 뒤 집어졌을 거요."

대불이는 달뜬 목소리로 말하며 앉았다 일어섰다 안절부절못하였 다. 마음을 차분히 가라앉히지 못하고 있는 것은 대불이뿐만이 아니 었다. 날이 밝기가 무섭게 주막으로 찾아온 판쇠, 막동이, 염주근이, 칠복이 영감, 천 서방도 웅보한테서 간밤의 이야기를 듣고 서로 쉬쉬 하면서 마음을 졸이고 있었다. 웅보는 그들에게 입단속을 잘하라고 몇 번이고 당부를 했다.

아무래도 산매 들린 큰애기처럼 마음이 들썩거려 집안에 붙박여있 기가 어려울 것 같아, 웅보는 슬그머니 김치근을 꼬드겨 강으로 나왔다.

웅보와 김치근은 구진 나루에 가서 조각배를 빌려 타고 뱀장어 잡 이를 나갔다. 그들은 강을 따라 하류로 내려갔다. 웅보 생각에 난생 처음 가장 먼 곳까지 흘러내려온 것 같았다. 강 끝 해가 지는 곳까지 내려가면 두레가 살던 어촌마을이 나올지도 모른다는 생각을 했다. 예전엔 강 하류로 멀리 가는 것이 두렵기만 했는데 김치근이와 함께 뱀장어 잡이를 가는 지금은 오히려 마음이 편했다.

그들은 갈퀴가 달린 창으로 하구의 감탕 속을 이리저리 긁어서 뻘 두적이를 잡았다. 감탕 속에는 산란을 위해 멀고 깊은 바다로 내려갈 때를 기다리며 월동을 하는 뻘두적이들이 구물구물 들어 있었다.

영산강에서 십 년 이상 자라와, 깊은 바다에서 산란을 끝낸 뒤 장엄한 일생을 마치게 될 뻘두적이 은뱀장어는 크기도 하려니와 빛깔이 고왔다. 몸의 아래와 배 쪽은 붉은 빛을 띤 은백색으로 광택이 아름답고 가슴지느러미의 밑 부분은 황금빛에 주둥이 끝은 자흑색이었다.

바닷물이 들어오는 영산강의 하구에는 뻘두적이를 잡으러 온 사람들이 많았다. 웅보와 김치근이가 뻘두적이를 잡으러 온 낯선 사람들에게 이야기를 걸어보았다. 그들은 모두 하구 가까이 강변마을에서 살고 있다고 하였다. 둘이는 뻘두적이를 잡으러 온 사람들과 이야기를 주고받은 결과, 하구 가까이 강변마을에도 그들과 처지가 같은 종에서 풀려난 사람들이 한곳에 모여 살고 있는 것을 알았다. 그들은 모두 강에서 물고기를 잡아 연명한다고 하였다.

하구 가까이의 강변에는 또 풀려난 종들뿐만이 아니라, 수초를 따라 방랑하며 사냥을 하고 유기를 만들어 파는 고리백정들이 마을을 이루고 살고 있다는 것, 강변 마을에는 이들 고리백정 외에도 도자기나 옹기그릇을 만드는 사람들이나, 소나 돼지를 잡는 피쟁이(백정)들이 집단을 이루고 있다는 사실을 알았다.

웅보와 김치근이는 강변 마을에 그들과 처지가 비슷한 사람들이 많이 살고 있다는 것을 알고 은근히 힘이 생겼다. 특히 웅보는 앞으로 하류로 내려와서 이들과 자주 어울리고 싶어지기까지 하였다.

웅보와 김치근이는 순식간에 뻘두적이를 큰 구덕이 무춤하게 잡아, 뻘두적이의 가슴지느러미처럼 황금빛 석양이 강에 내려덮이기 시작해서야 새끼내로 돌아오기 위해 뱃머리를 돌렸다.

황혼과 함께 새끼내로 돌아오면서, 웅보는 김치근에게 이것저것 궁금한 것들을 물어보았다.

이야기 끝에 김치근은 그가 비록 종의 몸이긴 하나 원래는 양반의 핏줄을 받고 세상에 태어났다고 하였다.

김치근의 어머니는 종이었다. 그녀는 처녀의 몸으로 늙은 나리마님의 아기를 갖게 되었으며 아기를 갖자 늙은 안방마님은 그들 모자를 산을 여럿 넘고 강을 건너는 멀리 있는 친척한테 보내버렸다. 김치근은 비록 양반의 핏줄이긴 했지만 어머니가 종이었기에 그도 또한 종의 신세를 면치 못하였다.

그의 어머니는 시집도 못 가고 김치근을 데리고 종살이를 하며 늙었다. 그가 동냥글을 배우게 된 것은, 따지고 보면 그의 아버지가 되는 사람의 팔촌이 되는 집에서 종살이를 하는 동안, 주인 나리가 피붙이라는 것을 알고 뒤늦게 서당에 보내줬기 때문이라고 하였다.

"그래, 아버지 되는 나리마님은 만나보았는가?"

이야기를 듣고 난 웅보가 울적한 기분으로 물어보았다.

"내 나이 다섯 살 때 죽었다네."

"아무리 종의 몸에서 태어났다고 하지만 그래도 자기의 핏줄인데 속량을 안 시켜주다니 너무했네."

"그런 신세가 어디 나 하나뿐인가."

"허기는 양반들이란 다 그런 사람들이 아닌가."

"나는 말일세, 웅보 자네는 내 이야기를 어찌 생각헐지 모르지만 말일세, 나는 그따위 양반보다는 차라리 종놈이 되기를 천만다행으로 생각하며 살았네. 양반이란 너울을 쓰고 이 세상의 온갖 못된 짓들만 하는 치들이 그들 아닌가. 그래서 차라리 나는 종이 된 것이 자랑스럽기까지 했다네. 그래서 시방은 종의 멍에를 풀긴 했지만, 나는 말이시, 여직 종문서를 불태우지 않고 갖고 있다네.”

“종문서를 가지고 다녀?”

“그렇다니께.”

“뭣 땜시?”

“나는 말이시, 내 새끼들한테까지 종문서를 물려줄 생각이네.”

“아니, 뭣이여?”

“암도 내 뜻을 이해하지 못할 것이네.”

“참말로 알 수 없구만.”

“나는 말이시, 대대로 내 종문서를 물려줄 생각이여.”

“이 사람이, 종문서가 무신 임금이 내린 교지 쪽지라도 된다던가?”

“언젠가는 말이시, 우리들 손자들의 손자 대에 가서는 말이시, 선조가 종이었다는 것을 자랑으로 알게 될 때가 올지도 모른다는 생각이 든단 말이시. 그런 세상이 온다고만 험사, 내 종문서가 가보가 될지 누가 아남?”

김치근은 푸실푸실 웃으면서 말했다.

“종문서가 가보가 되는 세상이라?”

웅보는 웃음이 나오지 않았다. 김치근의 말이 생선가시처럼 명치 끝에 걸린 기분이었다.

“이 사람아, 설령 자네가 종문서를 잘 보관허고 있다고 해도 치근이 자네가 죽고나면 자네 자식들이 불태워버리고 말 걸세. 종이 무슨 벼슬이라고 멍충이같이 종문서를 보관하겠는가.”

웅보는 그렇게 말을 하면서도 종문서를 불태우지 않고 가지고 있다는 김치근의 사람됨이 은근히 부럽기까지 하였다.

“나 죽은 뒤에 자식들이 불태워버린다면 허는 수 없는 일이지 뭘.”

김치근은 씁쓸하게 웃었다.

“자네 어머니도 그걸 아시는가?”

“아시다마다, 우리 어머니 종문서는 어머니가 간직허고 계신다네. 돌아가시면 관 속에 넣어드릴 생각이네.”

“종문서를 관 속에?”

“우리 어머니께서도 내가 양반의 피를 받고 태어난 것을 조금도 자랑으로 생각허시지 않네. 당신이 당한 만큼 되레 치욕으로 여기시네. 우리 어머니야말로 내가 종문서를 없애버리지 않기를 을매나 바라신다고!”

“그 어머니에 그 아들이구만.”

“나는 어머니 마음을 잘 알고 있네.”

“어떤 마음을 안단 말인가.”

“양반 핏줄을 받고 태어난 자식이 종놈의 신세를 벗어나지 못한 설움이랄까. 그 설움 속에서 한이 맺혀 평생을 살아오셨네. 그런디 말이시, 그런 우리 어머니는 막상 내가 종에서 풀려나자 한 맺힌 종문서를 그렇게 소중하게 생각허시드란 말이시. 상전한테서 종문서를 받던 그날 밤 우리 어머니는 종문서를 방바닥에 펴놓으시고 밤새도록 소리 없이 눈물을 흘리며 우시데. 내가 당장 태워버리겠다고 허자, 우리 어머니가 말이시. 그렇게 바래고 바랬던, 세상에 이렇게 귀한 것을 어치기 없애버릴 수 있느냐면서 펄쩍 뛰시데. 그때 나는 생각했네. 어머니 말마따나 얼매나 소중한 종문선가. 그래서 태우지 않고 오래오래 간직허기로 했네. 시방도 우리 어머니는 심심하면 고리짝 속에서 종문서를 꺼내 놓고 훌쩍거리신단 말이시. 나는 어머니의 마음을 알 수 있네."

김치근의 이야기를 들은 웅보는 비로소 자신의 종문서를 불태워 영산강에 띄워버린 것을 뼛속 깊이 후회했다.

그들은 밤이 늦어서야 돌아왔다.

웅보가 집에 와보니 쌀분이와 말바우만 있었다. 대불이와 주모는 영산포 바침술집에 가서 여태껏 돌아오지 않았다고 하였다.

주모가 며칠 전부터 술청을 다시 열어야겠다고 해쌓더니 대불이와 함께 술을 받으러 간 모양이었다. 웅보는 주모와 대불이가 밤늦도록 돌아오지 않자 또 마음이 죄어들었다. 내년 봄에는 어떤 일이 있어도 오두막이라도 따로 지어 주막에서 떨어져나가야겠다고 생각했다. 두 사람 사이를 떼어놓을 수 있는 것은 그 수밖에는 별도리가 없을 것만 같았다. 대불이는 한밤중이 다 되어서야 술독을 지고 주모와 함께 돌아왔다. 웅보는 대불이한테 왜 늦었느냐고 묻지 않았다.

다음날도 웅보는 아침 일찍이 김치근과 함께 조각배를 타고 강 하류로 내려갔다. 그날은 뱀장어를 잡는 것보다는 하구 쪽 강변에 살고 있는 다른 종들을 만나보고 싶었다.

그들은 신선한 아침햇살을 넉넉히 받으며 천천히 하류로 내려가면서 강변을 유심히 살펴보았다. 강변에는 땅을 일굴 만한 갈대밭이 얼마든지 널려 있었으나 마을은 별로 눈에 띄지 않았다. 강폭이 바다처럼 확 트인 물굽이를 몇 번 돌아 명산 가까이 가서야 양지바른 산자락, 강을 바라볼 수 있는 곳에 움막집 스무 남은 채가 게딱지처럼 촘촘히 엎뎌 있는 것을 발견했다. 마을답지 않은 그 움막들은 필시 풀려난 종들이 한데 모여 사는, 웅보네들과 처지가 같은 사람들의 집이겠거니 싶었다.

　　웅보는 김치근한테 잠시 배를 대어 움막 마을에 가보자고 하였더니 김치근은 그렇지 않아도 자기가 막 그 소리를 하려던 참이었다면서 뱃머리를 돌렸다. 마을이라기 보다는 포수나 심마니들의 산막 같은 초라한 움막들이 한곳에 다닥다닥 붙어 있었다.

　　웅보와 김치근이가 마을로 들어서자, 아낙들은 양지쪽에서 언틀먼틀하게 짠 삿자리에 호박을 썰어 말리거나, 아이들의 머리를 뒤적이며 서캐를 죽이고 있었다. 이곳도 지난번 큰비에 피해가 있었는지 여기저기 미루나무며 오동나무가 뿌리째 뽑혀 넘어져 있었고, 쓰러져가는 움막을 살목으로 받친 곳이 눈에 띄었다.

　　남정네들은 다 어디 갔느냐고 물어보았더니 모두 강으로 고기를 잡으러 갔다고 했다.

　　내외가 심한 낯모르는 아낙네들과 이것저것 물어보기도 무엇하여 그냥 되돌아서려고 하는데, 움막들이 늘어선 마을 뒤 낮은 산기슭의 비탈진 땅을 파고 있는 남자와 아낙이 눈에 띄어 천천히 마을 뒤로 올라갔다.

　가까이 가자 웅보보다 대여섯 살 위로 보이는 젊은 사내가 일손을 멈추고 이쪽으로 고개를 돌렸다. 그들은 푸나무를 베고 불을 지른 뒤 밭을 일구기 위해 땅을 파고 있는 중이었다. 시작한 지가 오래되었는지 얼핏 보아도 두어 마지기나 되어보였다. 그의 처인 듯싶은 아낙은 머리에 흰 수건을 두르고 돌멩이와 나무뿌리들을 한곳에 치우고 있었다.

　"아주 좋은 밭이 맨들아집니다 그려"

　웅보가 웃으면서 큰 소리로 말하자 곡괭이를 든 사내는 씨그둥한 눈으로 그들을 보았다. 허우대가 큰 사내는 납작보리쌀 같은 얼굴에 경계하는 빛을 보였다.

　"어디서 오신 뉘시우?"

　사내는 뜨물 먹은 당나귀처럼 컬컬한 목소리로 물었다.

　"우리는 나주 근방 새끼내라는 데서 삽니다. 고기잡이를 왔다가 잠시 들렀수다."

　김치근이가 서근서근한 목소리로 말했다.

　"나헌티 볼일이 있수?"

　납작보리쌀 같은 얼굴을 한 사내가 퉁명스럽게 되물었다.

　"보아허니 이 마을도 생긴 지가 얼마 안 된 성싶은디, 봄에 오셨남요?"

　웅보가 물었다.

　"그건 뭣 땜시 묻수?"

　사내는 아무래도 웅보와 김치근이가 달갑지 않게 생각되는지 헛바닥에 낚싯바늘이 달린 듯 말끝마다 툭툭 쏘아댔다.

"실은 우리들도 비자였소. 올봄에 풀려나서 새끼내라는 영산강변에 마을을 만들었지요. 이 앞을 지나다 움막들을 보고 우리 처지와 같구나 생각허고 한 번 와봤쉐다."

그제야 사내는 경계의 눈빛을 풀고 다소 미안해하는 얼굴로 반가움을 표시하는 가벼운 미소까지 머금어 보였다.

"아, 그러시우?"

사내는 괭이를 놓고 도둑놈의 갈고리며 메역취, 왕고들빼기, 참억새가 뒤엉킨 풀 섶 가장자리로 걸어 나왔다.

"가을무라도 좀 심어볼까 하고 밭을 치는디, 힘드느만요. 지는 또 안마을 박 진사 댁 하인들로 잘못 알았지요. 남의 산에 밭을 친다고 어찌나 성가시게 해쌓는지 원!"

사내는 괴춤에서 쌈지를 꺼내 썩초를 권하며 말했다.

"애써 밭을 쳤다가 박 진사 존 일 시키는 거 아닌가 모르겠구만."

웅보의 말에 사내도 그것이 걱정이라면서, 요즈막엔 낯선 사람만 나타나도 심장이 덜컹거리고 온몸의 개털까지도 빳빳하게 곤두선다고 푸념했다.

"실은 그것이 무쇠서 마을 사람들은 땅을 칠 생각은 애시당초 포기하고 고기잡이로 나섰다우."

김치근과 웅보는 고개를 끄덕이며 강 쪽을 내려다보았다.

"이 마을 이름이 뭐유?"

김치근이 강 쪽에서 시선을 돌려 마을을 내려다보며 물었다.

"쌀밥이나 푸지게 해달라고 해서 쌀바우라고 했다우."

"미암리(米巖里)라…… 괜찮네요."

그러면서 웅보는 쌀분이의 이름을 떠올렸다. 그녀도 그녀의 어머니가 쌀밥이나 배부르게 먹고 살라고 쌀분이라는 이름을 지어 불렀다고 했었다.

"요 아래, 고리백정들과 쇠백정들이 사는 마을은 부곡이고, 강 건너 옹기장이들이 사는 마을은 작은 점등이고, 부곡 아래로 쪼금 내려가면 우리덜 모양으로 풀려난 종들이 사는 마을이 또 생겨났다고들 협디다."

"우리덜 신세허고 같은 사람들이 많은 모양일세."

김치근이가 웅보를 보며 말했다.

"쌀바우 사람덜은 거개가 함평 쪽에서 왔는디, 부곡 아랫마을 사람덜은 영암이나 강진 쪽에서들 왔답디다. 달랑 종문서만 갖고 묵고 살 재간이 없응께, 물괴기라도 잡어 묵고 살라고 영산강으로 몰려온 거입디다."

사내는 부시를 쳐 곰방대에 불을 붙이고 나서 수인사를 청했다. 그의 이름은 장또삼(張又三)이라고 했다.

"괴기만 잡어서 묵고 살아갈 수가 있간듸요?"

"가망이 없지라우. 아무리 굶어죽기는 정승 허기보다 힘들다고 허재만, 숟가락 망태기에 밥이 들어가야 살지 않겄남요?"

장또삼은 말을 하고 나서, 바지게를 받쳐둔 곳으로 가더니 나무함지를 들고 왔다.

"점심때가 지웠는디 대접헐 것도 없고…… 묵다 남은 돼감재라도 드실랑가요? 곡기는 안 허고 물괴기만 묵으니께 뒤가 맥히거나 설사를 허드만요. 그래서 돼감재나 마를 캐다 삶아묵으니 워너니 뱃속이 편헙디다."

웅보와 김치근은 장또삼이가 권하는 칼자루만 한 돼지감자를 집어 들었다. 감자처럼 푸근푸근하지 않고 설컹거렸지만 그런대로 진득거리고 쌉싸래한 맛이 있었다.

"고기만 잡어 묵고 살라고 허지 말고 땅을 일쿠재 그요."

웅보가 돼지감자 하나를 한입에 넣고 우물거리면서 말했다.

"그 생각도 해봤재만 큰물이 무서와서 어디……."

"그래도 땅을 일쿼야 헙니다. 우리덜이 살 길은 그것뿐이지요. 땅을 일쿼야 한곳에 오래오래 마음을 붙이고 살 수가 있답니다."

웅보의 말에 장또삼도 몇 번이고 고개를 끄덕거렸다. 그는 웅보의 말을 들으면서 붉은 삽주꽃 한 송이를 꺾어 납작한 콧구멍을 벌름거리면서 냄새를 맡았다.

"우리 새끼내 사람들은 둑 쌓기를 시작했습죠. 지난번 큰비에 도로아미타불이 되기는 했지만 다시 시작헐 거요."

김치근이도 그의 털메기 옆에 핀 분홍빛 구절초 꽃잎을 뜯어 킁킁 냄새를 맡으면서 말했다. 웅보는 손가락으로 콧구멍을 후비적거리더니 코딱지를 뜯어 하늘로 튕겼다.

"언제 한 번 새끼내라는 마을엘 가보고 싶구만요."

"내년 가을에 한 번 오시지요. 그때는 아마 우리가 일쿤 땅에 나락이 누렇게 휘너부러져 있을 거로구만요."

웅보는 웃으면서 큰 소리로 말했다.

둘이는 일어섰다. 해가 떨어지기 전에 서둘러 새끼내로 돌아왔다.

날이 어두워지자 주막에 새끼내 남자들이 모였다. 그들은 하나같이 초조한 눈빛으로 서로의 얼굴들만 마주볼 뿐 아무도 먼저 입을 열려고 하지 않았다.

웅보와 김치근만이 이틀 동안 바다만큼이나 넓은 영산강 하류까지 내려가서 뻘두적이를 잡은 이야기며, 하류 강변에 그들처럼 처지가 같은 풀려난 종들이 마을을 둘씩이나 이루고 살더라는 말을 해주었다. 웅보와 김치근이는 쌀바우라는 마을에 들러 장또삼을 만난 이야기도 해주었다. 새끼내 남자들은 쌀바우 마을 사람들이 땅 일굴 생각들은 않고 날마다 고기를 잡아 연명을 하더라는 이야기를 듣고, 은근히 쌀바우 사람들을 부러워하기도 했다.

한가위를 이틀 앞둔 열사흘 밤이라, 초저녁부터 달이 휘영청 밝았다. 달빛은 마흔일곱 집을 집집마다 다 뒤져도 쌀 한 됫박 나올 것 같지 않은 새끼내 마을 움막집과 좁은 고샅이며 마당에 포실하게 내리비쳐 가난을 옴씰하게 덮어주었다.

그러나 가난한 새끼내 사람들의 마음은 휘영청 밝은 달빛이 배고픈 설움을 더 아프게 창자와 뼈 마디마디를 훑어 내리는 것만 같았다. 아마 눈이 내리면 또 달빛을 볼 때보다 더 배고픈 아픔이 커질 것이리라. 새끼내 사람들은 풍년거지가 더 섧다는 푼수로, 명절은 말할 나위도 없거니와, 달빛이 밝거나 눈이 술술 내리는 때에 배고픔을 더 참을 수 없게 된다는 것을 잘 알고 있었다.

밤이 깊어지고 달빛이 더욱 밝아질수록 새끼내 남자들의 초조함은 큰 바람이 일어날 때의 바람꽃처럼 자꾸만 커졌다.

"자, 계획을 짜보드라고!"

김치근이가 방안에 모인 여러 사람들을 둘러보며 말했다.

"참, 박 초시 집안 동정이 어떻든가!"

웅보가 덕칠이에게 물었다.

"통 모르겄어."

"쉬쉬헐 걸세. 양반 체면에 애비 해골이 없어졌으니 세상 부끄러워서 입 밖에 내겄는가!"

칠복이 영감이 오랜만에 낮은 목소리로 입을 열었다.

"틀림없이 박 초시가 받아봤겄재?"

염주근이도 걱정이 되는지 얼굴에 잠시도 어두운 그림자가 사라지질 않았다.

"그건 염려 놓으셔요."

대불이가 여러 사람들을 둘러보며 자신 있게 말했다.

"자, 그럼 서두르세. 판쇠와 막동이는 주막 앞에 숨어 있다가 박 초시가 지나가는 것을 눈여겨 지켜봐주소. 박 초시 혼자 지나가면 그냥 두고, 만약에 말이시, 만약에 하인배들을 몰고 가거든 주막 술청에 등불을 미리 켜뒀다가 꺼버리소. 그리고……."

"우리 두 사람 헐 일이 고작 등불을 끄는 거여?"

판쇠와 막동이는 심히 못마땅한 얼굴로 김치근을 꼬나보았다.

"그리고 덕칠이는 주막 등불을 볼 수 있는 숲정이에 있다가, 등불이 꺼지면 그길로 달음박질로 영포 나루에 와서 알려주소."

"등불이 안 꺼지면 나는 어디로 가라는 말인가. 하늘로 솟을 거여, 땅속으로 기어들어갈 거여."

덕칠이가 손가락으로 호박씨만큼 작은 눈에서 눈곱자기를 뜯어내며 우스갯말을 했다.

"좌우당간에 덕칠이는 박 초시와 맞부닥치지만 마소. 그리고 영포 나루터에는 염주근이허고 웅보허고 가 있다가 미리 나룻배를 타고 내가 갈 때꺼정 기다리소."

"치근이 자네는 어디 있을 거여?"

염주근이가 물었다.

"나는 나룻목 근처에 있다가 박 초시를 만나겠네."

"혼자서?"

"박 초시는 혼자 만나는 것이 좋네. 나 혼자 돈 보따리 갖고 줄행랑 치지 않을 것이니 안심허소."

"치근이 형님, 왜 나는 빼돌리슈?"

"대불이 너는 집에 있거라."

"이 늙은 것은 이참에도 굿이나 보고 떡이나 묵어라 그겐가?"

칠복이 영감이 밉지 않은 말투로 투덜댔다.

새끼내 남자들이 밤늦도록 대불이 방에 모여 수군거리는 것을 주모 말바우 어미는 방문을 지그시 열어보더니 목이라도 축이라면서 술 한 병을 넣어주었다. 그들은 입에 침이 마르도록 말바우 어미의 사람됨을 칭송하였지만 대불이와 웅보는 그저 듣고만 있었다.

술을 한 잔씩 돌려 마신 뒤, 웅보와 염주근이 먼저 나가고 김치근이는 해골바가지가 들어 있는 자루를 들고 방을 나가 나루터로 향했고 뒤이어 덕칠이가 일어섰다.

판쇠, 막동이는 한참을 더 대불이 방에 엉덩이를 붙이고 있다가 방문을 열고 들락거리며 하늘의 별을 보았다. 그들 두 사람은 주모 방에 불이 꺼진 뒤에 등불에 불을 밝혀 대불이에게 등불을 잘 지키라고 이르고 천천히 돈단에서 내려갔다.

영포 나루에 비치는 달빛은 한결 밝고 부드러운 듯싶었다. 그것은 영산강물에 또 하나의 둥그스름한 달이 떠 있기 때문일지도 모른다고 생각했다. 선창의 주막거리와 객주거리, 마방거리, 싸전거리, 어물전거리에 모두 불이 꺼지고 달빛만이 푹신하게 내려덮였다. 이따금씩 제법 쌀랑한 강바람이 하류로부터 목쉰 퉁소소리를 내며 드믈고 올라와 고운 달빛을 흔들어놓곤 하였다.

김치근은 나룻목 못 미쳐 웅보가 달빛에 희끄무레하게 보일락 말락 한 숲 모퉁이에 몸을 숨기고 있었고, 웅보와 염주근이는 나룻배가 매여 있는 나루터에서 이십여 보 떨어진 바위등걸 뒤에 쪼그리고 앉아, 하늘의 별자리를 보며 자시가 되기를 기다렸다.

웅보와 염주근이는, 숲 모퉁이를 잘 보고 있다가 자기가 뛰어오는 모습을 본 뒤에야 나루터로 내려가라는 김치근의 말을 따르고 있는 것이었다. 김치근은 그들 두 사람에게 자기가 뛰어오는 것을 보기 전에는 절대로 나루터에 모습을 나타내지 말라고 몇 번이고 다짐을 했다.

"박 초시가 관가에 알리지 않았을까 모르겠구만."

염주근이 옆에 바짝 붙어 있는 웅보의 귀에도 잘 들리지 않을 만큼 혼잣말처럼 낮은 목소리로 말했다.

"관가에 알렸다면 아마도 시방 나졸들이 이 근방에 쫙 깔려 있음시로 우리를 꼬나보고 있을 거로구만."

"그렇다면 큰일 아닌가."

"우리는 다 산 거재. 암턴 치근이 말을 믿세. 치근이 말로는 절대로 관가에 알리지 않을 것이라고 안 허든가."

"쿠매 마시, 치근이가 비미니 잘 알아서 요량했을 거인듸."

"치근이 그 사람 보통이 넘네. 우리허고는 달러."

염주근이는 웅보의 말에 다소 마음이 놓인 듯 말없이 하늘의 별자리만 지켜보았다. 웅보는 염주근이한테 김치근이가 양반의 핏줄을 타고난 사람이라는 이야기를 해주려다가 입을 다물어버렸다. 그 비밀을 혼자만 알고 싶었기 때문이다. 그리고 김치근이가 여태껏 종문서를 불태워 없애버리지 않고 소중히 간직하고 있다는 사실도 웅보 혼자만이 알고 있고 싶었다.

마음이 급할수록 별은 더디 움직였다.

웅보는 별을 보며 할아버지의 혼에게 마음속으로 빌었다. 할아버지가 시킨 일이나 진배없으니 아무 탈 없이 오늘밤 일이 성사가 잘 되어, 새끼내 사람들을 구해달라고 마음속 가장 깊숙한 곳으로부터 간절하게 빌었다. 틀림없이 할아버지의 혼이 그의 소망을 들어주리라 믿었다. 할아버지의 혼뿐만 아니라 영산강에서 죽은 수많은 혼들이 그들을 도와줄 것만 같았다.

"웅보 자네 뭣을 그리 꼼꼼하게 생각허는가."

"일이 탈 없이 성사가 잘 되게 해주십사 허고 빌었네."

"누구헌티 빌어?"

"자네도 좀 비소."

"어따 대고 빌으란 말여. 나는 암데도 빌 데가 없어."

"하늘에 떠 있는 혼에게 비소."

"누구 혼?"

"할아부님 혼에게."

"니미럴, 우리 할아부지 얼굴이 어치게 생긴지도 모르는디, 할아
부지 혼이 나를 알아보기는 허겄는가."

"그래도 비소. 자네 할아부지도 종이었응께 그 혼이 하늘에 계
실 걸세."

웅보의 말에 염주근이는 손바닥으로 입을 막고 어깨를 들썩거리
며 쿡쿠욱 웃었다.

"돌림병에 뒈진 우리 여편네도 별이 되었으까? 허기는 종에서 풀
린 뒤에 죽었으니……."

염주근이가 웃어버리자 웅보는 할 말을 잃어버렸다. 그의 눈은 하
늘의 별을 보고, 귀로는 영산강이 우는 소리를 들으려고 마음을 한곳
에 모았다.

웅보가 하늘을 쳐다보고 있는데, 염주근이가 팔꿈치로 그의 옆구
리를 찔벅하기에 숲 모퉁이를 보았더니 희끔하게 움직이는 모습이

보였다. 웅보와 염주근이는 달빛 사이로 시선을 팽팽하게 잡아당겼다. 희끔한 그림자가 나루터를 향해 뛰어오고 있었다. 그가 김치근이라는 것을 쉽게 알 수가 있었다.

두 사람은 서둘러 나루터로 내려가 팽나무 밑동에 매어놓은 나룻배를 풀고 김치근이가 당도하기를 기다렸다. 김치근은 언제나 그가 괴춤에 찌르고 다니던 북덕무명 낯수건으로 눈 밑 얼굴을 가린 채 헐근거리며 나루터로 뛰어왔다. 그의 손에는 묵신한 돈 자루가 들려 있었다.

"잘 됐네. 나는 이 돈을 강 건너에 묻고 올 테니 자네 둘은 여기서 기다리고 있게."

김치근이 나룻배에 오르며 다급하게 말했다.

"다 묻지 말고 추석 쉴 건 냉겨갖고 오소."

염주근이가 하는 말에 "어정거리지 말고 내가 건너올 때꺼정 안 뵈는 데 가 있어!" 하고 김치근이 내질러버렸다.

나룻배는 삐거덕거리며 물살을 가로질러 나갔다. 웅보와 염주근이는 다시 바위등걸 뒤로 돌아와 쪼그리고 앉아서 멀어져가는 나룻배를 지켜보았다. 잠시 후 나룻배는 달빛 아래, 가을이면 영산강변에 떼 지어 피어나는 빨간 보랏빛의 물봉선꽃처럼 흐늘거리더니, 이내 보이지 않았다.

웅보는 김치근이가 건너오기를 기다리며 다시 한 번 하늘의 별에게 감사하는 마음을 보냈다.

"이보게 웅보, 박 초시 애비 덕분에 새끼내서 첨 맞는 이번 추석에는 배가 부르게 생겼구만 그려. 송편도 빚어야재. 아녀, 송편보담은 푸짐한 팥시루떡을 해묵고 싶구만. 어디 떡뿐인가. 도야지 괴기 번듯 번듯 저며서 목판 위에 수북이 쌓아놓고 탁배기를 마시며 회포를 풀어보세나. 양반집 비자 노릇을 해놔서 입맛 하나는 환허거든. 콩버무리, 수수경단, 인절미에 꽃전, 누름적, 숭어전, 간전, 완자부침, 어회, 육회, 겨자채에, 생굴에 고춧가루 소금을 버무린 어리굴젓, 명태창자로 맨든 창난젓에, 육포, 어포, 장포, 녹포, 오징어포…… 모르는 음식이 없구만.”

염주근이는 신명이 나서 입맛까지 다시며 졸졸졸 주워댔다.

“이 사람아, 음식도 다 때에 맞춰 해묵는 것일세. 정월에는 쇠전골이 일품이고, 이월에는 백설기, 흰무리떡, 삼월에는 꽃전, 사월에는 개피떡에 백청포, 오월에는 쑥떡, 유월에는 인제 백청으로 꿀물을 탄 보리수단허고 복숭아화채를 섞어 묵고, 구월에는 국화전, 시월에는 콩찰떡에 팥메떡, 섣달에는 새알심을 넣은 동지팥죽…….”

웅보도 염주근이한테 질세라 음식 이름들을 댔다.

“뒈진 우리 여편네 음식솜씨 하나는 짭짤했넌디…….”

염주근이 중얼거렸다.

그런데 강을 건너간 김치근이가 돌아올 때가 얼추 된 듯싶었는데도 여태껏 나룻배가 보이지 않았다. 웅보와 염주근이는 말을 않고 달빛이 바람꽃처럼 흩날리는 강 위에 시선을 꽂고 있었다. 김치근이가 나룻배를 저어 영포 나루를 떠난 지가 일경이 훨씬 지나 그동안 두어 번도 더 왔다 갔다 했을 터인데도 아무리 눈을 씻고 봐도 푸른 보랏빛의 물봉선꽃 같은 모습은 강물 위에 떠오르지 않았다.

기다리고 기다리다 눈이 물크러질 정도가 되어서야 달빛 속에 물봉선꽃의 모습이 어렴풋하게 떠올라 웅보와 염주근이는 푸우 한숨을 몰아쉬었다. 물봉선꽃이 점점 커져 도라지꽃만큼 해지더니 이내 나룻배의 모습으로 나타났다. 두 사람은 나룻배가 영포 나루로 가까이 올 때까지 그대로 바위등걸 뒤에 있었다.

　나룻배 위에 희끗희끗 사람이 보일 만큼 가까이 다가왔을 때, 바위등걸 뒤에서 일어서려던 웅보와 염주근이는 대장간에서 시우쇠 두들기는 큰 쇠망치에 얻어맞은 것처럼 아찔해져서 다시 쪼그리고 앉아 버렸다. 나룻배에는 김치근이 한 사람뿐만 아니라 여러 사람이 타고 있었다. 얼추 헤아려도 예닐곱 사람은 되어 보였다.

　"어치게 된 판이랑가?"

　염주근이가 떨리는 목소리로 물었으나 웅보는 잠자코 나루터를 지켜보았다.

　나룻배에서 내리는 사람들은 모두 사내들이었다. 흰 두루마기에 갓을 쓴 사내가 긴 칼을 들고 있었고, 중치막에 벙테기를 쓴 하인들은 손에 작대기 같은 것을 들었다. 김치근의 모습도 보였다. 김치근은 묶여 있었다. 웅보는 순간 김치근이가 강 건너에서 박 초시네 하인들한테 잡힌 것을 알았다. 흰 두루마기를 입은 사람이 바로 두 차례나 초시에 낙방하고 나주에 건너다니며 기방출입에 반거들충이 생활을 한다는 박 초시의 큰아들이 분명한 듯싶었다.

　"아니? 치근이가 잡혔구먼?"

　뒤늦게야 염주근이가 숨을 죽인 채 울먹이는 소리로 말했다.

"꼼짝 말고 가만있어."

웅보는 염주근이의 어깨를 힘껏 찍어 눌렀다.

"이대로 보고만 있을 거여?"

"뒈진디끼 있으란 말여."

웅보는 박 초시네 하인들이 김치근을 묶어 나룻배에서 내려 영포 선창 쪽으로 내려가는 것을 숨어서 지켜보고만 있었다. 박 초시 하인들은 묶인 김치근을 발로 걷어차고 작대기로 후려치면서 빨리빨리 걸으라고 소리를 질렀다. 웅보는 생가슴을 쥐어뜯고 북북 이를 갈면서도 김치근이가 달빛 속에 끌려가는 모습을 보고만 있었다. 고개를 푹 꺾고 끌려가는 김치근의 맥 빠진 뒷모습을 비춘 달빛은 환장하게도 밝았다.

"우리는 다 죽었구만. 새끼내 사람덜은 다 죽었어. 허기사, 굶어죽기나 맞아죽기나 죽기는 매한가지여. 사람이 태어나서 한 번 죽재 두 번 죽는감."

염주근이가 울먹울먹 푸념을 토하듯 말하며 일어섰다.

그들은 나루터로 내려와, 영포 선창을 피해 숲정이를 한 바퀴 빙 돌아 다시 강변 쪽으로 나가서 갈대숲을 따라 새끼내로 향했다. 그들은 속이 빈 허수아비처럼 허정거리며 걸었다. 그 순간 밝고 둥그스름한 달은 박 초시의 얼굴처럼 정떨어지게 보기 싫었고, 조금 전 둘이서 침을 꼴딱거리며 이야기했던 팥시루떡이며 송편, 인절미가 모두 개똥으로 생각되어졌다. 불어오는 강바람, 흔들리는 갈대, 반짝이는 별, 목쉰 통소 소리처럼 들리는 강 울음소리도 귀찮아졌다.

웅보와 염주근이가 새끼내 주막에 스러지는 짚불 같은 모습으로 당도하자, 김치근이가 잡혀가는 것을 눈으로 보아 알고 있는 새끼내 남자들이 우르르 두 사람을 둘러쌌다.

"어찌된 일인가?"

"어쩌다가 치근이만 잽혔어?"

여기저기서 겁에 질린 목소리로 물었다. 웅보가 떨리는 목소리로 대충 경위를 이야기해주었다.

"나루터로 잡은 것이 큰 잘못이여. 배를 타고 건너갈 줄 뻔연히 알고 목을 지키고 있었던 것 아녀!"

"그냥 돌아올 일이재, 왜 강을 건너기는 건너."

"그나저나 큰일이구만. 치근이가 잽혔으니 당장 새끼내로 덮쳐올 것 아니겠남. 우리는 다 살았구만, 우리 땅에서 우리 손으로 지은 쌀밥 한 숟구락 못 묵어보고 영락없이 죽었구만."

"이대로 있다가는 찍소리 못 허고 죽네. 어서 도망을 치세. 사대삭신 뻣듯헌듸 굶어죽기사 허겄능가. 막판에 가서는 사발농사(거지질)라도 짓재 뭐."

새끼내 남자들은 술렁거리는 가운데 저마다 한마디씩 하였다. 판쇠와 막동이는 박 초시네 하인들이 몰려오기 전에 서둘러 도망을 치자고 하였고, 웅보, 염주근이, 칠복이 영감은 죽으나 사나 새끼내에 붙어 있자고 하였으며, 덕칠이와 애꾸눈 천 서방은 잠자코 있었다. 그러나 그날 새벽, 판쇠와 막동이는 식솔들만 남겨둔 채 개산을 넘어 진포리 쪽으로 도망을 갔다.

그날 밤 새끼내 어른들은 말뚝처럼 앉아서 강바람에 흔들리는 나뭇가지 소리에도 울렁울렁 마음 죄며, 조용히 밝아오는 팔월 열나흘의 아침을 맞았다. 미명이 걷힐 무렵에야 얼핏 말뚝잠을 자고 있던 웅보는, 새끼내 대밭머리 쪽에서 창자를 끊는 듯한 여자의 울부짖는 소리를 듣고 벌떡 일어섰다.

해가 떠오르기도 전에 마을 뒤 오동나무에서 까마귀가 사람의 혼을 쪼듯 거칠게 울어댔다. 까마귀 우는 소리에서, 웅보는 김치근의 숨 넘어가는 것을 느꼈다.

대불이가 헐근벌근 돈단을 뛰어오르더니 김치근이의 죽음을 알려주었다. 웅보는 대불이를 따라 대밭머리 황톳길로 갔다. 김치근이는 온몸이 피투성이가 되어 나무토막처럼 황톳길의 땅가시나무 덤불 속에 처박혀 있었다.

새끼내 사람들이 김치근의 시체를 빙 둘러쌌다. 조금 전에 김치근의 어머니와 처가 시체를 보고 까무러쳐 집으로 떠메 갔다고 하였다.

웅보는 마을 청년들과 함께 들것을 만들어 싸늘하게 굳어버린 김치근의 시체를 담아 들고 주막 앞으로 왔다.

간밤의 일에 참여했던 몇몇 남자들 외에는 새끼내 마을 사람들은 김치근이가 죽은 이유를 알지 못했다. 아마 그의 어머니와 처까지도 알지 못하고 있을 것이었다.

웅보는 그들이 노루목을 떠나올 때 쌀분이가 그의 어머니한테서 물려받은 푸른빛 나는 초롱잠 한 쌍을 대불이한테 건네주며 선창에 가서 관과 바꿔오라고 일렀다.

마을 사람들도 저마다 그들이 간직하고 있는 것들 중에서 가장 값지고 귀하다고 생각되는 것들을 아낌없이 내놓으면서 장례에 보태 쓰라고 하였다. 칠복이 영감은 늙어 죽을 때까지도 상투에 꽂아보지 못할 것을 가지고 있으면 뭘 하느냐면서, 죽은 아버지한테서 받았다는 은동곳을 내놓았고, 덕칠이는 조끼감 하나도 못될 것 같은 명주 베쪼가리를, 염주근이는 죽은 아내의 구리 가락지를, 천 서방네는 북덕무명베 한 필을, 말바우 어머니는 탁주 한 말을 내놓았다.

웅보는 마을 사람들이 내놓은 정을 거절할 수가 없어서 돈이 나갈 만한 것은 선창에 나가 팔기로 하고, 그렇지 못한 것은 관 속에 넣어 주자고 하였다.

해가 머리 위에 솟았을 때 선창에 나갔던 대불이가 관을 지게에 지고 돌아왔다. 그 무렵 아들의 죽음에 정신을 잃고 까무러친 김치근의 어머니가 다시 정신이 들자 며느리를 앞세우고 허위허위 엎어지며 주막으로 달려왔다.

"아이고, 원통허다. 아이고, 내 팔자야―."

김치근의 어머니가 시체를 부둥켜안고 통곡하자, 그의 처는 슬픔을 참지 못해 발을 쭉 뻗고 앉아서 땅을 치더니 그대로 까무러치고 말았다. 김치근의 어머니는 어느 놈이 자기 아들을 죽였느냐면서 울부짖었다.

"어느 놈이여― 어느 놈이 내 아들을 쥑였어― 그놈을 대. 나도 죽을 거여―."

김치근의 처가 다시 까무러치고 그의 어머니가 목을 놓아 울부짖자, 새끼내 사람들도 모두 함께 울어버렸다.

대불이와 염주근이는 당장 박 초시 집으로 쫓아가서 자기도 김치근이와 같이 맞아죽겠다고 나서는 바람에 칠복이 영감과 웅보가 말리느라 진땀을 뺐다.

"치근이는 우리를 살리고 대신 죽은 것이여. 그러니 치근이 죽음을 헛되게 허지 말어. 우리는 살어서 그의 죽음이 개죽음이 안 되게 해야재."

웅보는 염주근이와 대불이를 타일렀다.

"내버려둬유. 나도 맞어죽고 말 터유."

대불이는 이를 부드득부드득 갈며 울부짖었다.

"오늘만 참어라. 우리가 맞어죽을 날은 을매든지 많다. 오늘만은 치근이가 조용히 가게 허자 와."

칠복이 영감은 대불이를 붙들고 애원을 하였다.

새끼내 사람들은 김치근의 시신을 그의 집으로 옮긴 뒤, 마당에 불을 피우고 밤을 새웠다.

낮까지만 해도 섧게 통곡을 하던 김치근의 처는 밤이 되자 울음을 그쳤다. 슬픔이 막바지에 올라 울음이 울분으로 변해버렸는지 모른다. 김치근의 처는 밤이 되면서부터 남편의 시신 옆에 얼씬도 하지 않았는데, 그것은 김치근이가 정을 떼고 독한 마음을 갖게 하려고 그의 처에게 무섬증을 주었기 때문이라고들 하였다.

입관할 때, 웅보는 김치근의 어머니한테 아들의 종문서를 달라고 하여 관 속에 넣어주었다.

"종문서를 넣어주다니, 이 사람아, 저세상에 가서도 종살이를 허라고 그러는가?"

웅보가 종문서를 넣어주자 칠복이 영감이 펄쩍 뛰었다.

"치근이는 종문서를 갖고 가야 하늘로 올라갑니다요."

웅보의 말에, 김치근의 어머니도 종문서를 넣어주는 것이 좋을 듯하다고 했다.

아침이 되자 발인을 서둘렀다. 이제 종에서 풀려났으니, 구일장은 못 지내도 삼일장은 해야 될 것이 아니냐고들 했지만, 칠복이 영감과 웅보가 우겨 하룻밤을 넘겼으니 기왕에 갈 사람 붙잡지 말고 보내주자고 설득을 했다.

명정(銘旌)이며 영거(靈車), 만장(輓章), 상여는 없었지만, 그를 보내는 새끼내 사람의 마음은 찢어지는 듯 아팠다.

이 길로 한 번 돌아가니
어느 황천에 가 다시 볼꺼나
어하니 넘자 너—노

상여도 없이 상엿소리를 하였다. 새끼내 청년들이 관을 메고 울부짖듯 상엿소리를 냈다. 상엿소리는 부르뫼 박 초시 집까지 들렸다. 김치근의 관을 멘 새끼내 청년들은 상엿소리를 내며 천천히 새끼내 앞을 지나갔다.

북망산이 멀고도 멀다더니

건너 개산이 북망일세

어―노 어―노

어하니 넘자 너―노

새벽닭이 짖어 울고

강상 두루미 춤을 춘다

어―노 어―노

어하니 넘자 너―노

남문을 치고 바다를 치니

계명산천이 밝아온다

어―노 어―노

어하니 넘자 너―노


상엿소리는 구슬피 울려 새끼내 들판에 밤에 우는 강울음처럼 퍼졌다. 관을 뒤따르는 새끼내 마을 사람들 마음을 갈기갈기 찢었다.

"왼쪽으로 돌아라! 박 초시네 집으로 가자!"

개산으로 휘어들어가는 갈림길에서 누구인가 목쉰 소리로 울부짖듯 소리쳤다.

그러자 관은 개산을 향하지 않고 박 초시가 사는 부르뫼로 꺾어 들었다. 아무도 관을 멘 청년들을 말리지 않았다.

김치근의 관이 왼쪽으로 꺾어들자 상엿소리가 하늘에 닿을 만큼 높아졌다. 그들은 잠시도 멎지 않고 더 슬프고 억세게 상엿소리를 계속했다. 그 소리가 마치 아우성처럼 들렸다.

아이들, 노인들, 아낙들 할 것 없이 걸을 수 있는 새끼내의 모든 사람들이 아우성인지 울음인지 알아들을 수 없는 소리로, 상엿소리를 함께 외치며 울부짖듯 어우러졌다.

관이 마을로 들어오면 그 마을이 일시에 폐촌이 된다고 믿고 있는 부르뫼 사람들이었으나 아무도 새끼내 사람들을 막지 못하였다.

박 초시네 대문은 굳게 잠겨 있었다.

타오르는 강... 제1부 끝